UNSTERBLICH VERFLUCHT

EBENFALLS VON LEXI C. FOSS

Blood Laws – Blutgesetze (Buch 1)
Forbidden Bonds – Unsterblich entfesselt (Buch 2)
Blood Heart – Blutige Unschuld (Buch 3) **(erhältlich ab
Januar 2021)**

»Stimmt etwas nicht, Schätzchen?«, fragte er mit einem unschuldigen Ausdruck im Gesicht.

Sie starrte ihn mit einem feurigen Blick an. »Am liebsten würde ich dich jetzt erschießen.«

Die unerwartete Drohung kam ihr mit so viel Boshaftigkeit über die Lippen, dass er unwillkürlich lachen musste. »Ich würde gern sehen, wie du es versuchst.«

»Ich werde es nicht nur versuchen.« Sie klang so selbstsicher. Dennoch hatte sie nicht die geringste Chance.

»Hm.« Er machte sich noch schwerer, als er seine Beine ausstreckte und seine Ellbogen neben ihrem Kopf abstützte. Seine Instinkte sandten Warnsignale an sein Gehirn, während seine Venen mit leidenschaftlicher Hitze durchströmt wurden. »Und dann?«

Ihre Augen funkelten nicht mehr ganz so feurig, als ihr Blick auf seine Lippen fiel. »Ich würde weglaufen.« Ein Teil ihrer Selbstsicherheit schien sich in Luft aufgelöst zu haben. *Schlaues Mädchen.*

Er spielte mit einer Strähne ihres Haares, das neben seiner Hand lag. »Das ist eine kluge Entscheidung, da du mich wahrscheinlich verfehlst und ich dir hinterherjagen werde. Kannst du mir einen Gefallen tun?«

Sie blinzelte zu ihm auf. »Was für einen?«

»Versuch bitte, nicht im Kreis zu laufen. Das verdirbt mir den ganzen Spaß.«

»Arsch.« Er spürte den Schlag auf seine Schulter kaum. Er genoss es zu sehr, sie unter sich zu spüren, als dass er ihn bemerkt hätte. Er liebte zarte, geschmeidige Frauen, die Temperament hatten. Es war zu schade, dass diese Frau für ihn tabu war. Wahrscheinlich könnte er seiner Erregung Abhilfe verschaffen, indem er sich eine Frau für einen One-

Night-Stand suchte, doch der Gedanke, dafür in die Stadt zu fahren, war nicht besonders verlockend. Deshalb hatte er sich neben Amelias Training vorrangig damit beschäftigt, sich körperlich fit zu halten. Insgeheim hoffte er, dass sie ihre neu erworbenen Fähigkeiten eines Tages gegen seinen Vater einsetzen würde. Er wollte zwar nicht, dass sie ihn umbrachte, aber es könnte nicht schaden, wenn sie ihm ein wenig wehtat. Tom würde sogar dafür bezahlen, um den Ausdruck auf Jonathans Gesicht zu sehen, wenn sie ihm mit der Faust ins Gesicht schlug.

Offenbar bin ich wirklich lebensmüde.

»Also gut, dann bring mir bei, wie ich mich aus dieser Position befreien kann.« Amelia begann, sich unter ihm zu winden, wobei er es nur noch mehr bereute, sich auf sie gelegt zu haben. Wenn sie so weitermachte, würde sein Schwanz ihm das nie vergeben. *Ganz ruhig, Junge.*

UNSTERBLICH ENTFESSELT

UNSTERBLICH VERFLUCHT
BUCH 2

DEUTSCHE ÜBERSETZUNG:
SANDRA MARTIN FÜR
DANIELA MANSFIELD TRANSLATIONS

USA TODAY BESTSELLERAUTORIN
LEXI C. FOSS

Englischer Originaltitel: »Forbidden Bonds (Immortal Curse Series Book 2)«
Deutsche Übersetzung: Sandra Martin für Daniela Mansfield Translations
2020

Titelbild entworfen von: Manuela Serra
Fotografie: Wander Aguiar Photography
Models: Andrew & Evan
Herausgegeben von: Ninja Newt Publishing, LLC

eBook:
ISBN: 978-1-950694-73-0

Taschenbuch:
ISBN: 978-1-950694-74-7

Besuchen Sie Lexi im Netz!
www.lexicfoss.com
www.facebook.com/LexiCFoss
twitter.com/LexiCFoss
www.instagram.com/LexiCFoss
E-Mail: lexicfoss@gmail.com

Für Louise, meine Kapitänin, für deine Freundschaft, deine Unterstützung und deinen nicht enden wollenden Humor. Du stärkst mich, wenn ich es am meisten brauche. Danke.
Und für Matt, dafür, dass du Verständnis zeigst und meine Liebe zur Schriftstellerei unterstützt. Ich liebe dich.

UNSTERBLICH ENTFESSELT

UNSTERBLICH VERFLUCHT
BUCH 2

Unsterblich entfesselt ist der zweite Band der Reihe *Unsterblich verflucht* und setzt unmittelbar nach den Geschehnissen in *Blutgesetze* ein. Obwohl es nicht unbedingt notwendig ist, rate ich jedem, die Bücher in der richtigen Reihenfolge zu lesen. Für diejenigen, die sich zum ersten Mal in der Welt der Unsterblichen wiederfinden, habe ich ein Glossar mit Schlüsselbegriffen und Definitionen beigefügt.

Schöne Grüße
Lexi C. Foss

GLOSSAR

ÜBERNATÜRLICHE WESEN

Sprössling (Nomen): Das Kind eines männlichen Ichorianers und einer Menschenfrau, das noch nicht als Hydraianer wiedergeboren wurde. Für gewöhnlich besitzen Sprösslinge vor ihrer Wiedergeburt als Unsterbliche keine übernatürlichen oder übersinnlichen Fähigkeiten.

Hydraianer (Nomen): Der unsterbliche Nachkomme eines männlichen Ichorianers und einer Menschenfrau, der zwei übernatürliche oder übersinnliche Fähigkeiten besitzt und kein menschliches Blut zum Überleben braucht.

Ichorianer (Nomen): Ein unsterbliches Wesen unbekannter Herkunft, das eine übernatürliche oder übersinnliche Fähigkeit besitzt und menschliches Blut zum Überleben braucht.

Unsterblicher (Nomen): Ein genereller Begriff, der ein Wesen beschreibt, das nicht altert und gegen einen natürlichen, menschlichen Tod immun ist.

Seraph (Nomen): Ein Wesen, das zur höchsten Ordnung der Hierarchie der Engel gehört.

GLOSSAR

SCHLÜSSELBEGRIFFE

Arcadia: Ein berüchtigter ichorianischer Klub in New York, der der ichorianischen Regierung außerdem als Hauptversammlungsstelle dient.

Blutgesetze: Eine Reihe von Anordnungen, die als Reaktion auf den Vertrag von 1747 vom ichorianischen Verwaltungsrat aufgestellt wurden.

Stiftung für Katastrophenhilfe (Catastrophic Relief Foundation – CRF): Eine globale humanitäre Hilfsorganisation mit Hauptsitz in New York, der eine paramilitärische Einheit angehört, die geschaffen wurde, um abtrünnige Übernatürliche zu vernichten.

Konklave: Der ichorianische Verwaltungsrat.

Edikt: Ein Gesetz oder eine Vorschrift, die vom Hohen Rat von Seraph erlassen wurde.

Älteste: Die ursprünglichen Hydraianer, die auch als der hydraianische Verwaltungsrat dienen.

Schicksalslinie: Ein Seraph, der die Zukunft voraussagen kann.

Hoher Rat von Seraph: Der Verwaltungsrat der Seraphim.

Nizari: Altertümliche ichorianische Attentäter, die Sprösslinge jagen und töten.

Nizarigift: Eine grüne Substanz, die dafür berüchtigt ist, Sprösslinge zu töten und ihre Wiedergeburt zu verhindern.

Sentinel: Ein Soldat der Einheit der CRF, die geschaffen wurde, um abtrünnige Übernatürliche zu vernichten.

Vertrag von 1747: Eine Übereinkunft zwischen Hydraianern und Ichorianern, um eine Waffenruhe und das Leben in denen ihnen zugewiesenen Territorien festzulegen. Diejenigen, die diese Grenzen überschreiten, tun das auf eigenes Risiko.

Prolog

Ein Soldat wird geboren

Fünfzehn Jahre zuvor …

Blut.

Tod.

Unaussprechliche Dinge.

Die Wände, die Bilder und die Spielsachen waren mit den verschiedensten Schattierungen von Rot und Schwarz überzogen, doch nichts davon war mit dem mörderischen Chaos zu vergleichen, das sich auf Toms Bett befand. Die leblosen Augen seiner Mutter starrten ihn an, während er in der Ecke des Zimmers kauerte. Er versuchte, nicht zu weinen, doch die verräterischen Tränen kullerten ihm über die Wangen und bebenden Lippen, bevor sie auf den verschmutzten Fußboden tropften.

»Komm her, mein Sohn.« Sein Vater schlang die Arme um Tom und hielt ihn fest, während sie gemeinsam in Stille trauerten. Vater und Sohn. Ein Band, das mit Toms Geburt geschmiedet worden war und durch den Tod seiner Mutter gestärkt werden würde.

»Jetzt verstehst du unsere Bestimmung im Leben«, flüsterte sein Vater. »Warum wir kämpfen müssen.«

1

Tom nickte. Die Monster, die das hier getan hatten, waren von Grund auf böse. Sie hatten es verdient zu sterben.

»Deine Ausbildung wird nicht leicht werden«, fuhr sein Vater mit gebrochener Stimme fort. »Sie wird brutal werden und ich werde dich nicht mit Samthandschuhen anfassen. Aber ich will, dass du stark genug wirst, damit dir so etwas nie passiert. Ich will dich nicht verlieren, mein Sohn. Und es gibt nur eine Möglichkeit, dich zu beschützen.«

Indem er ihn zu einem perfekten Soldaten ausbildete. Eine menschliche Waffe, die dazu bestimmt war, Unsterbliche zu töten. Um sich für den brutalen Mord an seiner Mutter rächen zu können. Und um die Menschheit vor dem Bösen zu beschützen, das auf der Erde wandelte.

Tom hatte zuvor nie verstanden, warum es seine Bestimmung war und warum sein Vater ihn ständig von sich stieß. Doch als er jetzt den verstümmelten Körper seiner Mutter vor sich sah, änderte sich alles. Sein Herz zersprang in tausend Stücke und hinterließ eine Wut, die er umlenken und in eine Waffe verwandeln würde. Die Unsterblichen würden ihn fürchten und sein Vater würde stolz auf ihn sein.

»Ich bin bereit, Sir. Ich will alles lernen.«

KAPITEL EINS

WILLKOMMEN ZU HAUSE

Tom Fitzgerald hasste diesen Ort. Erinnerungen strömten auf ihn ein, während er jedes Zimmer nach verdächtigen Gegenständen absuchte. Er hielt seine Waffe mit beiden Händen im Anschlag und war bereit, auf alles zu schießen, was sich bewegte. Er lief ständig Gefahr, von jemandem getötet zu werden. Das brachten sowohl sein Beruf als auch seine Blutlinie mit sich, der er als Sprössling entstammte.

Das Handy in seiner Tasche vibrierte. Er musste es nicht ansehen, um zu wissen, wer der Anrufer war. Der Umweg zu dem Supermarkt, in dem er ein paar Dinge eingekauft hatte, war nicht unbemerkt geblieben. Verdammter GPS-Tracker.

Er steckte die Waffe zurück ins Holster, nachdem er sich vergewissert hatte, dass im Gästezimmer nichts Verdächtiges zu finden war. Durch die Renovierungsarbeiten nach dem Mord an seiner Mutter hatte der Raum nichts mehr mit dem Kinderzimmer aus seiner Erinnerung zu tun. Seine Tante sah hier wöchentlich nach dem Rechten, was in Toms Augen reine Zeitverschwendung war. Niemand wohnte hier. Tom war der Besitzer des Familienanwesens und wollte nichts damit zu tun haben. Zu viele grausame Erinnerungen hingen in der Luft und kein Anstrich würde daran etwas ändern können. Wenn es nach ihm ginge, hätte er das Haus schon längst verkauft, doch sein Vater erlaubte es nicht.

Tom drückte auf die Kurzwahltaste seines Handys, als er wieder in den vorderen Teil der Blockhütte ging. Sein Vater, der gleichzeitig sein Vorgesetzter war, nahm beim ersten Klingeln ab. Er verzichtete auf jegliche Begrüßungsfloskeln.

»Du bist spät dran mit deinem Bericht.«

Die Tage, an denen Tom die Anrufe seines Vaters genossen hatte, waren längst vorbei. Das hatte er den letzten Monaten zu verdanken, die sie miteinander verbracht hatten.

»Mir war nicht klar, dass ich unter Zeitdruck stehe«, sagte Tom gedehnt. »Vielleicht hättest du dich ein wenig klarer ausdrücken sollen.« Er hätte ihn beinahe noch mit *Arschloch* beschimpft, doch er besann sich eines Besseren.

»Meine Anweisungen waren mehr als klar, Sentinel. Wurde das Wirtschaftsgut angemessen untergebracht?« Es wunderte ihn nicht, dass sein Vater zuerst danach fragte. Er war wie besessen von dem Wirtschaftsgut. Tom warf einen Blick durch das Fenster auf die Limousine, die in der Einfahrt stand. *Das Wirtschaftsgut ist gesichert und bewusstlos, Sir.*

»Soll es etwa so weitergehen?«, fragte Tom. »Willst du mich alle zehn Minuten anrufen? Denn wir wissen beide ganz genau, dass ich mehr als in der Lage bin, diesen Auftrag auszuführen.«

»Genauso wie du dich um das Problem mit Stas gekümmert hast?«

Er krümmte sich innerlich, als sein Vater ihn an den Grund erinnerte, warum er ihn auf diese Mission geschickt hatte. Er hatte Stas nur die Wahrheit über ihren blutsaugenden Freund verständlich machen wollen. Er bezweifelte, dass sie ihm je wieder vertrauen würde. Obendrein war er als Folge seines Fehltritts in Upstate New York gelandet und musste den Babysitter spielen. *Wenigstens ist sie hier in Sicherheit.*

4

»Ich befinde mich mit dem Wirtschaftsgut an Ort und Stelle. Was willst du sonst noch wissen, Sir?« Tom hatte schon vor langer Zeit gelernt, dass er seinen Vater am ehesten besänftigen konnte, wenn er ihm gegenüber so formell wie möglich war. Er wünschte sich inständig, dass er dieses Gespräch so schnell wie möglich beenden und sich wieder seinen Aufgaben widmen konnte. Je eher er die Mission zu Ende brachte, desto eher könnte er sich wieder auf das Unausweichliche vorbereiten.

»Ist das Wirtschaftsgut gesichert?«

Tom warf einen Blick auf die schwarze Limousine, die vor dem Haus parkte. »Ja.« *Nur nicht so, wie du es gern hättest.* Es war nicht nötig, die bewusstlose Frau auf dem Rücksitz zu fesseln. Er hatte ihr die Handschellen abgenommen, sobald sie die Stadtgrenze von New York überschritten hatten. Und er würde sie sicher nicht in einen Käfig sperren, wie sein Vater es wollte. Er würde diese Mission so ausführen, wie er es für richtig hielt, und das bedeutete, dass er die Frau nicht wie ein Tier in einem Käfig halten würde.

»Warum hast du in der Drogerie angehalten?«, wollte sein Vater wissen.

Aha. Jetzt kommen wir zum eigentlichen Grund deines Anrufs. »Ich habe einige Dinge benötigt.«

»Wie zum Beispiel?«

Tom wusste, was der stählerne Tonfall seines Vaters zu bedeuten hatte. John Fitzgerald hatte die angeborene Fähigkeit, anderen Menschen die Wahrheit zu entlocken. Die Gabe war zwar nur wirksam, solange er der Person von Angesicht zu Angesicht gegenüberstand, doch das hielt ihn nicht davon ab, es übers Telefon zu versuchen. *Netter Versuch, Dad.*

»Warum? Willst du etwa eine Liste von mir? Zahnpasta, Shampoo, Deodorant und eine Handvoll Schmerztabletten gegen die Kopfschmerzen, die du mir bereiten wirst. Oh, und ich habe eine Packung Müsli für morgen früh gekauft, denn mir war nicht klar, dass Rosalie den Kühlschrank auffüllen würde.« Er hatte die Lebensmittel gesehen, als er zuvor die Küche überprüft hatte, wobei ihm ein flüchtiges Lächeln übers Gesicht gehuscht war. Er hatte seine Tante seit über einem Jahr nicht mehr gesehen. Sie war die einzige Schwester seiner Mutter und fühlte sich verpflichtet, in der Hütte nach dem Rechten zu sehen, obwohl er sie gebeten hatte, es nicht zu tun. Manchmal war die Familie eben beharrlich und man konnte nichts dagegen tun.

»Du musst sie von dem Wirtschaftsgut fernhalten, Sentinel.« Tom wusste, dass ein Teil des Satzes unausgesprochen blieb. Er kannte die Konsequenzen. Falls er versagte, würde er die Zivilistin eliminieren müssen, wobei es seinem Vater egal war, dass Rosalie zur Familie gehörte. Im Gegenteil, für ihn wäre es eine perfekte Art, Tom zu bestrafen.

»Verstanden.« Tom hatte nicht die Absicht, jemanden an seine Gefangene heranzulassen. Wenn seine Tante ihn unbedingt sehen wollte, dann würde er mit ihr in der Stadt etwas essen gehen. Er ging nach draußen zum Wagen. »Sonst noch etwas, Sir?«

»Im Moment nicht, aber bis auf Weiteres erwarte ich jeden Abend einen detaillierten Bericht. Außerdem wird Anita dich kontaktieren, um einen Termin für einen Besuch zu arrangieren. Sie braucht noch weitere Proben.«

Tom betrachtete die Frau, die auf dem Rücksitz des Wagens schlief. Er wusste, was sein Vater mit »Proben« meinte. Bei dem Gedanken drehte sich ihm der Magen um. Doch er würde nichts erreichen, wenn er seinem Vater jetzt widersprach. Ihre Beziehung war in letzter Zeit ohnehin ziemlich angespannt. Tom musste sich bedeckt halten und seine Befehle befolgen, wenn er irgendwann frei sein wollte.

»Ich erwarte ihren Anruf, Sir.« Ein paar Blutproben hatten

noch niemanden getötet. Außerdem würde er dabei sein und ein Auge auf Anita haben. Alles im grünen Bereich.

»Wunderbar. Und versuch bitte, dich zusammenzureißen, mein Sohn.«

Tom sah davon ab, die Augen zu verdrehen. »Zu Befehl, Sir.«

Sein Vater beendete das Gespräch, ohne sich zu verabschieden. Typisch. Tom steckte sein Handy zurück in die Tasche und öffnete die hintere Tür des Wagens. Amelias dunkles Haar fiel ihr in zerzausten Locken übers Gesicht und ihr fadenscheiniges T-Shirt reichte ihr gerade einmal bis auf die Oberschenkel. Darunter trug sie weder ein Höschen noch Shorts noch sonst irgendetwas.

»Verdammt. Es ist einfach unglaublich«, murmelte er nicht zum ersten Mal, seit dieser Albtraum seinen Anfang genommen hatte. Er war dankbar, dass sie sich an einem abgelegenen Ort befanden, als er die Frau auf den Arm hob. Sein Vater hatte vorgeschlagen, sie im Keller unterzubringen, doch Tom war anderer Meinung.

Er legte ihren schlanken Körper im Gästezimmer aufs Doppelbett, dann ging er nach draußen, um seine Habseligkeiten aus dem Wagen zu holen. Agent Stark hatte gesagt, dass Amelia noch eine ganze Weile bewusstlos sein würde, doch er hatte ihm keinen genauen Zeitrahmen gegeben. Tom hoffte, dass sie bald erwachen würde, denn sie brauchte dringend eine Dusche. Sein Vater zog es vor, sie in ihrem eigenen Dreck sitzen zu lassen, doch Tom würde dem nun ein Ende bereiten. Aus diesem Grund hatte er in der Drogerie angehalten.

Er ging ins große Schlafzimmer und öffnete seinen Koffer, aus dem er ein T-Shirt und Trainingshorts herauszog. Er hielt sie hoch und runzelte die Stirn. *Zu groß.* Amelia konnte wirklich etwas mehr auf den Rippen vertragen. Er schnappte sich stattdessen Boxershorts und machte sich im

Geiste eine Notiz, ihr etwas zum Anziehen zu kaufen. Er nahm die Kleider und die Plastiktüte mit den Toilettenartikeln und ging ins Gästezimmer. Er blieb wie angewurzelt stehen.

Sie war fort.

Er ließ die Sachen aufs Bett fallen und überprüfte das Fenster. Es war verschlossen. Bis auf ein paar Kartons war der Kleiderschrank leer. Wo zum Teufel war sie? Die kleine Blockhütte bestand lediglich aus zwei Schlafzimmern und einem Badezimmer. Wie hatte sie unbemerkt entkommen können? Er ging hinaus auf den Flur, sah im Badezimmer nach und ging dann ins Wohnzimmer. Er sah, dass die Eingangstür offen stand. Sie war also nicht nur aufgestanden, ohne einen Laut von sich zu geben, sie war sogar nach draußen gegangen. Das hatte er nun davon, dass er die ganze Nacht durchgefahren war.

»Ich habe für diese Scheiße keine Geduld«, murmelte er und eilte hinaus. Amelia hatte kaum Kleider am Leib und trug nicht einmal Schuhe. Sie würde in den Wäldern nicht weit kommen. Der nächste Nachbar lebte fast fünf Kilometer entfernt und um in die nächste Stadt zu gelangen, musste man eine dreißigminütige Fahrt auf sich nehmen. Diesen Ort als *abgeschieden* zu bezeichnen war noch untertrieben.

Mit dem Schlüssel in der Hand ging er auf den Wagen zu. Sie war höchstwahrscheinlich die Einfahrt hinuntergelaufen und hoffte, die Straße zu erreichen. Sie war barfuß und der Kies würde sie sicher bremsen. Und wenn sie im Gras lief, würde er sie von …

Er hielt inne, als er aus dem Augenwinkel eine Bewegung sah. Er blickte sich um und runzelte die Stirn. Etwa fünfzig Meter von der Hütte entfernt stand sie in der Nähe des Sees und drehte sich um die eigene Achse, wobei ihr dunkles Haar in Büscheln durch die warme Luft wehte. Was hatte sie vor? Wollte sie durch den See in die Freiheit schwimmen? Denn sie wäre sicher überrascht, wenn sie feststellte, dass sie dadurch nur noch weiter in die Wildnis vordringen würde.

Tom steckte den Schlüssel in die Tasche und ging auf sie zu. Sie schien ihn nicht zu bemerken und hatte sich völlig in dem Gefühl der warmen Sonnenstrahlen auf ihrer Haut verloren. Er hielt inne, als er ihr Lächeln sah.

Trotz ihres gebrechlichen Zustands bestand kein Zweifel daran, dass Amelia Wakefield eine wunderschöne Frau war. Ihre langen Beine, zarten Kurven und ihr engelsgleiches Gesicht verliehen ihr eine außerweltliche Aura, die sicher jeden Mann um den Verstand bringen konnte. Er nahm an, dass sein Vater ihr aus diesem Grund die Dusche verweigerte und sie zwang, dieses abscheuliche Hemd zu tragen. Die Sentinels waren ausnahmslos Männer, was in Anwesenheit einer verführerischen Frau, die noch dazu das wichtigste Wirtschaftsgut der CRF war, ein Risiko darstellte. Er glaubte zwar nicht, dass einer von ihnen sich an ihr vergreifen würde, doch es war besser, diese Möglichkeit von vornherein auszuschließen.

Amelia hielt plötzlich inne, reckte das Gesicht gen Himmel und lachte. Der Klang ihrer gebrochenen Stimme, die sie so lange nicht benutzt hatte, versetzte ihm einen Stich in der Magengegend. *Worauf habe ich mich nur eingelassen?*

AMELIA WAKEFIELD LIEBTE DIESEN TRAUM. Er glich in keiner Weise den dunklen Albträumen, die sie für gewöhnlich durchlebte. Zuerst war sie in einem echten Bett aufgewacht und jetzt stand sie im Freien. *Faszinierend.*

Die Sonne wärmte ihre Haare und ihr Gesicht und fühlte sich so real an. Es musste an den Drogen liegen. Agent Stark hatte erwähnt, dass sich die Medikamente, die er während des Heilungsprozesses für sie hineingeschmuggelt hatte, von den normalen Pillen unterschieden. Doch darüber hatte sie sich keine Gedanken gemacht, als sie sie geschluckt hatte. Es war ihr völlig egal, solange sie nur keine Schmerzen empfinden musste. *Dann kam diese fremde Frau in mein Zimmer und sprach von meinem Bruder* ... War das ebenfalls eine Halluzination gewesen? Für gewöhnlich erholte sich ihr Geist genauso schnell wie ihr Körper, was sie ihrer Unsterblichkeit zu verdanken hatte, doch vielleicht hatten Jonathans Schläge sie diesmal heftiger aufgewühlt, als sie anfangs geglaubt hatte.

Amelia schüttelte den Kopf und fing an, sich wieder um die eigene Achse zu drehen. Sie wollte nicht daran denken, was das alles zu bedeuten hatte. Dieser Moment war viel zu kostbar. Wann hatte sie das letzte Mal die Welt außerhalb ihres Zimmers erlebt? War es Jahre her? Oder sogar Jahrzehnte? In ihrer Zelle war die Zeit nur schwer greifbar.

Sie hielt wieder inne und berührte ein Blatt. Die Textur fühlte sich so echt an und zauberte ein Lächeln auf ihr Gesicht. Wunderschön. Sie würde Agent Stark bitten, ihr beim nächsten Mal dieselben Drogen zu verabreichen. Dadurch würden sich die nächsten Schläge leichter ertragen lassen.

»Amelia.«

Als sie die Stimme hörte, schreckte sie auf und wirbelte herum. Tom Fitzgerald gehörte sicher nicht zu den Männern, die sie in ihrem Traum erwartet hätte. Aber es überraschte sie nicht. Amelia musste oft an ihn denken, da er momentan der einzig anständige Mensch in ihrem Leben war. Er brachte ihr regelmäßig etwas zu essen und zu trinken in ihre Zelle. Sie wusste, dass er im Gegensatz zu seinem Vater die Rolle des guten Polizisten eingenommen hatte. Sie bezweifelte nicht, dass es sich dabei auch nur um ein Spiel handelte, doch sie genoss es mitzuspielen. Schließlich hatte sie sonst nichts Besseres zu tun.

»Hallo, Tom.« Ihre Stimme klang sanfter als erwartet und schmerzte ein wenig. Es war fast so, als hätte sie seit Tagen nicht mehr gesprochen. *Wie realistisch konnte dieser Traum denn noch werden?*

»Was tust du da?«

»Ich genieße die frische Luft.« Sie drehte sich wieder und wünschte sich, dass ihr Hemd sich in ein Sommerkleid verwandeln könnte. Man sollte doch meinen, dass sie ihre Träume etwas besser beeinflussen konnte. Vielleicht könnte sie ein Lagerfeuer anzünden und dieses furchtbare Gewand verbrennen.

»Wann glaubst du, werde ich diesmal aufwachen?«, fragte sie sich lautstark. »Stark hat mich gewarnt, dass die Pillen mit einem Sedativum durchsetzt sind. Vielleicht werde ich länger als erwartet schlafen.«

Tom hatte die Hände in den Hosentaschen seiner Jeans vergraben, während er sie mit einem intensiven Blick anstarrte. *Seine braunen Augen sehen denen seines Vaters so ähnlich.* Doch in den Tiefen seines Blicks war keine Spur von der Grausamkeit seines Vaters zu erkennen.

»Stark hat dir Drogen gegeben?«, fragte er, wobei er eine Augenbraue in die Höhe zog.

»Mmm«, murmelte sie und blickte wieder in die Sonne. »Er bringt mir immer irgendetwas, doch diese Pillen sind ohne Zweifel die besten. Alles fühlt sich so real an.« Sie kniete sich auf den Boden und steckte noch einmal die Hand ins Wasser. Es war so kühl. »Ich will für immer hierbleiben und nie wieder aufwachen.«

Auf ihre Worte folgte nur Stille und sie fragte sich, ob Tom verschwunden war. Dann sah sie seine Stiefel, die neben ihr am Ufer standen. Er ging in die Hocke und stützte seine starken Unterarme auf seinen Knien ab. Sein graues T-Shirt spannte sich über seiner muskulösen Brust und über seinem imposanten Bizeps. Wenn er nicht der Sohn eines Monsters wäre, dann hätte sie ihn für gut aussehend gehalten. Doch so wie die Dinge standen, würde sie ihn und

11

all die anderen bei der ersten Gelegenheit, die sich ihr bot, umbringen.

Sie berührte das Metallband um ihren Hals und knurrte: »Dieses verdammte Ding folgt mir sogar in meine Träume.« Wenn sie sich je davon befreien könnte, würde sie es Jonathan Fitzgerald in den Rachen stopfen.

»Amelia«, sagte er mit tiefer Stimme, »dies ist kein Traum.«

»Wie bitte?«

»Du träumst nicht.«

Sie lächelte und schüttelte den Kopf. Natürlich träumte sie. Was sollte es sonst sein, wenn nicht ein Traum? Hier gab es Wasser, Sonnenschein und Bäume. »Ich will, dass du jetzt gehst.« Sie wollte sich von dem gut aussehenden Sentinel ihre Flucht aus der Realität nicht verderben lassen.

»Ich wünschte, das könnte ich, aber bis auf Weiteres sitze ich hier fest.« Tom baute sich neben ihr zu seiner vollen Größe auf und streckte ihr eine Hand entgegen. »Lass uns in die Hütte zurückgehen. Du könntest eine Dusche vertragen und ich brauche eine Runde Schlaf.«

Sie runzelte die Stirn und starrte auf seine langen, maskulinen Finger. Er wackelte ein Mal ungeduldig damit, wobei er gleichzeitig seinen kantigen Kiefer anspannte. Sie blickte zu ihm auf und sah, dass ihr Kopf kaum an sein Kinn reichte. Seine muskulöse Brust strahlte eine Wärme aus, die sich unglaublich real anfühlte. Sie war so real, dass sie sich in den Oberschenkel kniff, um zu testen, ob er recht hatte. Sie verspürte einen leichten Schmerz und riss die Augen auf. »Dies ist kein Traum?«

Er schenkte ihr ein zaghaftes Lächeln. »Nein, Amelia, du träumst nicht.«

Sie taumelte rückwärts über einen Stein am Ufer und hätte beinahe die Balance verloren. *Was geht hier vor?* Handelte es sich hierbei um eine neue Illusion der CRF? Irgendeine Art

Simulation? Sie ließ den Blick über die Umgebung schweifen und suchte nach einem Anhaltspunkt, doch sie fand nichts. Wo sind all die Wissenschaftler und Sentinels?

»Was ist das für ein Spiel?« Offensichtlich war es einer von Jonathans Tricks, eine Manipulation, die sie in den Wahnsinn treiben sollte. In letzter Zeit schien er sich außerordentlich gern damit zu beschäftigen.

Als Tom erkannte, dass sie seine Hand nicht ergreifen würde, ließ er sie wieder sinken. Damit zog er ihre Aufmerksamkeit auf die Waffe an seiner Hüfte. »Kein Spiel, Amelia. Wir haben nur den Standort gewechselt.«

Sie blickte zu ihm auf. »Ein neuer Standort?« Was hatte das zu bedeuten? Befand sie sich nicht mehr im Keller der CRF? *Unmöglich.*

Er legte eine Hand an seinen Nacken und stieß den Atem aus. »Ja, es ist eine lange Geschichte. Aber um es kurz zu machen, wir werden eine Weile hierbleiben.«

»Mitten im Wald«, fügte sie hinzu. Wohin Serienmörder ihre Opfer verschleppten, um sich ihrer zu entledigen. Hatte Jonathan durch all die Tests bekommen, was er haben wollte? War sie nicht länger von Nutzen für ihn? *Werde ich hier sterben?*

Sie starrte in seine dunklen Augen, doch sie konnte nichts darin erkennen. Tom sah seinem Vater zum Verwechseln ähnlich, doch er war größer und muskulöser. Sie machte zögerlich einen Schritt zurück, worauf er seine blonden Augenbrauen in die Höhe zog.

»Ich werde dir nicht wehtun, Amelia.«

Sagte der Wolf zum Lamm. Sie hatte Jonathan bereits ein Mal vertraut und er hatte ihr unaussprechliche Dinge angetan. Warum sollte Tom anders sein? Sie befanden sich mitten im Nirgendwo, wo niemand ihre Schreie hören konnte. Sie machte noch einen Schritt zurück, während sie ihre Möglichkeiten abwog. Wenn sie tatsächlich nicht mehr im Gebäude der CRF waren, dann hatte sie eine Chance zu entkommen. Sie musste nur den bewaffneten Sentinel ausschalten, der vor ihr stand. *Leichter gesagt als getan.*

»Ich kann sehen, was du denkst, und …«

Sie wartete nicht, bis Tom den Satz beendet hatte, sondern lief in die entgegengesetzte Richtung in den Wald hinein. Ihre nackten Füße schrien förmlich auf, als sie über Steine und unebenen Boden immer weiter ziellos um den See lief und sich fragte, was auf der anderen Seite der Bäume lag. Sie duckte sich unter den Bäumen hindurch und wich Ästen aus, während hinter ihr Toms gedämpftes Fluchen durch die Luft hallte.

Er war ihr dicht auf den Fersen und sie nahm all ihre Kraft zusammen, um noch schneller zu laufen. Sie schnappte nach Luft, während sie sich so schnell sie konnte durch das Gestrüpp kämpfte. Sie war kleiner als er, was ihr zum Vorteil gereichte, denn sie konnte sich in einem Winkel durch die Bäume hindurch winden, wo er ausweichen musste. *Ich kann endlich entkommen. Vielleicht ist das alles doch nur ein Traum? Warum sonst …*

Ihre Gedanken wurden jäh unterbrochen, als sie geradewegs auf einen Baumstamm prallte. Sie begann zu fallen, doch zwei kräftige Hände fingen sie auf, bevor sie auf dem Boden aufschlagen konnte.

»Autsch«, murmelte sie, als sie sich die Nase rieb. Sie spähte durch ihre Finger hindurch und bemerkte, dass sie nicht an einem Baum, sondern an Toms muskulöser Brust abgeprallt war. Er hatte es irgendwie geschafft, sie zu überholen.

»Bist du jetzt fertig?«, fragte er mit geduldiger Stimme.

Amelia war nach dem Sprint durchs Gehölz völlig außer Atem, während er nicht einmal keuchte. Auf seiner Stirn war keine einzige Schweißperle zu sehen. Sie merkte, dass sie viel zu dicht bei ihm stand, und stieß sich mit einem Schnauben von ihm ab, als er sie losließ.

»Nein.« Sie hielt inne, um Atem zu schöpfen, dann begann sie von Neuem. »Fass mich nicht an.«

»Du bist doch direkt auf mich zugelaufen, Schätzchen.«

»Weil du ... du ... hast dich teleportiert oder so ähnlich.« Sie wedelte mit der Hand in der Luft, als würde das alles erklären.

»Du bist im Kreis um eine Baumgruppe herumgelaufen, Amelia. Dafür muss ich mich nicht teleportieren.« Sein herablassender Tonfall machte sie wütend und sie hätte am liebsten auf irgendetwas eingeschlagen. *Wie zum Beispiel sein Gesicht.* Sie fand, dass das ein akzeptabler Plan B war, und stürzte sich auf ihn. Wenn sie sich seine Waffe schnappen könnte, dann würde sie ihn erschießen. Dabei war es egal, dass sie noch nie zuvor eine Waffe benutzt hatte. Wie schwer konnte es schon sein? Sie wollte ihm ins Gesicht schlagen, doch er packte ihre Handgelenke mit festem Griff.

»Soll das dein Ernst sein? Wer hat dir denn das Kämpfen beigebracht? Die Drei Stooges?«

Sie wusste zwar nicht, wovon er sprach, doch sie hatte das Gefühl, dass er sich über sie lustig machte. Sie spannte ihre Muskeln an und rammte ihm ein Knie gegen den Oberschenkel. Es fühlte sich an, als hätte sie gerade gegen eine Wand aus Stahl getreten, doch er verlagerte sein Gewicht, um seine Lenden zu schützen, und war einen Moment abgelenkt. Sie schaffte es, ein Handgelenk aus seinem Griff zu befreien, und ballte die Hand zur Faust. Mit einem dumpfen Geräusch traf sie seinen Wangenknochen, wobei ihr der Schmerz wie ein Blitz durch den Unterarm schoss.

»Verdammt, Amelia!« Er packte wieder ihre Handgelenke, doch diesmal drückte er sie gegen einen Baum. Er spreizte die Beine und platzierte sie zu beiden Seiten ihres Körpers, während er mit einer Hand ihre beiden Handgelenke umfasste. Trotz seines festen Griffs war seine Berührung behutsam, als er ihre pochenden Fingerknöchel untersuchte.

15

Im Vergleich zu dem, was Jonathan ihr über all die Jahre angetan hatte, war der Schmerz gering, doch ihr Ego hatte einen Kratzer abbekommen. Sie stand blutend, verletzt und atemlos vor Tom, während er augenscheinlich nicht aus der Ruhe zu bringen war. Sie hätte sich am liebsten in einem Loch verkrochen. *Ich bin absolut nutzlos.*

»Es scheint nichts gebrochen zu sein«, murmelte er, nachdem er den Daumen ihrer rechten Hand bewegt hatte. Damit hatte sie versucht, ihn zu schlagen. *Erfolglos.* »Beim nächsten Mal solltest du den Daumen außen anlegen.« Mit seiner freien Hand demonstrierte er ihr, was er meinte. »Wenn du mehr Kraft hättest, dann hättest du dir auf diese Weise deinen Daumen verstauchen oder sogar brechen können. Bist du jetzt fertig?«

Sie sah mit einem finsteren Blick zu ihm auf. Sie konnte sich kaum bewegen, solange er sie mit seinem kräftigen Körper gegen den Baum presste. Sie hatte wohl kaum eine Wahl, als sich zu ergeben.

»Hör zu. Selbst wenn du mir entkommst − was nicht geschehen wird −, ist das Metallband um deinen Hals mit einem Gerät in der Hütte verbunden. Wenn du dich weiter als drei Kilometer davon entfernst, wird das Band explodieren. Und glaub nicht, dass ich es dir abnehmen werde. Das kommt überhaupt nicht infrage.« Mit diesen Worten stieß er sich von ihr ab und ließ ihre Hände los. »Ziehst du es vor, zu laufen, oder soll ich dich tragen?«

Sie warf wieder einen Blick auf die Waffe an seiner Hüfte. Er musste lächeln.

Er verschränkte die Arme vor der Brust und zog eine Augenbraue in die Höhe. »Du kannst es ja versuchen. Du wirst schon sehen, was dann passiert, Schätzchen.«

»Hör auf, mich so zu nennen.«

Tom lachte und wandte sich mit einem Kopfschütteln von

ihr ab. »Wie du willst, *Wirtschaftsgut*. Ich gehe jetzt und mache Frühstück.«

Sie starrte auf seinen muskulösen Rücken, als er zur Hütte zurückging. Sie konnte das Gebäude von ihrem Standpunkt aus sehen, was bedeutete, dass sie nicht annähernd so weit gelaufen war, wie sie geglaubt hatte. Ein Blick auf ihre blutigen Füße verriet ihr, dass er vermutlich recht damit hatte, dass sie sich nur im Kreis bewegt hatte. Und wer konnte ihr einen Vorwurf daraus machen? Sie konnte nicht einmal sagen, wie viel Zeit sie als Laborratte in einer Zelle gefristet hatte. In dem winzigen Zimmer ohne Fenster hatte sie kaum die Gelegenheit gehabt, sich fit zu halten.

Warum bin ich hier? Warum haben sie mich ausgerechnet jetzt an einen anderen Ort gebracht? Sie fragte sich, ob es etwas mit der Blondine zu tun hatte, die sie in ihrer Zelle besucht hatte, nachdem Jonathan sie verprügelt hatte.

»Er wird dich hier rausholen. Auch wenn er dafür dieses Gebäude bis auf die Grundmauern niederbrennen muss.« Hatte sie diese Worte tatsächlich ausgesprochen? Wusste Issac, dass sie noch am Leben war? Sie presste ihre Hand auf ihr schmerzendes Herz. Würde ihr Bruder sie nach all dieser Zeit retten? Jonathan hatte ihr Zeitungsartikel und Fotos von Issac gezeigt, um ihr zu verdeutlichen, dass ihr Bruder sein Leben weiterlebte und sie nicht mehr betrauerte. Am Anfang hatte es wehgetan und sie mit Wut und Hoffnungslosigkeit erfüllt, doch irgendwann hatte sie es verstanden. Alle glaubten, dass sie tot war. Sie konnte ihnen keinen Vorwurf machen, weil sie nach vorn blickten. Und wenn diese Frau keine Halluzination gewesen war? Kannte ihr Bruder die Wahrheit? Würde er sie aus dieser Hölle befreien?

Sie schöpfte plötzlich Hoffnung, die ihr jedoch einen Stich im Herzen versetzte. Sie wollte ihr nicht trauen. Aber aus welchem Grund würde Jonathan sie sonst an einen anderen Ort bringen lassen, wenn er sie nicht verstecken wollte? Wenn sie hier den Tod finden sollte, dann hätte Tom sie sicher längst umgebracht. *Es sei denn, er will, dass ich zuerst leide ...*

Sie starrte ihm hinterher und beobachtete ihn, wie er in die Hütte ging. Er hatte sich nicht einmal nach ihr umgedreht. Was auch immer er bezweckte, er war sich offenbar sicher, dass sie ihm folgen würde.

Das verdammte Halsband. Sie legte ihre Finger an das kalte, fremdartige Metall um ihren Hals und stieß ein Seufzen aus. Sie bezweifelte nicht einen Moment lang, dass er die Wahrheit gesagt hatte. Die Technologie, mit der die CRF arbeitete, war um einiges überlegener als alles, was sie je zuvor gesehen hatte, und dieses einfache Metallband unterdrückte ihre übernatürlichen Fähigkeiten. Solange sie es trug, konnte sie sich nicht verwandeln. Sie konnte nicht einmal Wissen vermitteln.

Tränen traten ihr in die Augen, doch sie blinzelte sie weg. Das war eine der Fähigkeiten, die Jonathan sie gelehrt hatte. Sie war imstande, ihre Emotionen vor anderen zu verbergen, und sie war eine Meisterin der Täuschung. In ihrer Lage könnte ihr dieses Talent durchaus von Nutzen sein. Sie konnte es mit Tom zwar nicht auf körperlicher Ebene aufnehmen, doch auf geistiger Ebene würde sie die Herausforderung annehmen. Wenn sie hier draußen wirklich allein waren, war sie im Vorteil.

Issac sucht nach mir. Sie konnte es fühlen. Sie musste nur Toms Vertrauen gewinnen, das sie dann dazu benutzen würde, um ihre Freiheit zu erlangen. Männer waren leicht zu manipulieren, vor allem mit Sex. Ihr lief ein Schauer über den Rücken. Sie hatte während ihrer Gefangenschaft zwar nie die Verführung als Mittel zum Zweck in Betracht gezogen, doch in Toms Fall könnte sie durchaus eine Ausnahme machen. Er war der Einzige auf diesem Planeten, den Jonathan außer sich selbst als wichtig erachtete, und das machte Tom zum perfekten Kandidaten. Sie würde ihn benutzen, um zu entkommen und um Rache an dem Mann zu üben, der ihr Leben ruiniert hatte. Es würde weder leicht werden noch würde sie es genießen, doch es wäre ein kleiner Preis, den sie zu bezahlen hatte, wenn sie dadurch endlich dieser Hölle entkommen könnte.

Sie blickte zum Himmel, der hinter den Baumkronen verborgen war, und schloss die Augen. *Eli.* Er würde verstehen, dass sie dieses Opfer bringen musste, und ihr vergeben. Er musste es einfach tun. Sie hatte keine andere Wahl. Und danach würde sie ihn rächen, indem sie Jonathan umbrachte.

Sie machte einen entschlossenen Schritt auf die Hütte zu und stieß mit dem Zeh gegen einen Stein. Der Schmerz erinnerte sie daran, dass sie in dem schäbigen Hemd und mit blutigen Füßen nicht gerade ein anziehendes Bild abgab.

»In Ordnung, dann werde ich eben duschen.« Sie blickte auf ihre Gliedmaßen herab und schürzte die Lippen. Wenn ihre Arme und Beine schon so dürr waren, wie sah dann wohl ihr Gesicht aus? Sie hatte seit einer halben Ewigkeit nicht mehr in den Spiegel geblickt. Aber ihr Haar war zerzaust und ihre Haut fühlte sich trocken und spröde an.

Tom hatte gesagt, dass sie bis auf Weiteres hierbleiben würden, und sie war froh darüber, denn sie würde einige Zeit brauchen, um sich auf ihr Vorhaben vorzubereiten. Sie musste nicht nur ihr Erscheinungsbild verbessern, sondern gleichzeitig einen Weg finden, um den Sentinel zu ködern. Ihre Erfahrungen mit einem Mann beschränkten sich nur auf Eli, doch sie hatte gesehen, wie andere Frauen Männer verführten. Wie schwer konnte es schon sein?

KAPITEL ZWEI

HAUSBESUCH

Toms Notlüge über Amelias Halsband wirkte Wunder. Darin war kein Sprengstoff enthalten, sondern nur ein Mechanismus, der ihre übernatürlichen Fähigkeiten außer Kraft setzte. War es eine gutmütige Lüge? Nein, aber er zog sie der anderen Option, Amelia in ihr Zimmer zu sperren, vor. Außerdem unterband es ihre törichten Versuche zu fliehen. Sie war völlig untrainiert und er wollte ihr wirklich nicht wehtun.

Während der ersten Woche verfielen sie in eine Routine, bei der sie nicht viele Worte miteinander wechselten. Tom war froh darüber. Er zog es vor, allein zu arbeiten, und nahm an, dass Amelia ihre Privatsphäre brauchte. Sie sprachen hauptsächlich während der Mahlzeiten und dann nur, wenn es unbedingt nötig war. Als er ihr an den ersten Tagen etwas zu essen auftischte, beobachtete sie ihn, bis er etwa die Hälfte seiner Mahlzeit verspeist hatte, um dann zögerlich ein paar Bissen von ihrem eigenen Teller zu picken. Am vierten Tag begann sie, wie ein normaler Mensch zu essen, was für ihn ein Zeichen war, dass sie begann, ihrer derzeitigen Situation zu trauen. Eines Abends entschied sie sich dafür, bei ihm im Wohnzimmer auf der Couch zu essen, während er sich ein Baseballspiel im Fernsehen ansah.

Er war sich nicht sicher, wie er darauf reagieren sollte. Für gewöhnlich ging sie nach dem Abendessen zurück in ihr Zimmer, doch heute stellte sie ihren Teller in der Spüle ab und gesellte sich zu ihm.

Es fiel ihm nicht leicht, eine Frau in seiner Nähe zu haben, die nur mit seinem T-Shirt und Boxershorts bekleidet war. Seine Gedanken spielten ihm Streiche und er hatte Schwierigkeiten, sich auf das Spiel zu konzentrieren. Dank einer täglichen Dusche und der Bürste, die er ihr gegeben hatte, hatte ihr Haar bereits einen gesunden Schimmer angenommen und nun fiel es ihr in sinnlichen Wellen über die Schulter. Er musste schlucken, als sie mit dem Finger eine Haarsträhne umwickelte, die sich über ihrer Brust kräuselte. Die unschuldige Geste rief alle möglichen ungebührlichen Gedanken in ihm hervor und er bereute es, sie nicht im Gästezimmer eingeschlossen zu haben.

Hoffentlich hat dieser Auftrag bald ein Ende. Der Gedanke kam ihm nicht nur wegen der verführerischen Frau, die neben ihm saß.

Tom trank sein Bier aus und ging zum Kühlschrank, um sich ein weiteres zu holen. Er hatte ihr am zweiten Abend ihres Aufenthalts eine Flasche angeboten, doch sie hatte ihn nur mit einem vorwurfsvollen Blick angestarrt. Er hatte es danach nicht wieder versucht, denn offenbar trank sie nicht gern Bier.

»Ich verstehe den Sinn dieses Spiels einfach nicht«, sagte sie, als er wieder ins Wohnzimmer kam. Er setzte sich diesmal absichtlich etwas weiter weg von ihr. Sie war zwar attraktiv, aber sie war immer noch ein Wirtschaftsgut der CRF und sie war gefährlich. »Beim Fußball gibt es wenigstens zwei zeitlich begrenzte Halbzeiten. Dieser Unsinn zieht sich in die Länge, während rein gar nichts passiert. Wie kommt es, dass du nicht zu Tode gelangweilt bist?«

Ihr britischer Akzent war sexy, doch ihre Worte waren wesentlich weniger attraktiv.

»Also erstens glaube ich kaum, dass du viel Ahnung von

Sport hast.« Er trank einen Schluck Bier, bevor er fortfuhr. »Und zweitens hast du wohl noch nie etwas von den Yankees gehört. Die sind alles andere als langweilig, Schätzchen.« Er krümmte sich innerlich. *Warum nenne ich sie immer so?* Der Kosename kam ihm jedes Mal über die Lippen, wenn sie ins Zimmer kam, und er war offenbar nicht imstande, etwas daran zu ändern. Sie warf ihm einen vielsagenden Blick zu, der ihm verriet, dass sie sich genauso wenig darüber freute wie er.

»Ich habe dir doch gesagt, dass du mich nicht so nennen sollst.«

Ja, und ich habe mich sogar selbst ermahnt, es nicht zu tun, aber du kannst ja sehen, wie gut das funktioniert hat. Sein Mund hatte ohne Zweifel ein Eigenleben.

»Zu Befehl, die Dame«, erwiderte Tom. Er salutierte ihr gespielt mit dem Flaschenhals zu und wandte sich dann wieder dem Spiel zu. Er versuchte es zumindest. Er konnte spüren, dass sie ihn beobachtete, und warf ihr einen Blick aus dem Augenwinkel zu. »Ja?«

»Du hast meine Frage nicht beantwortet.«

»Und welche?«

»Wie kommt es, dass es dich nicht langweilt? Es ist todlangweilig.«

Er stellte die Bierflasche auf den Couchtisch und wandte sich ihr zu. »Was würdest du dir denn gern ansehen, Amelia?« Natürlich würde er den Kanal nicht umschalten. Dieser Auftrag hatte den Vorteil, dass ihm eine Menge Freizeit zur Verfügung stand, und er hatte vor, sie zu nutzen.

»Hm, mal überlegen. Ich weiß gar nicht mehr, wann ich das letzte Mal die Gelegenheit hatte fernzusehen. Aber es muss doch sicher etwas geben, das besser ist als dieses Spiel.«

»Dir ist doch hoffentlich klar, dass du eine von New Yorks größten Errungenschaften beleidigst, nicht wahr?«

»Sollte ich mir deshalb etwa den Kopf zerbrechen?«

Er schnaubte. *Es ist um einiges angenehmer, wenn sie in ihrem*

Zimmer bleibt. Er wollte seine Gedanken gerade zum Ausdruck bringen, als ein summendes Geräusch aus seiner Tasche ertönte. Es war Zeit für sein allabendliches Gespräch mit seinem guten, alten Vater. Er griff nach der Fernbedienung und schaltete den Fernseher stumm, dann nahm er das Gespräch an. »Was gibt's?«

»Sehr professionell, mein Sohn.«

Tom grinste. »Ich bemühe mich wirklich, Dad. Das weißt du doch hoffentlich.« Er konnte sehen, wie Amelia sich neben ihm verkrampfte und sein Handy mit großen Augen anstarrte. Es wunderte ihn nicht, dass sie nicht besonders gut auf seinen Vater zu sprechen war. *Willkommen im Klub, Schätzchen.* »Welchem Umstand verdanke ich die Ehre deines Anrufs, Sir?« Er konnte den Sarkasmus in seiner Stimme nicht unterdrücken, als er das letzte Wort betonte.

Diese abendlichen Telefonate schienen die Kluft zwischen ihnen noch weiter aufklaffen zu lassen. Früher hatte sein Vater ihn immer angerufen, wenn Tom etwas getan hatte, um ihn zu beeindrucken, und er ihm seine Bewunderung dafür ausdrücken wollte. Jetzt telefonierte er nur noch mit ihm, um ihn an sein Versagen zu erinnern. Bis zu einem gewissen Grad schmerzte es, doch es ärgerte ihn auch, und aus diesem Grund bemühte er sich gar nicht um einen freundlichen Tonfall. Je schneller er das Gespräch beenden konnte, umso schneller würde er sich wieder seiner Unterhaltung mit Amelia widmen können. Offensichtlich hatte jemand eine Lektion nötig und musste lernen, warum man die Yankees nicht einfach so beleidigen konnte.

»Hast du etwa getrunken?«, wollte sein Vater wissen.

»Was ist los, willst du nicht zuerst die Statusmeldung hören? Das Wirtschaftsgut ist gesichert, falls es dich interessiert. Und, ja, ich genieße gerade ein Bier. Willst du sonst noch etwas wissen, bevor ich auflege?«

Das Schweigen am anderen Ende der Leitung verriet ihm,

dass er zu weit gegangen war. Er sah förmlich vor sich, wie der Gesichtsausdruck seines Vaters sich von Minute zu Minute verdunkelte. Vor einiger Zeit hätte ihn dieser Ausdruck verängstigt, doch heute brachte er ihn nur in Rage.

Nachdem Tom damals seinen Militärdienst beim Sondereinsatzkommando beendet und angefangen hatte, für die CRF zu arbeiten, war sein Vater ungemein stolz gewesen und hatte es kaum erwarten können, ihm alles zu zeigen. Am Anfang hatten sie als Team gut zusammengearbeitet. Sie hatten gemeinsam die Sentineleinheit geleitet und Zukunftspläne für die Firma geschmiedet. Als sie sich jedoch in das Lieblingsprojekt seines Vaters vertieft hatten und Tom einige Geheimnisse des Unternehmens herausgefunden hatte, schwanden sowohl seine Bewunderung als auch sein Respekt zusehends. Dann hatte er Amelia in der Forschungsabteilung entdeckt, und das hatte schlagartig alles verändert.

Sie war zwar mit seinem Erzfeind verwandt, doch das änderte nichts an der Tatsache, dass sie eine unschuldige Frau war, die von seinem Vater gefangen gehalten wurde. An jenem Tag hatte er klar und deutlich seinen Standpunkt geäußert und seinem Vater zum ersten Mal in seinem Leben widersprochen. Ihr Streit hatte die Vater-Sohn-Beziehung zerrüttet und es war fraglich, ob sie sich je wieder von dem Schlag erholen würde.

Sein Magen verkrampfte sich und sein Blut geriet in Wallung, als er sich jenen Tag in Erinnerung rief. Er war sich nicht sicher, ob er wütend sein oder sich wegen seiner schroffen Antwort schuldig fühlen sollte. Er hatte sein ganzes Leben lang versucht, die einzige Person, die ihn liebte, zufriedenzustellen, und diese Liebe hatte er wegen eines Streits verraten. Doch als er jetzt Amelia anblickte, wie sie mit großen Augen auf das Handy an seinem Ohr starrte, verspürte er unwillkürlich einen Anflug von Stolz, weil er sich für sie eingesetzt hatte. Allerdings hatte er damit nicht viel ausrichten können, denn sie war selbst in frischen

Kleidern immer noch eine Gefangene und erwartete ihr Schicksal.

Er fuhr sich mit der Hand durchs Haar und stieß den Atem aus. *Es ist besser, wenn ich das Spiel mitspiele*, dachte er. Wenn sein Vater ihn aus Wut von diesem Auftrag abziehen würde, dann würde er ihn sicher an einen anderen Ort versetzen, an dem es um einiges unbequemer war, und er wagte gar nicht, daran zu denken, welche Aufgaben dort auf ihn warteten. Tom wollte überleben, mit oder ohne die Hilfe seines Vaters, doch zuerst musste er seinen Ausweichplan bis zum Ende ausklügeln. Um das zu tun, brauchte er seine Freiheit, und das bedeutete, dass er gehorchen musste. Zumindest für den Moment.

»Ich schaue mir das Spiel der Yankees an«, sagte er trocken. »Und ich gebe zu, dass ich ein Bier genieße. Es tut mir leid, Sir.«

»Ich verstehe.« Dann verfiel sein Vater in ein Schweigen, das viel zu lange anhielt. *Mach dich auf etwas gefasst.* »Du solltest wissen, dass Dr. Patel und ihr Team in etwa fünf Minuten in der Hütte eintreffen werden. Bereite das Wirtschaftsgut vor und warte auf weitere Anweisungen.« Dann legte er auf.

Tom starrte das Handy an. »Verdammt.« Es wäre nett gewesen, wenn er ihn eine Stunde früher vorgewarnt hätte. »Du musst mit mir ins Gästezimmer gehen.«

Sie zog ruckartig die Augenbrauen in die Höhe. »Wie bitte?«

»Dr. Patel wird gleich hier sein, um Proben zu nehmen, und ich bezweifle, dass sie begeistert sein wird, wenn sie dich hier bei mir im Wohnzimmer vorfindet.«

Der empörte Ausdruck auf Amelias Gesicht wich einer schockierten Blässe. »Anita ist auf dem Weg hierher?« Ihr kleinlauter Tonfall hatte nichts mehr mit der entschlossenen Stimme zu tun, mit der sie noch vor zehn Minuten gesprochen hatte.

»Ja, und sie wird jeden Moment hier sein.« Mit einer drängenden Handbewegung zeigte er in Richtung Flur. »Komm schon. Ich muss dafür sorgen, dass das Gästezimmer unbewohnt aussieht.«

Ihre Wangen bekamen wieder ein wenig Farbe, als sie über seine Bemerkung nachdachte. »Wie bitte? Warum?«

»Weil ich dich eigentlich im Keller in einem Käfig halten soll«, sagte er mit gedämpfter Stimme und setzte sich in Bewegung.

»Hier gibt es einen Keller?«, fragte sie und folgte ihm.

»Das ist alles, was dir dazu einfällt? Im Ernst?« Er ließ den Blick durch das Gästezimmer schweifen und fand keinerlei persönliche Gegenstände. Für gewöhnlich hinterlegte er frische T-Shirts und Boxershorts im Badezimmer für sie, während Amelia ihre Wäsche zusammengefaltet an derselben Stelle hinterließ. »Ich kann nichts Verdächtiges sehen. Setz dich aufs Bett.«

Er vergewisserte sich nicht, dass sie gehorchte, sondern ging ins Badezimmer und verstaute all die Artikel wie ihre Haarbürste und ihr Deodorant unter dem Waschbecken. Falls Anitas Team sie bemerkte, würde er sagen, dass sie seiner Tante gehörten. Dann würde er in die Rolle seines Vaters schlüpfen und eine Erklärung für ihre Schnüffelei von ihnen verlangen. Manchmal machte es sich bezahlt, wenn man die Angestellten daran erinnerte, welchen Platz er in der CRF einmal einnehmen würde.

Er schnappte sich den Wäschekorb und Amelias Handtuch, ging damit ins große Schlafzimmer und warf alles in den Schrank. Er konnte das Geräusch von Reifen in der Einfahrt hören, als er ins Wohnzimmer zurückkehrte. Kiesbestreute Einfahrten waren durchaus ein gutes Warnsystem. Er schaltete den Fernseher aus, schnappte sich die Bierflasche und lehnte sich mit überkreuzten Füßen an die Wand. Seine

Lieblingspistole ruhte an ihrem gewohnten Platz an seiner Hüfte und in seiner linken Socke steckte ein Messer. Nur für den Fall. Eigentlich trug er nur keine Waffe, wenn er nackt war, und selbst dann hatte er immer eine Pistole griffbereit.

Agent Stark trat zuerst ein. Er trug das für ihn typische Outfit aus Jeans und T-Shirt.

»Danke fürs Anklopfen«, bemerkte Tom sarkastisch. Er hätte wissen müssen, dass sein Vater seinen Lieblingssentinel schicken würde, um Dr. Patels Gefolgschaft anzuführen. »Solltest du nicht eigentlich Stas trainieren?« Nur aus diesem Grund war Tom zum Babysitter ernannt worden und bewachte das Wirtschaftsgut, während Stark den ersten weiblichen Sentinel der CRF unterweisen durfte. Auch das sollte Tom als Strafe dienen, denn sein Vater wusste, dass er liebend gern selbst die Ausbildung seiner Freundin übernommen hätte. Er liebte Stas wie eine Schwester und es quälte ihn, dass er nicht für sie da sein konnte.

»Ich habe ihr den Abend freigegeben. Sie muss darauf achten, dass ihre Tarnung bei Wakefield nicht auffliegt.«

»Aha.« Tom trank einen Schluck Bier, damit Stark nicht sehen konnte, wie er das Gesicht verzog. Wenn Tom den Namen Issac Wakefield hörte, verspürte er das Bedürfnis, ihn für Schießübungen mit seiner Lieblingswaffe zu missbrauchen. »Und wie geht ihre Ausbildung voran?«

»Ich bin nicht hierhergekommen, um mit dir zu plaudern, Fitzgerald. Wo befindet sich das Wirtschaftsgut?«

Stark blieb zwei Schritte vor ihm stehen und zog eine blonde Augenbraue in die Höhe. Die beiden Männer waren fast gleich groß und ähnlich gebaut, doch Toms Gegenüber strahlte eine stoische Ruhe aus und hatte keinerlei Sinn für Humor. Mit dem Sentinel stimmte etwas ganz und gar nicht, ungeachtet seiner Fähigkeit, durch eine Berührung zu heilen. Was auch immer er war, er war sicher nicht menschlich.

»Was hat es mit dem spätabendlichen Besuch auf sich?«, fragte Tom. »Hat das nicht bis morgen warten können?«

»Nein. Ich war gerade mit einer Fallstudie beschäftigt, als Ihr Vater beschlossen hat, mein Wirtschaftsgut an einen anderen Ort zu verlegen«, sagte Anita Patel, die in der Eingangstür stand. Die Frau war zwar zierlich, doch sie strahlte eine unbeugsame Härte aus. Tom nahm an, dass sie nur mit dieser Einstellung als Leiterin der Forschungsabteilung der CRF Anerkennung fand. Sie betreute in der Zentrale mehrere Wirtschaftsgüter, von denen die meisten abtrünnige Unsterbliche waren, die abscheuliche Verbrechen begangen hatten. Amelia war eine Ausnahme, die den Umständen zum Opfer gefallen war.

»Dr. Patel.« Er nickte der dunkelhaarigen Frau zur Begrüßung zu. Nach ihr betraten zwei männliche Wissenschaftler die Hütte. Sie waren damit beschäftigt, Taschen in die Hütte zu tragen, und vermieden es, ihm in die Augen zu sehen. Das Verhalten war nicht ungewöhnlich für die Angestellten der CRF. Tom war nicht nur ein Sentinel, sondern auch der zukünftige Firmenchef.

»Hallo, Tom.« Die Ärztin neigte den Kopf als Zeichen des Respekts, eine Geste, mit der sie auch seinen Vater begrüßte. »Wo ist meine Versuchsperson?«

Er umfasste seine Bierflasche mit festem Griff. Es war eine seltsame Reaktion auf eine unschuldige Frage, dennoch zog sich ein Knoten in seinem Magen zusammen. Seine Aufgabe war es, das Wirtschaftsgut zu bewachen, was bedeutete, dass er eine mögliche Flucht verhindern musste und dafür zu sorgen hatte, dass Amelia nicht entdeckt wurde. Er war jedoch nicht damit beauftragt, sie zu beschützen. Nichtsdestotrotz zuckten seine Finger um seine Waffe. *Kein gutes Zeichen.*

»Was haben Sie mit ihr vor?« Er war eigentlich nicht der neugierige Typ, doch er konnte nichts dagegen tun. Anita verschränkte die Hände vor der Brust und schürzte die

Lippen. Sie schien sich wegen seines Interesses keine Gedanken zu machen. *Nun, das ist dein Problem.* »Ich frage nur, weil diese Hütte sich nicht unbedingt als Forschungslabor eignet und ich kaum Materialien zur Hand habe.«

In ihren Augen blitzte Verständnis auf und sie nickte ihm zustimmend zu. »Natürlich. Ich habe alles dabei, was ich brauche, um meine Routinetests durchzuführen und ein paar Proben zu nehmen. Allerdings wird es wahrscheinlich etwas länger als gewöhnlich dauern, deshalb würde ich jetzt gern anfangen.«

»Sicher.« Tom zuckte mit den Schultern, um die Verspannung darin zu lösen. Ihre Worte ergaben durchaus einen Sinn, dennoch behagte ihm die Situation ganz und gar nicht. Es war besser, wenn er es so schnell wie möglich hinter sich brachte. »Sie befindet sich im Gästezimmer.« Als er sah, wie Anita die Augenbrauen in die Höhe zog, fügte er hinzu: »Ich habe angenommen, dass Sie das Zimmer vorziehen würden. Im Keller ist die Beleuchtung ausgesprochen schlecht.« Tom war in der Obhut eines menschlichen Lügendetektors aufgewachsen, daher war er ziemlich gut darin, anderen Menschen glaubhafte Halbwahrheiten aufzutischen.

Dr. Patel nickte zufrieden. »Wunderbar. Wir geben Ihnen Bescheid, falls wir etwas brauchen.« Sie wandte sich den Wissenschaftlern zu und schnippte mit den Fingern, worauf die Männer wie gehorsame Schoßhunde hinter ihr her trotteten.

Stark folgte ihr nicht, sondern blieb mit ausdrucksloser Miene stehen. Tom beäugte den Mann, während er noch einen Schluck Bier trank. *Ja, er ist ganz sicher kein Sterblicher.* Aber er war auch kein Hydraianer oder Ichorianer. Er nahm an, dass Stark das Produkt eines von Anitas Projekten war. Das würde sowohl seine Fähigkeit, mittels einer Berührung zu heilen, als auch sein seltsames Verhalten erklären.

»Bist du als Personenschutz für Dr. Patel und ihre Mitarbeiter abgestellt?«, fragte Tom.

»Nein.« Eine einfache Antwort ohne eine weitere Erläuterung.

»Okay.« Er leerte die Flasche und warf sie in der Küche in den Mülleimer.

Er blieb im Flur stehen und spitzte die Ohren, um auf irgendwelche Anzeichen eines Kampfes aus Amelias Zimmer zu lauschen, doch er konnte nichts hören. Dr. Patel hatte letztes Jahr auch seine medizinische Untersuchung durchgeführt und war dabei absolut professionell vorgegangen, doch er hatte immer das Gefühl, dass von ihr eine gewisse Gefahr ausging. In ihren Augen lag eine morbide Neugier, die für Wissenschaftler nichts Ungewöhnliches war, dennoch gab es Tage, an denen sie ihm ein Dorn im Auge war. Und heute war einer dieser Tage.

Er wurde wieder von dem starken Instinkt übermannt, nach seiner Waffe zu greifen. »Hast du eine Vorstellung davon, wie lange es dauern wird?«, fragte er und ignorierte das Gefühl. *Was stimmt nur nicht mit mir?*

»Warum?« Stark blickte ihn mit seinen hellgrünen Augen an. »Hast du noch etwas vor?«

Tom starrte ihn mit offenem Mund an. »Hast du etwa gerade einen Scherz gemacht?«

»Manche würden es vielleicht eine spöttische Bemerkung nennen.«

»Oder einen Scherz.«

Stark zuckte nur mit den Schultern. »Wie auch immer. Ich werde eine Runde joggen gehen.«

»Joggen?«

»Ja. Wir werden eine Weile hier sein und es war eine lange Fahrt.« Er legte den Kopf in den Nacken und rollte die Schultern, während er sprach. »Und mir ist langweilig.«

Denn das ist normal. »In Ordnung, viel Spaß.«

Er sah ihn mit seinen gespenstischen Augen an und ließ den Blick an ihm auf und ab schweifen. »Du kennst diese Wälder hier besser als ich. Zeig mir die Umgebung und ich erzähle dir, wie die Ausbildung deiner Freundin vorangeht. Vielleicht können wir uns sogar darüber unterhalten, was ich für sie geplant habe.«

Tom blickte ihn verwundert an. »Du willst, dass ich mit dir joggen gehe?«

»Das habe ich doch gesagt, oder etwa nicht?«

Wenn ihm ein anderer Sentinel gegenübergestanden hätte, dann hätte er sich nichts weiter dabei gedacht. Doch Stark war der einsame Wolf des Teams und Tom hätte nie erwartet, dass er ihn bitten würde, mit ihm laufen zu gehen. Vielleicht langweilte er sich tatsächlich.

Oder er führt etwas im Schilde.

Er haderte mit seinen Instinkten. Es fühlte sich nicht richtig an, Amelia hier mit den Wissenschaftlern allein zu lassen, doch der Gedanke war lächerlich. Schließlich war sein Vater derjenige, der es genoss, sie zu verprügeln, nicht die anderen. Sie befand sich hier in Sicherheit, außer Reichweite des wahnsinnigen Firmenchefs der CRF. Und bisher hatte er aus ihrem Zimmer noch keine Geräusche gehört, die darauf schließen ließen, dass sie sich in Schwierigkeiten befand.

Ich mache mir zu viele Gedanken. Ein Lauf würde ihm sicher guttun. Darüber hinaus wollte er wissen, welche Pläne Stark für Stas hatte. Sie war zwar wütend auf ihn, doch das hielt ihn nicht davon ab, sich um sie zu sorgen.

»Einverstanden.« Die Junihitze würde ihn zwar fast umbringen, wenn er in Jeans joggen ging, doch wenn Stark keine Laufhose anzog, würde er es ebenso wenig tun. Ein Teil ihrer Ausbildung bestand darin, unter unnatürlichen Umständen zu trainieren. Es schien, als würden sie heute Abend genau das tun. Gemeinsam. Er schnürte seine

Turnschuhe zu und traf sich mit Stark vor der Tür. »Nach Ihnen, Agent.«

~

SADISTISCHES MISTSTÜCK.

Amelia wusste nicht, welches Nervengift Anita ihr injiziert hatte, doch es war ihr unmöglich, sich zu bewegen oder einen Laut von sich zu geben. Trotzdem konnte sie jeden einzelnen Stich und jeden Druck spüren, während die Wissenschaftler ihren nackten Körper mit kalten Instrumenten untersuchten.

Die Ärztin testete gern die Grenzen von Amelias Unsterblichkeit, wobei die Schmerzbekämpfung nicht Gegenstand dieser Sitzungen war. Im Gegenteil, es ging darum herauszufinden, wie viel Amelia ertragen konnte, bevor sie das Bewusstsein verlor, und im Moment stand sie kurz davor. Aus diesem Grund hielten sie ihr eine Flasche mit Riechsalz unter die Nase.

Die Zeit stand still.

Minuten, Stunden, Tage ...

Alles tat weh.

Ein Brennen wanderte an ihrer Wirbelsäule entlang nach oben und ließ ihre Gedanken in tausend unverständliche Stücke zerspringen. Sie war sich nicht sicher, wie viel länger sie die Schlacht gegen den Wahnsinn noch gewinnen konnte.

Die Dunkelheit zog langsam herauf, um sie an einen Ort zu ziehen, wo sie aufhörte zu fühlen. Sie hatte ihn selbst für Momente wie diesen geschaffen, wenn der Schmerz unerträglich wurde.

Ihre ganz eigene Droge.

Süchtig machend.

Alles durchdringend.

Eines Tages würde ihr Verstand dorthin wandern und nie wieder zurückkehren.

Wäre das so schlimm?, fragte sie sich.

Ja … Jonathan darf nicht gewinnen.

Über sich hörte sie Anitas strenge Stimme. Sie sagte etwas über irgendwelche Behälter. Amelia war sich nicht sicher.

Sie schrie innerlich auf, als jemand ein Messer zwischen ihre Rippen stieß. Stille Tränen rannen ihr ungewollt aus den starren Augen. Genau das wollte Anita und bei dem Gedanken drehte sich Amelia der Magen um.

Eines Tages würde Amelia sie umbringen. Sie fragte sich, was Eli und Issac von ihren gewalttätigen Fantasien halten würden. Sie war nicht mehr das gütige und anständige Mädchen von früher. Wahrscheinlich würden sie die Frau nicht wiedererkennen, zu der sie dank dieser Erfahrungen geworden war.

Ein eisiges Gefühl breitete sich in ihrer Brust aus, auf das sofort ein unerträgliches Brennen folgte, als einer von Anitas Lakaien eine Kanüle in ihr Herz stach. Sie hasste diesen Teil, weil er ihr unbändige Schmerzen bereitete. Gleichzeitig hieß sie ihn jedoch willkommen, denn sie wusste, dass ihre Qualen bald ein Ende haben würden und sie sich wieder würde bewegen können. Dann würde sie sich übergeben müssen und die Möglichkeit haben, sich kurzfristig zu erholen, bevor sie im Geiste unabänderlich die Stunden zählte, bis die Folter von Neuem begann.

Sie hatte gehofft, in dieser Hütte von der Folter verschont zu bleiben. Aber nein. Die Hoffnung hatte ihr einen Streich gespielt. Sie hasste dieses quälende Gefühl.

»Drei, zwei …« Anitas Stimme wurde mit jeder Zahl lauter. »Eins.«

Amelia schnappte nach Luft und nahm einen tiefen Atemzug, während sie zitternd auf der Plastikplane lag.

»Siehst du, das war doch gar nicht so schlimm, meine Liebe.« Anita schenkte ihr ein Lächeln, das vor Bosheit nur so strotzte.

Amelia kam eine ganze Litanei an Flüchen in den Sinn, doch sie wollten ihr einfach nicht über die Lippen kommen. Wenn sie dieses sadistische Miststück je zu fassen bekäme, würde sie die Hexe lähmen und ihr Herz mit Adrenalin vollpumpen, um zu sehen, wie sie es verkraftete. Amelias Lunge brannte und sie stieß ein heftiges Husten aus, bevor die Wissenschaftler sie auf die Seite drehten, damit sie ihren Mageninhalt entleeren konnte.

Ein Sterblicher würde bei dieser Folter zu Tode kommen, doch auch als Unsterbliche hatte sie kaum überlebt. Amelia verabscheute die Tatsache, dass ihr Verstand dazu fähig war, sich im Bruchteil einer Sekunde zu regenerieren. Dadurch stand sie während Anitas Behandlung immer am Rande des Wahnsinns, während sie gleichzeitig bei klarem Verstand blieb.

Es sei denn, ich wage mich in die Dunkelheit vor ...

Nicht heute.

»Holt Agent Stark«, sagte Anita nach einigen quälend langen Minuten. Der Befehl kam unerwartet, denn für gewöhnlich verlangte sie immer erst zu einem späteren Zeitpunkt nach Stark. Vielleicht wollten sie Amelia heilen, um sie gleich noch einmal zu testen?

»Sie wünschen ...« Starks tiefe Stimme hatte eine beruhigende Wirkung auf sie. Sie sehnte sich nach seiner heilenden Berührung mehr als nach dem Bedürfnis zu atmen.

»Ich gehe davon aus, dass du Tom abgelenkt hast?«, fragte Anita.

»Ja, das habe ich. Er telefoniert draußen mit Stas.«

»Gut. Bring das Wirtschaftsgut ins Badezimmer und säubere es. Wir kümmern uns um die Sauerei hier.«

Ihre Stimme klang emotionslos und abgeklärt. *Ich hasse dich.*

Ein starker Arm wurde unter ihre Knie geschoben, während ein zweiter sich um ihre Schultern legte. Sie erwiderte den Blick des Mannes nicht, der sie ins Badezimmer trug und in die Wanne setzte. Mit einem Tritt schloss er die

Tür und kniete sich mit ausdruckslosem Gesicht neben ihr auf den Boden.

»Hier.« Er streckte ihr eine seiner berüchtigten Pillen entgegen und sie öffnete sofort den Mund. So lief es immer ab, obwohl sie vermutete, dass Stark ihr eigentlich keine Medikamente gegen die Schmerzen verabreichen sollte. Er schien eine Menge Dinge zu tun, die wahrscheinlich nicht vorgesehen waren. Während ihrer letzten Heilung hatte er sich sogar unsichtbar gemacht. Sie war schockiert gewesen. Sie hatte zwar gewusst, dass er heilen konnte, doch sie hatte keine Ahnung, dass er die Fähigkeit hatte, einfach so zu verschwinden. Oder war das nur eine Halluzination gewesen?

Er schnappte sich einen Becher vom Waschbecken und füllte ihn mit Wasser, dann führte er ihn an ihre trockenen Lippen. »Trink.«

Sie schluckte die kühle Flüssigkeit mit der Pille hinunter, dann schloss sie die Augen. Ihre unsterblichen Gene heilten ihren Verstand schneller als ihren Körper, doch Starks Berührung würde ihr bei Letzterem behilflich sein. Es würde wehtun, aber letztendlich würde es ihr Erleichterung verschaffen. Es sei denn, Anita hatte vor, die ganze Prozedur noch einmal durchzuführen, dann hätten sie noch eine lange Nacht vor sich.

Ihr Körper wurde von Hitze umhüllt, als Stark eine Handfläche auf ihre Schulter presste. Der Energieaustausch rief immer zuerst ein Prickeln in ihr hervor, welches kurz darauf zu einem Inferno anschwoll, das sie instinktiv aufschreien ließ. Mit der anderen Hand bedeckte er ihren Mund, um ihre Schreie zu dämpfen, während er seine Kräfte über sie ergoss. Beim letzten Mal hatte sie das Bewusstsein verloren, doch diesmal waren ihre Verletzungen nicht ganz so schlimm. Jonathan genoss es, ihr innerliche Wunden zuzufügen, während Anita äußerliche Schmerzen bevorzugte. Die Frau liebte es, Amelia bluten zu lassen.

»Fast fertig, Amelia.« Trotz des gefühllosen Tonfalls war seine tiefe Stimme eine Wohltat. Sie wusste nicht, was sie von ihm halten sollte, denn er tat Dinge, die gegen die Regeln der CRF verstießen. Erst vor ein paar Tagen hatte er nichts unternommen, als diese blonde Frau in ihr Zimmer gekommen war. Allerdings war Amelia sich nicht einmal sicher, ob das Gespräch tatsächlich real gewesen war.

Es muss einfach real gewesen sein. Issac wird mich hier rausholen ... Die Unterhaltung in ihrer Zelle war überaus seltsam gewesen. Zuerst hatte Stark sich in Luft aufgelöst, bevor die Blondine die Tür geöffnet hatte. Dann hatte sie von ihrem Bruder gesprochen, der sie mit einem Tanz hatte verführen wollen. Es hatte ganz und gar nicht nach ihrem Bruder geklungen, obwohl die Worte durchaus einen Sinn ergeben hatten. Wenn die Frau sie jedoch tatsächlich aus dem Keller der CRF befreien wollte, wie sie gesagt hatte, warum hatte Stark dann nichts unternommen?

Es sei denn ...

Sie öffnete die Lider und blickte in seine leuchtend grünen Augen. »Sie sind ...« Sie konnte nicht sprechen, weil er immer noch seine Hand auf ihren Mund gelegt hatte. *Sie sind der Grund, warum ich hier bin*, dachte sie und blickte ihn anklagend an. Aber warum hatte er sie in einer Hütte verborgen? Es wäre doch sicher einfacher, sich der Frau zu entledigen, die sie gefunden hatte.

»Es ist nicht alles einfach nur schwarz oder weiß«, entgegnete er geheimnisvoll. »Und jetzt nimm eine Dusche, sobald du wieder stehen kannst. Ich werde deine Kleider holen.«

Er zog den Duschvorhang zu, bevor sie etwas erwidern konnte.

KAPITEL ZWEI

SCHIESSÜBUNGEN

TOM BEENDETE DAS GESPRÄCH, als die Wissenschaftler die Hütte verließen. Aus irgendeinem Grund hatten sie ein Grinsen auf dem Gesicht, doch ihr Frohsinn erstarb, als sie ihn sahen. Er verdrehte die Augen, als sie die Blicke abwandten und mit einer Reihe von Behältern zum Wagen eilten. *Blutproben. Ekelhaft.*

Stark, der die Taschen mit ihrer Ausrüstung trug, kam nach ihnen aus der Hütte. Tom entging nicht, dass zuvor zwei Männer nötig gewesen waren, um die Taschen zu tragen. Die beiden Wissenschaftler waren zwar keine kräftigen Männer, aber sie waren auch nicht gerade dürr.

»Das Wirtschaftsgut duscht gerade«, war alles, was Stark im Vorbeigehen sagte. Er warf die Taschen in den Kofferraum, als würden sie nicht das Geringste wiegen, dann lehnte er sich gegen den überdimensionalen Jeep und verschränkte die Arme. Tom fiel auf, dass er sein Hemd gewechselt hatte. Zuvor war es schwarz gewesen, jetzt war es rot.

Warum? Sie waren während ihres Laufs kaum ins Schwitzen geraten. Toms Instinkte meldeten sich zu Wort und er ging auf die Hütte zu. In dem Moment kam Anita heraus und hatte wieder dieses verdammte Leuchten in den Augen, bei dem sich ihm der Magen umdrehte.

»Sie können die Frau jetzt wieder in ihre Zelle bringen. Ich hoffe, es macht Ihnen nichts aus, das zu übernehmen. Wir müssen diese Proben ins Labor bringen und uns läuft die Zeit davon.«

»Natürlich.« Er nahm eine lässige Haltung ein, während sich seine Gedanken jedoch überschlugen.

Der Lauf vorhin hatte seine Nerven kaum beruhigen können, obwohl ihm seine Unterhaltung mit Stas vorübergehend Erleichterung verschafft hatte. Er gab es nur ungern zu, doch er verspürte einen Anflug von Bewunderung für Stark. Der beherrschte Sentinel hatte einen vortrefflichen Trainingsplan ausgearbeitet und Stas schien begeistert zu sein.

Er telefonierte nicht oft mit ihr, doch in diesem Fall hatte er sich mit ihr persönlich unterhalten wollen. Sie glaubte, dass er sich auf einer Mission im Ausland befand, und er machte sich nicht die Mühe, es richtigzustellen. Dann hatte sich ihre Mitbewohnerin das Handy geschnappt, um ihm gründlich die Meinung zu sagen.

Lizzie Watkins war eine enge Freundin der Familie und die Tochter eines Angestellten der CRF. Sie hatte ihm eine Schimpftirade an den Kopf geworfen, weil sie mit Stas' Ausbildung zum Sentinel nicht einverstanden war, dann hatte sie ihn darüber belehrt, dass er sich vorsehen sollte, solange er im Ausland war. Er hatte mit einem Grinsen und einem Kopfschütteln aufgelegt. Sie wusste nichts von der Existenz der Unsterblichen und er hatte vor, es dabei zu belassen.

»Fitzgerald.« Stark nickte ihm zu. Es war seine Art, sich zu verabschieden.

»Stark.« Er erwiderte das Nicken, bevor das Team in den Jeep stieg.

Ihn überkam ein Gefühl der Einsamkeit, als die Rücklichter sich langsam entfernten. Er dachte daran, Stas und Lizzie zurückzurufen, um sich noch ein wenig länger mit ihnen zu unterhalten, doch er entschied sich dagegen.

So sehr sich seine Freunde auch um ihn sorgten, sie kannten ihn nicht und würden es auch nie wirklich tun. Ein Mann wie er würde nicht lange genug auf Erden weilen, um enge Freundschaften zu schließen. Der Tod lauerte hinter jeder Ecke und verfolgte ihn in seinen Träumen, und jeder Mensch in seinem Leben stellte eine Bürde dar.

Ich hätte im Mittleren Osten bleiben sollen. Dort hatte er zumindest einen Zweck erfüllt. Er war ein Mann mit einer Waffe und einem Ziel gewesen. Frieden.

Mit einem Seufzen ging er zurück in die Hütte. Das Badezimmer war leer und die Tür zum Gästezimmer war geschlossen. Er klopfte an und wartete auf eine Antwort, doch er hörte nichts.

»Amelia?« Die Härchen auf seinen Armen richteten sich auf. Diese Hütte barg brutale Erinnerungen und er befürchtete, dass heute Abend neue entstanden waren. Als sie nicht reagierte, klopfte er noch einmal an die Tür und öffnete sie einen Spaltbreit.

»Geht es dir gut?« In dem Moment, als ihm die Frage über die Lippen kam, erkannte er, wie töricht sie war. Natürlich ging es ihr nicht gut. Sie war eine Kriegsgefangene.

Sein Vater hatte sie entführt, um Rache zu üben, doch statt sie zu benutzen, um ihren tatsächlichen Feind zur Strecke zu bringen, hatte er sie in der Forschungsabteilung eingesperrt.

»Du musst doch einsehen, dass sie für uns von Nutzen ist, mein Sohn«, hatte sein Vater gesagt, nachdem Tom sie entdeckt hatte. »Denk nur daran, was wir mit ihren Genen alles bewerkstelligen könnten.«

»Es ist einfach nicht richtig«, hatte Tom erwidert. »Das musst du doch selbst wissen.«

Die CRF wollte ihre einzigartigen Fähigkeiten reproduzieren. Ihr Streit hatte damit geendet, dass sein Vater ihm versichert hatte, dass Amelia gut versorgt war, auch wenn es auf den ersten Blick nicht den Anschein machte. Die Lüge hatte sich in Wohlgefallen aufgelöst, als Tom sie Anfang letzter Woche vorgefunden hatte, nachdem sein Vater sie krankenhausreif geprügelt hatte. Als Tom ihn deshalb zur Rede gestellt hatte, hatte er aufs Neue feststellen müssen, dass er keine andere Wahl hatte, als das Spiel mitzuspielen.

»Wohin würdest du dich wenden, mein Sohn? Die Ichorianer wollen deinen Tod und die Hydraianer werden dich nicht beschützen. Nicht nach allem, was du getan hast. Wir sind alles, was dir noch bleibt. Ich schlage vor, dass du mit uns zusammenarbeitest.«

Er verscheuchte die widerwärtigen Worte aus seinen Gedanken und drückte die Tür auf. Amelia saß zusammengekauert in einer Ecke. Ihr feuchtes Haar fiel ihr um ihre gebrechlichen Schultern und klebte an ihrem T-Shirt. Er fragte sich, ob Stark oder Anita bemerkt hatten, dass sie seine Kleidung trug. Falls es ihnen aufgefallen war, würde er deshalb zweifellos von seinem Vater hören.

Ein Fleck auf dem Fußboden neben dem Bett machte ihn stutzig. Er ging in die Hocke, um einen näheren Blick darauf werfen zu können, und sein Herz setzte einen Schlag aus.

Frisches Blut.

Er schaltete die Deckenlampe ein und ließ den Blick durch das Zimmer schweifen. Er fand mehrere Blutspritzer auf den Möbeln und Wänden. Für das ungeschulte Auge waren sie kaum als solche zu erkennen, doch Tom wusste genau, um was es sich handelte. *Es ist sogar an der Decke …*

»Was zum Teufel haben sie mit dir gemacht?« Er konnte nichts gegen die Wut in seiner Stimme tun. Ausgerechnet in diesem Zimmer war überall Blut. Sein Kopf drehte sich.

Der verstümmelte Körper seiner Mutter, der auf seinem Kinderbett lag.

Schreie, von denen er mittlerweile wusste, dass sie aus seinem Mund gekommen waren.

»Scheiße.« Er taumelte rückwärts aus der Tür und prallte

im Flur gegen die Wand. Er stützte die Hände auf den Knien ab und atmete mehrere Male tief durch, um die grauenhaften Bilder zu vertreiben. Genau aus diesem Grund weigerte er sich normalerweise, diesen Ort zu besuchen. Hier lebte die Hölle.

Er ging schwankend in die Küche, um sich eine Flasche Wasser zu holen, welches er mit großen Schlucken hinunterstürzte. Mit jedem Schluck verebbten die Erinnerungen und die Realität kehrte langsam zurück.

Ein Freund hatte ihm einmal gesagt, dass er wegen des vorzeitigen Ablebens seiner Mutter einige unbewältigte Probleme hatte.

Ach tatsächlich.

Er machte nicht ohne Grund Jagd auf abtrünnige Ichorianer, doch sein Vater ließ nicht zu, dass er den Verantwortlichen zur Strecke brachte. Issac Wakefield war lebend mehr wert, daher hatte sein Vater stattdessen Amelia entführt. Es schien ungerecht, die Frau für die Sünden ihres Bruders zu bestrafen, doch so war es nun einmal.

Er stellte die Flasche ab und nahm sich eine zweite, dann ging er mit neuerlicher Entschlossenheit zurück ins Gästezimmer. Amelia hatte sich nicht vom Fleck bewegt, doch sie blickte ihn mit ihren blauen Augen neugierig an, als er eintrat.

Er setzte sich neben sie und streckte ihr wortlos die Wasserflasche entgegen. Sie nahm sie mit einem argwöhnischen Blick entgegen und beäugte den Verschluss. Als sie feststellte, dass er noch nicht geöffnet worden war, schraubte sie den Deckel auf und trank einen Schluck. Er lehnte den Kopf gegen die Wand und schloss die Augen. Es war ein verdammt langer Tag gewesen und er war erschöpft.

»Falls es dir etwas bedeutet, es tut mir leid.« Er wusste nicht, was er sonst sagen sollte.

Wer konnte ahnen, welches Grauen sie dank seines Vaters über sich hatte ergehen lassen müssen?

Tom hatte den Mann immer vergöttert, doch mittlerweile war er sich nicht mehr sicher, was er empfinden sollte. Der Mann, mit dem er aufgewachsen war, den er geliebt und bewundert hatte, war hinter verschlossenen Türen zu Dingen fähig, die er nicht verstehen konnte. Wie zum Beispiel das Verprügeln einer weiblichen Geisel. Sein Vater hatte seine Taten nie gerechtfertigt, sondern stattdessen Tom zu Amelias Babysitter ernannt. Wollte er damit seine Loyalität auf die Probe stellen? Oder ihn bestrafen, weil er seine Befehle missachtet hatte? Nur sein Vater kannte die Antwort auf diese Fragen.

Amelia regte sich neben ihm. Ihr Bein streifte das seine und er nahm plötzlich jede ihrer Bewegungen überdeutlich wahr. Er wusste, was sie vorhatte, noch bevor sie sich rührte. Seine Augen waren immer noch geschlossen, als er ihr Handgelenk packte, das nur noch Zentimeter von seiner Waffe entfernt war. »Selbst wenn du sie zu fassen bekommst, wüsstest du nicht, wie man sie benutzt, nicht wahr?«

»Möglicherweise.«

Also nein. Er öffnete ein Auge und sah sie an. »Die erste Sicherheitsregel lautet: Vergewissere dich, dass du mit einer Waffe umgehen kannst, bevor du damit spielst.«

Sie sah niedlich aus, als sie die Stirn runzelte. Zwischen ihren Augenbrauen bildete sich eine Falte, die ihr ein unschuldiges Aussehen verlieh. »Es kann doch nicht so schwer sein.«

Er zog die Waffe aus seinem Holster und streckte sie ihr entgegen. *Das werde ich sicher bereuen.* Aber es wäre auch eine vergnügliche Ablenkung. Vielleicht.

»Zeig mir, was du damit machen würdest.« Sie starrte ihn an, als wäre ihm gerade ein zweiter Kopf gewachsen. *Wie zutreffend.* Er wusste nicht, warum er ihr das alles zeigte, aber es schien das Wenigste, was er in ihrer Lage tun konnte. »Mach schon. Zeig es mir.«

»Ist das ein Trick?«

»Kein Trick. Zeig mir, wie du damit umgehst.«

»Hast du denn keine Angst, dass ich dich damit erschießen könnte?«

»Ich weiß, dass du es nicht tun wirst.« Und selbst wenn sie ihn durch eine wundersame Fügung tatsächlich mit einem Schuss niederstreckte, dann würde es nicht das Geringste ändern. Seine unsterblichen Gene würden nach seinem Tod ihre Wirkung zeigen und ihn morgen als Hydraianer wiedererwachen lassen. Das wusste sie zweifellos.

Sie ließ ihre langen, schlanken Finger über den Metallgriff in seiner Hand gleiten und nahm vorsichtig die Waffe entgegen. Er versuchte nicht, sie aufzuhalten, selbst dann nicht, als sie zurückwich und damit auf ihn zielte. Soweit er sehen konnte, würde die Kugel sein Ohr streifen und die Wand treffen, wenn sie jetzt den Abzug drückte. Aber dafür müsste sie die Waffe erst einmal ruhig halten.

»Und was jetzt?«, fragte er.

»Du wirst mir verraten, wo ich das Gerät finde, das mein Metallhalsband kontrolliert.«

Er lächelte. »Nein.«

»Dann werde ich dich erschießen müssen.«

»Auch gut.« Er lehnte den Kopf wieder gegen die Wand und schloss die Augen. »Gib mir Bescheid, wenn du von dem Spielchen genug hast, Schätzchen.« Schon wieder dieses Wort. Es war ihm ungewollt über die Lippen gekommen. Er nannte nie irgendjemanden *Schätzchen*, doch irgendwie passte es zu ihr.

Er spürte, wie kalter Stahl an seine Schläfe gepresst wurde. »Ich habe dir doch gesagt, dass du mich *nicht* so nennen sollst.«

»Und das wäre dein erster Fehler«, erwiderte er.

»Wie bitte?«

Mit einer Hand packte er ihr Handgelenk und mit der anderen den Lauf der Waffe. Er entwaffnete sie mit einem

Handgriff, wobei er die ganze Zeit über die Augen geschlossen hatte. *Ein Kinderspiel.*

»Komme niemals jemandem zu nahe, der mit einer Waffe umzugehen weiß, vor allem, wenn du selbst keine Ahnung davon hast.« Er streckte ihr die Pistole auf seiner geöffneten Handfläche entgegen. »Versuch es noch einmal.« Sie schnappte sich die Waffe und rutschte ein paar Zentimeter zurück. Er streckte die Beine aus und überkreuzte die Knöchel. Das hier war eine hervorragende Ablenkung von den Erinnerungen, die ihn in diesem Raum zu überwältigen drohten.

Er hörte, wie sie versuchte, den Abzug zu betätigen, und musste grinsen.

»Wie ich zuvor erwähnt habe, solltest du wissen, wie man mit einer Waffe umgeht, bevor du dir eine aneignest. Womit wir bei deinem zweiten Fehler wären. Während du noch versuchst herauszufinden, wie du mich erschießen kannst, hätte ich dich längst entwaffnet.«

Er hielt inne und gähnte übertrieben.

»Oh, und falls du es tatsächlich schaffst, mich zu erschießen, hättest du immer noch nicht das Gerät, um dein Halsband zu entfernen.« Dabei verschwieg er ihr, dass sie dieses Gerät hier nicht finden würde. »Und das bedeutet, dass du darauf warten müsstest, bis ich morgen wiedererwache, und dann wäre ich wahrscheinlich nicht besonders gut auf dich zu sprechen.«

Ein tiefer Laut entwich ihrer Kehle und er öffnete die Augen. »Hast du mich gerade angeknurrt?«

Was dann kam, hatte er nicht erwartet. Statt wieder mit der Waffe auf ihn zu zielen, warf sie sie ihm an den Kopf. Er fing sie reflexartig mit einer Hand auf und starrte sie mit offenem Mund an. »Nicht schlecht.«

»Ach, lass mich raten, das war *mein dritter Fehler.*« Sie äffte seine Stimme erfolglos nach. »Gib dem Gegner nicht seine Waffe zurück. Du bist ein richtiger Arsch, weißt du das?«

»Ein richtiger …« Er beendete den Satz mit einem Lachen. Sie warf ihm einen finsteren Blick zu und sah dabei unglaublich empört aus. Sie gaben schon ein seltsames Paar ab, während sie in einem Zimmer des Schreckens saßen, in dem sie in den vergangenen Stunden Unbeschreibliches durchgemacht hatte. Er schüttelte den Kopf und steckte sein liebstes Spielzeug zurück ins Holster.

»Nur fürs Protokoll, dein klügster Schachzug war es, mir die Waffe an den Kopf zu werfen, weil ich darauf am wenigsten gefasst war. Und da du nicht wusstest, wie man sie benutzt, hast du eben einen anderen Verwendungszweck für sie gefunden. Ich verbuche das als eine erfolgreiche Lektion.« Er stand auf und ging zur Tür. Dann hielt er inne und sah ihr über die Schulter hinweg in ihre blauen Augen. »Jeder sollte wissen, wie man eine Waffe benutzt. Wenn du wirklich daran interessiert bist, werde ich es dir morgen zeigen.«

Wahrscheinlich war das nicht die weiseste Entscheidung, doch wen kümmerte das jetzt noch? Diese Mission war ohnehin ein Witz. Er konnte genauso gut etwas Spaß dabei haben. Und wenn er dabei den Tod fand, wäre das auch nicht das Ende der Welt. Er würde einfach am nächsten Tag als Unsterblicher wiedererwachen.

AMELIA BETRACHTETE die Frau im Spiegel. Auch wenn sie an den Wangen ein wenig eingefallen war, war die Knochenstruktur unverkennbar. Doch mit den Augen stimmte etwas nicht. Sie wirkten ruhelos und viel dunkler.

Sie kämmte ihr feuchtes Haar und band es dann mit einem Gummiband zu einem Pferdeschwanz zusammen. Es fühlte sich gut an, den Nacken und Rücken frei zu haben. Die

Wissenschaftler schnitten ihr hin und wieder die Haare, doch sie waren keine richtigen Friseure.

Sie zog das T-Shirt und die Shorts an, die Tom für sie auf dem Rand des Waschbeckens hinterlassen hatte, und beäugte die Socken und Schuhe.

Diese waren neu.

Wollte er, dass sie zu ihm nach draußen ging? Sie erinnerte sich an sein Angebot von gestern Abend und runzelte die Stirn. Wollte er ihr wirklich beibringen, wie man eine Waffe benutzt? Warum würde er so etwas tun?

Die Ältesten ließen sie nicht einmal in die Nähe des Waffenarsenals in Hydria und zu Elis Waffenschrank zu Hause hatte sie keinen Zugang. Nein, das stimmte nicht ganz. Sie hätten ihr den Zutritt gewährt, wenn sie darum gebeten hätte, doch sie hatte nie das Bedürfnis verspürt. Sie war von einigen der mächtigsten Unsterblichen der Welt umgeben gewesen. Warum hätte sie lernen sollen, wie man kämpft? Niemand hatte erwartet, von einem engen Freund der Familie verraten zu werden, am wenigsten sie selbst.

Sie zog die Socken und Schuhe an und stellte überrascht fest, dass sie passten. Die Turnschuhe gehörten auf keinen Fall Tom. Es war ausgeschlossen, dass die Füße eines Mannes, der über einen Meter achtzig groß war, in diesen winzigen Tretern Platz fanden. Sie hüpfte ein Mal auf und ab und verzog den Mund zu einem zaghaften Grinsen. Früher hatte sie bevorzugt Stöckelschuhe getragen, doch sie könnte sich an diese Sportschuhe gewöhnen. Auch wenn sie ein wenig mitgenommen aussahen.

Sie trat in den Flur hinaus und ging in Richtung Wohnzimmer, aus dem Musik dröhnte. Es war ein Grunge-Song mit tiefen Bässen und einer knurrenden Stimme. Nicht gerade ihre bevorzugte Wahl. Sie wollte gerade in die Küche gehen, um sich eine Flasche Wasser und einen Snack zu holen, als ihr Blick auf Tom fiel, der mit nacktem Oberkörper im Wohnzimmer trainierte.

Oh, wow …

Sie hatte keine Ahnung, dass ein Mann seinen Körper auf diese Art bewegen konnte. Tom vollführte eine Art Liegestütze, bei denen er sich in schneller Folge von Seite zu Seite bewegte und immer wieder hinter seinem Rücken in die Hände klatschte. Als er zurück auf die Füße sprang, glaubte sie schon, dass er bemerkt hatte, wie sie ihn beobachtete. Doch sie lag falsch. Er griff nach einer Stange, die im Türrahmen befestigt war, und zog sich mit Leichtigkeit daran hoch. Amelia stand wie in Trance da und starrte auf seine angespannten Rückenmuskeln.

Eli hatte ebenfalls eine stattliche Figur abgegeben, doch seine Statur war ein wenig stämmiger gewesen. Tom war athletischer und schlanker gebaut, wobei seine Muskeln definierter waren. *Eine menschliche Waffe.* Er sprang zurück auf den Boden und führte eine Reihe weiterer Übungen aus, die sie völlig verblüfften. Sie konnte der rasanten Abfolge der verschiedenen Positionen kaum folgen, aber sie genoss den Anblick seiner Bewegungen. Es war nicht verwunderlich, dass er sie so schnell entwaffnet hatte. Seine Reflexe waren nicht menschlich.

Nach einer weiteren Runde an der Stange wechselte Tom die Musik und griff nach seiner Wasserflasche. Er wandte sich Amelia zu und hielt mitten im Trinken inne. Ein überraschter Ausdruck huschte über sein Gesicht, als er sie dort stehen sah. Sie wollte den Blick abwenden, doch sie starrte ihn wie gebannt an. Seine Bauchmuskeln waren noch beeindruckender als sein Rücken. Sie bekam eine trockene Kehle, als sie ihn dabei beobachtete, wie er Wasser in seinen Mund spritzte und es hinunterschluckte. Oh, verdammt.

Du darfst dich nicht zu ihm hingezogen fühlen. Niemals. Doch welche Frau bei klarem Verstand würde einen Mann wie Tom nicht attraktiv finden? *Eine Frau, die gegen ihren Willen gefangen gehalten wird.* Sie hätte gern die Drogen, die Stark ihr gestern Abend gegeben hatte, für ihre mangelnde Selbstkontrolle verantwortlich gemacht, doch die Wirkung hatte schon vor Stunden nachgelassen.

Sie schüttelte im Geiste den Kopf und zwang sich, in die Küche zu gehen. Ihre Bewegungen waren wie ferngesteuert, als sie sich eine Flasche Wasser nahm. Dann bemerkte sie die Sandwiches, die im Kühlschrank standen.

Einen Teller für jeden von ihnen.

Sie schnappte sich den Teller, der ihr am nächsten war, und wollte gerade in ihr Zimmer zurückgehen, als ein halb nackter Tom hinter ihr auftauchte. Seine Haut war schweißbedeckt und glitzerte, und sie leckte sich unwillkürlich über die Lippen.

Ganz ruhig. Nein, nein, nein.

Sie würde sich nicht zu ihm hingezogen fühlen. Er war ohne Zweifel überaus attraktiv, aber er war Jonathans Sohn. Außerdem war er verdammt noch mal hier, um sie zu bewachen.

Ich werde nicht in Versuchung geraten wegen diesem … diesem … Gott von einem Mann. Vor allem nicht, nachdem Anita mich vor nicht einmal vierundzwanzig Stunden gefoltert hat.

Es ist einfach falsch.

»Die Schuhe passen dir also.«

»Wie bitte?« Sie folgte seinem Blick hinunter zu ihren Füßen. »Oh, ja. Danke.«

Er zuckte mit den Schultern und griff dann um sie herum, um den Kühlschrank zu öffnen. »Ich glaube, sie gehören Rosalie. Sie hat etwa deine Größe und übernachtet manchmal hier.« Sein Arm streifte den ihren, als er sich den anderen Teller schnappte.

»Rosalie?«, wiederholte sie, während sie versuchte, die Schmetterlinge in ihrem Bauch zu ignorieren.

»Ja, sie sieht hier nach dem Rechten.« Er schloss die Kühlschranktür hinter ihr. »Sie ist diejenige, die uns mit Lebensmitteln versorgt hat, aber ich muss in die Stadt fahren, um Nachschub zu holen.« Er hielt inne und ließ den Blick an ihr auf und ab schweifen. »Wenn du mir deine Maße gibst, kann ich dir noch ein paar Kleider besorgen.«

»Meine Maße?«

Er ließ den Blick zu ihren Brüsten wandern. »Ja, du weißt schon.« Er zögerte einen Moment zu lange und wandte sich dann um. »Sag mir einfach, was du brauchst.«

Sie folgte ihm zur Couch. »Willst du damit sagen, dass du mir ein paar nützliche Dinge kaufen willst?«

»Nützliche Dinge?«, wiederholte er, als er sich setzte. »Ist das eine Umschreibung für Unterwäsche?«

»So wie Unterhosen?« Früher hatte sie eine Vorliebe für Seide gehabt, doch sie glaubte nicht, dass der Stoff ihr jetzt noch zusagte. Wahrscheinlich war er viel zu weich.

Sein Blick verdunkelte sich, als er sie wieder betrachtete. »Vielleicht wäre es einfacher, wenn du dir etwas in einem Onlineshop bestellst und es in die Stadt liefern lässt.« Er widmete sich seinem Mittagessen, während sie über seine Worte nachdachte.

Ein Onlineshop? Was sollte das bedeuten? Sie hatte früher immer in einem Laden eingekauft, doch noch nie in einem Onlineshop. »Meinst du damit das Internet?«, fragte sie, nachdem sie ein paar Bissen von ihrem eigenen Sandwich gegessen hatte. Es war mit Truthahn und Käse belegt und schmeckte weit besser als alles, was die CRF ihr je aufgetischt hatte.

»Äh, ja. Das Internet.«

»Man kann im Internet Kleider einkaufen?«

Er warf ihr einen Blick zu, der eine Mischung aus Erschütterung und Mitleid ausdrückte. »Ja.«

»Aber wie probiert man sie an?«

»Gar nicht. Du musst dir einfach etwas in deiner Größe aussuchen.«

»Mit Größe meinst du also Maße.« Sie zeigte instinktiv auf ihre Brüste und er hätte sich fast an seinem Sandwich verschluckt.

Er trank einen großen Schluck Wasser und starrte zur Decke hinauf. »Ja.«

»Ich habe keine Ahnung, was meine amerikanischen Maße sind, und ich bezweifle, dass meine britischen Maße noch dieselben sind wie zuvor.« Sie blickte an sich herab und betrachtete mit einem Stirnrunzeln ihren dürren Körper. Sie vermisste ihre weiblichen Kurven.

»Training.«

Sie blinzelte. »Wie bitte?«

»Wir werden zusammen trainieren. Dadurch wirst du ein paar Pfund zulegen und dich besser fühlen.« Er sprach die Worte wie beiläufig aus, als wäre es die natürlichste Sache der Welt. »Und ich glaube, ich habe hier irgendwo ein Maßband gesehen. Du kannst deine Maße nehmen und dir ein paar Kleider bestellen.«

»Mit einem Computer.«

Er aß den letzten Bissen seines Sandwichs und warf ihr einen Blick aus dem Augenwinkel zu. »Ja, während ich neben dir sitze.«

Sie hätte fast laut gelacht. Wenn er glaubte, dass sie das Gerät dazu benutzen würde, um mit jemandem Kontakt aufzunehmen, dann hatte er den Verstand verloren. Sie konnte nicht einmal richtig tippen. »Du musst mir zeigen, wie es funktioniert«, warnte sie ihn vor.

»Natürlich. Aber zuerst werde ich dir beibringen, wie man mit einer Waffe umgeht.« Er nahm ihre leeren Teller und trug sie in die Küche. Sie aß den Rest ihres Sandwichs, während sie hinter ihm herging.

»Du hast es also ernst gemeint, als du gesagt hast, dass du

mir das Schießen beibringen willst?«

»Ja.« Er stellte die Teller in die Geschirrspülmaschine und schnappte sich noch eine Flasche Wasser. Offenbar hatte ihn das Training ziemlich durstig gemacht.

»Ich will nicht undankbar erscheinen, aber warum tust du das?« Es schien keinen Sinn zu ergeben, schließlich war sie eine Gefangene. Allerdings konnte sie ihn nicht erschießen, solange er sie nicht von dem Halsband befreit hatte. War das der Grund für seine Selbstsicherheit?

Er zuckte nur mit den Schultern. »Weil wir sonst nichts Besseres zu tun haben, außerdem stelle ich mich gern der Herausforderung. Obendrein werde ich dir nicht die Gelegenheit geben, mich zu erschießen.«

Arroganter Arsch. »Wir werden ja sehen.«

Sein verschmitztes Lächeln verriet ihr, dass er sich deshalb keinerlei Gedanken machte. »Wenn du willst, können wir gleich loslegen, Schätzchen.«

»Ich bin dafür.«

»Dann sollte ich dir wohl das Schießen beibringen, um deine Chancen etwas zu verbessern.«

Sie kniff die Augen zu dünnen Schlitzen zusammen. Wenn ihre hydraianische Fähigkeit, Wissen zu vermitteln, auch umgekehrt funktionieren würde, dann würde sie Toms Fertigkeiten stehlen und seine Schießkünste gegen ihn verwenden. Außerdem würde sie ihre andere Gabe zum Einsatz bringen und sich in einen großen, kräftigen Mann verwandeln, um ihn zu verprügeln. Brillant.

Selbst wenn es möglich wäre, würdest du dich zuerst des Halsbands entledigen müssen, ermahnte sie eine innere Stimme. *Außerdem ist da noch die unbedeutende Tatsache, dass du nicht mehr imstande bist, dich zu verwandeln.*

Sie würde den Tag nie vergessen, an dem Anita es fertiggebracht hatte, ihre Fähigkeit zu blockieren. Seitdem war sie auch ohne den Kragen nicht mehr fähig, sich zu verwandeln.

Nein. Ich will jetzt nicht darüber nachdenken.

Irgendwann ...

Nein.

»Lass uns anfangen, bevor ich meine Meinung ändere«, unterbrach Tom ihre Gedanken.

Ja, das sollten wir tun. Sie war dankbar für die Ablenkung und nickte. Wenn er ihr beibringen wollte, wie man sich verteidigt, dann würde sie ihn nicht daran hindern. Selbst wenn es ihr ein wenig seltsam erschien.

Er schnappte sich sein T-Shirt, das über einer Stuhllehne hing, und zog es an. Dann ging er zur Tür, schnappte sich eine Tasche, die danebenstand, und begab sich nach draußen. Amelia war so auf seine Muskeln fixiert gewesen, dass sie die Waffe an seiner Hüfte gar nicht bemerkt hatte. *Ist er jemals unbewaffnet?*

»Wir fangen mit den Grundlagen an«, sagte er im Gehen. »Zuerst die Sicherheit.«

»Regel Nummer eins: Vergewissere dich, dass du mit einer Waffe umgehen kannst, bevor du damit spielst«, ahmte sie ihn nach. Das hatte er ihr erst gestern gesagt.

Tom stieß ein warmherziges Lachen aus, das ihr einen wohligen Schauer über den Rücken jagte. *Oh, das ... fühlt sich gut an.*

»Genau. Aber das habe ich nicht damit gemeint.« Er blieb im Schatten eines Baumes stehen und stellte die Tasche auf dem Boden ab. Dann zog er die Waffe aus seinem Holster. »Kannst du dich daran erinnern, wie du gestern Abend versucht hast, den Abzug zu betätigen, es aber nicht geschafft hast?«

Sie wurde rot, als sie daran dachte. Seine Augen waren geschlossen gewesen, als sie versucht hatte, seine Waffe abzufeuern, daher konnte er nicht ahnen, dass sie nicht auf ihn gezielt hatte. »Ja, es ist nichts passiert.«

»Genau. Das liegt daran, dass sie gesichert war. Hier, siehst du?« Er zeigte auf einen winzigen Schalter am oberen Teil des Griffs. »Wenn du ihn in diese Richtung umlegst, bedeutet das, dass die Sicherung aktiviert ist. Wenn du ihn in die andere Richtung schiebst, entsicherst du die Waffe.«

»Soll das etwa heißen, dass ich dich hätte töten können, wenn ich die Waffe entsichert hätte?«

»Natürlich. Wenn du richtig gezielt hättest.«

Sie verschränkte die Arme. »Ich war nicht einmal einen Meter von dir entfernt.«

»Ja, und du hast die Pistole mit einer Hand gehalten, die noch dazu gezittert hat. Wenn du mich getroffen hättest, wäre der Schuss nicht tödlich gewesen. Aber er hätte höllisch wehgetan.«

Sein anmaßender Tonfall rief in ihr das Verlangen hervor, es noch einmal zu versuchen. Doch diesmal würde sie genau zielen. »Dann gib sie mir.«

»Zuerst solltest du die erste Regel beherrschen.« Er reichte ihr die Waffe. »Sichere und entsichere die Waffe.«

Sie gehorchte und legte den Schalter behutsam um, wobei sie darauf achtete, dass der Lauf auf keinen von ihnen beiden gerichtet war. »Fertig.«

Er grinste. »Regel Nummer zwei: Ziele mit der Waffe immer auf den Boden, solange du nicht vorhast, auf jemanden oder etwas zu schießen.«

Sie richtete den Lauf auf den Boden und zog eine Augenbraue in die Höhe. »Besser?«

»Ja. Und jetzt sollten wir an deiner Haltung arbeiten. Kannst du den Baum mit der Zielscheibe da drüben sehen?«

Sie folgte seinem Blick und sah die Ringe, die in die Rinde geschnitzt waren. Offenbar hatte er sich auf ihr Training vorbereitet, während sie geschlafen hatte. Interessant. »Ja.«

»Okay, schiebe deinen linken Fuß ein paar Zentimeter nach vorn und richte deinen Zeh in Richtung Baum aus. Gut.

Und jetzt ziehe deinen rechten Fuß zurück und winkle ihn ab. Äh, nicht so weit.« Er kniete sich neben sie und packte ihren Knöchel, um ihn in die richtige Position zu drehen. »Hast du das Gefühl, dass deine Haltung stabil ist?«

Sie musste schlucken, als ihre Blicke sich trafen. Die Aufrichtigkeit in seinen braunen Augen verunsicherte sie. Wie konnte sie ihn hassen, wenn er sie auf diese Weise ansah? Sie fühlte sich dadurch ganz und gar nicht stabil, doch sie nickte nur. »Ja.«

Er richtete sich auf und betrachtete ihre Haltung. »Hm, in Ordnung. Das Ganze wäre leichter, wenn ich deinen Arm ausrichten könnte. Darf ich?«

Bittet er mich etwa um Erlaubnis, bevor er mich berührt? Sie konnte sich nicht erinnern, wann sie das letzte Mal eine Wahl gehabt hatte. Ihr Herz flatterte und sie nickte nur. *Okay.*

Sie wurde von einem erdigen Duft umhüllt, als er sich hinter sie stellte und seine Hände auf ihre Handgelenke legte. Sie hätte nicht gedacht, dass ein Mann einen solchen Duft verströmen konnte, nachdem er ins Schwitzen geraten war und nicht geduscht hatte. Die erdige Note war durchaus angenehm, wenn auch ein wenig verwirrend.

»In Ordnung, du hältst die Waffe in deiner rechten Hand. Und jetzt drücke den rechten Arm durch. Genau so.« Er zeigte es ihr, indem er ihren Ellbogen durchstreckte. »Senke den Kopf ein wenig, damit deine Visierlinie auf das Ziel ausgerichtet ist.« Er legte eine Hand auf ihren linken Oberarm. »Spanne den linken Arm nicht ganz so sehr an. Dein Ellbogen sollte leicht gebeugt bleiben. Mit deinem rechten Arm kontrollierst du den Rückstoß.«

»Rückstoß?«, wiederholte sie, während er seinen Körper an ihren Rücken presste. *Warum fühlt sich das nur so gut an?*

»Du wirst es gleich sehen.« Er krümmte ihren Finger um den Abzug und schob ihre Hüften ein wenig nach rechts. »Kannst du das Ziel hier sehen? Entlang der Mitte des Laufs?«

Sie konnte seinen heißen Atem an ihrem Ohr spüren und ihr lief ein Schauer über den Rücken.

Sie musste sich zusammenreißen, um sich auf die Zielscheibe zu konzentrieren. »Ich kann es sehen.« Ob sie es auch treffen würde, stand auf einem anderen Blatt.

»Okay. Bleib genau so stehen.« Er ließ ihre Hand los und bückte sich, um etwas aus seiner Tasche zu holen. »Regel Nummer drei: Schütze deine Ohren.«

Aus dem Augenwinkel konnte sie ein Paar Ohrenschützer sehen, als er sie ihr aufsetzte. Sie wusste nicht, ob er sich selbst auch ein Paar übergezogen hatte, denn sie konnte ihn nicht mehr sehen. Er stand wieder hinter ihr und legte die Arme um sie. Mit geschickten Fingern entsicherte er die Waffe und legte dann seine Hände auf die ihren, um ihre Haltung zu korrigieren.

»Konzentriere dich auf die Zielscheibe«, sagte er. Seine Stimme klang gedämpft durch die Ohrenschützer. »Und vergiss alles andere. Wenn du so weit bist, atme tief ein und warte eine Sekunde, dann drück ab.«

Amelia konnte kaum glauben, dass sie im Begriff war, eine Waffe abzufeuern, und noch dazu mit Tom. Sie versuchte, nicht darüber nachzudenken, wie sicher sie sich in seinen Armen fühlte. Es war weder angemessen noch von Bedeutung. Es war nur wichtig, dass sie die Zielscheibe traf und lernte, wie man eine Waffe benutzte. Denn schon bald würde er derjenige sein, der am anderen Ende des Laufs stand, und sie würde richtig zielen müssen.

Sie atmete ein paarmal tief durch, um sich auf das Unausweichliche vorzubereiten, dann drückte sie ab.

KAPITEL VIER

UNGEWOLLTE GEFÜHLE

AMELIA ERWACHTE in einer leeren Blockhütte. Sie dachte sich zuerst nichts dabei. Tom ging jeden Morgen vor dem Frühstück joggen und sie wusste nicht, warum das heute anders sein sollte. Doch als es Nachmittag wurde, wurde sie langsam nervös und warf einen Blick nach draußen. Und dann bemerkte sie, dass der Wagen nicht vor der Tür stand.

Tom ist nicht hier. Ihr lief ein kalter Schauer über den Rücken. Als er letzte Woche zum Einkaufen in die Stadt gefahren war, hatte er sie daran erinnert, dass sie wegen des Halsbands keinen Fluchtversuch unternehmen sollte. Doch diesmal hatte er ihr nicht einmal gesagt, dass er wegfahren würde. *Warum nicht?*

Hatte er sie hier alleine zurückgelassen und würde nicht zurückkehren? Würde die CRF schließlich in die nächste Phase dieses Spiels übergehen? Ihrer Schätzung zufolge hielten sie sich seit drei Wochen in dieser Hütte auf und Jonathan liebte derartige Ablenkungsmanöver. Es würde ihm ähnlichsehen, die Regeln schlagartig wieder zu ändern, nachdem sie sich gerade mit ihrer neuen Umgebung vertraut gemacht hatte. Aus diesem Grund schlief sie jede Nacht auf dem Boden, denn sie wollte sich nicht an die Annehmlichkeit des Bettes gewöhnen, wenn er es ihr ohne Weiteres wieder entziehen konnte.

Sie suchte die Behausung nach Kameras ab, die ihre Reaktionen möglicherweise aufzeichneten. Doch ihr fiel nichts auf. Vielleicht war die Ablösung bereits auf dem Weg hierher? Sie wusste, dass sie wegen des Sprengstoffs um ihren Hals nicht fliehen konnte. Sie fuhr mit dem Finger über das Metall und runzelte die Stirn. Das Gerät, das das Halsband kontrollierte, befand sich irgendwo in dieser Hütte. Sie hatte sich schon beim letzten Mal, als Tom sie allein gelassen hatte, überlegt, danach zu suchen, doch sie hatte nicht riskieren wollen, dabei ertappt zu werden.

Und wenn er diesmal nicht zurückkommt? Wenn sie das Gerät fand, bevor seine Ablösung hier eintraf, konnte sie entkommen.

Und wohin soll ich gehen?

Das ist im Moment nicht von Bedeutung.

Sie suchte im Wohnzimmer nach einem Gegenstand, der auch nur annähernd wie eine Fernbedienung aussah. Außer den beiden für den Fernseher fand sie nichts. Dann ging sie in die Küche, doch bis auf ein paar Messer gab der Raum nicht viel her. Sie ging am Badezimmer vorbei und hielt vor der Tür zu Toms Zimmer inne. Ihr Magen schlug einen Purzelbaum bei dem Gedanken, in seine Privatsphäre einzudringen. Sie ignorierte das Gefühl und drehte den Türknauf, dann blieb sie auf der Schwelle stehen.

Kräftige, maskuline Farben dominierten den Raum und der süßliche Zedernduft, der sie an Tom erinnerte, lag in der Luft. Eine dunkelbraune Decke erweckte den Eindruck, als wäre sie achtlos aufs Bett geworfen worden, und ließ vermuten, dass Tom die Hütte Hals über Kopf verlassen hatte. Eine der Kommodenschubladen war herausgezogen. Sie spähte hinein und runzelte die Stirn, als sie feststellte, dass sie leer war. Sie öffnete den Kleiderschrank daneben und entdeckte einige Umzugskartons. Keine Kleidung. Ihr Herz setzte einen Schlag aus. Das bestätigte ihren Verdacht.

Tom ist fort.

Sie wurde von einer angsterfüllten Panik gepackt, die sie zum Handeln zwang. Sie musste die Fernbedienung finden, bevor dieser Wahnsinn in die nächste Phase überging. Die Kartons waren mit Klebeband verschlossen, was es ihr unmöglich machte, sie zu durchsuchen. Deshalb zog sie die Nachttischschublade auf und hielt inne. Eine Waffe.

Sie strich mit den Fingern über das kalte Metall. Es war zwar nicht das, was sie gehofft hatte zu finden, doch es war besser als nichts. Sie schnappte sich die Pistole und nahm sie mit in die Küche, wo sie nach einem Messer suchte. Sie würde das Klebeband um die Kartons aufschneiden.

Sie hatte ihre Hand soeben an den Griff der Schublade gelegt, als die Eingangstür geöffnet wurde. Vom Wohnzimmer aus hatte man keinen Blick in die Küche, deshalb blieb ihr gerade noch genügend Zeit, um sich gegen die Anrichte zu lehnen und die Pistole hinter ihrem Rücken zu verbergen.

Tom trat mit zwei Papiertüten auf dem Arm ein und schenkte ihr ein schiefes Grinsen. »Tut mir leid, der Einkauf und die Wäsche haben etwas länger gedauert als gedacht, aber wir brauchten etwas zu essen.«

»Äh, natürlich.« Ihr Rachen fühlte sich an, als hätte sie einen Bausch Watte verschluckt. Sie räusperte sich, doch sie konnte das Gefühl nicht vertreiben. *Er ist zurück.* Warum nur bescherte ihr seine Anwesenheit ein so beschwingtes und sicheres Gefühl? »Nun, ich habe gerade nach etwas zum Mittagessen gesucht.« Eine Lüge, aber immerhin erklärte es, warum sie sich in der Küche aufhielt. Jetzt musste er nur noch verschwinden, damit sie die Waffe verstecken konnte. Hatte sie daran gedacht, die Tür zu seinem Zimmer zu schließen?

Er ließ den Blick flüchtig an ihr auf und ab schweifen, während sie am liebsten im Boden versunken wäre. Sie hielt den Atem an, als er zuerst auf ihren Hüften und dann auf ihren Brüsten innehielt. »Ich muss noch die anderen Sachen aus dem Wagen holen.« Bildete sie es sich nur ein oder klang seine Stimme eine Oktave tiefer? Und wo war sein attraktives Grinsen geblieben?

»Okay.«

Er musterte sie noch einmal von oben bis unten und ging rückwärts aus der Küche. In dem Moment, in dem sie hörte, wie die Eingangstür ins Schloss fiel, lief sie in sein Zimmer. Sie schloss die Schubladen und den Kleiderschrank, dann zog sie seine Tür zu. Sie war gerade auf dem Weg zurück zur Küche, als sie sich an die Pistole in ihrer Hand erinnerte. Tom kam mit einem Wäschekorb um die Ecke, bevor sie den Fehler beheben konnte, deshalb steckte sie die Waffe am Rücken in den Bund ihrer Hose.

Er wird mich in Stücke reißen. Sie setzte ein Lächeln auf, das sich jedoch gezwungen und künstlich anfühlte.

»Äh, die Kleider, die du bestellt hast, sind endlich eingetroffen.« Mit einem scharfen Blick betrachtete er zuerst ihre freie Hand und dann ihren Arm hinter ihrem Rücken. Als ihre Blicke sich wieder trafen, funkelte ein belustigter Ausdruck in seinen dunklen Augen. Vielleicht glaubte er, sie wäre verrückt geworden. Ohne Zweifel verhielt sie sich wie eine Irre. »Ich habe mir erlaubt, die Sachen zusammen mit meinen Kleidern im Waschsalon in der Stadt zu waschen. Hier.« Er streckte ihr den Wäschekorb entgegen. »Ich hoffe, sie passen dir.«

Ihr Blick fiel zuerst auf den Wäschekorb und wanderte dann wieder hinauf zu seinem verschmitzten Lächeln. »Machst du dich etwa über mich lustig?«

»Nicht doch.« Er setzte eine Unschuldsmiene auf. »Das würde ich nie tun.«

»Doch, ich glaube, du verspottest mich.«

»Vielleicht hoffe ich auch nur, dass dir die Sachen passen,

damit wir uns nicht noch einmal durch den Onlineshop kämpfen müssen.«

Sie bedachte ihn mit einem finsteren Blick. »Es ist nicht meine Schuld, dass es so verdammt kompliziert ist.«

»Ich habe noch nie zuvor eine Frau getroffen, der es schwerfällt, im Internet einzukaufen, vor allem, wenn sie dafür die Kreditkarte eines anderen belasten darf.«

Sie verschränkte die Arme vor der Brust und blickte ihn wütend an. »Ich habe nicht um neue Kleider gebeten und es war auch nicht meine Idee, sie online zu bestellen. Das hast du einzig und allein dir selbst zuzuschreiben, Sentinel.«

»Ja, und ich dachte, ich würde dir einen Gefallen tun, *Wirtschaftsgut*, aber ich habe meine Lektion gelernt. Hoffentlich passen dir die Sachen, damit wir diese Erfahrung nicht wiederholen müssen.«

In der vergangenen Woche hatten sie mehrere Stunden mit dem Versuch zugebracht, für sie ein paar neue Kleider zu bestellen. Amelia stand mit der Technik auf Kriegsfuß. Es war leichter gewesen, eine Waffe abzufeuern, als im Internet einzukaufen. Sie blickte mit einem Stirnrunzeln auf den Stein des Anstoßes in seinen Händen. Ein Wäschekorb voller Shorts und Trägerhemden. Wenn Eli sie jetzt so sehen könnte, würde er sicher einen Herzanfall erleiden. Sein kostbares Juwel, das Straßenkleidung trug? Niemals. Dennoch hatte sie sich aus freien Stücken für dieses Outfit entschieden. Die Amelia, die sich so gern in Schale geworfen hatte, war lange tot.

»In Ordnung.« Mit einer Handbewegung bedeutete sie ihm vorauszugehen, worauf er sie fragend anblickte.

»Ist das deine Art, mich höflich darum zu bitten, die Sachen in dein Zimmer zu tragen?«

»Falls du gehofft hast, ein *Bitte* oder *Danke* von mir zu hören, kannst du lange warten.«

»Autsch. Das habe ich wahrscheinlich verdient, aber es schmerzt trotzdem.« Er schüttelte den Kopf und warf ihr ein

Lächeln zu, bei dem seine Grübchen zum Vorschein kamen.
»Nach dir, Schätzchen.«

»Wie bitte?«

»Geh du voraus.«

»Oh, äh, okay.« Sie wollte sich gerade umdrehen, hielt jedoch inne. *Die Waffe. Verdammt.* Mit dem Rücken zur Wand hüpfte sie unbeholfen zur Seite und spürte, wie die Pistole in ihrer verschwitzten Hand verrutschte. *Nicht springen, sonst fällt das Beweisstück zu Boden.*

Als Tom ihr seltsames Verhalten beobachtete, zog er eine Augenbraue in die Höhe, doch er sagte kein Wort, als sie sich den Flur hinunter auf ihre Tür zubewegte. Sie blieb ihm zugewandt, als sie den Türknauf mit ihrer freien Hand drehte und dann rückwärts in ihr Zimmer trat. Sie errötete, als sie gegen das Bett stieß. Tom stellte den Wäschekorb neben der Tür auf dem Boden ab und schloss zu Amelias Überraschung mit einem Tritt die Tür.

»Willst du es auf die leichte oder die harte Tour? Deine Entscheidung.«

Ihr Puls raste. Sie musste sich zweimal räuspern, um ihre Stimme wiederzufinden. »Wie bitte?« *Er meint doch nicht …*

»Dann also auf die harte Tour.« Er machte einen Schritt auf sie zu und packte mit einer Hand ihre Hüfte, bevor sie ausweichen konnte.

»Was …« Sie verstummte, als er mit der anderen Hand hinter ihren Rücken griff und den unerlaubten Gegenstand ertastete.

Er schnalzte mit der Zunge. »Jemand war also in meinem Zimmer. Hast du sonst noch irgendetwas Interessantes gefunden, als du herumgeschnüffelt hast?«

Das ärgerte sie. »Ich habe nicht geschnüffelt.« *Lügnerin.*

»Tatsächlich?« Er entriss ihr die Waffe und warf sie aufs Bett. Statt sich von ihr zu lösen, ließ er seine Hand an ihr Kreuz gleiten und zog sie an sich. Sie legte ihre Hände auf seine Brust, um wenigstens noch ein wenig Abstand zu wahren. Doch er reichte nicht aus, um das Flattern in ihrer Magengrube oder die Hitze in ihrem Nacken zu vertreiben.

»Dann ist die Waffe aus meinem Nachttisch also auf magische Weise hinter deinem Rücken gelandet? Das ist kein schlechter Trick, Schätzchen.«

»Nenn mich nicht so.« Sie verabscheute die Tatsache, dass das Kosewort ihr Herz höherschlagen ließ. Es war schlimm genug, dass er seinen Körper gegen den ihren presste. Sie konnte kaum glauben, wie stahlhart sich sein Körper anfühlte. Eli war ebenfalls muskulös und kräftig gebaut gewesen, doch Toms Figur war athletischer und machte den Eindruck einer tödlichen Waffe.

»Was hast du sonst noch gefunden, Amelia?«

»Nichts.« *Weil ich heute Morgen viel zu viel Zeit damit verschwendet habe, auf dich zu warten, bis du vom Laufen zurückkommst.* Diesen Fehler würde sie nicht noch einmal machen.

In seinem Gesicht war keine Spur von Belustigung mehr zu sehen, als er seine Augen zu dünnen Schlitzen zusammenkniff. »Hast du die Kartons durchwühlt?«

»Hast du die Fernbedienung dort versteckt?« Sie tadelte sich selbst für den hoffnungsvollen Unterton, der in ihrer Stimme mitschwang. Wenn er die Fernbedienung tatsächlich in einem der Kartons versteckt hatte, dann würde er sie jetzt sicher an einem anderen Ort unterbringen.

Sein Lachen vibrierte durch ihre Hände bis hinunter in ihre Magengrube. Warum war dieser Klang nur so charmant? »Was hattest du denn vor? Wolltest du mich erschießen? Und dann? Hättest du mich höflich um die Fernbedienung gebeten, wenn ich morgen als verärgerter Unsterblicher wiedererwacht wäre?«

Sie blinzelte. Es war nie Teil ihres Plans gewesen, Tom zu erschießen. Sie vermutete zwar, dass es irgendwann dazu kommen würde, aber nicht heute. »Ich dachte, Jonathan geht in die zweite Phase seines Spiels über und schickt Ersatz für dich.«

Er durchbohrte sie mit seinen braunen Augen, die denen seines Vaters so ähnlich sahen, sich jedoch völlig von ihnen unterschieden. Jonathans Blick war leer und seelenlos, während Toms Augen tiefbraun und voller Offenheit funkelten.

»Dann hattest du also vor, meinen Ersatzmann zu erschießen?«, fragte er.

»Ich hatte vor, mich zu verteidigen.«

»Mit meiner zweitliebsten Smith & Wesson. Sehr nett.«

Sie hatte keine Ahnung, wer Smith war, aber sie nahm an, dass er damit die Waffe meinte, die sie in seinem Nachttisch gefunden hatte.

»Nein, ich hatte vor, mich mit der Pistole zu verteidigen, die ich in deinem *leeren* Zimmer gefunden habe«, verbesserte sie ihn.

Seine Hand auf ihrem Rücken fühlte sich an, als könnte er damit ein Loch in ihr T-Shirt brennen.

Sie fragte sich, ob er sich der Tatsache bewusst war, dass er mit dem Daumen über den Bund ihrer Shorts strich, oder ob er verstand, wie nahe sie sich waren. Von seiner muskulösen Brust ging eine Hitze aus, die direkt in ihre Venen floss und auf seltsame Weise ihren Körper durchströmte. Vielleicht sollte sie ihren früheren Plan wieder aufnehmen und ihn verführen? Wenn sie ihn dazu bringen konnte, ihr zu verraten, wo er die Fernbedienung versteckt hatte, dann würde sie sich damit befreien können.

Und wie willst du ihm entkommen? Eins nach dem anderen.

»Mein Zimmer ist nicht leer«, entgegnete Tom. »Darin stehen Kartons, ein Bett und eine Kommode, aber das weißt du ja bereits, da du in meinen Sachen herumgeschnüffelt hast.«

»Deine Kleider waren nicht da.«

»Weil ich sie in den Waschsalon mitgenommen habe.«

»Ja, nun, das konnte ich nicht wissen.«

»Und dann hast du die Waffe gestohlen, um damit meine Ablösung zu erschießen.« Er schüttelte den Kopf und bedachte sie mit einem tadelnden Blick. »Wir müssen an deinen strategischen Fähigkeiten arbeiten, Schätzchen.«

»Du willst offenbar, dass ich dir eine reinhaue.« Sie stieß die Worte mit einem Knurren aus, das ihn nur zu belustigen schien, denn er verzog den Mund zu einem Lächeln. *Da sind diese verdammten Grübchen schon wieder …*

»Das hast du bereits erfolglos versucht.« Er führte seine Lippen an ihr Ohr. »Aber du kannst es ruhig noch einmal probieren«, flüsterte er.

Provozier mich nicht, Arsch.

Sie drehte sich ihm zu, um ihn anzusehen, und kam seinem Gesicht viel zu nahe, da er seinen Kopf noch nicht wieder angehoben hatte. Sie wollte etwas erwidern, doch sie brachte keinen Ton hervor. Sein Atem benetzte ihre geöffneten Lippen und jagte ihr einen erregenden Schauer über den Rücken. Sie legte ihre Hände wieder an seine Brust und ließ sie auf seine starken Schultern hinaufgleiten. Was würde er tun, wenn sie ihm noch näher kam? War sie dazu imstande? Konnte sie ihn verführen, damit er ihr zur Flucht verhalf, und ihn dann töten? *Ja.* Sie würde alles tun, um zu überleben, auch wenn es bedeutete …

Tom trat einen Schritt zurück und ließ ihre Hände los. Die unerwartete Bewegung rief ein kaltes Gefühl in ihr hervor. Sie brauchte einen Moment, um zu erkennen, dass der Temperaturabfall daher rührte, dass er seine Arme nicht mehr um sie geschlungen hatte. Sie zog seine körperliche Wärme der kühlen Luft vor, die im Raum herrschte.

»In Ordnung.« Er räusperte sich und legte sich eine Hand an den Nacken. »Ich, äh, muss die Lebensmittel einräumen.

Du solltest die neuen Kleider anprobieren, um dich zu vergewissern, dass sie passen.« Aus seiner Stimme war jeglicher Spott verschwunden, als er auf den Wäschekorb deutete. Auf jeden Fall machte er sich nicht mehr über sie lustig.

Ihre Zunge fühlte sich an wie Watte und sie brachte keinen Ton heraus. Stattdessen nickte sie ihm nur unbeholfen zu. *Fast hätte ich ihn geküsst.* Warum war er zurückgewichen?

»Okay.« Er wandte sich zum Gehen um, hielt jedoch an der Tür inne. Seine starke Hand lag immer noch auf seinem Nacken und es juckte ihr in den Fingern. Sie wollte ihn berühren und zu Ende führen, was sie begonnen hatte. *Ich erkenne mich nicht wieder.*

»Wenn du versuchst, mich damit zu erschießen, wirst du es bereuen.« Er klang todernst, während er sie mit seinem dunklen Blick zu lähmen schien. Seine Drohung hing zwischen ihnen in der Luft, wobei ein herausfordernder Unterton in seiner Stimme mitschwang.

»Ich darf die Waffe behalten?« Außer der Pistole hätte er sonst nichts in dem Raum meinen können, und er hatte sie auf ihrem Bett liegen lassen.

»Zumindest für den Moment.« Er verließ ihr Zimmer, während sie wie angewurzelt und mit offenem Mund stehen blieb.

WAS ZUM TEUFEL ist bloß in mich gefahren? Toms Vater würde ihn umbringen, falls er davon erfuhr. Er hatte dem Wirtschaftsgut eine Smith & Wesson, Kaliber .38 überlassen. Dabei war es egal, wie alt die Waffe war, denn sie war geladen und konnte jeden Moment auf ihn gerichtet werden. Er war jedoch nicht imstande gewesen, hinüber zum Bett zu gehen und sie an sich zu nehmen, denn Amelia hatte viel zu dicht bei ihm gestanden.

Offenbar wünschte er sich den Tod. Vielleicht brauchte er auch nur eine Herausforderung oder etwas gegen die Langeweile oder eine Ablenkung von der feurigen Energie, die zwischen ihnen knisterte. Was es auch war, es war dumm von ihm gewesen, vor allem wenn er bedachte, wie gut Amelia während der vergangenen zwei Wochen gelernt hatte zu zielen. Es erfüllte ihn mit Stolz, wenn er ihr dabei zusah, wie sie die Waffe abfeuerte, doch gleichzeitig verunsicherte es ihn.

Ihr Bruder hat meine Mutter brutal ermordet.

Das stimmt, aber ist das ihre Schuld?

Du spielst ein gefährliches Spiel, wenn du ihr das Schießen beibringst, sie dazu ermutigst, sich fit zu halten, und ihr obendrein eine Waffe gibst …

»Offensichtlich habe ich den Verstand verloren«, murmelte er zu sich selbst, als er in der Küche stand. Er hatte der Frau nicht nur ein tödliches Spielzeug in die Hand gedrückt, sondern hätte sie fast geküsst. Beides war verwerflich. Amelia war seine Gefangene. Wenn er tatsächlich versuchen würde, sich ihr aufzudrängen, dann hätte sie keine andere Wahl, als ihn gewähren zu lassen. John Fitzgerald hatte ihn zwar mit einer skrupellosen Moralvorstellung erzogen, doch er würde sich nie etwas nehmen, das ihm nicht willentlich gegeben wurde. Niemals.

»Verdammt.« Er stützte sich auf die Anrichte neben dem Kühlschrank und rang um Fassung. Er erkannte sich selbst nicht wieder, denn normalerweise begehrte er keine Frauen, die er nicht berühren durfte. Doch Amelia entsprach bei Weitem nicht der durchschnittlichen Frau. Nachdem sie drei Wochen lang eine normale Ernährung und regelmäßige Bewegung genossen hatte, sah sie viel gesünder und strahlender aus. Darüber hinaus kehrten langsam ihre weiblichen Kurven zurück. Er war kein Wissenschaftler und kannte sich nicht im Detail mit unsterblichen Genen aus, doch er wusste, dass es ungemeine Vorteile hatte, ein Hydraianer oder Ichorianer zu sein. Dazu gehörten übernatürliche Heilungsfähigkeiten, Immunität gegenüber Krankheiten und die Regeneration des eigenen Körpers in rasender Geschwindigkeit. Amelia wirkte ganz und gar nicht mehr wie das ausgehungerte Wesen von vor ein paar Wochen, sondern verwandelte sich zusehends in eine gesunde Frau mit tödlichen Kurven.

Wenn er einkaufen ging, hatte er das Gefühl, als würde er mit ihr Vater-Mutter-Kind spielen. Er machte sich Gedanken darüber, was sie gern essen wollte, und überlegte sich, was er für sie kochen könnte. Sie schien nicht allzu wählerisch zu sein, was die Mahlzeiten anging, doch er nahm an, das war das Resultat ihrer sechsjährigen Gefangenschaft. Er wollte etwas Besonderes für sie zubereiten, doch das war in ihrer Lage völlig unangebracht. Sie hatten kein Rendezvous und Tom machte den Frauen für gewöhnlich nicht den Hof. Dank des Umstands, dass er einer wohlhabenden Familie entstammte und obendrein sehr attraktiv war, mangelte es ihm nicht an willigen Gespielinnen. Er war sich außerdem der Tatsache bewusst, dass die Erwähnung seines Berufs bei einem Sondereinsatzkommando die meisten Frauen in die Knie zwang. Er vermutete, dass das bei Amelia nicht funktionieren würde.

Genug davon. So weit wird es nicht kommen.

Er riss sich aus seinen Gedanken und konzentrierte sich darauf, die Lebensmittel in den Kühlschrank zu räumen, bevor sie verdarben. Danach machte er sich daran, ein paar Sandwiches zum Mittagessen zuzubereiten. Amelia betrat die Küche, als er gerade damit fertig war, und ihm blieb der Mund offen stehen. Sie sah bereits sexy aus, wenn sie seine Kleider trug, aber in dem neuen Outfit war sie einfach umwerfend. *Verdammte Scheiße.*

»Offensichtlich passen die Sachen«, brachte er hervor. Sie war selbst in einem Trägerhemd und Shorts eine absolute Wucht. Sie hatte ihr dunkles Haar zu einem lockeren Pferdeschwanz zusammengebunden, der ihr über die nackten Schultern hing. Das Outfit selbst war nicht unbedingt ein Blickfang, doch ihre wohlgeformten Beine und zarten Kurven zogen ihn förmlich in ihren Bann. *Ich sollte mich abreagieren und mich flachlegen lassen.*

Amelia zog eine Augenbraue in die Höhe, als sie den Blick senkte und ihre neuen Turnschuhe begutachtete. »Es scheint so, aber es fühlt sich seltsam an, richtige Kleidung zu tragen.«

Ihre Worte versetzten ihm einen Stich im Herzen. *Das alles ist so falsch.* Er hätte sich mehr für sie einsetzen sollen, nachdem er sie im Keller der CRF entdeckt hatte, doch selbst jetzt wusste er, dass er nichts für sie tun konnte, außer ihr mit Anstand zu begegnen. Denn wenn er ihr zur Flucht verhelfen würde, würde das einem Todesurteil gleichkommen. Niemand würde ihm helfen, und alle würden Jagd auf ihn machen. Und bisher hatte er seinen Ausweichplan noch nicht ausgearbeitet.

»Ich habe dir ein Sandwich gemacht.« *Genau, das ist eine hervorragende Entschuldigung dafür, dass die CRF ihr Leben ruiniert hat.*

»Danke.«

Als er ihren verstörten Blick sah, zog er fragend eine Augenbraue in die Höhe. »Magst du etwa keinen Truthahn mit Käse?« Er war kein besonders guter Koch, daher bereitete er meistens einfache und schnelle Mahlzeiten zu, doch zum ersten Mal beäugte sie das Essen mit einem verwirrten Ausdruck in ihren blauen Augen.

Sie blinzelte und sah zu ihm auf. »Nein, ich mag deine belegten Brote. Ich musste nur daran denken, wie gern ich mich früher in der Küche aufgehalten habe, aber ich kann mich beim besten Willen nicht erinnern warum.« Sie ließ ihre Finger über den Herd und dann über die Anrichte gleiten.

»Ich verspüre nicht den Wunsch zu kochen. Ist das nicht seltsam?«

Er schnaubte. »Für mich nicht. Unser Kühlschrank ist nicht ohne Grund bis obenhin vollgestopft mit Sachen, die sich schnell zubereiten lassen.« Abgesehen von den Zutaten für eine Lasagne. Er hatte keine Ahnung, warum er die entsprechenden Lebensmittel gekauft hatte. Wahrscheinlich wollte er sie zufriedenstellen. Als wäre das in ihrer Situation überhaupt möglich.

Sie griff nach ihrem Sandwich und schenkte ihm ein zaghaftes Lächeln.

»Danke.«

Ihr bezaubernder britischer Akzent war deutlich zu hören und er musste lächeln. Manchmal schien er stärker als an anderen Tagen und er vermutete, dass er verblasste, weil sie sich so lange in der Gegenwart von Amerikanern aufgehalten hatte. Vielleicht lag es an ihrem Alter. Ihrem Aussehen nach zu urteilen war Amelia etwa Mitte zwanzig gewesen, als sie zur Hydraianerin geworden war. Er kannte ihr tatsächliches Geburtsdatum nicht, doch er nahm an, dass es mindestens drei Jahrhunderte zurücklag. Vielleicht sogar vier. Die meisten Menschen wären schockiert, wenn sie davon erführen, doch da Tom einen unsterblichen Vater hatte, der bereits über tausend Jahre alt war, beeindruckte es ihn wenig.

Amelia ging ins Wohnzimmer und ließ sich anmutig auf die Couch sinken. Ihre schlanke, elegante Figur war in diesen Kleidern viel zu verführerisch, daher setzte er sich in einigem Abstand neben sie und konzentrierte sich auf sein Sandwich.

Als er fertig war, stellte er fest, dass der Fernseher nicht eingeschaltet war und sie zusammen in geselliger Stille gegessen hatten. Die meisten Frauen mussten sich ständig unterhalten, doch Amelia schien das Schweigen nichts auszumachen. Er fragte sich, ob sie die Stille bevorzugte oder ob die Jahre der Gefangenschaft etwas damit zu tun hatten. Er selbst war von seiner Zeit auf der Militärakademie und seiner Erfahrung als Scharfschütze tief geprägt worden. Wenn seine Mutter noch am Leben wäre, würde sie in ihm den Jungen, den sie einmal geliebt hatte, nicht wiedererkennen. Oder vielleicht doch? Er war zu einem Mann geworden, der seinem Vater unglaublich ähnlich war. Doch im Gegensatz zu Jonathan hatte Tom ein Gewissen.

»Tom?« Amelia wandte sich ihm zu, wobei sie ein entschlossenes Funkeln in den Augen hatte. Tom wurde schlagartig nervös. Dieser Ausdruck auf dem Gesicht einer Frau verhieß nichts Gutes. Er stellte seinen leeren Teller auf dem Couchtisch ab und zog erwartungsvoll eine Augenbraue in die Höhe. »Könntest du …«

Sie wurde vom Klingeln seines Handys unterbrochen. Er unterdrückte ein Knurren, als er es aus der Tasche zog. Ausgerechnet jetzt musste sein Vater anrufen. *Verdammtes GPS.* Er konnte nur hoffen, dass er für seinen nächsten Einsatz ins Ausland geschickt werden würde, oder er würde den Mann, der an seiner Zeugung beteiligt gewesen war, höchstwahrscheinlich umbringen.

»Hallo, Dad. Haben wir uns nicht erst gestern Abend unterhalten?« Genauso wie jeden Abend. »Ich hatte ja keine Ahnung, dass ich dir so sehr fehle. Vielleicht sollten wir am Ende der Woche zusammen essen gehen?« Amelia runzelte die Stirn, als sie seinen süßlichen Tonfall hörte. Er hatte während der vergangenen zwei Wochen den gehorsamen Soldaten gespielt, doch sein Vater hatte immer noch das Bedürfnis, jede seiner Bewegungen zu überwachen. Tom war dieses Spiel leid, was deutlich an seiner Stimme zu hören war.

»Warum hast du das Wirtschaftsgut unbeaufsichtigt gelassen?«

»Weil ich etwas zu essen kaufen musste und du mir ausdrücklich verboten hast, Rosalie ins Haus zu lassen.

Deshalb war ich in der Stadt, um Lebensmittel zu besorgen. Genauso wie letzte und vorletzte Woche.«

»Und was hat es mit dem Umweg zum Postamt auf sich?«

Tom zögerte nicht eine Sekunde mit seiner Antwort. »Ich wollte dir eine Postkarte schicken, aber sie hatten die Grußformel nicht, die ich wollte. Offenbar ist ›Fick dich‹ nicht so gebräuchlich. Wer hätte das ahnen können?«

Auf seine sarkastische Äußerung folgte nur Schweigen. Tom hätte wahrscheinlich nervös werden sollen, aber er war diesen Mist endgültig leid. Was sollte sein Vater denn unternehmen? Würde er ihn wegen der Widerworte enterben? Wohl kaum. Er hatte die Drohungen schon viel zu oft gehört, um sie noch ernst zu nehmen. Würde er ohne den Schutz seines Vaters sterben? Vielleicht, vielleicht auch nicht. Seine jahrelange Ausbildung hatte sich bezahlt gemacht und Tom konnte durchaus auf sich selbst aufpassen. Zumindest für eine Weile.

»Sind wir jetzt fertig?«, fuhr er fort, als sein Vater immer noch nichts sagte. »Ich mache hier meine Arbeit, genauso wie ich es während der letzten einundzwanzig, fast zweiundzwanzig Tage getan habe. Sind die täglichen Anrufe denn wirklich nötig? Wenn es etwas Wichtiges zu berichten gibt, werde ich mich bei dir melden, aber bis dahin müssen wir uns nicht unterhalten.«

»Weist du mich etwa ab?«

»Nein, ich mache dir nur den Vorschlag, deine Zeit besser zu nutzen. Du musst den Aufseher nicht überwachen. Ich weiß, was ich tue, und wenn du mir nicht vertraust, dann musst du eben einen anderen schicken.« Die Worte waren nicht ernst gemeint. Bei dem Gedanken, dass ein anderer Sentinel auf Amelia aufpasste, drehte sich ihm der Magen um.

»Du musst mir nicht sagen, wie ich meine Zeit nutzen soll. Ich werde die Lage überwachen, wie ich es für richtig halte.«

»Natürlich. Dann unterhalten wir uns eben in etwa fünf Stunden wieder, oder wolltest du sonst noch etwas wissen?«

»Ich würde gern wissen, in welchem Zustand das Wirtschaftsgut ist.«

Er warf einen Blick auf die Frau neben sich. Ihr derzeitiger Zustand? *Wunderschön.* »Sie ist gesichert«, sagte er stattdessen.

»Gut.«

Dann war die Leitung tot und Tom verdrehte die Augen. »Mach's gut, Dad.« Er steckte das Handy zurück in die Tasche und wandte sich wieder Amelia zu. »Es tut mir leid. Was wolltest du mich fragen?«

Sie betrachtete ihn mit einem Stirnrunzeln. »Deine Beziehung zu Jonathan ist wirklich seltsam. Ich dachte, ihr beide steht euch nahe.«

Das war einmal. »Ich will nicht über ihn sprechen. Was wolltest du wissen?«

»Oh.« Sie wrang die Hände in ihrem Schoß und leckte sich über die Lippen. »Ich, äh, ich habe mich gefragt, ob du mir den Trick mit der Waffe beibringen kannst. Du weißt schon, den Trick, als du mir die Waffe entrissen hast, nachdem …«

Sie verstummte, doch er wusste, was sie sagen wollte. *Nachdem Anita bei ihr gewesen war.* Das war das einzige Mal, dass er sie entwaffnet hatte. Abgesehen von heute, doch das zählte nicht.

»Du willst, dass ich dir zeige, wie man jemanden entwaffnet«, sagte er mit gedämpfter Stimme. Damit würde er eine gefährliche Grenze überschreiten. *Sicher, es ist ja nicht so, als hättest du diese Grenze nicht längst überschritten.* Sein Gewissen war wirklich lästig.

Sie biss sich auf die Unterlippe und nickte. »Ich habe nicht vor, den Trick bei dir anzuwenden. Ich bin nur … neugierig.«

Sie war eine schlechte Lügnerin. Er konnte an ihren

erweiterten Pupillen und ihren verspannten Schultern sehen, dass sie nicht die Wahrheit sagte. *Was hast du vor, kleines Wirtschaftsgut?* Warum nur bereitete es ihm Vergnügen, gleiche Voraussetzungen zwischen ihnen zu schaffen? Er wollte fast, dass sie ihn bekämpfte, nur um zu sehen, wie weit sie kommen würde. Es war nur schade, dass eine einzelne Stunde nicht ausreichen würde, um ihr ihre Bitte zu erfüllen.

»Also gut, gib mir deine Hand.« Ohne zu zögern, kam sie seiner Aufforderung nach. War das ein Zeichen dafür, dass sie ihm vertraute? Er legte einen Finger auf einen Druckpunkt direkt über ihrem Daumen. »Okay, merkst du, was passiert, wenn ich hier drücke?«

»Dadurch bewegt sich meine Hand.«

»Genau. Und wenn ich in diese Richtung ziehe, musst du dich zwangsläufig nach vorne bewegen.« Er demonstrierte es ihr, indem er sie zu sich zog. Sie richtete sich automatisch auf ihren Knien auf und starrte fasziniert auf ihre Hand. »Auf diese Weise kann ich dich mit zwei Fingern kontrollieren.«

»Das ist unglaublich.« Er konnte die Begeisterung in ihrer Stimme hören und musste lächeln.

»Das stimmt. Am menschlichen Körper sind mehrere dieser Druckpunkte zu finden. Mit jedem einzelnen kannst du deinen Gegner kontrollieren.«

»Und du kannst jemanden damit entwaffnen.«

»Das ist richtig, aber du kannst sie auch einfach zu deiner Verteidigung einsetzen. Mit den Druckpunkten zwingst du sogar einen Mann in die Knie, der doppelt so groß ist wie du, wenn du es richtig anstellst.« Er zeigte ihr noch einige weitere, wobei ihr Lächeln von Mal zu Mal breiter wurde. Sie wandte einige der Punkte an ihm an und jede ihrer Berührungen sandte ihm einen Schauer über den Rücken. Als sie fertig war, starrte sie ihn mit einem ehrfürchtigen Blick an, der ihm Unbehagen bereitete. Das lag vor allem daran, dass seine Hormone nach all dem Körperkontakt in Aufruhr waren. Er wollte sie nur noch auf die Couch legen und ihr ein paar Lustpunkte zeigen.

»Verstanden, aber ich weiß immer noch nicht, wie ich jemanden entwaffnen kann«, sagte sie.

»Nein, weil dabei mehrere Faktoren eine Rolle spielen. Man muss das Gewicht der Person, ihre Größe und Stärke, den Winkel des Gegenübers und die Art und Position der Waffe, sowie einige andere Dinge berücksichtigen. Das kann ich dir nicht alles in einem Tag beibringen«, nicht einmal in einem Monat, dachte er, »deshalb zeige ich dir zuerst die Grundlagen der Selbstverteidigung.«

»Oh.« Sie ließ die Hände in ihren Schoß sinken, der nur Zentimeter von ihm entfernt war. Wie waren sie sich so nahe gekommen? Er hätte schwören können, dass er darauf achtete, die Distanz zwischen ihnen zu wahren, doch ihre Körper schienen sich immer wieder gegenseitig anzuziehen. Sie biss sich auf ihre füllige Unterlippe. Amelia Wakefield war ohnehin eine wunderschöne Frau, doch kleine unschuldige Gesten wie diese machten sie umso verführerischer.

Ich muss von hier verschwinden, bevor ich noch etwas anstelle, was ich später bereuen werde.

Es wäre in vielerlei Hinsicht falsch, sie zu küssen.

Tom stand auf und trat einen Schritt zurück, um sich aus dem Bann der hypnotisierenden Frau zu lösen. Er hätte in die Küche gehen und ihre Teller spülen können, doch eigentlich brauchte er frische Luft.

»Ich gehe eine Runde joggen.« *Schon wieder.* Er war gerade erst heute Morgen vor Sonnenaufgang laufen gewesen. Vielleicht würde er auch ein paar Schießübungen machen und einige Fitnessübungen absolvieren. Damit wäre er für ein paar Stunden beschäftigt und würde nicht immerzu an Sex denken müssen. Das hoffte er zumindest.

»Oh, war es das schon? Willst du mir gar nichts mehr

beibringen?« Sie starrte ihn mit ihren arglosen blauen Augen an. Eines Tages würden diese Augen ihn das Leben kosten.

»Ich kann dir morgen noch ein paar nützliche Dinge zeigen.« Er hatte die Grenze bereits weit überschritten, daher konnte er genauso gut weitermachen. »Draußen«, fügte er hinzu. Denn in der Hütte hatte er sich kaum unter Kontrolle, solange er von ihrem berauschenden Duft umhüllt wurde. Draußen gab es noch andere Gerüche und Klänge, auf die er sich konzentrieren konnte. »Gut. Ich bin bald zurück.«

Er machte sich nicht die Mühe, seine Sportkleidung anzuziehen. Ein Lauf in Jeans, Stiefeln und einem T-Shirt würde zwar nicht sonderlich bequem sein, doch es wäre immer noch besser, als eine sinnliche, aber unerreichbare Frau um sich zu haben, die er nicht berühren durfte.

KAPITEL FÜNF

UNWILLKOMMENE GÄSTE

»OKAY, setz dich noch einmal mit gespreizten Beinen auf mich.«

Diese Frau will mich umbringen, dachte Tom.

Die ersten Tage ihrer Ausbildung waren ein Kinderspiel gewesen, denn sie hatten sich dabei kaum berührt. Er hatte Amelia beigebracht, wo am Schienbein sich die Schwachpunkte befanden und wie man die Hand richtig zur Faust ballte und zuschlug. Außerdem hatte er ihr einige Grundlagen in Selbstverteidigung gezeigt. Die heutige Lektion erforderte vollen Körperkontakt.

Warum tue ich mir das nur an?, fragte er sich nicht zum ersten Mal, als er sich rittlings auf Amelias Hüften setzte. Offenbar sehnte er sich nicht mehr nur nach dem Tod, sondern zog es vor, sich selbst zu quälen. Was als netter Zeitvertreib begonnen hatte, war schnell zu einem riskanten Unterfangen geworden, bei dem sie sich viel zu oft gegenseitig berührten.

»Du sollst mich richtig festhalten«, tadelte Amelia, als er seine Hände behutsam auf ihre Schultern legte. »Du bist mir gegenüber viel zu nachsichtig.«

Wie wäre es, wenn du mir gegenüber etwas nachsichtiger wärst? »Wenn ich meine ganze Kraft einsetze, wirst du mich nicht von dir stoßen können.«

Sie runzelte die Stirn. »Was soll das Ganze dann?«

Ja, was soll das Ganze eigentlich ... »Ich will dir beibringen, wie du dich aus einer normalen Zwangslage befreien kannst. Ich bin jedoch das Gegenteil eines normalen Gegners.«

»Dann nimm mir das Halsband ab, damit wir faire Verhältnisse schaffen.«

Netter Versuch. »Du bist am Zug, Schätzchen.« Er sprach sie absichtlich mit dem Kosenamen an, den sie so verabscheute, denn er wollte, dass sie sich zur Wehr setzte. Es funktionierte. Sie schob ihren rechten Arm zwischen ihre Körper und legte ihr Bein über seinen Knöchel. Dann rollte sie sich zur Seite und bemühte sich, ihn abzuwerfen. Es war ein mittelmäßiger Versuch, doch mit dem richtigen Winkel und etwas mehr Kraft würde sie einen Angreifer abwehren können. Er selbst wusste jedoch, wie er auf die Bewegung reagieren musste, und rollte sich mit ihr einmal um die eigene Achse, bis sie wieder auf dem Rücken landete.

Sie stieß ein Knurren aus, das in seinen Lenden vibrierte. *Na schön, vielleicht war die Idee doch nicht so gut.* Aber es machte so viel Spaß.

»Stimmt etwas nicht, Schätzchen?«, fragte er mit einem unschuldigen Ausdruck im Gesicht.

Sie starrte ihn mit einem feurigen Blick an. »Am liebsten würde ich dich jetzt erschießen.«

Die unerwartete Drohung kam ihr mit so viel Boshaftigkeit über die Lippen, dass er unwillkürlich lachen musste. »Ich würde gern sehen, wie du es versuchst.«

»Ich werde es nicht nur versuchen.« Sie klang so selbstsicher. Dennoch hatte sie nicht die geringste Chance.

»Hm.« Er machte sich noch schwerer, als er seine Beine ausstreckte und seine Ellbogen neben ihrem Kopf abstützte. Seine Instinkte sandten Warnsignale an sein Gehirn, während seine Venen mit leidenschaftlicher Hitze durchströmt wurden. »Und dann?«

Ihre Augen funkelten nicht mehr ganz so feurig, als ihr Blick auf seine Lippen fiel. »Ich würde weglaufen.« Ein Teil ihrer Selbstsicherheit schien sich in Luft aufgelöst zu haben. *Schlaues Mädchen.*

Er spielte mit einer Strähne ihres Haares, das neben seiner Hand lag. »Das ist eine kluge Entscheidung, da du mich wahrscheinlich verfehlst und ich dir hinterherjagen werde. Kannst du mir einen Gefallen tun?«

Sie blinzelte zu ihm auf. »Was für einen?«

»Versuch bitte, nicht im Kreis zu laufen. Das verdirbt mir den ganzen Spaß.«

»Arsch.« Er spürte den Schlag auf seine Schulter kaum. Er genoss es zu sehr, sie unter sich zu spüren, als dass er ihn bemerkt hätte. Er liebte zarte, geschmeidige Frauen, die Temperament hatten. Es war zu schade, dass diese Frau für ihn tabu war. Wahrscheinlich könnte er seiner Erregung Abhilfe verschaffen, indem er sich eine Frau für einen One-Night-Stand suchte, doch der Gedanke, dafür in die Stadt zu fahren, war nicht besonders verlockend. Deshalb hatte er sich neben Amelias Training vorrangig damit beschäftigt, sich körperlich fit zu halten. Insgeheim hoffte er, dass sie ihre neu erworbenen Fähigkeiten eines Tages gegen seinen Vater einsetzen würde. Er wollte zwar nicht, dass sie ihn umbrachte, aber es könnte nicht schaden, wenn sie ihm ein wenig wehtat. Tom würde sogar dafür bezahlen, um den Ausdruck auf Jonathans Gesicht zu sehen, wenn sie ihm mit der Faust ins Gesicht schlug.

Offenbar bin ich wirklich lebensmüde.

»Also gut, dann bring mir bei, wie ich mich aus dieser Position befreien kann.« Amelia begann, sich unter ihm zu winden, wobei er es nur noch mehr bereute, sich auf sie gelegt zu haben. Wenn sie so weitermachte, würde sein Schwanz ihm das nie vergeben. *Ganz ruhig, Junge.*

»Du musst die Oberhand gewinnen«, brachte er hervor,

obwohl er nicht vorhatte, ihr dabei behilflich zu sein. Es gefiel ihm zu sehr, oben zu liegen und die Kontrolle über sie zu haben.

»Und wie soll ich das anstellen?«

»Was habe ich dir über das Überraschungsmoment gesagt?«

»Verstehe.« Sie biss sich auf ihre volle Unterlippe. Er hätte sich am liebsten hinuntergebeugt und selbst daran geknabbert, doch das wäre unangemessen gewesen.

Genau, weil du ohnehin nicht schon längst die Grenze überschritten hast …

Sie ließ ihre warmen Hände auf seinen Rücken bis hinauf zu seinem Nacken wandern und ihm lief ein Schauer über den Rücken. Sie ließ sich ihre Emotionen nicht anmerken, als sie ihre langen Finger in seinem Haar verwob. Dann zog sie ihn sanft zu sich und er senkte den Kopf, nur um dann ruckartig nach hinten gerissen zu werden.

Scheiße. Die Verteidigung war zwar gelungen, doch er ließ sich nicht so schnell aus der Bahn werfen, denn er war Schmerzen gewohnt. Er umfasste ihre Handgelenke und drückte sie neben ihrem Kopf in den Boden. Sie begann wieder, sich zu winden, was seine Lenden nur noch mehr in Wallung brachte. Wenn sie so weitermachte, würde er wahrscheinlich etwas tun, was sie beide bereuen würden.

»Verdammt noch mal. Ich habe keinerlei Kontrolle über meine Arme und Beine und kann deinen schweren Körper unmöglich bewegen. Was soll ich jetzt tun?«

»Das Wichtigste ist die Überraschung, Schätzchen. In dieser Situation musst du auf die Bewegungen deines Angreifers achten, um den richtigen Moment abzupassen. Je sicherer er sich fühlt, desto unvorsichtiger wird er werden. Und genau dann musst du zurückschlagen.«

»Aber du wirst nie unvorsichtig.«

»Dann hast du mich wohl am Hals.« Er bedachte sie mit

einem verschmitzten Lächeln und drückte sich vom Boden ab. Er sprang auf die Füße und streckte ihr eine Hand entgegen, um ihr beim Aufstehen zu helfen. Sie ergriff sie und verzog ihr Gesicht zu einer Grimasse.

»Ich könnte schlechtere Leute am Hals haben«, murmelte sie, als sie sich das Gras von den Shorts und ihren nackten Beinen klopfte. Er nahm an, dass sie die Worte nicht als Kompliment gemeint hatte.

»Ich denke, das ist genug Training für heute.« Er konnte nicht noch mehr ertragen. Für heute Nachmittag standen erst einmal ein ausgiebiger Lauf, einige Fitnessübungen und eine kalte Dusche auf dem Plan. Er wollte gerade ins Haus gehen, als er am Rücken von einem harten Gegenstand getroffen wurde. Er senkte den Blick zu Boden und fand den Übeltäter neben seinen Füßen. »Hast du gerade einen Stein nach mir geworfen?«

»Überrascht?«, erwiderte sie mit einem höhnischen Tonfall.

Er wandte sich um und betrachtete ihre leeren Hände und ihre offene Haltung. *Offenbar hat sie noch nicht genug. Also gut.* »Das nächste Mal solltest du dir einen kleineren Stein schnappen, den du auch werfen kannst.«

Sie zog ruckartig die Augenbrauen in die Höhe. »Was willst du damit sagen? Ich habe dich gerade mitten auf den Rücken getroffen.«

»Und es hat sich angefühlt wie ein Regentropfen.« Das stimmte zwar nicht, aber seine Worte hatten den gewünschten Effekt. Ihre blauen Augen flammten auf wie flüssiges Feuer und ihr hübsches Gesicht lief rot an. Er lehnte sich gegen den nächsten Baum und überkreuzte die Beine an den Knöcheln, während er seine Arme locker neben dem Körper hängen ließ. »Mach schon. Versuch es noch einmal.«

»Viel lieber würde ich deinen Kopf als Zielscheibe benutzen.«

»Nun, du hast immer noch meine Smith & Wesson.« *Wider meines besseren Wissens.*

»Smith und … Ach ja, richtig. Du meinst die Pistole. Ich habe sie nicht dabei.«

»Das ist *dein* Problem.« Er strich über die Waffe an seiner Hüfte. »Ich trage meine immer bei mir.«

Sie verdrehte die Augen. »Wir wissen doch beide, dass du sie mir nur entreißen würdest.«

Er schenkte ihr ein verschmitztes Lächeln. »Oh, ich würde noch mehr tun, Schätzchen.«

»Arsch.«

»Wirtschaftsgut.«

Sie bedachte ihn mit einem finsteren Blick, der in ihm alle möglichen schmutzigen Gedanken hervorrief. Oh, er würde sie liebend gern küssen und nicht mehr aufhören, bis sie sich ihm unterwarf. Die verbalen Rangeleien mit Amelia waren zu einer seiner Lieblingsbeschäftigungen geworden. Ihre ruhige, zurückhaltende Art der ersten Woche war längst verschwunden und er vermisste sie nicht im Geringsten. Sie war einer temperamentvollen Seite gewichen, die um einiges attraktiver und viel vergnüglicher war. Er zwinkerte ihr zu und wandte sich dann wieder um.

»Eines Tages wirst du es bereuen, mir den Rücken zugewandt zu haben«, murmelte Amelia.

»Ich freue mich schon darauf«, war alles, was der Arsch noch von sich gab, als er mit selbstsicheren Schritten durch den Wald ging. Der Mann bestand nur aus schlanken Muskeln und es fiel ihr schwer, sich bei dem Anblick zu konzentrieren. Das Gefühl war viel zu verlockend gewesen, als er auf ihr gesessen hatte, und genau aus diesem Grund hatte sie ihn aufgefordert, es noch einmal zu tun. Wenn sie ihn tatsächlich besiegen wollte, dann musste sie lernen, ihre lächerliche Zuneigung zu ihm unter Kontrolle zu bekommen. Doch das hatte er ihr fast unmöglich gemacht, als er sich wie eine riesige, träge Raubkatze über ihr ausgestreckt hatte.

Sie hätte ihn verführen sollen, als er auf ihr gelegen hatte, doch ihr Gehirn hatte nicht genügend Sauerstoff zur Verfügung gehabt, um richtig zu funktionieren. Sie hatte vergessen zu atmen und offensichtlich geschah das jedes Mal, wenn Tom sie berührte. Sie war deshalb völlig verwirrt, denn der Letzte, der eine solche Wirkung auf sie gehabt hatte, war Eli gewesen, als sie sich vor Jahrhunderten zum ersten Mal getroffen hatten. Ein Blick von ihm hatte gereicht, um ihre Welt erstarren zu lassen. Sie hatte nicht erwartet, dass ein anderer je wieder dieses Gefühl in ihr auslösen könnte. Vor allem nicht der Sohn ihres Feindes.

Vielleicht stehe ich kurz davor, wahnsinnig zu werden. Das würde Jonathan sicher gefallen. Sie hätte fast ein hysterisches Lachen ausgestoßen, doch es erstarb, als Tom sie gegen einen Baum stieß. Er hatte sich so schnell bewegt, dass sie ihn nicht einmal bemerkt hatte, bis sie seine Hände auf ihren Schultern spürte und ihr Rücken gegen die unebene Rinde prallte.

»Soll das etwa eine weitere Lektion sein?«, wollte sie wissen, als sie lautstark ausatmete. Es wäre nicht fair, denn er hatte ihr bereits gesagt, dass sie mit dem Training für heute fertig waren. Außerdem hatte es ihn nicht aus der Ruhe gebracht, als sie einen Stein nach ihm geworfen hatte. Sie öffnete den Mund, um noch etwas zu sagen, doch dann sah sie plötzlich die Panik in seinen dunklen Augen. Das war keine Lektion. »Was ist los?«

»Da ist jemand in der Einfahrt.«

Ihr gefror das Blut in den Adern und die Kälte bohrte sich direkt in ihr Herz. »Anita?« Amelia hatte das Gefühl, seit ihrem letzten Besuch war eine Ewigkeit vergangen. Ohne Zweifel würde sie früher oder später eine weitere Runde von

Anitas Experimenten über sich ergehen lassen müssen. Der Gedanke beunruhigte sie mehr, als er sollte, was bedeutete, dass sie sich schon viel zu sehr an ihre jetzige Situation gewöhnt hatte. Hatte Jonathan das etwa die ganze Zeit über geplant? Hatte er gewollt, dass Tom ihr Vertrauen gewann, um es dann wieder zunichtezumachen?

Tom bedachte sie mit einem besorgten Blick und machte dabei fast den Eindruck, als könnte er ihre Gedanken lesen. Sie wusste jedoch, dass er dazu nicht imstande war.

»Nein, es ist Rosalie. Meine Tante.«

Wie bitte? »Deine Tante?« Er hatte den Namen Rosalie ein Mal erwähnt, doch er hatte nicht gesagt, in welcher Beziehung sie zueinanderstanden.

»Ja. Sie ist diejenige, die hier nach dem Rechten sieht, wenn ich nicht da bin.«

Sie versuchte, seine Worte zu verarbeiten. *Oh ...* »Du meinst Annas Schwester.« Denn Jonathan hatte keine Geschwister. Zumindest keine, die noch am Leben waren. Daher musste diese Frau eine Tante mütterlicherseits sein.

Er runzelte die Stirn. »Du kanntest meine Mutter?«

»Nicht gut, aber ja, ich bin ihr vor Jahrzehnten einmal begegnet.« Tom hatte Amelia letzte Woche gesagt, welches Datum sie schrieben. Sechs Jahre in Gefangenschaft hatten sich angefühlt wie sechs Jahrzehnte.

»Du hast meine Mutter getroffen?« Tom schien deshalb beunruhigt zu sein. Nun, sie konnte ihre Vergangenheit genauso wenig ändern wie er seine.

»Sie hat uns einmal mit Jonathan besucht, als wir eine Dinnerparty ausgerichtet haben. Es war vor deiner Geburt gewesen.« *Als ich deinem Vater noch vertraut und ihn für einen Freund gehalten habe.* »Sie war eine liebreizende Frau gewesen.« Zumindest hatte sie den Anschein gemacht. Issac hatte sie besser gekannt als Amelia und hatte immer nur Gutes über sie zu berichten gehabt.

Amelia hatte den Eindruck, dass Tom sie etwas fragen wollte, doch dann wechselte er das Thema. »Also gut, ich weiß, dass du mir nichts schuldig bist und dass ich viel von dir verlange. Aber kannst du bitte hier warten, während ich versuche, Rosalie von der Hütte wegzulocken?«

Das ist eine seltsame Bitte, fast als ... »Du willst nicht, dass sie mich sieht.« Weil Rosalie ihr zur Flucht verhelfen könnte? Oder vielleicht würde sie zur Polizei gehen? Oder jemandem eine Nachricht von ihr zukommen lassen?

»Nein, ich kann dir deine Gedanken an der Nasenspitze ansehen. Bitte, wenn nötig werde ich dich anbetteln. Du musst hierbleiben.«

Oh, ihr gefiel dieses Spielchen. Er gab ihr Rätsel auf. »Und wenn ich mich entscheide, es nicht zu tun?«

Er stieß einen tiefen Seufzer aus, der sich in einer Welle der Traurigkeit über ihr ergoss. »Wenn Rosalie dich sieht, werde ich sie töten müssen. Mein Vater wird es von mir verlangen.«

Okay. Vielleicht war die Situation doch nicht so lustig, wie sie geglaubt hatte. »Was soll das heißen, er wird es von dir verlangen?« Konnte er sich denn nicht dagegen entscheiden?

»Es wäre meine Strafe dafür, dass ich Mist gebaut habe.«

»Und wenn du dich weigerst?«

»Das kann ich nicht.« Aus seinem Mund klang es so einfach. Schwarz und weiß. Keine Grautöne.

»Es gibt immer eine Wahl.«

»Nicht für mich. Ich bin ein Sprössling ohne Verbündete, aber mit Hunderten von Feinden.« Er spähte um den Baumstamm herum und verzog das Gesicht. »Hör zu, sie ist bereits in der Hütte. Du musst einfach hierbleiben. Ich werde sie weglocken, indem ich sie zu einem frühen Abendessen in die Stadt mitnehme. Wenn wir weg sind, kannst du zurück ins Haus gehen. Bitte. Ich flehe dich an, Amelia. Bitte lass nicht zu, dass ich sie töten muss.«

Sie wollte etwas erwidern und ihm sagen, dass er

niemanden töten musste. Jonathan war in diesem Fall der Schuldige, doch sie verstand, welche Auswirkungen es hätte, wenn sie jetzt eine Szene machte. Tom hätte keine Wahl, als seine Tante zu erschießen, zumindest war er davon überzeugt. Ihr war auch klar, dass die Freiheiten, die er ihr gewährte, nicht gerade der Normalfall waren. Sie hatte mehrere seiner Unterhaltungen mit seinem Vater mitgehört, während sie sich über das *Wirtschaftsgut im Keller* unterhalten hatten. Es war möglich, dass das Ganze nur vorgetäuscht war, um ihr Vertrauen zu gewinnen, doch das Spiel schien sich viel zu sehr in die Länge zu ziehen, als dass Jonathan noch Gefallen daran finden würde. Er wäre mittlerweile sicher gelangweilt. Und warum würde Tom sie in Selbstverteidigung unterweisen?

»Amelia.« Toms drängender Unterton riss sie aus ihren Gedanken. »Sie kommt gerade wieder heraus. Bitte bleib hier.«

Sie blickte in seine flehenden Augen und konnte spüren, wie ein Teil ihres Herzens brach, als sie die Hoffnungslosigkeit darin sah. Vielleicht war sie nicht die einzige Gefangene hier … Es verlieh ihrer Situation eine ganz neue Perspektive.

»Also gut«, stimmte sie zu, »ich werde hier warten, bis ihr weg seid.«

Tom schien an ihrem Tonfall zu hören, dass sie es ernst meinte, denn sein attraktives Gesicht wurde von einem Ausdruck der Erleichterung erfüllt. Ihr Herz machte einen Satz. Sie hatte etwas getan, um ihm zu gefallen. Warum vermittelte ihr diese Erkenntnis ein so warmes Gefühl?

»Danke«, flüsterte er und presste seine Stirn an ihre. »Ich bin bald zurück, versprochen.« Ein gefährliches Wort, bei dem ihr ein Schauer über den Rücken lief.

»In Ordnung«, flüsterte sie, denn sie war nicht imstande, noch etwas anderes zu sagen.

Der innige Moment fand ein jähes Ende, als er sich von ihr abstieß und den Pfad in Richtung Blockhütte entlang joggte.

Sie spähte hinter dem Baum hervor und beobachtete, wie er seine Tante in der Einfahrt umarmte. Rosalie hatte Amelia den Rücken zugewandt – was sicher von Tom beabsichtigt war –, als sie sich mit ihm unterhielt. Er brauchte nicht lange, bis er sie dazu gebracht hatte, in ihren Wagen zu steigen. Dann verschwand er in der Hütte und kam mit etwas in der Hand zurück, von dem Amelia vermutete, dass es sein Autoschlüssel war. Er startete seinen eigenen Wagen und folgte Rosalie die Einfahrt hinunter.

Amelia wartete ein paar Minuten, bevor sie zurück zur Hütte ging. Dabei rief sie sich noch einmal Toms Worte ins Gedächtnis. *Ich bin ein Sprössling ohne Verbündete, aber mit Hunderten von Feinden.* Warum würde er so etwas glauben? Lucian und die Ältesten würden ihn sicher in Hydria willkommen heißen. Dank der berüchtigten Nizari, die sich darauf spezialisiert hatten, die leiblichen Nachkommen der Ichorianer auszulöschen, gab es kaum noch Sprösslinge. Sie konnte sich nicht daran erinnern, wann sie das letzte Mal einen getroffen hatte. Womöglich war es schon über ein Jahrhundert her. Aus diesem Grund hatten ihr Bruder und die Ältesten Jonathan dabei geholfen, während Toms Jugend für seine Sicherheit zu sorgen.

Warum glaubte er, dass die Ältesten ihm jetzt nicht mehr helfen würden? Wegen Jonathan? Er konnte nicht für die Sünden seines Vaters verantwortlich gemacht werden. Lucian war ein gerechter Anführer. Er würde verstehen, dass Tom unschuldig war. Außerdem war es Jonathan, der für den Mord an Eli und ihre Geiselnahme zur Rechenschaft gezogen werden musste, nicht Tom.

Sie stieß einen leisen Fluch aus und musste lachen. Es klang lächerlich, einen so vulgären Ausdruck aus ihrem eigenen Mund zu hören, und ihr früheres Ich hätte sich wahrscheinlich innerlich gekrümmt. Amelia hatte nie geflucht, zumindest nicht in ihrem damaligen Leben. Doch die neue

Amelia genoss es geradezu, diese Worte auszusprechen. Aus diesem Grund hatte sie sich auch für den Kosenamen für Tom entschieden. *Arsch* klang zum einen gut und lenkte die Aufmerksamkeit zum anderen auf ein ansehnliches Körperteil.

»Denn sein Hintern ist auch nicht zu verachten«, sagte sie lächelnd zu sich selbst, als sie ihr Zimmer betrat. Vielleicht würde sie heiß duschen und dabei noch ein wenig länger über ihren Aufseher nachdenken. Der Mann war ein Rätsel, das sie lösen wollte, denn sie hatte ohnehin nichts Besseres zu tun.

Das stimmt nicht, meldete sich ihre innere Stimme zu Wort. Sie könnte nach der Fernbedienung für ihr Halsband suchen. *Indem ich die Kartons in Toms Zimmer durchwühle …*

Danach hatte er sie als Erstes gefragt, als er vor ein paar Tagen herausgefunden hatte, dass sie in seinem Zimmer herumgeschnüffelt hatte. Sie runzelte die Stirn. Sollte sie es noch einmal tun? Es fühlte sich falsch an, in seine Privatsphäre einzudringen, vor allem da er nicht wollte, dass sie seinen Kleiderschrank durchsuchte. Aber wenn sie dort ihre Freiheit finden könnte? *Und wohin würdest du gehen?* Das war eine hervorragende Frage, die sie beantworten würde, nachdem sie eine Möglichkeit zur Flucht gefunden hatte.

Ihre Beine schienen sich wie von selbst zu bewegen, doch sie hielt vor der Tür zu seinem Zimmer inne. Ihr drehte sich der Magen um, als sie daran dachte hineinzugehen. *Warum?* Das war es doch, was sie wollte. Sie wollte fliehen. Warum schien der Gedanke plötzlich so falsch?

Weil du Tom dann nie wiedersehen würdest. Und was wäre daran so schlimm? Er war nur ein Mittel zum Zweck. Das verstand er sicher genauso gut wie sie selbst. Er hatte ihr ein paar Lektionen in Selbstverteidigung erteilt und sie war dankbar dafür, doch sie musste nach Hause zurückkehren.

Und wo genau ist das?

»Ich verliere wirklich bald den Verstand«, sagte sie zu sich selbst. Dann konnte sie es ebenso gut auch noch schlimmer machen.

Sie drückte die Tür auf und genoss den dezenten Pinienduft, der ihr in die Nase stieg. Entweder trug Tom ein erdiges Eau de Cologne oder ihm haftete durch seine Läufe in freier Natur der natürliche Duft des Waldes an. Wie dem auch sei, er gefiel ihr. Sie ging geradewegs zum Kleiderschrank und stellte fest, dass alles noch genauso war wie vor ein paar Tagen. Bis auf die versiegelten Kartons war er leer.

»Es scheint mir ein seltsames Versteck für eine Fernbedienung zu sein, doch wer weiß.« Sie nahm den ersten Karton und trug ihn hinüber aufs Bett. Er war leichter, als sie erwartet hatte, aber immer noch zugeklebt. Sie ging in die Küche, um ein Messer zu holen, und schnitt den Karton auf. Was sie im Inneren fand, überraschte sie.

»Oh.« Kleine Spielzeugsoldaten starrten zu ihr auf. Sie nahm den nächsten Karton und fand noch mehr Spielzeug darin. Erst als sie den letzten Karton öffnete, fand sie ein paar Dinge, die interessanter waren. Fotos, Schmuck und ein paar erlesene Schals. Dann fiel ihr Blick auf ein Foto, auf dem Tom als Kind zu sehen war, das sich an Annas Hosenbein klammerte. Der Anblick erwärmte ihr Herz auf eine Art, die sicher nicht angebracht war, doch sie konnte nichts dagegen tun. Die Liebe und Bewunderung in den Augen der Frau erinnerten Amelia an ihre eigene Mutter. Sie drehte das Foto um, um nach einem Datum zu suchen, und erstarrte. Die Rückseite war voller dunkelbrauner Flecke.

»Nein …« Sie wusste nur zu gut, wie Blutspritzer aussahen. Und sie klebten auch auf all den Gegenständen, die neben dem Foto lagen. In diesem Karton lebten Albträume. Sie verschloss ihn schlagartig und schob ihn zurück in den Schrank, aber es war zu spät. Plötzlich spürte sie, wie unsichtbare Spinnen ihre Beine und ihren Rücken hinaufkrochen und dann über ihre Arme krabbelten. In diesem Raum lebte der Tod. In dieser Hütte. Hatte seine Mutter hier den Tod gefunden? Sie konnte sich nicht erinnern. Issac hatte es einmal erwähnt und ihr erzählt, dass sie sie nicht hatten retten können. Aber sie hatte die Einzelheiten nie wissen wollen. Die höfliche Amelia hatte mit solch schändlichen Dingen nie etwas zu tun haben wollen. Das hatte sie immer den Männern in ihrem Leben überlassen. Doch jetzt wollte sie es wissen. Was war mit Anna Fitzgerald geschehen?

Ein Geräusch von draußen ließ sie mitten in Toms Zimmer erstarren.

War das eine Wagentür?

Die untergehende Sonne, die durch die Vorhänge fiel, ließ sie innehalten. Hatte sie tatsächlich so lange in Toms Sachen herumgeschnüffelt? Sie hatte wirklich kein Zeitgefühl.

Sie schnappte sich die Kartons mit den Spielsachen vom Bett und schob sie in den Schrank zurück. Es würde jedoch keinen Unterschied machen, denn er würde sehen, dass sie sie geöffnet hatte. Vielleicht könnte sie sich später noch einmal in sein Zimmer schleichen und sie wieder zukleben. Oder sie würde mit den Konsequenzen leben müssen. Tom wäre sicher nicht erfreut darüber, aber er würde sie nicht körperlich bestrafen. Zumindest nicht so wie Jonathan.

Du vertraust ihm. Ihre innere Stimme ging ihr so langsam wirklich auf die Nerven, aber sie hatte keine Zeit, um ihr etwas entgegenzusetzen. Jemand war hier und eigentlich konnte es nur Tom sein. Sie steckte das Messer am Rücken in den Bund ihrer Jeansshorts, als die Vordertür geöffnet wurde. Sie setzte eine Unschuldsmiene auf und wollte gerade in Richtung Wohnzimmer gehen, als sie erstarrte.

Drei Personen in Laborkitteln standen in der Tür. Keiner von ihnen war Tom.

»Sieh mal einer an. Ich werde John einiges zu berichten haben, wenn ich wieder zurückfahre.« Anita Patels Stimme erinnerte Amelia an Fingernägel auf einer Schiefertafel, doch ihr wahnsinniges Grinsen jagte ihr einen viel größeren Schreck ein. Am liebsten hätte sie sich in sich zurückgezogen, um zu sterben.

Oh, das wird wehtun.

Ihr gefror das Blut in den Adern, als sie die Taschen sah, die Anita Patel bei sich trug. Zuerst wollte sie sich ergeben, doch dann spürte sie die kalte Klinge an ihrem Rücken. *Kämpfe*, flüsterte sie ihr zu.

»Ich würde dich ja fragen, ob du es geschafft hast zu entkommen, doch deine saubere Kleidung und gesundes Aussehen lassen eine andere Vermutung zu.« Anita bedachte sie mit einem bösartigen Blick, den sie langsam an ihr auf und ab schweifen ließ. Amelia spürte, wie ihr Puls zu rasen anfing. Die Ärztin schürzte die Lippen. »Ich hatte große Hoffnungen in Tom gesetzt, doch es scheint mir, dass er wie die meisten Männer mit dem Schwanz statt mit dem Verstand denkt. Sein Vater wird schwer enttäuscht sein. Vielleicht wird er mich zu deiner neuen Aufseherin ernennen.«

Falls Amelia noch die ansatzweise Vermutung gehabt hatte, dass dies alles nur ein Spiel Jonathans war, dann machte diese Drohung sie zunichte. Es war ausgeschlossen, dass er Anita nicht in seine Pläne einweihte. Die beiden genossen es viel zu sehr, gemeinsam ihre Ränke zu schmieden. Das bedeutete auch, dass Tom ihr die Kunst der Selbstverteidigung beigebracht hatte, weil er es wollte, und nicht, weil er die Rolle des guten Polizisten spielte. *Aber warum?*

»Nun gut, ich kann John auch später noch alles berichten, zuerst brauche ich ein paar Proben. Danach werde ich mich mit ihm darüber unterhalten, dass ich die Leitung hier übernehmen will. Dadurch werde ich zwar meinen anderen Forschungsprojekten weniger Zeit widmen können, aber ich bin mir sicher, dass wir beide eine Menge Spaß zusammen haben werden.«

Spaß. Genau. Ich habe keinen Zweifel daran, dass du Spaß haben wirst.

In Amelias Brust wurde ein winziges Feuer entfacht, dessen Wärme in ihre eiskalten Gliedmaßen ausstrahlte. Der Gedanke, dass sie mit dieser sadistischen Frau völlig allein war, während weder eine Aufsicht noch Stark mit seinen heilenden Kräften bereitstand, gefiel ihr ganz und gar nicht. Sie fragte sich, ob der berüchtigte Heiler draußen vor der Tür Wache hielt.

»Sollen wir uns ins Schlafzimmer begeben?«, fuhr Anita fort. »Ich würde nur ungern die Möbel hier im Wohnzimmer ruinieren.«

Mit einer Handbewegung bedeutete sie ihren Assistenten, sich in Bewegung zu setzen.

Amelia trat einen Schritt zurück und bewegte sich dann seitwärts auf das Zimmer zu, um das Messer vor den anderen zu verbergen. Die Ärztin war in Gedanken viel zu sehr mit ihren intriganten Plänen beschäftigt, um es zu bemerken. Amelia konnte in ihren wachsamen Augen förmlich sehen, wie sie sich im Geiste ihre Lieblingsfoltermethoden ausmalte.

Diesmal nicht, flüsterte ihr eine innere Stimme zu. Wenn sie die Waffe in die Hände bekommen könnte, die in ihrem Zimmer unter der Matratze versteckt war, dann könnte sie allem ein Ende setzen. *Es sei denn, draußen wartet ein Sentinel.* Doch im Grunde wäre es egal. Dr. Patel wäre längst tot, bevor sie Amelia überwältigen könnten.

Sie trat rückwärts auf die andere Seite des Bettes, um den Wissenschaftlern Platz zu machen. Sie öffneten ihre Taschen und der Mann mit schwächlichen Schultern und einer Halbglatze zog eine Plastikplane hervor. Wenn er sie über das Bett legte, bevor sie nach der Waffe greifen konnte, wäre alles vorbei.

»Zieh dich schon mal aus«, sagte Anita mit

herablassendem Ton, während sie einige Kanülen auf dem Nachttisch bereitlegte.

Amelia warf ihr einen folgsamen Blick zu und tat so, als würde sie sich bücken, um ihre Schuhe aufzubinden. Stattdessen ließ sie ihre Hand unter die Matratze gleiten und umschloss mit ihren Fingern den kühlen Metallgriff der Waffe. Sie vergewisserte sich täglich, ob die Pistole noch an ihrem Platz lag, während sie sich immer noch fragte, aus welchem Grund ihr Aufseher sie ihr überlassen hatte. Sie war geladen. Sie zog sie unter der Matratze hervor und hielt sie locker an ihrer Seite, während sie ihre Möglichkeiten abwog.

Das Wichtigste ist die Überraschung. Toms tiefe Stimme hallte in ihren Gedanken wider und jagte ihr einen Schauer über den Rücken. *Sorge dafür, dass sie sich in Sicherheit wiegen und unvorsichtig werden. Dann greif an.*

Im Moment schienen sie mit sich beschäftigt zu sein und würden nie erwarten, dass Amelia zurückschlagen könnte. Die alte Amelia hätte nie den Mut dazu gehabt. Außerdem hätte sie nicht gewusst, wie sie sich wehren konnte. Sie hatte ihnen jahrelang gehorcht und zugelassen, dass sie ihrem Körper unaussprechliche Dinge antaten, weil sie weder Hoffnung noch eine Wahl gehabt hatte. Doch die Waffe in ihrer Hand bot ihr eine einmalige Gelegenheit.

Jetzt oder nie, Schätzchen. Seine Stimme hatte selbst in ihren Gedanken einen spöttischen Unterton angenommen, um sie zum Handeln zu zwingen. Doch sie war nicht real, sie bildete sich seine geschmeidige Stimme nur ein. *Weil ich den Verstand verliere.* Sie bezweifelte nicht, dass die verrückte Ärztin sie tatsächlich in den Wahnsinn treiben würde, sollte Jonathan ihr den Posten als Amelias Bewacherin übertragen. Doch dazu würde sie es nicht kommen lassen.

Anita zog ihre Folterwerkzeuge aus der Tasche, als die beiden Assistenten gerade damit fertig waren, die Plane über dem Bett auszubreiten. Als Amelia die Knochensäge erblickte, drehte sich ihr der Magen um. Ihr letztes Zusammentreffen mit diesem Instrument hatte nicht gut geendet. Anita hatte damit ihren Torso bis hinunter auf ihr Brustbein geöffnet. Der Schmerz hatte Amelia an einen dunklen Ort katapultiert, an dem sie dem Tod so nahe gewesen war, dass sie sich gefragt hatte, ob sie die Augen je wieder öffnen würde. Unglücklicherweise hatte sie es überlebt.

Ich kann das nicht noch einmal ertragen. Nicht hier.

Du schaffst es, Amelia. Toms geschmeidige Stimme hallte durch ihren Körper und erfüllte sie mit einem Selbstvertrauen, von dem sie nicht einmal gewusst hatte, dass sie es in sich trug. *Und jetzt schieß, bevor sie Verdacht schöpfen.*

Sie hob die Waffe an und zielte damit auf den Wissenschaftler, der ihr am nächsten stand. Sie entsicherte und drückte ab.

Kapitel Sechs

Ein Hilferuf

»Du bist deinem Vater so ähnlich«, sagte Rosalie mit einem Kopfschütteln.

Tom zwang sich zu einem Lächeln. »Ich bin mir nicht sicher, ob ich das als Kompliment auffassen soll«, erwiderte er mit beschwingtem Tonfall, während er tief im Inneren jedes Wort ernst meinte. Früher hatte es ihm gefallen, wenn ihm gesagt wurde, dass er John Fitzgerald bis aufs Haar ähnelte. Als Kind hatte er den Mann verehrt und danach gestrebt, ihm nachzueifern. Jetzt krümmte er sich innerlich. *Ich will nicht mehr wie mein Vater sein.*

All die unterschwelligen Drohungen, dass er kein wirkliches Zuhause hatte, waren als Jugendlicher an ihm abgeperlt, weil er ohnehin immer nur an der Seite seines Vaters sein wollte. Sein Training, seine Zeit beim Militär und seine Collegeausbildung hatten eine völlig neue Bedeutung angenommen, als er begonnen hatte, als Sentinel zu arbeiten.

Sein Vater hatte sich einen ganz privaten Soldaten herangezogen, einen Mann, von dem er erwartete, dass er seine Aufträge ausführte, ohne sie zu hinterfragen. Langsam stellte sich jedoch heraus, dass Tom nicht dieser Mann war. War er seinem Vater dadurch mehr oder weniger ähnlich? Er war sich nicht sicher, aber er hoffte, dass er dadurch ein besserer Mensch war.

Rosalies Lachen versetzte ihm einen Stich im Herzen. Sie klang so sehr wie seine Mutter. Es schmerzte, in ihrer Nähe zu sein, und aus diesem Grund ging er ihr für gewöhnlich aus dem Weg. Wenn überhaupt sahen sie sich ein Mal im Jahr. Rosalies zierliche Figur und fast schwarzes Haar waren das Gegenteil von dem blonden Bob und schlanken Körper seiner Mutter, doch beide Frauen hatten gleichfarbige mandelförmige Augen. Jedes Mal wenn Rosalie ihn ansah, hatte er das Gefühl, als versetzte ihm jemand einen Schlag in die Magengrube. In diesen braunen Augen lagen zu viele Erinnerungen.

»Du weißt, dass ich es als Kompliment gemeint habe«, flötete sie und riss ihn aus seinen Gedanken. »Dein Vater ist ein erfolgreicher und mächtiger Mann.«

Erinnere mich bloß nicht daran. »Ich bin mir sicher, dass er dich liebend gern sehen würde.« Eine unverfrorene Lüge. Sein Vater interessierte sich nicht für die mütterliche Seite seiner Familie. Im Grunde hatte er nicht einmal ein großes Interesse an seiner eigenen Frau gezeigt.

Sie hat uns mit Jonathan besucht, als wir eine Dinnerparty ausgerichtet haben. Es war vor deiner Geburt gewesen. Amelias Worte entsprachen nicht der Erinnerung, die er von der Beziehung seiner Eltern hatte. Der John, den er kannte, hatte seinen Sohn mit Anna zehn ganze Jahre lang in der Blockhütte zurückgelassen und war nur hin und wieder zu Besuch gekommen, um nach seinem zukünftigen Spielzeugsoldaten zu sehen. Er schien kein Mann zu sein, dem seine Frau wichtig genug war, um sie auf eine Dinnerparty mitzunehmen. Tom konnte sich nur an ein einziges Mal erinnern, als sie als Familie zusammen eine Mahlzeit eingenommen hatten. Es war an seinem zehnten Geburtstag gewesen, als sein Vater überraschend vorbeigekommen war, um ihm zu verkünden, dass er ihn auf die Militärschule schicken würde.

Das war der letzte Tag, an dem er seine Mutter lebend gesehen hatte.

Tom trank sein Bier aus und dachte daran, ein weiteres zu bestellen. Wahrscheinlich hätte er es getan, wenn Amelia nicht in der Hütte auf ihn gewartet hätte. Doch er musste zurückfahren, und zwar nüchtern. Andernfalls würde er bei seiner Rückkehr vielleicht irgendetwas Dummes tun. Außerdem fuhr er normalerweise nicht betrunken Auto.

»Du fehlst mir«, sagte Rosalie, deren Stimme einen wehmütigen Unterton angenommen hatte. »Du weißt, dass du das einzige Mitglied meiner Familie bist, das ich leiden kann, nicht wahr?«

Er lachte und dachte an die restliche Familie mütterlicherseits. Seine Großeltern waren schon lange tot, aber einige ihrer Cousins waren noch am Leben.

»Ich werde mich bemühen, dich öfter zu besuchen.« Er hatte ihr absichtlich kein Versprechen gegeben, da er wusste, dass er es ohnehin nicht halten würde. Verdammt, so wie sich die Dinge momentan entwickelten, würde er sich wahrscheinlich bald verstecken müssen. Vielleicht würden sie sich nach dem heutigen Treffen nie wiedersehen. Es beunruhigte ihn ein wenig, dass er sie nicht würde beschützen können, allerdings hatte sein Vater kein großes Interesse an ihr. Seine Tante hatte keine unsterblichen Vorfahren. Sie war eine Krankenschwester und durch und durch menschlich.

»Nein, das wirst du nicht.« Sie klang traurig, schenkte ihm jedoch ein verhaltenes Lächeln. »Du vergisst, dass ich dich kenne, Tom. Du bist viel zu beschäftigt, um dich um eine alte Dame wie mich zu kümmern.«

»Du bist nicht alt, Tante Rosalie.«

»Oh, lass dich von meiner Haarfarbe nicht täuschen. Ich

habe einen ganz hervorragenden Friseur, der all das Grau überdeckt.«

Er verdrehte die Augen. »Du bist doch erst siebenundvierzig.« Seine Mutter wäre heute zweiundfünfzig, wenn sie noch am Leben wäre.

»Ja, ich bin bereits halbtot.«

»Blödsinn. Sag doch so etwas nicht.«

»Ich will damit nur sagen, dass ich langsam alt werde und du mich öfter besuchen solltest.«

»Und ich habe dir gesagt, dass ich mich bemühen werde.«

»Sicher. Das hast du vor zwei Jahren auch schon gesagt, und bis heute habe ich dich seither nicht wiedergesehen. Wir sprechen jetzt nur miteinander, weil ich dich in deiner Blockhütte aufgesucht habe. Wie lange hättest du denn noch dort wohnen wollen, ohne zumindest Kontakt mit mir aufzunehmen?«

Äh, eine ganze Weile. »Ich war beschäftigt.«

Sie kniff die Augen zu dünnen Schlitzen zusammen und ihm wurde unbehaglich zumute. Seine Mutter hatte ihn immer auf diese Weise angesehen, bevor sie ihn ausgeschimpft hatte. Manchmal verunsicherte es ihn, dass Rosalie ihr so ähnlich war, doch sie waren Schwestern.

»Ich weiß, was du sagen willst«, begann sie, wurde jedoch von seinem Handy unterbrochen, das vor ihnen auf dem Tresen lag und einen summenden Ton von sich gab. Er warf einen Blick darauf und erstarrte.

Oh, scheiße.

»Ich muss los«, sagte er und stand auf. Der Code auf dem Display verriet ihm, dass ein Sentinel einen Hilferuf abgesetzt hatte. Und die Koordinaten stimmten mit denen seiner Blockhütte überein. *Verdammt.*

AMELIA STARRTE auf das dunkle Blut an ihrer Hand. *Was habe ich getan?* Ihr klingelten immer noch die Ohren, nachdem sie die Waffe abgefeuert hatte. Kein Wunder, dass Tom während des Trainings auf dem Gebrauch von Ohrenschützern bestand. Sie hätte schwören können, dass die ganze Welt die Schüsse in dem kleinen Raum gehört hatte.

»Er ... wird ... dich ... umbringen.« Anitas keuchende Stimme schwebte durch die Luft. Amelia hatte die Frau fast vergessen, die zu ihren Füßen auf dem Boden lag. Sie war viel zu sehr auf das Blut fixiert gewesen, das von ihren Fingern tropfte. Sie hielt immer noch das Küchenmesser in der Hand. Nachdem sie die Schüsse abgegeben hatte, hatte Anita sich auf sie gestürzt und ihr die Waffe aus der Hand geschlagen. Doch zuvor hatte Amelia der Frau eine Kugel in den Bauch geschossen. Die Ärztin war zusammengesackt, während ihre beiden Assistenten tot auf der anderen Seite des Zimmers lagen.

Sie hatte insgesamt fünf Schüsse abgefeuert und zweimal verfehlt. Zumindest war es das, woran Amelia sich erinnerte. Alles war so schnell gegangen, bevor sie sich über die Konsequenzen ihrer Taten im Klaren werden konnte. Sie hatte sich rittlings auf Dr. Patel gesetzt und ihr die Klinge an den zierlichen Hals gehalten. Sie hätte sie fast getötet, doch dann war ihr bewusst geworden, dass sie die Frau vorerst noch lebend brauchte.

»Entschärfen Sie das Halsband«, forderte Amelia noch einmal.

Es war neu für sie, die Rolle der Peinigerin zu übernehmen.

Während sie jahrelang als Opfer gelitten hatte, hatte sie einige Dinge gelernt, doch sie musste feststellen, dass ihr diese Rolle nicht besonders zusagte. Sie hatte geglaubt, dass sie ein Gefühl der Gerechtigkeit oder Erleichterung empfinden würde, wenn sie ihre Peiniger umbrachte, doch sie fühlte sich nur leer, während sie auf die Frau herabstarrte, die zitternd unter ihr lag.

Amelia drückte die Spitze der Klinge gegen die empfindliche Stelle direkt unter Anitas Auge und stellte ihre Forderung ein drittes Mal.

Bisher war noch kein Sentinel hereingestürmt, um herauszufinden, was es mit den ohrenbetäubenden Schüssen auf sich hatte, daher nahm sie an, dass die drei ohne Begleitung gekommen waren. Allerdings wusste sie, dass dank der Ärztin ein paar von ihnen auf dem Weg hierher waren. Sie hatte mit einem bösartigen Grinsen und einem triumphierenden Funkeln in den Augen erwähnt, dass die Verstärkung bereits im Anmarsch wäre. Amelia scherte sich nicht darum, denn sie hatte vor, längst über alle Berge zu sein, wenn sie eintraf, doch dafür musste zuerst jemand das Gerät um ihren Hals deaktivieren.

»Können Sie sich noch daran erinnern, wie Sie mir die Augen aus dem Kopf geschnitten haben, um zu überprüfen, wie lange es dauern würde, bis sie sich regenerieren? Ich frage mich, was geschieht, wenn ich Ihnen dasselbe antue. Ich wette, dass ich sie entfernen kann, bevor die Sentinels eintreffen. Wollen Sie es sehen?« Amelia brachte die Worte nur widerwillig über die Lippen, doch sie musste dafür sorgen, dass ihre Gegnerin kooperierte. Und indem sie sich einen der schrecklichsten Tage ihres Lebens in der Gefangenschaft dieser Frau in Erinnerung rief, wurde sie in ihrer Entschlossenheit bestärkt. Wenn jemand diese Behandlung verdient hatte, dann war es das Monster, das unter ihr lag.

»Entfernen Sie das Halsband oder Sie können sich von Ihrem rechten Auge verabschieden.« Sie drückte ihr die Klinge so fest an die Wange, dass sie blutete.

»Aufhören!«, schrie Anita und warf den Kopf zur Seite. Das war in ihrer Lage nicht besonders klug. Die Klinge schnitt ihre Wange auf und bohrte sich tief in ihr Fleisch, während die Frau vor Schmerzen aufschrie.

Amelia wäre fast das Messer aus der Hand gefallen, als sie bei dem Geräusch zusammenzuckte, doch Toms Stimme in ihrem Kopf beruhigte sie. Sie hatte in diesem Spiel die Oberhand, sie musste es nur zu Ende bringen.

Anita legte eine Hand auf ihr verwundetes Auge. Ihr blieb nicht mehr viel Zeit, bevor sie verbluten würde. Der Schuss in ihren Unterleib hatte offensichtlich ein lebenswichtiges Organ getroffen, denn sie verlor literweise Blut.

Amelia versuchte, Reue für ihre Taten zu empfinden, doch sie fühlte nichts. Anita Patel hatte dieses Schicksal und noch viel Schlimmeres verdient.

Amelia wollte ihr gerade noch einen Schnitt zufügen, als die Ärztin einen kreischenden Laut von sich gab.

»Ich kann es nicht tun! Ich k-kann es v-verdammt noch mal nicht tun!« Die Worte hatten ihr wohl die letzte Kraft geraubt, denn sie sackte zitternd in sich zusammen.

»Wie kann ich dann den Sprengstoff entschärfen?«, fragte sie, während sie die Worte eher an sich selbst statt an Anita richtete.

Wenn sie das Halsband nicht entfernen konnte, war Amelia so gut wie tot. Jonathan hatte es ihr aus einem bestimmten Grund angelegt, denn Unsterbliche fanden durch Enthauptung den endgültigen Tod.

Sie war nicht bereit zu sterben, nicht, wenn sie der Freiheit so nahe war.

»S-sprengstoff?« Die Ärztin schien sich nicht entscheiden zu können, welcher ihrer Wunden sie sich zuerst widmen sollte, denn sie ließ ihre Hand von ihrem Auge zu der Schusswunde an ihrem Bauch wandern. Ihr anderer Arm lag schlaff an ihrer Seite. »W-was für ein Sprengstoff?« Ihre zitternden Worte verunsicherten Amelia.

Ich habe ihr das angetan.

Und ich habe zwei Menschen erschossen.

Wie war das nur möglich?

Wer bin ich? Das Messer zitterte in ihrer Hand. *So eine Art Mensch will ich nicht sein.*

Sie wollte niemanden foltern.

Es gefiel ihr zu wissen, wie man mit einer Waffe umging, doch es behagte ihr nicht, jemandem damit Schmerzen zuzufügen.

Es ermutigte und schwächte sie gleichzeitig.

Sie hatte erwartet, dass die Rache ihr ein Gefühl der Macht vermitteln und eine Art läuternde Erfahrung bescheren würde, doch sie empfand nichts dergleichen. Wenn überhaupt hatte sie den Eindruck, dass sie genauso bösartig war wie Anita und Jonathan.

Ich kann es nicht tun.

Sie legte das Messer auf dem Bett ab und stand mit zitternden Beinen auf. Es war nicht von Bedeutung, wie sehr die Frau es verdient hatte, dass man ihr ihre abscheulichen Taten mit gleicher Münze heimzahlte. Amelia wollte nicht diejenige sein, die sie folterte.

»N-nicht.« Für den Bruchteil einer Sekunde streckte Anita ihre Hand in die Höhe, bevor sie sie wieder auf den Bauch legte. »I-ich kann nicht. S-Sprengstoff?« Amelia war überrascht, als sie den fragenden Tonfall in Anitas Stimme hörte. Warum war sie deshalb so verwirrt?

»Ja, der in meinem Halsband.« Amelia zeigte auf ihren Hals. »Tom sagte, es ist mit einem Gerät im Haus verbunden. Wissen Sie, wie es aussieht?«

Anita blinzelte sie mit einem Auge an und verzog das Gesicht. Oder hatte sie lachen wollen? Amelia konnte es unter all dem Blut nicht erkennen. *Wollte ich ihr wirklich gerade das Auge aus dem Kopf schneiden?*

»D-das ist also der Grund«, sagte die Ärztin mit krächzender Stimme. Ihr entfuhr ein seltsames Röcheln, dann hustete sie heftig. Aus ihrem Mund rann Blut. Amelia hatte des Öfteren den Verdacht gehabt, dass die Frau Eigenexperimente mit unsterblichem Blut durchführte. Falls es tatsächlich der Fall war, dann hatte es keinerlei Wirkung gezeigt. *Sie wird sterben.*

»Das ist der Grund wofür?«

»Warum … n-nicht w-weggerannt … Drohung.« Ihre Worte wurden von einem Hustenanfall verschluckt, der so grauenhaft war, dass Amelia einen Schritt zurücktrat.

»Das verstehe ich nicht.«

Anitas Brust hob und senkte sich in rascher Abfolge, als ihr Auge ermattete. »T-Tom«, flüsterte sie, »h-hat gelogen. Kein Spreng...« Es folgte eine ohrenbetäubende Stille, die eine halbe Ewigkeit anzuhalten schien.

Ihre Brust bewegt sich nicht mehr.

Sie ist tot.

Und ich habe sie getötet.

Amelia wurde schwindelig. Sie taumelte zurück und stieß gegen die Wand neben dem Bett. Sie hatte es getan.

»Anita ist tot«, flüsterte sie in die Stille hinein. Warum verspürte sie keine Hochstimmung? Triumph? Freiheit?

Tom hat mich wegen des Sprengstoffs belogen.

Sie konnte fliehen …

Oder war das Anitas letzte Folter? Wollte sie, dass Amelia alles infrage stellte und sich überlegte, ob sie weglaufen oder warten sollte, bis ihr jemand das Halsband abnahm?

Sie befand sich in einer furchtbaren Zwickmühle. Doch dann erinnerte sie sich an den schockierten Ausdruck in Anitas Gesicht, als sie den Sprengstoff erwähnt hatte. Eine seltsame Art von respektvollem Verständnis hatte kurz danach in ihrem Blick gelegen, als wäre ihr etwas bewusst geworden, das sie belustigt hatte. Hatte Tom sie angelogen, um dafür zu sorgen, dass sie keinen Fluchtversuch unternahm? Nach dem zu urteilen, was sie bisher von ihm wusste, würde es sie nicht überraschen. Es war eine Möglichkeit, sie gefügig zu machen, ohne sie einschließen zu müssen.

»Verdammte Scheiße.« Sie konnte nicht glauben, dass sie darauf hereingefallen war. Dieser kluge Arsch hatte sie überlistet.

Sie konnte es gar nicht erwarten, ihm später gehörig die Meinung zu sagen.

Oder vielleicht auch nicht.

Er würde auf keinen Fall gutheißen, was heute in diesem Zimmer geschehen war.

Blutspritzer, Einschusslöcher und drei sehr tote Angestellte der CRF. Er hätte keine andere Wahl, als den Vorfall zu melden, und würde sie danach töten müssen. Oder Schlimmeres. Gerade heute Nachmittag hatte er ihr erzählt, dass er tun musste, was sein Vater von ihm verlangte, was bedeutete, dass er all seine Befehle befolgen würde.

Und wenn Jonathan sie bestrafte, würde es sicher unangenehm werden.

»Ich muss von hier verschwinden.« Sie zog die blutbefleckten Kleider aus und stellte sich unter die Dusche, um so gut wie möglich das Blut von ihrer Haut zu schrubben. Danach zog sie sich frische Shorts und ein Trägerhemd an. Ihre Schuhe waren ebenfalls mit Blut bespritzt, doch daran konnte sie im Moment nichts ändern. Sie hatte keine anderen und sie brauchte sie, um zu fliehen.

Die hier werde ich vielleicht auch brauchen, dachte sie, als sie nach der Waffe griff. Sie fühlte sich schwerer an, als sie eigentlich war.

Ich habe mit diesem Ding drei Menschen umgebracht.

Denk jetzt nicht darüber nach.

Sie konnte sich später noch den Emotionen widmen, die in ihr umherschwirrten. Im Moment musste sie sich über die Sentinels Gedanken machen, die sicher bald hier eintreffen würden, daher machte es Sinn, eine Waffe dabeizuhaben. Das Messer ließ sie auf dem Bett liegen.

Sie sicherte die Pistole und steckte sie am Rücken in den Bund ihrer Jeansshorts, bevor sie nach draußen ging. Ihr Blick fiel auf den Wagen, der in der Einfahrt parkte. Damit würde sie sich am schnellsten aus dem Staub machen können.

Wie schwer kann es schon sein? Sie wusste es nicht, denn in Hydria gab es keine Fahrzeuge, und wenn sie früher unterwegs gewesen waren, war Eli immer gefahren. Sie war sich jedoch sicher, dass sie es schaffen könnte. Sie brauchte nur den Schlüssel.

Sie ging zurück in ihr Zimmer und durchsuchte die Leichen, bis sie den Schlüssel in Anitas Laborkittel fand. Sie steckte ihn in die Tasche und ging zurück ins Wohnzimmer. Sie erstarrte, als sie das Geräusch von Schritten auf knirschendem Kies vernahm. Sie war froh, dass sie die Eingangstür offengelassen hatte, andernfalls hätte sie sie vielleicht nicht rechtzeitig gehört. Sie stürzte in Toms Zimmer und öffnete das hintere Fenster. Es war gerade groß genug, sodass sie sich hindurchquetschen konnte, und ihr blieb nicht genügend Zeit, um es danach wieder zu schließen.

Amelia schlich um die Hütte und hoffte, den Wagen stehlen zu können, während die Neuankömmlinge sich in der Hütte befanden. Beinahe wäre sie mit einem Sentinel zusammengestoßen.

Kapitel Sieben

Verrat eines Sentinels

»Sieh mal einer an.« Sentinel Blake überragte sie um gut dreißig Zentimeter, während seine Schultern doppelt so breit waren wie ihre eigenen. Zu allem Übel hatte er seine Waffe gezogen und zielte damit auf ihren Kopf.

Sie schluckte. »Äh, hallo.« Was sollte sie sonst sagen?

»Du befindest dich nicht da, wo du sein solltest, Wirtschaftsgut Sieben.«

Sie hasste diese Bezeichnung. Sie klang, als wäre sie jemandes Eigentum und kein Lebewesen. Obwohl Tom den Ausdruck scheinbar als eine Art Kosewort benutzte, genauso wie sie ihn im Scherz als Arsch bezeichnete. *Dies ist nicht der richtige Zeitpunkt, um über ihn nachzudenken.* Genau. Schließlich hatte gerade jemand eine Waffe auf sie gerichtet.

»Wo sollte ich denn sein?«, fragte sie mit gespielter Verwirrung. Wenn sie ihn dazu bringen konnte, die Pistole zu senken, dann könnte sie ihn vielleicht wie die anderen erschießen. Da er dicht genug vor ihr stand, würde sie ihn sicher nicht verfehlen. Allerdings hatte er dieselbe Ausbildung wie Tom genossen, was es unwahrscheinlich machte, dass sie ihn mit einem einzigen Schuss niederstrecken könnte. Und da sie Blake des Öfteren in ihrer Zelle im Keller der CRF hatte beobachten können, wusste sie, dass er sich nicht so leicht aus der Ruhe bringen ließ.

»Wie hast du es geschafft zu entkommen?« Er ließ den Blick aus seinen silbrig blauen Augen mit einem belustigten Ausdruck im Gesicht an ihr auf und ab schweifen, während er mit der Waffe jedoch weiterhin auf sie zielte. »Und woher hast du diese Klamotten?«

Sie zupfte am Saum ihres Trägerhemds herum. Sollte sie die Wahrheit sagen oder ihn anlügen? »Ich habe sie gefunden.« *Im Internet*, fügte sie im Geiste hinzu. *Na also. Das ist nicht gelogen.*

Er schnaubte. »Natürlich. Hey, Scott! Ich hab sie!«

Ihr gefror das Blut in den Adern, als sie den Namen hörte. Sentinel Scott hatte sie während seiner Wachschichten bei der CRF immer mit viel zu großem Interesse beäugt. Blake kannte sie dagegen nicht ganz so gut, wusste aber, dass er sich immer sehr professionell verhalten hatte. *Obwohl der Ausdruck in seinen Augen im Moment alles andere als angemessen ist …*

Ein kräftiger Mann kam um die Ecke gelaufen und blieb neben seinem größeren Kollegen stehen. Blake entspannte sich dadurch ein wenig, denn er steckte seine Waffe ins Holster und verschränkte die Arme vor seiner breiten Brust.

Die gute Nachricht ist, dass niemand mehr auf mich zielt. Die schlechte Nachricht ist, dass zwei verärgerte Sentinels vor mir stehen.

»Anita ist tot«, sagte der gedrungene Mann zur Begrüßung. Er war einen halben Kopf kleiner als Blake, doch er hatte doppelt so viele Muskeln.

»Im Ernst?«, sagte Blake und runzelte die Stirn. »Wo zum Teufel ist Fitzgerald?«

»Ich kann ihn nirgendwo finden. Hast du das Wirtschaftsgut schon durchsucht?« Scott sah den eigentümlichen Ausdruck im Gesicht seines Kollegen und schnaubte. »Ich fasse das als ein Nein auf.« Er fixierte sie mit seinen dunkelgrauen Augen, woraufhin sie einen Schritt zurück in Richtung der Blockhütte trat. Sie konnte unmöglich rechtzeitig die Waffe ziehen und sie beide treffen. Zumindest nicht, ohne selbst dabei verletzt zu werden.

Blake zielte wieder mit der Pistole auf sie, als sein kräftiger Partner auf sie zukam. Mit seinen schmutzigen Händen tastete er sie seitlich ab und ließ seine Finger dann an ihren Beinen auf und ab wandern. Dann packte er ihre Hüften, um sie umzudrehen. Als sie ihn mit der Zunge schnalzen hörte, krümmte sie sich innerlich zusammen. Sie hatte gewusst, dass er die Waffe finden würde, dennoch überkam sie ein ernüchterndes Gefühl, als er sie ihr tatsächlich entriss. Sie hatte die Freiheit fast schmecken können, wenn auch nur für einen kurzen Augenblick. Und jetzt war er verflogen. Sie hätte es besser wissen müssen, als sich in dem Glauben an die Hoffnung zu verlieren.

Scott steckte die Pistole in den Bund seiner Jeans und fuhr mit der Kontrolle fort. Saure Galle stieg ihr in die Kehle, als er sich beim Abtasten ihrer Brüste ein wenig zu viel Zeit ließ. Das angewiderte Gefühl verstärkte sich, als er seine Finger in den Bund ihrer Shorts steckte und ihr Höschen befühlte.

»Ich bezweifle, dass sie dort etwas versteckt hat«, sagte Blake mit ausdrucksloser Stimme.

»Man kann nicht sicher genug sein nach allem, was ich gerade gesehen habe.«

Der größere Mann pfiff durch die Zähne. »So schlimm?«

»Sie sind alle drei tot und Anita hat einige seltsame Schnittwunden im Gesicht«, erklärte Scott, während er die Außenseite ihrer Shorts abtastete. Ihr drehte sich der Magen um, als er eine Hand zwischen ihre Schenkel gleiten ließ und sie auf ihre intimste Stelle presste. Sie war froh, dass sie seit einer Weile nichts mehr gegessen hatte, andernfalls hätte sie ihren Mageninhalt sicher auf den Boden zu ihren Füßen entleert.

»Siehst du, Kumpel, ich habe dir doch gesagt, dass es

besser gewesen wäre, hierzubleiben statt etwas essen zu gehen. Ich hatte gleich ein seltsames Gefühl, als Fitzgeralds Wagen nicht vor dem Haus stand.«

»Anita hat uns befohlen zu verschwinden.« Scott ließ seine wulstigen Finger über ihren Hintern gleiten und erforschte damit jeden Zentimeter ihrer Jeansshorts. Dann glitt er wieder hinauf auf ihren Rücken. Ihr Gesicht wurde ganz heiß und sie wäre vor Scham am liebsten im Boden versunken. Dazu kam noch die Übelkeit und sie wunderte sich, wie sie sich überhaupt noch auf den Beinen halten konnte.

»Wir hätten sie ignorieren sollen. Hey, Kumpel, ich glaube, sie hat keine weiteren Waffen bei sich. Sie trägt im Grunde überhaupt nicht viel.«

»Oh, das weiß ich. Ich erfreue mich nur an ihren neu gewonnenen Kurven.« Er versetzte ihrem Hintern einen Klaps, woraufhin sie aufschrie. Dann packte Scott sie mit seinen rauen Händen und drehte sie um, sodass sie mit dem Rücken zur Hütte stand.

»Du bist wirklich unmöglich.« Blake steckte seine Waffe ins Holster und zog eine Augenbraue in die Höhe. »Was machen wir jetzt mit ihr?«

»Mir kommen da durchaus ein paar Dinge in den Sinn, die ich gern mit ihr tun würde«, erwiderte Scott mit einem liederlichen Grinsen, als er den Kopf neigte, bis er ganz dicht vor ihrem Gesicht schwebte. »Wie hast du es geschafft, sie alle zu töten, Wirtschaftsgut?«

Das polternde Geräusch eines Wagens, der die Einfahrt hinauffuhr, ersparte ihr eine Antwort. Scott schlang seinen Arm um ihre Taille und schob sie vor seinen Körper. Aus dem Augenwinkel konnte sie sehen, wie er ihr eine Pistole an die Schläfe hielt, während er sie als Schild benutzte. *Wie galant.* Mit einem Nicken bedeutete er seinem Partner nachzusehen, wer gerade eingetroffen war.

Könnte es noch schlimmer werden? Eine Minute später hatte sie ihre Antwort, die mit Blake an seiner Seite um die Ecke geschlendert kam. *Ja.*

»Ich bin gerade einmal ein paar Stunden weg und ihr beiden Idioten vermasselt alles. Wie ist das möglich?« Tom klang außer sich, als er sich an die beiden Sentinels wandte. Er stellte sich breitbeinig hin, verschränkte die Arme vor der Brust und warf dem Mann, der sie festhielt, einen finsteren Blick zu. Die Waffe verschwand aus ihrem Blickwinkel, als Scott sie zurück ins Holster steckte.

»Ich will eine Erklärung. Sofort.« Toms gebieterischer Tonfall erinnerte sie so sehr an den seines Vaters.

Das war der Mann, der von Jonathan darauf vorbereitet wurde, einmal die CRF zu übernehmen. Hatte sie sich wirklich dermaßen in ihm getäuscht? War sein Mitgefühl nur gespielt gewesen, damit sie sich in Sicherheit wog? War all das nur eine Scharade gewesen, um ihr Vertrauen zu gewinnen? Sie verspürte einen Stich in ihrem Herzen und wusste, dass es bestens funktioniert hatte. Als sie ihn jetzt vor sich sah, zerbrach etwas in ihrem Inneren. Sie hatte zum ersten Mal seit sechs Jahren Hoffnung empfunden und er hatte sie ihr von einem Moment auf den anderen wieder entrissen. Das Atmen fiel ihr schwer, während sie sich in Selbstmitleid erging. Sie hätte es besser wissen müssen und ihm nicht vertrauen sollen, doch irgendwie war er ihr unter die Haut gegangen.

»Einer von euch beiden sollte wirklich langsam den Mund aufmachen.« Er warf dem größeren Sentinel einen wütenden Blick zu, da der Mann hinter ihr noch keinen einzigen Ton von sich gegeben hatte.

Blake rieb sich über seine Glatze und kratzte sich am Kiefer. »Nun, es ist so, Anita hat uns gesagt, dass wir nicht Wache stehen müssen, weil wir uns hier mitten im Nirgendwo befinden, deshalb sind wir etwas essen gegangen ...« Er räusperte sich und zog eine blonde Augenbraue in die Höhe, als sein Blick auf den Mann fiel, der sie festhielt.

»Genau. Und als Anita den Hilferuf ausgesandt hat, sind wir zurückgefahren«, fuhr Scott fort, der seinen fleischigen Arm um ihre Taille geschlungen hatte. Er berichtete Tom alles, was seit ihrer Rückkehr geschehen war, und gab ihm eine vage Beschreibung des Tatorts im Inneren der Hütte. Die Schilderung reichte aus, um ihr eine Gänsehaut zu bescheren.

Ich habe drei Menschen getötet. Es war nur recht und billig, dass sie den Sentinels in die Arme gelaufen war. Keine Grausamkeit der Welt konnte ihre Taten rechtfertigen. Die wissenschaftlichen Assistenten hatten nur Befehle befolgt, sie hatten es nicht verdient zu sterben. Für den Mord an Anita gab es zwar einschlägige Argumente, doch die Folter …

Ihr lief ein Schauer über den Rücken. Nein. Niemand hatte es verdient, gefoltert zu werden.

Diese Wissenschaftler haben dich gefoltert, meldete sich ihre innere Stimme zu Wort. *Sie haben das bekommen, was sie verdient haben.*

Doch zu welchem Preis?, fragte sie sich. *Vielleicht will ich keine derart kaltblütige Frau sein.*

Aber vielleicht bin ich es bereits.

»Habt ihr das Wirtschaftsgut schon durchsucht?«, wollte Tom wissen und riss sie aus ihren Gedanken.

»Ja«, erwiderte Scott und ließ sie lange genug los, um Tom den beschlagnahmten Gegenstand zu überreichen. Dann schlang er wieder seinen stämmigen Arm um ihre Taille. Er zog sie mit einem Ruck zu sich, wobei ihr Hintern gegen seine Leiste gepresst wurde und er seine Hüfte gleichzeitig vorschob. Sie konnte sein Verlangen spüren und wusste, dass er mehr wollte, als sie nur zu begrapschen. Wieder kam ihr die Galle hoch und sie dankte dem Himmel dafür, dass sie nichts zu Mittag gegessen hatte.

Würde dies ihre Strafe sein? Jonathan hatte sie gezwungen, alle möglichen Schmerzen zu ertragen, doch er hatte sie nie vergewaltigt. Er hatte sie unzähligen Foltermethoden ausgesetzt und ihr unaussprechliche Dinge angetan, doch ihre Schändung war immer tabu gewesen. Sie hatte es nie verstanden. Lag es daran, dass er sich die sexuelle Folter für Momente wie diesen vorbehalten hatte? Sie würde den Tod vorziehen.

»Und wo ist Stark?«, fragte Tom, als er die Pistole in den Bund seiner Hose steckte. Er ließ den Blick über den Wald schweifen, als erwartete er, dass der blonde Sentinel plötzlich wie aus dem Nichts vor ihnen auftauchte. Es hätte Amelia nicht überrascht. Sie war mehr als ein Mal Zeuge gewesen, wie der nicht menschliche Heiler sich dieses Tricks in ihrer Zelle bedient hatte.

»Er ist mit Stas beschäftigt.« Scott klang verärgert. »Warum darf er den sexy Sentinel trainieren?«

Tom warf dem Mann einen vielsagenden Blick zu und wechselte das Thema. »Habt ihr den Vorfall schon gemeldet?«

Blake schüttelte den Kopf. »Noch nicht. Wir müssen erst noch den Tatort untersuchen. Wir waren gerade dabei, das Wirtschaftsgut in Gewahrsam zu nehmen, als du eingetroffen bist.«

Endlich blickte Tom sie mit seinen dunkelbraunen Augen an, wenn auch nur flüchtig. »Ja, das sehe ich. Habt ihr schon Verstärkung angefordert?«

»Nicht nötig. Die Zentrale wurde informiert, als Anita den Notfallknopf an ihrer Uhr gedrückt hat.« Das erklärte, warum Anita etwas von Verstärkung geröchelt hatte. Amelia hatte ihre Worte nicht angezweifelt, doch sie hatte sich gefragt, wie die Ärztin es hatte wissen können.

Tom nickte kurz und richtete dann seinen wütenden Blick auf sie. Wenn hinter ihr nicht ein kräftiger Mann gestanden hätte, dann wäre sie unwillkürlich einen Schritt zurückgetreten. »Habt ihr sie gründlich durchsucht?«

»Ich habe sie nicht dazu gezwungen, sich auszuziehen, wenn du das damit meinst.« Scotts selbstgefälliger Ton jagte ihr einen unbehaglichen Schauer über den Rücken. »Aber ich würde sagen, dass ich ziemlich gründlich war.« Als er die Worte aussprach, spreizte er die Finger auf ihrem Bauch und streifte mit dem Daumen über den Bügel ihres BHs.

»Ich verstehe. Hast du etwas dagegen, wenn ich sie selbst noch einmal durchsuche?« Bei den Worten setzte Tom ein verschmitztes Lächeln auf, das sich direkt in ihr Herz bohrte. *Das war's dann. Das Spiel ist vorbei.* Warum nur hatte sie ihm vertraut? Es war erstaunlich, was ein wenig Freundlichkeit bei einer Frau in ihrer Lage bewirken konnte. Wahrscheinlich hätte sie an diesem Punkt sogar einer Schlange vertraut.

»Ich würde es als Beleidigung auffassen, aber ich kann dir keinen Vorwurf machen, weil du sie selbst abtasten willst. Sie ist wirklich ein reizendes kleines Ding.« Er ließ die Hand auf ihrem Bauch hinauf auf ihre Brust wandern. Er drückte sie einmal fest, bevor er sie Tom übergab.

»Blake, warum bringst du die Zentrale nicht auf den neuesten Stand? Ich bin mir sicher, dass Scott mir den Rücken frei halten kann.« Tom packte ihre Hüften und presste sie gegen die Wand.

»Verstanden, Chef«, sagte Blake, als er vermutlich sein Handy aus der Tasche zog. Sie konnte es nicht sehen, weil der wütende Sentinel ihr die Sicht versperrte.

»Spreiz die Beine und streck die Arme über den Kopf.« Toms gebieterischer Tonfall sandte ihr einen kalten Schauer über den Rücken. Sie erwiderte seinen unterkühlten Blick und hob wie befohlen die Arme. Sein Verrat schmerzte, doch sie würde ihm nicht die Genugtuung geben und es sich anmerken lassen.

Ein warmes Gefühl breitete sich auf ihrer Taille aus, als er seine Hände seitlich bis hinauf zu ihren Brüsten gleiten ließ. Im Gegensatz zu Scott nahm er sich keinerlei Freiheiten heraus, während seine Bewegungen flink und professionell waren. Dann wanderte er mit seinen Fingern von ihrem

Brustbein hinunter auf ihren Bauch, bevor er sie über die Vorderseite ihrer Oberschenkel gleiten ließ.

Sie erzitterte, als er ihr befahl, sich umzudrehen. Die Wärme, die von seinem Körper abstrahlte, verwirrte ihre Sinne genauso sehr wie der leichte Pinienduft, der ihr in die Nase stieg. *Ich kann mich unmöglich immer noch zu ihm hingezogen fühlen. Nicht nach allem, was geschehen ist.*

»Vergiss nicht, was ich dir gesagt habe.« Seine Worte waren ein kaum hörbares Flüstern an ihrem Ohr. »Denk an das Überraschungsmoment, Schätzchen.«

Sie riss die Augen auf. *Hilft er mir etwa? Oder ist das nur ein weiterer Trick?*

Sein Gürtel streifte ihren Rücken, als er seinen Körper gegen ihren presste. Er umfasste ihre Handgelenke mit kräftigen Fingern und legte ihre Hände über ihrem Kopf an die Wand. Dann strich er über ihre Arme hinunter bis zu ihren Schultern und auf ihren Rücken. Als er an ihrem Kreuz innehielt, erzitterte sie.

Was tut er da?

Dann konnte sie es fühlen.

Sie spürte das kühle Metall an ihrer Wirbelsäule, als er die Waffe zurück in ihren Hosenbund steckte. Das hatte sie auf keinen Fall erwartet.

»Es ist schwer, sie wieder loszulassen, nicht wahr?« Scotts Stimme verursachte einen üblen Geschmack in ihrem Mund.

Sie konnte Toms Anspannung spüren, die für den Bruchteil einer Sekunde bis in ihren Körper ausstrahlte, doch dann stieß er ein dunkles Lachen aus. Es erinnerte sie an heiße Schokolade, die gefährlich verlockend war.

Trinke zu früh davon und du wirst dich verbrennen.

»Oh, du hast ja keine Ahnung, was ich jetzt gern täte.« Der Sarkasmus in seiner Stimme brachte ihr Herz zum Rasen. Für die anderen Sentinels war sein Verhalten wahrscheinlich unanständig, doch er überschritt nicht einmal die Grenze der Geschmacklosigkeit.

Er wiegt sie in Sicherheit.

»Ich kann es mir denken«, erwiderte Scott.

Tom packte ihre Hüften und drehte sie zu sich, nur um sein Bein zwischen ihre Schenkel gleiten zu lassen. Sie hielt sich an seinen Schultern fest und starrte in seine schokoladenbraunen Augen.

Wenn Blicke töten könnten ...

»Beweg dich nicht«, warnte er sie nur, bevor er in Aktion trat.

Sie hatte geglaubt, dass die Ereignisse sich bereits in ihrem Zimmer überschlagen hatten, doch sie waren nichts im Vergleich zu dem, was sich jetzt abspielte.

Beim ersten Schuss sackte Scott zusammen und schrie vor Schmerzen laut auf. Beim zweiten Schuss ließ Blake das Handy fallen und zog selbst seine Waffe. Doch der groß gewachsene Sentinel war nicht schnell genug.

Tom schlug Scott mit der Pistole gegen die Schläfe und packte Blakes Arm, um ihn mit einer Hand zu verdrehen und seine Waffe an sich zu nehmen. Er warf sie Amelia vor die Füße und ließ ein Messer folgen, das er zusammen mit einer weiteren Waffe aus dem Gürtel des Sentinels zog.

»Was tust du da?«, brachte Blake zwischen zusammengebissenen Zähnen hervor.

Scott lag reglos auf dem Boden. Er war entweder tot oder bewusstlos. Amelia wusste es nicht.

»Ich lasse dich am Leben«, erwiderte Tom, während er Blakes Schläge abwehrte. »Hör zu, ich habe keine lebenswichtigen Organe getroffen, deshalb wirst du nicht sterben. Aber wenn du weiter gegen mich ankämpfst, dann wirst du deinen einzigen guten Arm verlieren.«

Genau. Denn in der anderen Schulter steckte eine Kugel.

Aus der Wunde rann Blut und beschmutzte das Hemd des Sentinels.

Amelia starrte die Männer mit offenem Mund an.

Blake war groß und muskulös und hätte aus diesem Duell eindeutig als Gewinner hervorgehen sollen, doch Tom hatte den Mann unter Kontrolle, indem er sein Handgelenk mit nur einer Hand umfasste.

Faszinierend.

»Was zur Hölle soll das? Bist du verrückt geworden?«

∾

»DARAUF KANNST DU WETTEN«, erwiderte Tom. »Lass uns ein Stück gehen.«

»Mann, sie hat dir den Kopf verdreht. Denk nach, was du da tust.«

Er schnaubte. *Oh, glaub mir, ich tue gerade nichts anderes.* »Komm schon.« Während er genügend Druck auf Blakes Arm ausübte, machte er sich die Hebelwirkung zunutze, um seinen Freund zum Eingang der Blockhütte zu bugsieren.

Er fühlte sich etwas besser, nachdem er eine Kugel in Scotts Kniescheibe gejagt und ihm die Waffe über den Schädel gezogen hatte. Vielleicht konnte er dem Scheißkerl auf diese Weise etwas Verstand einhämmern. Tom hatte all seine Willenskraft zusammennehmen müssen, das Arschloch nicht auf der Stelle zu erschießen, als er um die Ecke gebogen war. Doch während seiner jahrelangen Ausbildung hatte er gelernt, sich zu beherrschen und den richtigen Zeitpunkt für einen Angriff abzuwarten. Da er jetzt abgedrückt hatte, konnte er nicht mehr zurück.

»Im Ernst, ich kenne dich, Mann. Das sieht dir überhaupt nicht ähnlich.« Blakes tiefe Stimme hatte den ruhigen Tonfall eines routinierten Vermittlers angenommen, doch Tom kannte alle Tricks.

»Vielleicht, vielleicht auch nicht.« Er blieb vor dem Kofferraum seiner Limousine stehen und drückte auf die Fernbedienung in seiner Tasche, um die Klappe zu öffnen. »Weißt du zufällig, warum ich von diesem Überraschungsbesuch nicht in Kenntnis gesetzt wurde?«, fragte er, als er sich ein Seil schnappte.

Nachdem er den Hilferuf erhalten hatte, hatte Tom versucht, die Zentrale zu kontaktieren, doch es hatte niemand geantwortet. In dem Moment hatte er gewusst, dass sein Vater ein falsches Spiel mit ihm getrieben hatte. Warum hätte er sonst ohne Vorwarnung die Kavallerie geschickt? *Es war ein Test.* Und es bestand kein Zweifel daran, dass er durchgefallen war. Wer konnte ahnen, was Anita der Zentrale gemeldet hatte, nachdem sie festgestellt hatte, dass Amelia sich frei in der Hütte bewegen konnte?

»Ich weiß es nicht, Kumpel. Ich habe nur Befehle befolgt.«

»Und genau deshalb werde ich dich auch nicht umbringen.« Tom schob den großen Mann auf die andere Limousine in der Einfahrt zu. »Wo ist dein Schlüssel?«

»Scheiße, Mann. Was ist nur in dich gefahren?«

Das war nicht die Antwort, die er erwartet hatte, und er hatte nicht vor, den Mann zu durchsuchen.

Also gut, dann eben in die Hütte. Wahrscheinlich war es dort ohnehin sicherer als im Kofferraum. Wenn er das Seil auf die richtige Weise verschnürte, würde Blake sich irgendwann befreien können. Er zwang den Mann, mit ihm ins Wohnzimmer zu gehen, und fesselte ihn dort an den einzigen Stuhl im Raum. Währenddessen flehte Blake ihn an, wieder zur Vernunft zu kommen. Er wünschte, er könnte es. Das alles fühlte sich an, als wäre ein Albtraum wahr geworden.

Siebenundzwanzig Jahre lang hatte Tom auf den Tag gewartet, an dem sein Vater ihn unter seine Fittiche nehmen und ihm mehr über ihr Familienvermächtnis erzählen würde. Dabei hatte er die ganze Zeit über gewusst, dass die humanitäre Abteilung der CRF nur eine Fassade war, um abtrünnige Unsterbliche zu jagen und zu töten. Er hatte keine Einwände dagegen gehabt, weil er aus erster Hand wusste, wozu diese Wesen fähig waren. Doch Amelia? Sie konnte kaum einer Fliege etwas zuleide tun. Er hatte ihre Gefangenschaft nie gutgeheißen, doch als er sie gefunden hatte, nachdem sein Vater sie zu Brei geschlagen hatte, hatte sich sein Abscheu ins Unermessliche gesteigert. Was für ein Mann konnte einer wehrlosen Frau so etwas antun? Und noch dazu einer Frau, die so wunderschön und liebreizend wie Amelia Wakefield war?

John Fitzgerald war kein Held. Er war ein intriganter Scheißkerl mit eigennützigen Zielen und Prinzipien und verlangte von Tom, dass er ihnen blind folgte. Für eine Weile hatte er das auch getan, denn dazu war er erzogen worden. Als er jedoch angefangen hatte, bestimmte Dinge zu hinterfragen, hatten die Streitereien begonnen. Nach ihrem letzten Streit, bei dem es um Stas gegangen war, war Tom gezwungen gewesen, hinter dem Rücken seines Vaters zu handeln, was die Kluft zwischen ihnen nur noch erweitert hatte. Und jetzt, da er wusste, was Jonathan Amelia angetan hatte, hatte er keinerlei Respekt mehr für seinen Vater.

Die Tatsache, dass er Anita hinter Toms Rücken zur Hütte geschickt hatte, bewies, wie sehr er seinem eigenen Sohn misstraute. Das Verhältnis der beiden Männer war derart zerrüttet, dass es sich nie wieder davon würde erholen können. Sein Vater liebte Spiele, doch er spielte sie nur selten mit Tom. Zumindest auf diese Weise. Er hatte ganz offenbar dafür sorgen wollen, dass Anita in Ruhe ausführen konnte, was er autorisiert hatte. Und wenn Amelia sich gezwungen sah, drei Menschen zu ermorden, kann es sicher nichts Gutes gewesen sein.

Das Band zwischen Vater und Sohn war durchtrennt worden. Jegliche Hoffnung darauf, dieses Band wiederherstellen zu können, wurde zerschlagen, als Tom auf seine eigenen Männer geschossen hatte. Er hatte sich für Amelia und seine Freiheit entschieden.

Und seine Entscheidung war endgültig, es gab kein Zurück mehr.

Dann werde ich eben meinen eigenen Weg gehen. Er hatte die nötigen Mittel, um zu überleben, zumindest für eine Weile.

»Ich will, dass du meinem Vater eine Nachricht überbringst«, sagte Tom, als er den letzten Knoten um die Knöchel des Mannes festzog. Der Sentinel wusste, wie er sich aus einer solchen Lage befreien konnte, und Tom vermutete, dass er nicht länger als zwanzig Minuten dafür brauchen würde. Vielleicht würde er es sogar in fünfzehn Minuten schaffen, wenn er die Schmerzen in seinem rechten Arm ignorierte. Tom hatte mit dem Schuss absichtlich die Sehne durchtrennt, denn er wusste, dass Blake ein hervorragender Schütze war.

»Soll ich ihm sagen, dass du deinen verdammten Verstand verloren hast?«, fragte er mit ausdrucksloser Stimme.

Tom schnaubte nur. »Sag ihm, ich kündige.«

Blake schüttelte den Kopf. »Du bist verrückt geworden.«

Tom tätschelte die unverletzte Schulter des Mannes. »Nur zwei Worte. ›Ich kündige.‹ Verstanden?«

Tom wartete seine Antwort nicht ab. Ihm blieb keine Zeit mehr. Nach seinen Berechnungen würde die Verstärkung in dreißig Minuten, vielleicht sogar schon früher, eintreffen und Scott konnte jeden Moment wieder zu sich kommen. Der Sentinel würde mit seiner zerschmetterten Kniescheibe jedoch nicht viel ausrichten können. Es sei denn, er bewegte sich kriechend voran, was durchaus möglich war. Wahrscheinlich hätte er ihn entwaffnen sollen, doch Blake war die größere Bedrohung gewesen.

Wir müssen fliehen.

Tom schnappte sich seine Tasche, die er für alle Fälle

immer gepackt hatte, und hielt vor der Tür zu Amelias Zimmer inne. Als er die blutverschmierten Körper sah, drehte sich ihm der Magen um. Der Anblick von Leichen machte ihm für gewöhnlich nichts aus, doch als er das Blut in ausgerechnet diesem Zimmer sah, stürmten grauenvolle Erinnerungen auf ihn ein, die ihn zu überwältigen drohten. Er schob sie jedoch beiseite und konzentrierte sich auf Anita Patels Leiche. Offenbar war sie an einer Kugel in die Magengegend gestorben. Das war noch viel zu milde. Wenn all seine Vermutungen über die Frau wahr waren, dann hatte sie viel Schlimmeres verdient. Ihre Assistenten hatten noch weniger gelitten, wobei einer von ihnen sogar auf der Stelle durch einen Kopfschuss getötet worden war.

Nicht übel. Ein warmes Gefühl breitete sich in seiner Brust aus. Amelia hatte sich selbst verteidigen können, weil er es ihr beigebracht hatte. Offensichtlich hatte sich sein Training bezahlt gemacht.

Er schulterte die Tasche und ging nach draußen, wo Amelia mit einem verwirrten Ausdruck im Gesicht in der Einfahrt auf ihn wartete. Sie hatte doch sicher mittlerweile verstanden, was vor sich ging.

»Wir müssen uns beeilen.«

Amelia blinzelte mit ihren wunderschönen blauen Augen. »Wie bitte?«

»Uns bleiben maximal dreißig Minuten, bevor die Verstärkung eintrifft, deshalb müssen wir uns sofort auf den Weg machen.« Er ging auf den Wagen zu und sie folgte ihm.

»Und wohin sollen wir gehen?«

Er verstaute seine Tasche im Kofferraum, bevor er ihr antwortete. »Mal sehen, ich habe gerade einen Sentinel bewusstlos geschlagen und einen anderen im Wohnzimmer an einen Stuhl gefesselt. Außerdem hast du die Lieblingswissenschaftlerin meines Vaters getötet. Wir können nicht einfach hier herumstehen und uns unterhalten. Du kannst mir jetzt entweder vertrauen oder nicht. Das liegt ganz bei dir, aber ich kann nicht ewig auf dich warten. Wenn du noch etwas aus deinem Zimmer holen musst, dann würde ich vorschlagen, dass du das sofort erledigst.«

Er zog ein Taschenmesser aus seiner Jeans und kniete sich neben den Wagen, um das GPS-Peilgerät abzumontieren. Er wusste, dass sein Vater es vorhin benutzt hatte, um seine Spur zu verfolgen. Nachdem er gesehen hatte, dass Tom sich in der Stadt befand, hatte er sein Team geschickt, das weitere Tests an Amelia durchführen sollte. Das bedeutete, sein Vater hatte den Verdacht gehegt, dass etwas nicht mit rechten Dingen zuging. *Wahrscheinlich hätte ich ihn während unseres Telefongesprächs nicht so sehr verärgern sollen.* Doch daran konnte er jetzt nichts mehr ändern.

»Ich verstehe das nicht«, sagte Amelia, als er das Peilgerät oberhalb des Reifens fand.

»Ich weiß nicht, wie ich es dir noch deutlicher erklären kann«, murmelte er. Das verdammte Gerät ließ sich einfach nicht lösen. »Wir ergreifen die Flucht.«

»Vor wem denn?«

»Vor meinem Vater und der CRF.«

»Aber warum?«

Tom stieß ein Seufzen aus und sah zu ihr auf. »Es wird nicht mehr lange dauern, bis es hier vor Sentinels nur so wimmelt. Ich habe weder genügend Munition noch bringe ich es übers Herz, sie alle zu erschießen. Ich brauche nur noch einen Moment, um das Peilgerät zu entfernen, dann können wir losfahren.«

Er wandte sich wieder dem Wagen zu. *Fast geschafft.*

»Oh, du Arsch!« Sie trat so fest sie konnte gegen seinen Fuß, woraufhin er zusammenzuckte. »Anita hat mir von deiner Lüge erzählt. Es gibt gar keinen Sprengstoff.«

Er hielt inne und zog eine Augenbraue in die Höhe. »Soll das dein Ernst sein? Du willst dich ausgerechnet jetzt darüber unterhalten? Es war nur eine Notlüge, damit ich dich nicht einsperren musste.«

»Ich hätte schon vor Wochen entkommen können.«

»Und wohin wärst du geflohen, Amelia? In den Wald? Oder wärst du eine Runde durch den See geschwommen?« Er schnaubte und schaffte es schließlich, das Peilgerät zu entfernen.

»Darum geht es doch gar nicht.«

»Doch, genau darum geht es«, entgegnete er, als er aufstand und die Hände an seiner Jeans abwischte. »Hör zu, du musst dich entscheiden. Willst du mit mir kommen oder hierbleiben? Es bleibt ganz dir überlassen, aber ich werde verdammt noch mal von hier verschwinden. Mit dir oder ohne dich. Wenn ich ehrlich bin, wäre es ohne dich um einiges einfacher unterzutauchen.« Er fügte den letzten Satz hinzu, um sie zu verärgern. Wenn er sie genügend in Rage brachte, würde sie vielleicht aufhören, sich zu viele Gedanken zu machen, und das einzig Logische tun. Nämlich ihm folgen.

Amelia schnappte nach Luft. »Oh! Du ... du ... du ... Arsch!«

Tom warf ihr ein verschmitztes Lächeln zu, dann legte er das Peilgerät vor sich auf den Wagen. Er drehte sich genau zum richtigen Zeitpunkt wieder zu ihr um, um ihren Schlag abzufangen. »Ich versuche nur, dir zu helfen«, erinnerte er sie, als er ihren Arm senkte.

Sie schnaubte. »Und warum sollte ich dir glauben?«

Ja, warum eigentlich? »Wie wäre es mit einer Geste des guten Willens?«

Ihr Zorn wurde etwas gedämpft, während sie über seine Worte nachdachte und ihn fragend anblickte. »Was meinst du damit?«

»Hier.« Er zeigte ihr zuerst seine Handflächen, bevor er behutsam ihren Hals umfasste und seinen rechten Daumen seitlich gegen das Halsband presste. Ihre Pupillen erweiterten sich und eine hübsche Röte stieg ihr in die Wangen. Er war sich nicht sicher, was er davon halten sollte. War sie erregt oder verängstigt? Wahrscheinlich traf das Letztere zu, deshalb erklärte er ihr, warum er seine Hände an ihren Hals gelegt hatte. »Das Gerät wurde gentechnisch verändert und lässt sich mit spezifischen biometrischen Merkmalen an einer ganz bestimmten Stelle öffnen.«

Tom hatte Nachforschungen über das Halsband angestellt, nachdem er Amelia im Keller der CRF entdeckt hatte. Die Technologie faszinierte ihn und da er ein vorsichtiger Mensch war, wollte er wissen, wie es funktionierte, für den Fall, dass ihm einmal jemand so ein Ding umlegen würde. Keiner der Techniker war stutzig geworden, als er sie gebeten hatte, dem biometrischen Code seine eigenen Daten hinzuzufügen. Das war einer der Vorteile, wenn man Jonathan Fitzgeralds einziger Sohn war.

Das Halsband öffnete sich mit einem leisen Zischen und Amelia erstarrte. Er löste es vorsichtig von ihrem Hals und reichte es ihr. Das Metallband hatte eine kaum sichtbare rote Linie auf ihrer Haut hinterlassen, von der er annahm, dass sie dank ihrer unsterblichen Gene binnen weniger Minuten verschwinden würde.

»Du bist frei, Amelia. Die Entscheidung liegt ganz bei dir.«

»Warum?«, flüsterte Amelia, als sie den Gegenstand in ihren Händen betrachtete. Er hatte erwartet, dass sie das Metallband wegwerfen oder versuchen würde, es zu zerbrechen, doch sie tat nichts dergleichen. »Warum hilfst du mir?«

»Vielleicht helfe ich einfach nur mir selbst.« *Vielleicht hast du mir den nötigen Antrieb gegeben, um mich endlich selbst zu befreien.* Er hatte während der vergangenen Monate immer öfter darüber nachgedacht. Die Idee, all das hinter sich zu lassen, hatte sich in seinem Hinterkopf festgesetzt, doch er hatte nicht gewusst, wohin er gehen sollte. *Nun, das werde ich jetzt herausfinden.*

»Wir wissen beide, dass ich deine einzige Chance bin, von hier zu verschwinden.« Er strich ihr eine seidige Haarsträhne hinters Ohr, bevor er eine Hand an ihre Wange legte. »Aber ich werde dich nicht dazu zwingen mitzukommen.«

In ihren blauen Augen spiegelten sich unzählige Emotionen wider, von denen ihm jede einzelne einen Stich im Herzen versetzte. Er hatte heute alles für eine Frau aufgegeben, die er kaum kannte und die ihn verabscheute. Und obwohl er wusste, dass sie ihm nie vertrauen oder sich um ihn sorgen würde, bereute er seine Entscheidung nicht. Er hatte das Richtige getan. Sie hatte es verdient, dass er dieses Opfer brachte. Das, und noch so viel mehr.

»Wenn du willst, dass sich unsere Wege hier trennen, dann solltest du einen der Wagen nehmen, denn in diesen Wäldern hast du zu Fuß nicht die geringste Chance. Falls du es in die Stadt schaffst, dann solltest du das Fahrzeug loswerden und dich verwandeln, um dich unters Volk zu mischen. Einen besseren Rat kann ich dir nicht geben.« Er blickte sie noch einmal fragend an und stieß ein Seufzen aus. »Viel Glück, Amelia.«

Er ließ seine Hand sinken und stieg in den Wagen.

»Warte.« Sie hielt die Tür fest, bevor er sie schließen konnte. Sie biss sich auf die Unterlippe und schob sie mit einem Schnauben wieder vor, bevor sie das Halsband zu Boden warf. »Also gut, ich fahre mit«, war alles, was sie sagte. Sie bot ihm weder eine Erklärung noch stellte sie ihm ein Ultimatum, doch er konnte in ihren Augen lesen, dass sie einen Plan hatte. Zumindest begann sie, sich einen zurechtzulegen. Und er hatte das Gefühl, dass sie sich dabei irgendwann gegen ihn wenden würde.

Oh, das wird ein Spaß werden.

Das Spiel kann beginnen, Schätzchen.

KAPITEL ACHT

FALSCHE FÄHRTEN

»Was tust du da?«, wollte Amelia mit einem verwirrten Ausdruck auf dem Gesicht wissen. Sie standen in der Mitte eines Parkplatzes vor einem Kino, nachdem sie ihren Wagen einige Häuserblocks entfernt vor einem Restaurant abgestellt hatten.

Tom schnaubte. »Wonach sieht es denn aus?«

»Es sieht so aus, als spielst du mit Kabeln«, riet sie.

»Ich schließe ein Auto kurz, Schätzchen.«

Sie wurde rot, als sie den Kosenamen hörte, der ihr mittlerweile so vertraut war. *Er gefällt mir viel zu gut.* Wenn sie ehrlich war, hatte sie es schon immer genossen, wenn er sie so genannt hatte. In ihrem früheren Leben waren derartige Zuneigungsbekundungen nichts Ungewöhnliches gewesen, doch in diesem Leben waren sie eigentlich fehl am Platz. Nur Tom nannte sie *Schätzchen*, und die Art, wie er das Wort aussprach, rief in ihr ein wohliges und sogar beschwingtes Gefühl hervor. Sie hatte geglaubt, diese Gefühle wären für immer ausradiert worden, doch vielleicht hatten die sechs Jahre ihrer Gefangenschaft ihre Persönlichkeit nicht gänzlich auslöschen können.

Als er ihr das Halsband abgenommen hatte …

Nein. Sie wollte nicht darüber nachdenken, welche

Empfindungen seine Berührung in ihr ausgelöst hatte. Es war völlig unangebracht und sie würde nie zulassen, dass mehr daraus wurde. Tom war lediglich Mittel zum Zweck. Sie würde ihn benutzen, bis sich ihr eine Gelegenheit bot zu entkommen. Und zwar für immer.

Sie räusperte sich und verzog den Mund. »Das scheint mir viel zu kompliziert zu sein. Warum benutzt du nicht den Schlüssel oder holst den Wagen, den wir auf der anderen Parkfläche abgestellt haben?«

Er blickte mit seinen schokoladenbraunen Augen zu ihr auf. »Erstens habe ich keinen Schlüssel. Zweitens war das keine Parkfläche, sondern ein Parkplatz. Und drittens wechseln wir das Fahrzeug.«

Sie runzelte die Stirn. »Tatsächlich? Dein Wagen läuft doch einwandfrei.«

»Ja, und er gehört der CRF, was bedeutet, dass sie ihn mithilfe elektronischer Überwachung auf dem halben Kontinent suchen …« Er wandte den Blick auf ihre Brüste und kniff die Augen zusammen, dann riss er sie schlagartig wieder auf. »Runter!«, schrie er, als er einen Satz auf sie zu machte und sie zu Boden riss.

Ein stechender Schmerz schoss ihr durch den Rücken und verursachte ein kribbelndes Gefühl in ihren Armen und Beinen, während sich ihr der Kopf drehte. *Was zum Teufel ist gerade geschehen?* Sie blinzelte an Toms Schulter vorbei. Er hielt sie fest und drückte mit einer Hand ihren Kopf nach unten. Sie konnte aus diesem Blickwinkel nicht das Geringste sehen, aber ihre Ohren schienen nicht beeinträchtigt zu sein. Sie konnte hören, wie eine Fensterscheibe zersprang, dann folgte ein dumpfer Knall, der neben ihnen in die Karosserie des Wagens einschlug. Ein tiefes Knurren hallte durch Toms Brust, als er sich über sie beugte. Dann suchte er ihren Körper schnell und effektiv nach Verletzungen ab.

»Geht es dir gut?« Die Besorgnis in seiner Stimme ließ ihr

Herz höherschlagen. Seit Jahren hatte niemand mehr in diesem Ton mit ihr gesprochen.

Sie schluckte und nickte kurz. Ihr Rücken schmerzte, doch ansonsten hatte sie keine Beschwerden.

»Duck dich«, befahl er und hob seinen Arm. Sie konnte ein leises Knallen hören, als er mit einem Schuss eine Laterne ausschoss. Dann folgten zwei weitere. Sie runzelte die Stirn, als er die Waffe wieder ins Holster zurücksteckte. Die Schüsse waren nicht mit den anderen von vorhin zu vergleichen. Sie waren fast lautlos. Oder hatte sie einfach nur ihr Gehör verloren?

»Dein weißes Oberteil ist viel zu hell.« Er setzte sich auf die Knie und zog seine Lederjacke aus. Er schüttelte die Glassplitter ab und reichte sie ihr. »Zieh die an.«

Sein gebieterischer Tonfall jagte ihr einen Schauer über den Rücken. Sie mochte es, wenn er so mit ihr sprach. Seine Stimme strotzte vor Selbstvertrauen, was ihr ein Gefühl von Sicherheit vermittelte, obwohl jemand offensichtlich gerade dabei war, auf sie zu schießen.

Es war nicht leicht, die Jacke anzuziehen, während Tom sich über sie beugte, doch es gelang ihr schließlich. Er klopfte seine Tasche ab und schlang sie sich auf den Rücken. »Du musst jetzt genau das tun, was ich dir sage.«

Sie zögerte nicht. »In Ordnung.«

Er ging neben ihr in die Hocke und bedeutete ihr mit einer Handbewegung, dasselbe zu tun. »Der Scharfschütze hat ohne Zweifel ein Nachtsichtgerät, deshalb müssen wir uns geschickt über den Parkplatz bewegen und hoffen, dass keine weiteren Sentinels zu Fuß unterwegs sind.« Er zeigte auf einen Pfad durch die geparkten Autos hindurch, der zu den Eingangstüren des Kinos führte. Es schien ein seltsamer Plan zu sein, doch bisher hatte er noch mit allem recht behalten.

»Bleib links vor mir, verstanden?« Er hielt inne und wartete darauf, dass sie ihm zunickte, dann fuhr er fort: »Sollten sie mich erschießen, will ich, dass du weiterläufst. Ignoriere alles um dich herum. Du musst es nur ins Kino schaffen, dann kannst du dich verwandeln und dich unter die Leute mischen, in Ordnung?«

Leichter gesagt als getan. Aber das sagte sie ihm nicht. Er würde es nicht verstehen. »In Ordnung«, wiederholte sie.

Er zog die Pistole aus dem Holster und nickte ihr zu. »Auf drei. Eins, zwei, drei.« Er setzte sich in Bewegung.

Sie tat es ihm gleich und ging geduckt mit energischen Schritten neben ihm her. Hinter ihr zerschmetterte Glas und irgendetwas zischte viel zu nahe an ihrer Schulter vorbei, aber sie hielt mit Tom Schritt und vertraute darauf, dass er sie über den Parkplatz führte.

Sie erreichten den Eingang, als gerade eine Gruppe von Leuten aus dem Kino kam. Sie hielt inne, doch Tom schlang seinen kräftigen Arm um ihren Rücken und zog sie mitten ins Gedränge. Ihr Blick fiel zuerst auf seine leere Hand und dann auf die Stelle an seiner Hüfte, wo sich zuvor das Holster befunden hatte. Sie runzelte die Stirn. Wo hatte er die Waffe versteckt? Er hatte die Tasche während der ganzen Zeit nicht von seinem Rücken gezogen und sein graues Baumwollhemd klebte förmlich an seiner muskulösen Brust und seinem Bauch. Hatte er die Gabe, Gegenstände unsichtbar zu machen?

Sie hatte keine Zeit, ihn danach zu fragen, denn er zog sie an den Tresen und bat um zwei Eintrittskarten. Mit seinem charmanten Lächeln brachte er die blonde Frau zum Erröten. Amelias Herz schlug wild in ihrer Brust und sie versuchte, Atem zu schöpfen, während er scheinbar ruhig und gelassen neben ihr stand. Wie war das möglich?

Die rotgesichtige Verkäuferin nahm das Geld entgegen und reichte Tom zwei Eintrittskarten, ohne Amelia eines Blickes zu würdigen. *Wahrscheinlich ist es besser so, denn ich fühle mich, als wäre ich gerade von einem Bus überfahren worden.*

»Pst.« Tom presste seine Lippen an ihre Schläfe. Es war

eine innige Geste und sie hatte sofort Schmetterlinge im Bauch. »Wir dürfen nicht auffallen, Amelia. Atme ganz gleichmäßig.« Seine Worte waren kaum mehr als ein Flüstern, als er sie in eine unbelebte Ecke zog und sie dann durch eine Tür mit der Aufschrift »Personal« schob.

Er schaltete das Licht an und schloss die Tür. Offenbar befanden sie sich in einem Abstellraum. Er streifte die Tasche ab und fing an, darin herumzuwühlen, bis er einen schmalen elektronischen Gegenstand herauszog.

»Ein Störgerät«, erklärte er, als er einen Schalter darauf umlegte und ihn in seine Tasche gleiten ließ. »Das wird uns ein wenig Zeit verschaffen, damit ich herausfinden kann, wo an deinem Körper sie das Peilgerät versteckt haben.«

Sie zog ruckartig die Augenbrauen in die Höhe. »Wie bitte? So wie das Gerät, das du am Wagen gefunden hast?«

»Genau. Doch es wird viel kleiner sein.« Er zog ein Taschenmesser heraus und reichte es ihr. »Ich glaube nicht, dass es tief unter der Hautoberfläche verborgen ist. Wenn wir Glück haben, kann ich es sogar fühlen. Zieh die Jacke aus.«

Sie tat, wie geheißen, und war überrascht, wie schwer sie sich anfühlte. Tom zog das Holster und die Waffe aus einer der Jackentaschen und schnallte sie sich um die Hüfte, bevor er die Jacke über seine Sporttasche legte. Nun, das erklärte, warum er den Arm um ihre Taille geschlungen hatte. Sehr schlau.

»Mir war nicht bewusst, dass die CRF ihre Wirtschaftsgüter mit Peilsendern ausstattet. Hast du eine Ahnung, wo sich der Sender befindet, bevor ich anfange?«, wollte er wissen, wobei er ihre nackten Arme und Beine prüfend musterte.

Sie schluckte und schüttelte den Kopf. »Er könnte überall sein.«

»Also gut.« Er kniete sich vor sie und fing mit ihrem linken Fußknöchel an. Er tastete ihre Beine mit behutsamen, aber bestimmten Bewegungen ab und wanderte mit seinen

Fingerspitzen bis hinauf an den Saum ihrer Jeansshorts. Sie bekam eine Gänsehaut, als sich in ihrem Unterleib ein warmes Gefühl ausbreitete.

Es war lange her, seit ein Mann sie das letzte Mal mit einer solchen Behutsamkeit berührt hatte. Seine starken Hände unterschieden sich so sehr von Elis zarten Liebkosungen. Er hatte immer befürchtet, er könnte sie zerbrechen, was seiner angeborenen Gabe, durch Berührung töten zu können, zuzuschreiben war. Eli hätte ihr Leben in Gefahr gebracht, wenn er die Kontrolle über sich selbst verloren hätte.

Tom hatte dieses Problem nicht. Seine Berührungen waren selbstsicher, wobei er nicht zu befürchten schien, dass er ihr wehtun könnte. Sie fragte sich, wie diese Art von Dreistigkeit sich im Schlafzimmer auswirken würde. Würde er ihr gestatten, ihn zu erforschen? Würde sie ihn lecken dürfen? Sie hatte sich das bei Eli immer gewünscht, doch aufgrund seiner Gabe durfte er nie die Kontrolle über sich selbst verlieren. Er hatte nie zugelassen, dass sie ihn so berührte, wie sie es begehrte. Wäre es mit Tom ähnlich oder würde er sie auf eine andere Weise kontrollieren?

Hitze stieg ihr in den Nacken bis hinauf in die Wangen. Ihre Gedanken waren völlig unangebracht. Draußen suchten Männer nach ihr, die sie töten oder – schlimmer noch – lebendig fangen wollten. Und sie standen in einem Vorratsraum, der voller Toilettenartikel war. Nichts daran war auch nur annähernd sinnlich oder erotisch. Bis auf Toms Hände, mit denen er über ihre Taille strich. Tom kniete immer noch vor ihr, als er den Saum ihres T-Shirts anhob, um ihren Bauch abzutasten. Dann strich er über ihre Hüften und drehte sie um, um sich ihrem Kreuz zu widmen.

Sie verspürte ein seltsames Kribbeln zwischen ihren Schenkeln und sie hätte sich am liebsten unter seinen Händen gewunden. Seine Berührungen riefen Gefühle in ihr hervor, die sie schon lange nicht mehr empfunden hatte und auch nicht erwartet hatte, je wieder zu spüren. *Offenbar stehe ich kurz davor, den Verstand zu verlieren.*

Er stand hinter ihr und schob ihr T-Shirt nach oben, um ihre Wirbelsäule zu untersuchen. Dann zog er es wieder über ihren Rücken, bevor er ihre Schulterblätter abtastete. Würde er sich als Nächstes ihren Brüsten zuwenden? Sie hatte Schmetterlinge im Bauch, während ihre Wangen hochrot anliefen. Er ließ seine starken Hände auf ihren nackten Armen bis zu ihrem Nacken emporgleiten und hielt unterhalb ihres Schädels inne. Mit dem Daumen drückte er auf etwas, das ein prickelndes Gefühl in ihr auslöste. »Ich hätte wohl oben anfangen sollen.« Er streckte ihr die Hand mit der Handfläche nach oben entgegen und sie reichte ihm das Taschenmesser. »Das wird ein bisschen wehtun.«

Mit einem dezenten Nicken gab sie ihm ihre Zustimmung fortzufahren. Ein winziger Schnitt wäre nichts gegen Anitas Folter. Er schlang seine Finger um ihren Hals und stieß die Luft aus. Sein Atem kitzelte ihre nackten Schultern. Mit der Spitze der Klinge durchbohrte er ihre zarte Haut direkt unterhalb des Haaransatzes. Dann zog er sie schneller wieder zurück, als sie erwartet hatte. Tom pustete auf die Wunde, als könnte er damit den Schmerz vertreiben.

»Ich würde dir ein Pflaster geben, aber ich weiß, dass das in einer Minute verheilt ist.« Er drückte zärtlich ihren Hals, bevor er seine Hand zurückzog. Sie wandte sich zu ihm um, als er gerade seine Jacke anzog und eine Baseballmütze aufsetzte, die er aus seiner Tasche gefischt hatte. Das Peilgerät hatte er wahrscheinlich in die Tasche seiner Jeans gesteckt.

»Kannst du auch deine Kleider verwandeln oder nur deine, äh, Haut?«, fragte er, als er sich die Tasche wieder über die Schultern schlang.

»Das humanoide Erscheinungsbild«, verbesserte sie ihn. »Nein, Kleider gehören nicht dazu.«

»In Ordnung.« Er rieb sich über den Nacken und starrte

auf seine Schuhe. »Also, der Scharfschütze bedeutet, dass der Rest der Einheit noch nicht eingetroffen ist. Doch der lässt sicher nicht mehr lange auf sich warten. Ich vermute, dass Greg voreilig gehandelt hat, denn er ist der Einzige, der unfähig ist, mit einem Gewehr umzugehen. Das heißt, dass wir bald umzingelt sein werden. Wir müssen das Peilgerät einer anderen Person unterjubeln und abwarten. Es ist möglich, dass sie das erwarten, aber sie werden wahrscheinlich auch denken, dass wir die Flucht ergreifen. Am wenigsten werden sie damit rechnen, dass wir hierbleiben, weil es im Grunde die denkbar schlechteste Idee ist.«

Er sagte die Worte im Plauderton vor sich hin, daher nahm sie an, dass er mit sich selbst und nicht mit ihr sprach. Aus diesem Grund schwieg sie einfach.

»Also gut. Dann wollen wir uns mal einen Film ansehen.« Er streckte ihr eine Hand entgegen und sie beäugte ihn neugierig. »Dies ist ein Rendezvous, Schätzchen. Spiel deine Rolle.«

～

Tom erwartete, dass Amelia sich bei der erstbesten Gelegenheit verwandelte und ihn mit den Sentinels zurückließ. Er würde ihr daraus keinen Vorwurf machen. In ihrer Situation würde er dasselbe tun. Sie blieb jedoch an seiner Seite und hielt seine Hand, als sie wortlos in den nächsten Kinosaal gingen. Er ließ sie dort mit seiner Tasche zurück und ging in die Empfangshalle, um sich um den Peilsender zu kümmern.

Da Wochenende war, befand sich eine Menge Besucher in der Empfangshalle, was ihm zum Vorteil gereichte, während er nach einer geeigneten Zielperson suchte. Es musste eine Frau sein, die ähnlich wie Amelia gebaut war und inmitten einer großen Gruppe stand. Er wollte ihr keinen Schaden zufügen

131

und wusste, dass die Sentinels keine Menschenmenge angreifen würden. Vor allem nicht, wenn es sich um eine Gruppe von Frauen handelte.

Sein Blick fiel auf eine Brünette mit wohlgeformten Beinen und einer schlanken Taille. Sie eignete sich bestens, da sie offenbar mit ihren Freundinnen unterwegs war. Da sie vor den Toiletten in der Nähe des Ausgangs standen, nahm er an, dass sie das Kino schon bald verlassen würden. *Hervorragend.* Er suchte den Raum nach bekannten Gesichtern ab und als er niemanden entdecken konnte, ging er auf die Zielperson zu.

»Carol?« Er tippte der Frau auf die Schulter und setzte eine entschuldigende Miene auf, als sie sich zu ihm umdrehte. Dabei streifte ihre Handtasche sein Bein und gab ihm die Gelegenheit, den Peilsender hineinfallen zu lassen. »Oh, es tut mir leid. Ich dachte, Sie wären das Mädchen, mit dem ich im College zusammen war. Das ist mir wirklich peinlich.« Er schenkte ihr ein gewinnendes Lächeln und schüttelte den Kopf. »Die Unterbrechung tut mir wirklich leid, meine Damen.«

Die Frauen begannen zu kichern und einige von ihnen liefen rot an. Er bedachte sie alle mit einem charmanten Lächeln und wandte sich um, bevor eine von ihnen ihn in ein Gespräch verwickeln konnte. Zurück in der Empfangshalle schaltete er den Störsender aus und suchte den Raum nach Sentinels ab, die möglicherweise bereits auf der Lauer lagen. Er konnte niemanden entdecken.

Das bestätigte seine Vermutung, dass Greg gehandelt hatte, ohne nachzudenken. Tom hatte nicht erwartet, dass er jemals dankbar dafür sein würde, dass der Idiot derart ehrgeizig war und unbedingt die Karriereleiter hinaufklettern wollte. Seine Vorgesetzten würden sicher nicht erfreut sein, wenn sie herausfanden, dass er im Alleingang gehandelt hatte. *Armer Teufel.*

Tom ging zurück in den Kinosaal und fand Amelia in der

drittletzten Reihe, wo er sie zurückgelassen hatte. *Warum hat sie sich noch nicht verwandelt?* Es war die einfachste Art, sich zu verstecken. Die CRF würde sie ohne den Peilsender niemals finden. Er setzte sich auf den Stuhl zu ihrer Rechten, von wo aus er die Tür im Auge hatte, dann steckte er den Störsender zurück in seine Tasche. Sie enthielt all seine Lieblingsgeräte und war immer fertig gepackt. Ein Mann in seinem Job konnte nie wissen, wann er die Flucht ergreifen musste. Allerdings würden sie damit nur ein paar Tage überdauern können. Sie brauchten ein Fahrzeug.

Er legte einen Arm um Amelias Schultern und presste die Lippen an ihr Ohr. »Ich habe den Peilsender platziert und konnte draußen bisher niemanden sehen. Wie ist der Film?« Auf der Leinwand war eine romantische Komödie zu sehen, doch sein Rendezvous schien sich nicht allzu sehr dafür zu interessieren.

»Ich konnte mich nicht darauf konzentrieren, denn ich habe mich die ganze Zeit über gefragt, ob du zurückkommen würdest, um ihn zu genießen.«

Er lächelte an ihrem Nacken. »Ach, du hast dir also Sorgen um mich gemacht. Das ist aber nett.«

»Arsch.« Sie stieß ihn mit dem Ellbogen in die Seite, aber seine Lederjacke dämpfte den Stoß. Die spielerische Geste schien sie jedoch ein wenig zu entspannen und sie lehnte sich in ihrem Sitz zurück. »Was jetzt?«, flüsterte sie.

»Wir warten und hoffen, dass dieser Film noch etwa sechzig Minuten dauert.« Andernfalls müssten sie den Kinosaal wechseln und das würde auf den Überwachungskameras sicher verdächtig aussehen. Eine Baseballmütze war zwar nicht die beste Verkleidung, selbst wenn die auf seinem Kopf den Namen einer Mannschaft trug, die er nicht einmal im Tod anfeuern würde. Darüber hinaus schien seine Lederjacke zu dieser Jahreszeit fehl am Platz, doch er brauchte sie, um darunter seine Waffe zu verbergen.

Wenigstens konnte Amelia ihre Gestalt ändern. Er bezweifelte, dass sie in ihrem weißen Trägerhemd und ihren Jeansshorts besonders auffallen würde.

Das Licht aus der Empfangshalle fiel in den Kinosaal, als die Tür geöffnet wurde. Ein einzelner Mann, der sich ohne eine Frau an seiner Seite eine romantische Komödie ansah, fiel auf wie ein bunter Hund. Genau deshalb hatte Tom sich für diesen Film entschieden, denn somit wäre er vorgewarnt.

»Du musst dich verwandeln, Amelia. Sofort.« Er hätte es schon von ihr verlangen sollen, als er sich neben sie gesetzt hatte. Nein, er hätte es ihr sagen sollen, sobald sie den Kinosaal betreten hatten.

Sie blinzelte ihn an. »Wie bitte?«

»Ändere deine Haarfarbe, deine Frisur oder irgendetwas. Sofort.«

»Ich … ich … Warum?«

Der Sentinel bewegte sich vorwärts, während er den Blick durch den Saal schweifen ließ. *Scheiße.* Ihm blieb nicht genügend Zeit, um ihr alles zu erklären. Deshalb tat er das Einzige, was ihm in diesem Moment einfiel. Er küsste sie. Leidenschaftlich.

Sie versuchte, den Kopf zurückzuziehen, aber er festigte seinen Griff um ihre Schultern und ballte die Faust um ihre Haare. Wenn sie jetzt eine Szene machte, wären sie beide erledigt, doch er hatte nicht vor, das zuzulassen. Mit seiner anderen Hand umfasste er ihr Handgelenk und legte es auf seinen Oberarm. Als er auch ihre andere Hand packen wollte, überraschte sie ihn, indem sie sie unter seine Jacke schob und auf seinen Bauch legte. Wenn sie vorhatte, sich die Waffe zu schnappen, dann betastete sie die falsche Seite. Aber das konnte sie auch selbst herausfinden.

Er drehte ihren Kopf leicht zur Seite, damit er einen besseren Blick auf den Gang hatte. Der große Mann, der ohne Zweifel ein Sentinel war, stand einige Reihen vor ihnen.

Hervorragend. Die öffentliche Zurschaustellung von Zuneigung war den meisten Menschen unangenehm. Sie wollten nicht dabei ertappt werden, wie sie ein Pärchen anstarrten, das sich gerade küsste, daher war es ihre natürliche Reaktion, den Blick abzuwenden. In diesem Fall funktionierte es perfekt, Tom musste das Spiel nur so lange wie möglich weiterspielen. Er entspannte seinen Körper und hielt die Augen geschlossen, wobei er jedoch wachsam blieb. Dann erwiderte Amelia seinen Kuss und machte alle seine Pläne auf einen Schlag zunichte.

Ihre Lippen öffneten sich, als ihr ein leises Stöhnen entfuhr. Er glaubte nicht, dass er je zuvor einen sinnlicheren Klang gehört hatte. Verdammt. Wenn das ihre Art war, bei seinem Spiel mitzuspielen, dann musste sie sich etwas zügeln, denn er konnte sich kaum noch konzentrieren. Sie brachte ihn völlig aus dem Konzept, als sie ihre Hand an seinem Arm hinaufgleiten ließ und an seinen Nacken legte. Er hatte sich schon zusammenreißen müssen, als er ihren Körper im Vorratsraum abgetastet hatte. Doch jetzt streichelte sie ihn, während sie sich küssten, und er hatte Schwierigkeiten, sich zu beherrschen. Er hielt sich für einen anständigen Mann, doch selbst ein Heiliger würde sich in dieser Situation zur Sünde verleiten lassen.

Sie wanderte mit der anderen Hand von seinem Bauch an seine Hüfte, als sie näher an ihn heranrückte. Er hätte die Armlehne hinunterklappen sollen, bevor er seinen Arm um sie geschlungen hatte, doch er hatte nicht erwarten können, dass sie ihm so nahekommen würde. Es war ein himmlisches Gefühl, als ihr Busen sich gegen seine Brust drückte, während ihre Hand seinen Lenden viel zu nahekam. *Scheiße.* Er musste wieder Herr der Lage werden, denn es würde nicht mehr lange dauern, bis sie auf seinem Schoß saß, und er wusste nicht, was er in diesem Fall tun würde.

Er packte ihre Schulter, um sie von sich zu schieben, als sie ihre Zunge in seinen Mund gleiten ließ. *So zärtlich und süß ...* Er hatte sich gerade noch soweit im Griff, um einen Blick auf den Gang zu werfen, als der Sentinel gerade den Kinosaal verließ. *Gott sei Dank.* Er schaffte es, sich einigermaßen zusammenzureißen, und zog den Kopf zurück. Als er ihren erregten Blick sah, reagierte sein Körper mit einem Zucken im Unterleib. Er vermutete, dass das gedämpfte Licht im Saal ihm einen Streich spielte. Sie konnte ihn unmöglich begehren. Nicht nach allem, was sie durchgemacht hatte.

»Der, äh, Sentinel ist fort«, flüsterte er ihr zu.

»Der Sentinel?«, wiederholte sie.

»Ja, er ist weg.«

Sie blinzelte ihn wieder an. »Oh. Deshalb …«

»Ja, es tut mir leid. Du hast dich nicht verwandelt, daher habe ich, äh, genau.« Er war derart verlegen, dass er sich räusperte. »Es tut mir leid«, wiederholte er und wandte den Blick ab.

»Ich verstehe das nicht.«

Natürlich. Für jemanden, der für solche Situationen nicht ausgebildet war, ergab das alles keinen Sinn. Er presste seine Lippen an ihr Ohr und sprach mit leiser Stimme, um keine Aufmerksamkeit zu erregen. »Die meisten Leute wenden den Blick ab, wenn sie sehen, wie zwei Menschen sich küssen, denn sie wollen nicht dabei erwischt werden, wie sie sie anstarren. Mit dem Kuss habe ich dafür gesorgt, dass er uns nicht lange genug beobachtet, um uns zu erkennen.«

Als sie nichts erwiderte, zog er den Kopf zurück, um ihr Gesicht sehen zu können. Ihrer Erregung von vorhin war eine ausdruckslose Miene gefolgt, was ihn nur in seiner Vermutung bestätigte, dass die Beleuchtung ihm zuvor einen Streich gespielt hatte. *Verdammt.*

»Dann verwandle ich mich das nächste Mal.«

»Gut. Das würde es leichter machen.« Und weniger verlockend.

Sie nickte ihm kurz zu und konzentrierte sich auf den

Film. »In Ordnung. Gib mir Bescheid, wenn die Luft rein ist und wir gehen können.«

Ihre ausdruckslose Stimme ließ ihn aufhorchen. Er hatte sie verletzt. Lag es daran, dass er sie geküsst hatte? Er hätte es nicht tun sollen, doch er hatte keine andere Wahl gehabt. Immerhin hatte er nicht zugelassen, dass seine Leidenschaft überhandnahm. Selbst jetzt verspürte er noch den Drang, sie zu nehmen, während ein Feuer seine Venen durchströmte und ein tief sitzendes Verlangen in seinen Lenden entfachte. Er fühlte sich noch mehr zu ihr hingezogen als zuvor, doch er wusste, dass er sie nicht verdient hatte. Nicht nach allem, was sie durchgemacht hatte.

Er schwor sich, dass er sie in Sicherheit bringen würde, auch wenn es ihn umbringen würde. Das war er ihr schuldig. Er hätte seinem Vater nie gestatten sollen, sie weiterhin in Gefangenschaft zu halten, nachdem er sie entdeckt hatte. Er hätte es unterbinden sollen, doch er hatte seinen Instinkten keine Beachtung geschenkt. Und jetzt hatte er sie obendrein geküsst. *Ich bin ein Arschloch.*

Sie konnte ihn unmöglich begehren, schließlich hatte er sich ihr praktisch aufgedrängt. Eine Entschuldigung würde nicht ausreichen.

Er rieb sich mit einer Hand das Gesicht und versuchte, sich vergeblich auf den Film zu konzentrieren. Wahrscheinlich würde es ihn auf andere Gedanken bringen, wenn er auf etwas schießen könnte. Vielleicht sollte er nach draußen gehen, um eine Runde mit den Sentinels zu spielen. Aber sie waren seine Kollegen und manche von ihnen sogar ehemalige Freunde. Er konnte sie nicht einfach grundlos erschießen. Die meisten von ihnen erledigten nur ihre Arbeit. Selbst Scott war nur Befehlen gefolgt, obwohl Tom der Meinung war, dass er den Schlag auf den Kopf durchaus verdient hatte.

Scheiße, ich bin am Ende.

Das war die Untertreibung des Jahrhunderts. Wie dem

auch sei, er musste sich lange genug zusammenreißen, um Amelia nach Hydria zu bringen. Danach konnte er das Schicksal seinen Lauf nehmen lassen.

Der Film lief wie im Nebel an ihm vorbei und keiner von ihnen schien ihn zu genießen. Sie konnten sich kaum darauf konzentrieren, da sie wussten, welche Gefahren draußen vor der Tür lauerten. Als er zu Ende war, hatte Tom sich einen Plan zurechtgelegt. Er schätzte die Erfolgsquote auf fünfzig Prozent, aber nur, wenn die Sentinels sich aufgeteilt hatten, um dem Peilsender zu folgen.

»Wir werden mit der Gruppe dort hinausgehen«, flüsterte er und zeigte auf eine Menschenmenge in der Mitte, die gerade den Gang hinaufging. »Es wäre gut, wenn du wenigstens deine Haarfarbe ändern könntest.«

Sie warf ihm einen finsteren Blick zu. »Es ist nicht unbedingt so einfach wie das Umlegen eines Schalters.«

Tatsächlich? Sein Vater konnte seine Fähigkeit von einer Sekunde auf die andere einsetzen. Amelia müsste sich eigentlich auch auf Abruf verwandeln können, aber vielleicht war dafür ein größeres Maß an Energie nötig. »Okay, kannst du es stattdessen einfach hochbinden?«

Ihre Bewegungen waren abgehackt, als sie ihren Pferdeschwanz auf ihrem Kopf zu einem lockeren Knoten zusammenband. Damit sah sie jedoch noch verführerischer aus und war alles andere als unauffällig. »Blond wäre besser.« Oder vielleicht einfach ein langweiligeres Aussehen. Ihre dunklen, sinnlichen Wellen waren viel zu außergewöhnlich.

Sie kniff die Augen zu dünnen Schlitzen zusammen. »Ich werde mich nicht einfach auf Befehl verwandeln, nur weil dir blondes Haar besser gefällt.«

Warum bist du nur so stur? Er bevorzugte ihr dunkles Haar, aber das spielte jetzt keine Rolle. Die Gruppe ging gerade an ihnen vorbei und sie hatten keine Zeit, um sich zu streiten. Er legte einen Arm um ihre Schultern, um sie wortlos neben sich her zu ziehen.

»Entspann dich«, murmelte er an ihrer Schläfe. Er hatte das Gefühl, einen Roboter im Arm zu halten, doch sie mussten sich benehmen wie ein ganz normales Pärchen. Allerdings versteifte sie sich bei seinen Worten noch mehr. So würde es nicht funktionieren. Wenn sie sich weiter auf diese Art vorwärtsbewegten, würden sie in der Menge auffallen. Amelia war durch ihre Schönheit ohnehin viel bemerkenswerter als jede andere Frau. Als sie am nächsten Kinosaal vorbeikamen, zog er sie hinein und dankte dem Himmel, dass er leer war. Das Licht war gedämpft und auf der Leinwand liefen Werbespots ohne Ton.

Es war schon spät, daher bezweifelte er, dass an diesem Abend hier noch ein weiterer Film gezeigt wurde.

»Amelia, du musst dich beruhigen oder wir werden es niemals hier raus schaffen.« So wie die Dinge standen, musste er sich einen neuen Plan einfallen lassen, denn die Menschenmenge war längst weitergezogen. Vielleicht konnten sie solange warten, bis in einem anderen Saal ein Film zu Ende war. Der Notausgang im hinteren Teil des Kinos wäre ihre letzte Möglichkeit. Er wusste nicht, ob sie damit den Alarm auslösen würden. Außerdem wartete draußen sicher eine Handvoll Sentinels auf sie. Das wäre der erste Ort, an dem er einen Mann postieren würde.

»Sag etwas«, murmelte er mit gedämpfter Stimme, als sie nichts erwiderte. »Was ist los?«

»Ich kann mich nicht verwandeln.« Sie blickte mit ihren blauen Augen zu ihm auf und was er darin sah, hätte ihm fast das Herz gebrochen. Er konnte das Grauen darin ablesen, das sich mit etwas noch viel Dunklerem vermischte. Ihm drehte sich der Magen um.

»Was willst du damit sagen?«

»Ich … das letzte Mal … ich konnte es nicht.« Sie biss sich

auf die Unterlippe und senkte den Blick. »Anita«, flüsterte sie. »Sie hat irgendetwas getan, damit ich mich nicht verwandeln kann, und es hat funktioniert.«

Er ballte die Hände an den Seiten zu Fäusten, als er von dem unbändigen Drang übermannt wurde, auf jemanden einzuschlagen. Sein Vater hatte diese Art von Experimenten zugelassen? Er musste doch wissen, wie sich ein solches Vorgehen rächen konnte. Einschließlich an ihm selbst. *Haben sie mir auch etwas ohne mein Wissen angetan?* Er hatte keine Zeit, um sich darüber Gedanken zu machen. Er musste sich wieder Amelia widmen.

»Ist es von Dauer?« Er sprach leise, um die Wut in seiner Stimme zu verbergen.

»Ich weiß es nicht, aber ich traue mich nicht, es zu versuchen.« Sie klang so bedrückt, dass ein Teil in seinem Inneren zerbrach. Wie hatte er nur zulassen können, dass so etwas geschah?

»Wie lange?«, fragte er. »Wie lange ging das so?«

»Was meinst du damit?« Ihre traurige Miene wich einem verwirrten Gesichtsausdruck.

»Die Experimente. Wie lange haben sie an dir experimentiert?«

Sie blinzelte. »Die ganze Zeit über.«

»Warum hast du nichts gesagt?« Die Frage kam ihm, ohne nachzudenken, über die Lippen. Selbst wenn sie ihm davon erzählt hätte, hätte er nichts daran ändern können. Sein Vater hätte vermutlich nur abgewinkt und ihn ermahnt, nicht aus der Reihe zu tanzen. Es grenzte an ein Wunder, dass Tom ihn hatte überzeugen können, Amelia mit ihm in die Blockhütte fahren zu lassen, und selbst dann war es hauptsächlich Starks Einfluss zu verdanken gewesen, dass sein Vater eingewilligt hatte.

»Was hätte ich sagen sollen?«, fragte sie mit einem Stirnrunzeln. »Ich wollte Jonathan nicht die Befriedigung geben, indem ich darauf reagierte. Er hätte es nur gegen mich verwendet.«

»Was hat Anita dir in der Hütte angetan?«, wollte er wissen, doch er bereute die Frage in dem Moment, in dem sich das Grauen erneut in ihren Augen widerspiegelte. *Nichts Gutes.* »Nein, du musst darauf nicht antworten. Uns bleibt keine Zeit mehr und wir müssen von hier verschwinden. Kannst du dich ein wenig entspannen und meinen Anweisungen folgen?«

Ihre Angst schmolz dahin, als sie ihn mit einer Intensität betrachtete, die seine Seele entfachte. Ihm gefiel dieser Blick so viel besser als der verwundete Ausdruck in ihren Augen. Er konnte sehen, wie die Rädchen hinter ihren saphirblauen Augen sich drehten und sie sich einen Plan zurechtlegte. Es war faszinierend.

Was hast du vor, Schätzchen? Er mochte Herausforderungen und er hatte das Gefühl, dass Amelia ihn nicht enttäuschen würde.

»Also gut«, murmelte sie, »sag mir, was ich tun soll.«
Mit Vergnügen.

KAPITEL NEUN

OFFIZIELLE KÜNDIGUNG

AMELIAS HERZ RASTE. Sie konnte nicht glauben, dass sie Tom erzählt hatte, dass sie sich nicht verwandeln konnte. Als sie es das letzte Mal versucht hatte, hatte sie sich danach leer gefühlt, als würde ein Kernstück von ihr fehlen. Sie würde es nicht noch einmal durchstehen, ohne daran zu zerbrechen. Ihre Gabe war jahrhundertelang ein Teil von ihr gewesen und ihr plötzlich entrissen worden. Es war, als hätte sie die Fähigkeit zu atmen verloren.

Sein Arm war fest um ihre Schultern geschlungen, als er sie in eine Menschenmenge führte, die im Korridor stand. Sie hatten gewartet, bis sich die Türen des Kinosaals neben ihnen geöffnet hatten, und hatten sich dann unter die Leute gemischt. Toms Gegenwart trieb sie voran. Er schien so zuversichtlich zu sein, dass sie nicht anders konnte, als ihm in dieser Situation zu vertrauen.

Allein hätte sie keinen einzigen Tag überstanden. Sie besaß weder ein Handy noch eine Identität, kein Geld und keine Möglichkeit, mit jemandem Kontakt aufzunehmen. In Hydria hatte sie sich übernatürlicher Mittel bedient, um mit ihren Freunden und ihrer Familie zu kommunizieren. Wenn sie ihren Vater oder ihren Bruder besuchen wollte, hatte sie einfach Jacque gebeten, sie zu teleportieren. Jetzt hatte sie nicht einmal die Möglichkeit, sie anzurufen, denn sie kannte ihre Telefonnummern nicht. Außerdem konnte sie Jacque nicht vermitteln, wie er sie finden konnte, weil sie nicht wusste, wo sie sich befand.

Sie hatte sich in ihrem ganzen Leben noch nie so hilflos und dumm gefühlt. Sie hatte endlich die Gelegenheit, zu entkommen, doch ihr fehlten die Mittel dazu. Sie kam sich kindisch vor. Sie war jahrhundertealt und unfähig, für sich selbst zu sorgen. Tom hatte ihr in den vergangenen Wochen mehr über Selbstverteidigung beigebracht als ihre Familie und Freunde in ihrem ganzen Leben. Ihr anständiges und adrettes früheres Ich hatte solche Dinge nicht nötig gehabt. Die neue Amelia hätte dieser früheren Version ihrer selbst am liebsten etwas Verstand eingeprügelt. *Du Dummkopf, wie konntest du nur so blind durchs Leben spazieren?*

»Hier entlang.« Toms Lippen an ihrem Ohr sandten ihr einen Schauer über den Rücken. Er hatte sie mit diesem Mund geküsst und sie hatte das Kribbeln bis in ihre Zehenspitzen gespürt. Es war schade, dass es nichts bedeutet hatte, denn der Kuss hatte nur zur Ablenkung gedient, damit sie nicht entdeckt wurden. Sie wollte ihm dafür danken, doch gleichzeitig hätte sie ihm am liebsten eine Ohrfeige verpasst.

Der Kuss hatte sie völlig aus der Bahn geworfen. Eli hatte sie nie auf diese Weise berührt. Er hatte sie immer wie eine zerbrechliche Vase behandelt, während Tom über sie hergefallen war. Er berührte sie mit dem Selbstbewusstsein eines Mannes, der sich nahm, was er begehrte, wann er es begehrte. Sie wusste, dass der Kuss nur eine Funktion erfüllt hatte, und das verärgerte sie genauso sehr, wie es sie faszinierte. Wenn seine kontrollierte Berührung eine solche Auswirkung auf sie hatte, wie wäre es dann, wenn sie sich tatsächlich küssten?

Bei dem Gedanken erzitterte sie. Es wäre besser, wenn sie es nie herausfinden würde, denn andernfalls wäre sie wahrscheinlich nicht mehr in der Lage, ihre Pläne in die Tat umzusetzen. Wenn sie zuließ, dass er nicht länger nur als Mittel zum Zweck diente, würde sie vielleicht nie nach Hause zurückkehren. Denn sie hatte das Gefühl, dass die Frau, zu der sie geworden war, nicht dorthin gehörte. Sie gehörte zu ihm.

Die Menge um sie herum begann, sich aufzulösen, als sie den Parkplatz erreichten. Tom führte sie mit zwei weiteren Pärchen nach links und setzte ein gelassenes Lächeln auf, das ihr Herz erwärmte. Wenn das Lächeln seine schokoladenbraunen Augen erreichen würde, wäre sie verloren. Sie blieben stehen, als sich eines der Pärchen verabschiedete. Es war ein seltsamer Ort, um sich länger aufzuhalten, doch es gefiel ihr, als Tom sie an sich zog und ihr einen Kuss auf die Schläfe drückte. Er massierte ihren Nacken und ließ seine Lippen auf ihre Wange und dann wieder zurück zu ihrem Ohr gleiten.

»Nicht schreien«, flüsterte er.

Sie hatte keine Ahnung, was er vorhatte, bis er den Nacken des Mannes vor ihnen mit einer Hand packte. Amelia bedeckte ihren Mund mit einer Hand, als ihr ein überraschter Aufschrei entfuhr. Glücklicherweise hatte seine Begleiterin den Schrei nicht gehört, denn sie befand sich bereits außer Hörweite. Der junge Mann taumelte zurück und Tom fing ihn mit dem anderen Arm auf, um seinen Fall zu bremsen.

»Er wird später mit Kopfschmerzen aufwachen, das ist alles«, flüsterte er, als er einen Schlüsselbund aus der Jeanstasche des Mannes zog. »Tut mir leid, Kumpel.« Er drückte einen Knopf auf der Fernbedienung und lächelte, als der Wagen neben ihnen aufblinkte. »Okay, jetzt fühle ich mich nicht mehr so schlecht. Er hat sich nicht einmal die Mühe gemacht, seine Freundin zu ihrem Wagen zu begleiten. Das ist wirklich armselig.«

Amelia starrte ihn mit offenem Mund an. »Ist das dein Ernst?«

»Was denn? Ich kann durchaus ein Kavalier sein, wenn ich will.«

Sie schnaubte. »Du erteilst einem bewusstlosen Mann ritterliche Ratschläge, während du sein Fahrzeug klaust?«

Er zuckte mit seinen breiten Schultern und stellte seine Tasche auf dem Rücksitz ab. »Jemand musste es ja tun. Steig ein, Schätzchen. Ich werde sogar die Tür für dich schließen.«

Sie beäugte den unordentlichen Innenraum und rümpfte die Nase. Die alte Amelia hätte sich wahrscheinlich geweigert, in den Wagen zu steigen. Die neue Amelia wusste jedoch, dass sie keine andere Möglichkeit hatte. Sie wischte ein paar Krümel vom Sitz und stieg ein, dann beobachtete sie im Rückspiegel, wie Tom den blonden jungen Mann neben das Gebäude trug. Er legte ihn mit einer Behutsamkeit auf dem Bürgersteig ab, die sie überraschte. Er begann zurückzulaufen, hielt dann jedoch neben einem Wagen inne, der eine Reihe weiter geparkt war. Hatte er vergessen, wo er sie abgesetzt hatte?

Sie legte eine Hand an die Tür und wollte schon aussteigen, doch sie erstarrte, als sie sah, wie Glas neben Tom zersplitterte. Oh mein Gott. Sie blickte auf die Stelle, wo er vor einer Sekunde noch gestanden hatte.

Er war fort.

TOM WUSSTE, dass es zu einfach gewesen war. Er hatte die Blicke der Verfolger von dem Moment an gespürt, als er auf den Bürgersteig getreten war. Offenbar hatten sie jedoch den Wagen nicht gesehen, in den Amelia gestiegen war, und er war dankbar dafür. Es wäre fast unmöglich, sie zu beschützen und gleichzeitig zu versuchen, seine ehemaligen Kollegen nicht zu erschießen. Zumindest wäre sie in Sicherheit, während er drei, nein vier Sentinels gegenübertreten musste.

Seine Instinkte hatten sich eine Sekunde, bevor das Glas zerschmetterte, zu Wort gemeldet. Der Schuss hatte um Haaresbreite seine Schulter verfehlt, als er sich geduckt hatte. Er hob die Patronenhülse auf und schnaubte. Offensichtlich hatte der Schütze es vorgezogen, ihn gleich zu erschießen, bevor er ihm irgendwelche Fragen stellte. Sein Vater wusste, dass sein Tod nicht von Dauer wäre, doch seine Kollegen hatten davon keine Ahnung. Tom hatte seiner Einheit nicht offenbart, dass er ein Sprössling war, aber vielleicht hatte sein Vater die Katze aus dem Sack gelassen. Oder seine Kollegen wollten ihn ermorden, weil er ihre Sache verraten hatte. So oder so, es sah nicht gerade rosig für ihn aus.

Er rollte sich auf die Seite zwischen zwei Autos und ging in die Hocke, wobei er darauf achtete, dass er so weit wie möglich von Amelia entfernt war. Er hoffte inständig, dass sie im Wagen blieb. Wenn sie ausstieg, wären sie erledigt. Mit der Waffe in einer Hand bewegte er sich geduckt vorwärts, bis er vor der Motorhaube innehielt, um sich wieder etwas näher an den Bürgersteig heranzupirschen. Die Sentinels versuchten ohne Zweifel, ihn in seiner letzten Position einzukreisen, was bedeutete, dass er sich so weit wie möglich aus dem Radius hinausbewegen musste.

Plötzlich sah er, wie sich neben dem Lieferwagen zu seiner Rechten etwas bewegte. Er hielt inne und erblickte die breiten Schultern von Blake, der sich an die Stelle heranpirschte, an der Tom zuvor gestanden hatte. Wer auch immer auf ihn geschossen hatte, glaubte wahrscheinlich, dass er ihn getroffen hatte, und hatte den Hünen geschickt, um nachzusehen. So wie er Blake kannte, hatte er die Aufgabe wahrscheinlich freiwillig übernommen. Der Scheißkerl sollte in einem Krankenhausbett liegen und sich erholen, statt sich mit einer angeschlagenen Schulter ins Gefecht zu werfen. *Starrköpfiges Arschloch.*

Tom schlich auf die andere Seite des überdimensionalen

Lieferwagens und stellte dem Sentinel ein Bein. Blake kam mit einem lauten Stöhnen zu Fall, doch er versuchte, wieder aufzustehen, um sich zu wehren. Tom kam ihm jedoch zuvor und nahm ihn von hinten in den Würgegriff, wobei er ihn zu Boden drückte. Er schlang seine Beine um die Taille des Sentinels und presste seine Schenkel mit aller Kraft zusammen.

»Tut mir leid, Mann«, murmelte er, als Blake vergeblich versuchte, ihn abzuschütteln. Der Sentinel versetzte Tom mit dem Ellbogen einige Hiebe in die Seite, doch da er eine hohe Schmerzgrenze hatte, ließ er sich davon nicht beeindrucken. Seine Rippen wären später sicher grün und blau, aber das war das Mindeste, was er verdient hatte. Sein Freund setzte zu einem letzten halbherzigen Schlag an, bevor er das Bewusstsein verlor. Tom überprüfte den Puls des Sentinels. Er konnte fühlen, wie er sich verlangsamte, dann ließ er den Mann los.

Er schnappte sich die Handschellen vom Gürtel seines bewusstlosen Freundes und fesselte damit sein Handgelenk und den Fußknöchel des gegenüberliegenden Beins. Damit wäre er eine Weile beschäftigt, wenn er wieder zu sich kam. Zur Sicherheit nahm Tom dem Mann die Waffen und das Messer ab und fügte sie seiner persönlichen Sammlung hinzu. Er würde sie vielleicht brauchen, um die anderen drei Sentinels auszuschalten. Zuletzt entledigte er ihn auch noch des Ohrhörers und Mikrofons.

»Meine Herren«, sagte Tom, nachdem er die Kommunikationseinheit angelegt hatte, »Blake lässt euch alle schön grüßen. Wer möchte als Nächstes mit mir tanzen?« Er wusste, dass er damit seinen Standpunkt preisgegeben hatte, daher bewegte er sich auf die andere Seite des Parkplatzes zu, wobei er sich sowohl vom Bürgersteig als auch von Amelia weiter entfernte. Er hoffte inständig, dass sie sich im Wagen versteckte und keine Anstalten machte, ihn zu finden.

»Hallo, mein Sohn«, antwortete sein Vater. »Würdest du mir bitte verraten, was zum Teufel das werden soll?«

Tom musste lächeln, als er den Fluch aus John Fitzgeralds Mund hörte. Er hatte den Firmenchef der CRF dermaßen erzürnt, dass er seine Fassung sogar auf dem Kommunikationskanal verloren hatte. Wunderbar. Wie weit konnte er ihn wohl noch treiben?

»Im Moment?«, fragte Tom mit gedämpfter Stimme. »Ich setze deine Einheit außer Gefecht. Oder meintest du das eher im Allgemeinen?« Das Aufblitzen von Metall erregte seine Aufmerksamkeit. Sentinel Charlie saß etwa zehn Meter links von ihm in der Hocke und blickte in die falsche Richtung.

Tom schüttelte den Kopf. Wie oft hatte er dem Mann gesagt, dass er sich den Rücken frei halten sollte? *Idiot*. Er ging in weitem Bogen um ein paar Fahrzeuge herum, um sich an seinen ehemaligen Kollegen anzuschleichen, während John weitersprach.

»Das Wirtschaftsgut hat dich völlig durcheinandergebracht, mein Sohn. Du musst dich stellen, damit wir das Problem beheben können.«

Tom musste ein Schnauben unterdrücken. Mit der Behebung des Problems meinte er ohne Zweifel Folter mit Todesfolge durch Gehirnwäsche. Denn Tom war dazu geschaffen, nicht zu zerbrechen, und niemand wusste das besser als sein Vater.

Er versetzte Charlie mit der Pistole einen Schlag auf den Schädel und seufzte, als der Mann zu Boden ging. »Das war nicht einmal unterhaltsam«, sagte er. »Du solltest Charlie wirklich noch einmal in den Anfängerkurs schicken, John. Seine Überwachungstechnik lässt noch ziemlich zu wünschen übrig.«

Er sprach seinen Vater absichtlich mit Vornamen an, statt ihn »Dad« oder »Sir« zu nennen, denn er wusste, dass er ihn damit nur noch mehr verärgern würde. Als es am anderen

Ende der Leitung still wurde, wusste er, dass er damit Erfolg gehabt hatte. Er konnte den Mann bildlich vor sich sehen, wie er in der Zentrale hinter seinem überdimensionalen Schreibtisch saß und sich in den Nasenrücken kniff, während er tief durchatmete. All die Jahre, in denen er an der liebenden Vater-Sohn-Beziehung gearbeitet hatte, waren umsonst gewesen. *Ach wie schade.*

»Denk darüber nach, was du tust, Thomas.«

»Oh, glaub mir, das tue ich.« Er konnte ein Rascheln hinter sich hören und wirbelte gerade noch rechtzeitig herum, um die Faust abzublocken, die auf seinen Kopf zuschoss. »Im Ernst, Justin. Das nächste Mal solltest du mich erschießen.« Denn damit hätte er Tom zur Strecke gebracht. Doch der jüngere Mann hatte sich stattdessen von seinen Emotionen zu einem Faustkampf verleiten lassen, den er niemals gewinnen konnte.

Der junge Sentinel versuchte es daraufhin mit einem Tritt. Tom fing den Fuß des Mannes mit einer Hand auf und verdrehte ihn mit Ruck nach links, damit sein Kollege gezwungen war, ihm den Rücken zuzuwenden. Er schlug ihm mit der Handfläche mitten auf die Wirbelsäule und trat ihm dann mit dem Knie ins Gesicht, als Justin vornüberkippte. Eine Sekunde später hatte Tom den Kerl im Schwitzkasten.

»Arschloch«, fauchte Justin, als er Toms Unterarm an seiner Kehle zu fassen versuchte.

»Ich liebe dich auch, Kumpel«, sagte Tom leise, als der Mann das Bewusstsein verlor. Er legte ihm genauso wie Blake Handschellen an und seufzte. »Hast du die Lehrlinge im Kino gelassen, John? Muss ich mich darauf gefasst machen, als Nächstes Stas zu begegnen?« Denn das wäre die Höhe. Er hatte keine Ahnung, wie sein Vater dem neuen weiblichen Sentinel diesen Vorfall erklären würde.

Und Lizzie …

Oh, scheiße. Er hatte nicht einmal an die Frau gedacht, die er liebte wie eine Schwester. Tom rieb sich reflexartig die Brust. Er hatte all seine Entscheidungen heute derart übereilt getroffen, dass er gar nicht daran gedacht hatte, welche Konsequenzen sie für seine Freunde und seine Familie haben könnten. Was würde John ihnen erzählen? Dass Tom im Ausland während eines humanitären Einsatzes sein Leben verloren hatte? Oh, er würde es ohne Zweifel genießen, von den Vorzügen und Belohnungen zu profitieren, die ihm eine solche Neuigkeit einbringen würden. Stipendienfonds würden erlassen und Gedenkgottesdienste zu Ehren seines verstorbenen Sohnes würden abgehalten und ihm einen unbegrenzten Zugriff auf Mittel verschaffen, die er nicht brauchte.

Tom schüttelte den Kopf und begann, nach dem vierten Sentinel zu suchen. Er wusste, dass mindestens vier Männer nach ihm suchten, denn er hatte sie beim Verlassen des Gebäudes gesehen. Sie hatten ihn übersehen, zumindest hatte er das gedacht. Offenbar hatte einer von ihnen ihn jedoch erkannt, da die gesamte Einheit sich auf den Parkplatz verlegt hatte. Das bedeutete allerdings, dass möglicherweise irgendwo noch ein fünfter Mann lauerte. Hatte er Amelia entdeckt? Wenn ja, dann hätten sie sie schon längst aus dem Wagen gezogen, und so wie er seinen Vater kannte, hätte er das sicher erwähnt. Also befand sie sich immer noch in Sicherheit. Zumindest für den Moment. Es war schade, dass sie keine telepathischen Fähigkeiten hatte.

Er spürte, wie die Wut wieder in ihm hochkochte, als er daran denken musste, dass Anita ihr die Fähigkeit, sich zu verwandeln, genommen hatte. Er biss sich auf die Zunge, um es nicht gegenüber dem Mann zu erwähnen, der dieses Experiment zweifellos autorisiert hatte. Wusste sein Vater, was das Resultat war? Wenn ja, dann wusste er auch, dass Amelia ihr Aussehen nicht verändern konnte. Dennoch hatte er einigen seiner Männer befohlen, den Peilsender zu verfolgen, was bedeutete, dass er sich nicht sicher war. Vielleicht war das Ergebnis nicht von Dauer?

Einige Meter entfernt fiel ein Schuss und Tom duckte sich instinktiv. Es folgten zwei weitere Schüsse in rascher Abfolge und Gregs tiefe Stimme war durch die Leitung zu hören. »Wirtschaftsgut Sieben ist außer Gefecht.«

Toms Herz setzte einen Schlag aus. Nein. *Nein.* Er hatte sie an einem sicheren Ort zurückgelassen. Warum zum Teufel hatte sie sich von dort wegbewegt? Was hatte sie sich nur dabei gedacht? Allerdings ergab die Richtung, aus der die Schüsse gekommen waren, keinen Sinn. Es wäre sicherer, auf die Menschenmenge und das Kino zuzulaufen, als zum hinteren Teil des Parkplatzes in die Nähe der Straße zu gehen. Dort wäre sie ein leichtes Ziel, auch wenn sie im Kreis lief.

Er runzelte die Stirn. *Im Kreis.* Während der Wochen, die er mit Amelia verbracht hatte, hatte er einiges über sie lernen können, vor allem was ihre Bewegungen betraf. Sie wäre nicht in diese Richtung gelaufen. Er wusste tief im Inneren, dass sie sich nach Norden und nicht nach Süden bewegt hätte. Doch die Sentinels konnten das nicht wissen. Sie konnten nur raten, wo Tom sie zurückgelassen hatte, und in diesem Fall hatten sie sich geirrt. Er hatte sich absichtlich vor einem Wagen in ihrer Nähe postiert, denn ihm war klar, dass sein ehemaliges Team annehmen würde, dass er in die entgegengesetzte Richtung von ihrem Standpunkt laufen würde, um sie zu beschützen. So erklärte sich auch die Stelle, an der sie sie *erschossen* hatten. Gewitzte Scheißkerle.

»Ich hoffe für dich, dass sie noch lebt«, knurrte er und gab vor, in die Falle seines Vaters zu tappen. Wenn sie glaubten, dass er sich auf den Tatort zubewegte, dann hatte er freie Bahn zurück zu Amelia. Vorausgesetzt, sie saß noch im Wagen.

»Erzähl mir nicht, dass sie dir etwas bedeutet und dass es hier nur darum geht.« John klang enttäuscht. Früher hatte

Tom immer ein schlechtes Gewissen gehabt, wenn sein Vater auf diese Weise mit ihm gesprochen hatte. Heute machte es ihn nur wütend. Ihm war schleierhaft, wie er diesen Mann je hatte bewundern können.

»Ach übrigens, John, wissen deine Sentinels eigentlich über die Experimente Bescheid, die du an ihnen durchführst, um ihre Erbanlagen zu verbessern? Oder haben sie sich freiwillig dazu gemeldet?« Er kannte die Antwort auf diese Frage, doch er wollte seinen Vater ein wenig zappeln lassen.

»Ich weiß nicht, wovon du sprichst.«

»Tatsächlich? Soll ich deine Erinnerung auffrischen?« Er ging auf den Wagen zu, in dem er Amelia zurückgelassen hatte, und wurde von einer Welle der Erleichterung übermannt, als ein blaues Augenpaar zu ihm aufsah. Sie hatte sich zwischen das Handschuhfach und den Beifahrersitz auf den Boden gequetscht. Kluges Mädchen. Er legte einen Finger auf seine Lippen, als er sich auf den Fahrersitz gleiten ließ, und bedeutete ihr mit einer Handbewegung, unten zu bleiben. Wenn einer der Sentinels ihn dabei beobachtete, wie er wegfuhr, dann durfte er nicht wissen, dass Amelia bei ihm war.

»Die Impfungen, die du all deinen Sentinels aufzwingst. Einige von ihnen dienen dazu, die Genstruktur zu verbessern, nicht wahr? Sie wurden von deinen Labortechnikern aus hydraianischer und ichorianischer DNA hergestellt. Ich werte dein Schweigen als Bestätigung. Vielleicht bist du auch nur schockiert, dass ich darüber Bescheid weiß. Weißt du, es hat Vorteile, der Sohn von John Fitzgerald zu sein. Du wärst überrascht, wenn du wüsstest, worüber die Techniker in meiner Anwesenheit sprechen.«

Allerdings hatten sie ihm nie seine Fragen bezüglich Lizzie Watkins beantwortet. Er hatte gehofft, zu diesem Thema weitere Nachforschungen anstellen zu können, bevor er über eine Kündigung nachdenken wollte, doch das war nun nicht mehr möglich. Nachdem er Amelia in Sicherheit gebracht hatte, würde er sich der Aufgabe widmen, seiner Jugendfreundin zu helfen. Er hatte zwar keine Ahnung, inwiefern Lizzie mit der CRF verstrickt war, doch er wusste, dass sie als wichtig erachtet wurde und niemand dort vorhatte, ihr Schaden zuzufügen. Noch nicht.

Er drückte auf einen Knopf, um das Mikrofon stumm zu schalten. Sein Vater konnte sich seine Worte einen Moment lang durch den Kopf gehen lassen, während er die Flucht ergriff. Er warf seine Baseballkappe zusammen mit der Lederjacke auf den Rücksitz und sah sich auf der Suche nach etwas um, was ihm als Verkleidung dienen könnte. Eine Sonnenbrille. Nein. Ein paar Essensreste, die mehrere Tage alt zu sein schienen. Igitt. Dann fiel sein Blick auf eine Wollmütze. Ihm lief ein angewiderter Schauer über den Rücken, als er sich das Ding auf den Kopf zog, denn nur der Himmel wusste, wo es zuvor überall gewesen war, doch die Verkleidung als Hipster würde helfen. Dazu schob er sich eine viereckige Brille ohne Sehstärke auf die Nase, die er im Getränkehalter fand. Amelias Gesichtsausdruck nach zu urteilen sah er aus wie ein Trottel. Gut.

Er schaltete das Mikrofon wieder ein und fragte: »Hat es dir etwa die Sprache verschlagen, John?« Dann startete er den Motor.

»Ist das der Grund für dein aufmüpfiges Verhalten? Weil dir irgendein Techniker etwas erzählt hat? Ich bin enttäuscht. Ich dachte, wir stünden uns näher.«

Tom schnaubte. Sicher. Er war ein Soldat im Spiel seines Vaters, der gelernt hatte, eigenständig zu denken, und angefangen hatte, sich zu widersetzen. Ihre Beziehung war nicht mehr zu reparieren.

»Komm schon, mein Sohn. Wenn du dich jetzt stellst, können wir über alles reden und sämtliche Missverständnisse zwischen uns aus dem Weg räumen. Ich hätte dich nicht auf diese Mission schicken sollen. Das ist mir jetzt klar geworden und ich will mich bei dir entschuldigen.«

Er drückte auf den Knopf und fragte: »Tatsächlich? Und was ist mit Amelia? Warum hast du sie getötet?« Der Wagen summte leise genug im Leerlauf vor sich hin, sodass niemand das Motorengeräusch hören konnte, während er ins Mikrofon sprach. Danach schaltete er es wieder auf stumm.

Tom fuhr den Wagen gemächlich aus der Parklücke und steuerte auf die Ausfahrt zu. Ohne Zweifel würde dort ein Sentinel warten, doch die meisten von ihnen würden in der Nähe der Falle auf der Lauer liegen. Als er Amelia erwähnt hatte, hatte er die Stimme gesenkt, um damit sein Missfallen über ihre vermeintliche Ermordung zum Ausdruck zu bringen. Sie sollten glauben, dass er auf dem Weg zum Tatort war, um ihn zu inspizieren und Vergeltung zu üben. »Sie haben normale Munition und keine Feuerkugeln benutzt. Es geht ihr gut, aber es ist beunruhigend, wie sehr du dich unnötig um sie sorgst, mein Sohn. Hast du schon vergessen, was die Wakefields uns angetan haben?«

Sie ist nicht ihr Bruder, wollte Tom sagen. Er musste sich jedoch darauf konzentrieren, den Wagen unentdeckt aus der Parklücke zu lenken. Er schob die Brille auf seinem Nasenrücken nach oben und lümmelte sich in den Schalensitz. Er zog eine Zigarette aus der Schachtel, die auf dem Armaturenbrett lag, und steckte sie sich unangezündet in den Mund, während er den Wagen mit einer Hand steuerte. Amelia stieß ein angewidertes Schnauben aus, das ihn belustigte. Es war gut zu wissen, dass ihr seine Verkleidung gefiel.

»Ich hoffe, dein Schweigen bedeutet, dass du deine lächerlichen Pläne noch einmal überdenkst«, fuhr sein Vater fort. »Wir wissen doch beide, dass die CRF dein Zuhause ist. Wo willst du denn sonst hingehen?«

Tom festigte seinen Griff um das Lenkrad. Dieser

bescheuerte Satz verfolgte ihn nun schon seit seiner Kindheit. Als kleiner Junge hatte er jedes Wort geglaubt und unter Albträumen gelitten, weil die bösen Männer hinter ihm her waren. Doch sein Vater hatte ihn immer gerettet und geschworen, ihn vor dem Bösen, das in dieser Welt herrschte, zu beschützen. Niemand sonst würde ihn aufgrund seiner ichorianischen Gene je wollen.

Wenn es jemanden gab, der die Gehirnwäsche zu einer Kunst gemacht hatte, dann war es John Fitzgerald. Und bis zu einem gewissen Grad hatte sein Einfluss auf Tom auch heute noch Bestand. Er wusste tief im Inneren, dass er in Hydria nicht willkommen war und dass das Konklave ihn sofort töten würde. Es gab keinen Ort, an dem er unterkommen konnte, doch das machte die CRF noch lange nicht zu seinem Zuhause.

Tom fuhr unbehelligt vom Parkplatz, während er immer mit einem Auge den Rückspiegel im Blick hatte, um zu sehen, ob sie verfolgt wurden. *So weit, so gut.*

»Wenn sie dir erzählt hat, dass du in Hydria willkommen geheißen wirst, dann hat sie gelogen«, fügte John nach einem Moment des angespannten Schweigens hinzu. »Lucian wird dich auf der Stelle töten, wenn er dich sieht, nur weil du ein Sentinel bist. Und wenn er dich nicht zuerst in die Finger bekommt, dann wird einer der Ältesten es für ihn erledigen. Du wirst dort nicht akzeptiert werden.«

Er drückte auf den Knopf und sagte mit gedämpfter Stimme: »Ich bin nicht naiv, John. Amelia hat mir gar nichts versprochen.«

»Dann siehst du also ein, dass wir darüber reden sollten und dass dein Handeln falsch war.«

»Nein, leider sehe ich das nicht ein, John. Ich sehe überhaupt nichts ein. Aber etwas lässt mir keine Ruhe. Können wir uns darüber unterhalten?«

»Sicher.« *Oh, eine sehr kurze Antwort.* John Fitzgerald stand offenbar kurz vor einem Zusammenbruch. Tom fragte sich, ob er in der Firma an seinem Schreibtisch saß oder sich im Wagen auf dem Weg zum Kino befand. Wie dem auch sei, er war davon überzeugt, dass sein Vater nicht auf dem Parkplatz wartete. Denn dann hätten hier wesentlich mehr Sentinels auf der Lauer gelegen, die zudem erfahrener wären, wie zum Beispiel Stark.

»Greg, du hast gesagt, dass das Wirtschaftsgut außer Gefecht ist. Ich würde nur gern wissen, wie es aussieht. Ich habe Amelia vor zwei Stunden in einen Bus Richtung Flughafen gesetzt und nun frage ich mich, ob du vielleicht die falsche Frau erschossen hast. Vielleicht solltest du das überprüfen.« Sollten sie doch eine Weile darüber nachgrübeln. Natürlich würden sie die Lüge durchschauen, sobald sie sich die Überwachungsvideos des Kinos ansahen. Doch zumindest hätten sie somit ein paar Stunden Vorsprung und konnten inzwischen den Wagen wechseln.

»Oh, es tut mir leid«, fuhr er nach einem Moment des Schweigens fort, »ihr habt wahrscheinlich alle geglaubt, dass ich selbst auf dem Weg zum Tatort bin. Mein Fehler. Ich hatte nur keine Lust, noch länger zu bleiben. Doch all das war sehr aufschlussreich, Jungs. Ich denke, ich werde es sogar vermissen. Vielleicht auch nicht.« Er ließ die Fensterscheibe zu seiner Linken herunter, als er den Wagen auf die Schnellstraße steuerte, und riss den Hörer von seinem Ohr.

»Oh, und *Dad*, da wäre noch etwas«, sagte er ins Mikrofon. »Ich bin mir nicht sicher, ob Blake dir bereits meine Nachricht überbracht hat, daher sage ich es einfach noch einmal. Du kannst dies als meine offizielle Kündigung betrachten.« Er warf das Gerät aus dem Fenster und lächelte. »Das wäre alles.«

Kapitel Zehn

Wenn die Schleusen sich öffnen

»Hier sollen wir schlafen?« Amelia störten weder die geschmacklosen Möbel noch der zweifelhafte Teppich, doch mit dem Einzelbett hatte sie ein Problem. Wie sollte sie ihm erklären, dass sie es vorzog, auf dem Boden zu schlafen?

»Mir ist klar, dass es eine Absteige ist, aber die guten Hotels bestehen alle auf Kartenzahlung und meine Kreditkarten sind im Moment markiert«, erwiderte Tom.

Er ließ seine Lederjacke und Tasche auf einen alten Stuhl fallen und streckte die Arme über den Kopf. Sein graues T-Shirt zog sich dabei nach oben und entblößte einen Teil seiner definierten Bauchmuskeln. Amelia bemühte sich vergebens, ihn nicht anzustarren. Sein Körper war wie ein Kunstwerk. Und nun musste sie sich ein Zimmer mit ihm teilen. Zumindest wusste sie, dass die Anziehungskraft nicht auf Gegenseitigkeit beruhte. Er hatte sie im Kino geküsst, um für Ablenkung zu sorgen, nicht weil er es gewollt hatte.

Warum denke ich überhaupt darüber nach? Es gab für sie beide keine Zukunft. Sechs lange Jahre hatte sie sich nach ihrer Freiheit gesehnt, um endlich wieder mit ihrer Familie vereint sein zu können. Nur darüber sollte sie sich Gedanken machen und nicht darüber, was Tom fühlte oder was im Kino geschehen war.

Er ist nur Mittel zum Zweck.

Vergiss das nicht.

»Hier.« Tom zog ein T-Shirt und Boxershorts aus seiner Tasche und legte sie aufs Bett. »Wir können uns morgen noch mehr Kleider und Vorräte besorgen. Doch jetzt sollten wir erst einmal eine Runde schlafen.«

Die Uhr gab ihm recht. War es gerade erst heute Morgen gewesen, als sie noch am See trainiert hatten? Es fühlte sich an, als wäre seitdem eine halbe Ewigkeit vergangen.

Ich habe vor weniger als vierundzwanzig Stunden drei Menschen ermordet. Bei dem Gedanken gefror ihr das Blut in den Adern. Sie hatte sich so sehr auf ihre Flucht konzentriert, dass sie die Geschehnisse des Nachmittags völlig verdrängt hatte. Doch jetzt, da sie ein wenig durchatmen konnte, kehrten die Emotionen mit Wucht zurück, bis ihr übel wurde.

Sie schnappte sich die Kleider vom Bett und ging wortlos ins Badezimmer. Als sie die Tür hinter sich schloss, begann sie auch schon zu würgen. Sie dachte noch daran, die Dusche aufzudrehen, um die Geräusche zu überdecken, bevor sie sich in die Toilette übergab. Ihr Magen krampfte sich schmerzhaft zusammen, als sie sich mit dem Rücken an die Wand lehnte. Jetzt, da das Adrenalin nachgelassen hatte, stürmte alles auf einmal auf sie ein.

Sie hatte sich jahrelang ausgemalt, wie sie Anita Patel töten würde. Diese Frau hatte ihr unfassbare Dinge angetan. Es gab keinen Zweifel daran, dass die Ärztin ihr Schicksal verdient hatte, doch als sie heute den Abzug gedrückt hatte, hatte diese Erfahrung sie grundlegend verändert. In ihrem früheren Leben hatte sie Waffen gehasst und Eli des Öfteren wegen seiner Vorliebe für sie getadelt. Und heute hatte sie eine Pistole benutzt und damit gleich drei Menschen erschossen.

»Wer bin ich?«, flüsterte sie. Vielleicht hatte Jonathan sie am Ende doch gebrochen, denn die Frau, die sie einmal gewesen war, würde die Amelia von heute nicht wiedererkennen. Sie war eine Killerin.

Sie spürte, wie sie sich wieder übergeben musste, doch ihr Magen war leer. Sie lehnte sich über den Rand der Badewanne und drehte das Wasser kälter, dann zog sie sich auf dem Boden sitzend aus. Sie bemerkte halbherzig, wie schmutzig der Raum war, doch sie hatte nichts Besseres verdient. Sie kletterte in die Wanne und rollte sich zusammen, um sich von dem eisigen Wasser berieseln zu lassen. Es konnte zwar nicht ihre brennende Haut beruhigen, doch immerhin vertrieb es die Übelkeit.

Dies war nicht das erste Mal, dass sie an ihrem Verstand zweifelte. Was war nur aus ihrem Leben geworden? Die Freiheit schmeckte so süß und gleichzeitig so unglaublich bitter. Und ihre Heimat schien nur ein verbotener Traum zu sein. Alle würden die alte Amelia erwarten und nicht diese neue, abscheuliche Version ihrer selbst. Was würde Issac von ihr denken? Und Lucian? Bei dem Gedanken, dass sie ihr mit Ablehnung gegenübertreten könnten, verspürte sie einen Stich im Herzen. Sie würden ihr Handeln verachten.

Amelia, die Mörderin, flüsterte ihr Gewissen ihr zu. So würden sie sie nennen. Sie würden ihr mit Mitleid und Abscheu begegnen, die auch den letzten Rest ihres Herzens für immer vernichten würden.

Sie begann zu schluchzen und zitterte. Sie konnte nicht aufhören zu weinen und der Schmerz tief in ihrem Inneren schien ihr ganzes Wesen zu verzehren. Über ihr hing ein schwarzes Loch, das sie ganz und gar verschluckte und sie nicht wieder losließ. Sie war sich nicht sicher, ob es ihr etwas ausmachte. Der Moment war endlich gekommen. Sie konnte sich genauso gut fallen lassen.

Die Wirklichkeit vermischte sich mit einer anderen Ebene des Seins. Sie hatte diesen Ort vor langer Zeit gefunden, als Anita sie wieder einmal gefoltert hatte. Sie hatte sich damals tief in ihre Seele zurückgezogen, wo niemand ihr schaden konnte und kein Schmerz ihr etwas anzuhaben vermochte. Dort wurde sie von Dunkelheit umgeben, die sie mit offenen Armen empfangen hatte. Sie liebte sie sogar.

Durch das Nichts war sie empfindungslos.

Allein.

Unerschrocken.

Sie verkroch sich noch tiefer an den sicheren Ort und war entschlossen, sich für immer dort zu verstecken. *Endlich.*

Ein heißer Strahl verdrängte die kalten Tropfen auf ihrer Schulter und ließ sie vor Verwirrung erzittern. Hier existierte keine Wärme, zumindest sollte es das nicht. Ihr eisiger Zufluchtsort schien um sie herum zu schmelzen, während das Licht drohte in ihr Bewusstsein zu dringen.

Nein.

Sie krallte sich verzweifelt an die Dunkelheit und flehte sie an, sie nicht von sich zu stoßen.

Ich bin noch nicht bereit, diesen Ort zu verlassen.

Um nach all den Jahren unerträglicher Schmerzen endlich nichts mehr zu fühlen …

Ich kann nicht dorthin zurück.

Ich will nichts mehr fühlen.

»Amelia.« Ihr Name schlich sich in ihre Gedanken. »Es ist alles in Ordnung«, sagte eine tiefe Stimme. Oh, sie mochte diese Stimme. Sie war so beruhigend. Sie zog sich tiefer an ihren sicheren Ort zurück, während er weiter mit ihr sprach und ihr immer wieder versicherte, dass alles gut werden würde.

Du bist in Sicherheit, wiederholte er. *Ich bin hier.*

Eli?, fragte sie sich. Nein. Es fühlte sich nicht richtig an.

Tom ...

Sie wurde von Wärme und einem beruhigenden waldigen Duft umhüllt, den sie mochte. Amelia kuschelte sich ein, als sie fühlte, wie sie von kräftigen Bändern fest umschlungen wurde.

Sie wurde von einem Gefühl von Sicherheit durchflutet und stieß ein Seufzen aus.

Ohne Zweifel war es nur ein weiterer Traum.

Sie träumte viel und erwachte jedes Mal zu dem Grauen ihres Lebens.

Doch diesmal konnte sie sich nicht daran erinnern, eingeschlafen zu sein.

Sie runzelte die Stirn. Sie konnte sich nicht daran erinnern, ins Bett gefallen zu sein, was erklärte, warum sie harte Fliesen unter sich spürte. Doch das war noch keine Erklärung für das Wasser.

»Amelia«, sagte die tiefe Stimme leise. »Komm schon, Schätzchen, sag etwas.«

Sie spürte Finger, die ihr Haar durchkämmten und dann über ihren nackten Rücken und an ihrem Arm hinaufglitten. Als eine Hand auf ihre Wange gelegt wurde, schmiegte sie sich an die wohltuende Wärme. Es war schon so lange her, dass jemand sie derart behutsam berührt hatte. Sie wusste nicht, wie sie darauf reagieren sollte, außer sich fallen zu lassen.

Eli hatte sie immer wie zerbrechliches Porzellan behandelt, während andere Männer sie auf ein unsichtbares Podest gestellt hatten, was sie nie wirklich verstanden hatte. Der Mann, der sie jetzt in der Wanne hielt, umhüllte sie mit einer ungeahnten Entschlossenheit, die ihr ein sicheres und geborgenes Gefühl vermittelte.

Sie öffnete blinzelnd die Augen und starrte auf ein graues T-Shirt. Eine warme Hand drückte ihren Kopf an eine stahlharte Brust, während sie auf einer durchnässten Jeans saß. Das Wasser war nicht mehr kalt, sondern heiß und fiel in erfrischenden Wellen auf ihren Körper herab, die ihre eisigen Glieder erwärmten. Sie ließ sich in Toms Arme sinken, bis ein Gedanke ihr Herz schneller schlagen ließ. *Ich bin nackt.*

»Pst.« Tom presste seine Lippen an ihre Schläfe und hielt sie fest, als sie versuchte, aus der Wanne zu springen. »Ich will dir nicht wehtun, Schätzchen. Aber du hast mich zu Tode erschreckt.«

Sie schlang die Arme um ihre Knie, um sich zu bedecken, doch er hatte wahrscheinlich schon alles gesehen. Abgesehen davon war er nicht der erste Sentinel, der sie nackt gesehen hatte.

Duschen unter Aufsicht.

Sie vertrieb die Erinnerungen und vergrub ihren Kopf an Toms Hals. Er strich ihr wieder über den Rücken. Seine Berührung vermittelte ihr ein seltsam friedvolles Gefühl und sie schmiegte sich an ihn.

Lass mich nicht los …

»Sag etwas«, flüsterte er.

Sie schluckte und zuckte zusammen.

Hatte sie geschrien?

Oder schmerzte ihre Kehle, weil sie sich übergeben hatte?

Die Tatsache, dass sie sich nicht erinnern konnte, sandte ihr einen beängstigenden Schauer über den Rücken. Es war schon öfter vorgekommen, doch normalerweise geschah es, wenn sie das psychologische Trauma, das Anita ihr zugefügt hatte, nicht mehr ertragen konnte. Doch diesmal hatte ihr niemand Schmerzen zugefügt. Was hatte sie also in die Dunkelheit abdriften lassen?

»Ich …« Sie hielt inne. Sie ließ das Wasser in ihren geöffneten Mund fallen, um das Brennen in ihrem Rachen zu lindern.

Tom legte seine Hand um ihren Nacken und massierte mit dem Daumen die empfindsame Stelle unterhalb ihres Ohrs. Die Anspannung wich aus ihrem Körper, während sie sich an ihn schmiegte.

Sie fühlte sich erschöpft. Ihr fielen die Augen zu und ihre Glieder wurden schwer.

Sie hätte sich am liebsten nie wieder bewegt, doch Tom

schien anderer Ansicht zu sein, denn er stellte die Dusche ab und wickelte sie in ein Handtuch.

Sie fühlte sich wie in einem Traum. Sie spürte kaum, wie er sie ins Bett trug, doch die Wärme seines Körpers fühlte sich vertraut an, als er sich neben sie legte. Er hatte seine nassen Sachen ausgezogen und trug jetzt ein trockenes T-Shirt und Boxershorts. Sie rollte sich ihm instinktiv entgegen und seufzte, als er seine Arme um sie schlang.

»Ich werde zur Hölle fahren«, murmelte er.

»Ich freue mich, wenn du mir dort Gesellschaft leistest«, erwiderte sie mit einem Gähnen. Die Hölle war während der letzten sechs Jahre ihre Wirklichkeit gewesen. Wenn er sich ihr anschließen wollte, würde sie ihn nicht abweisen.

Er schnaubte. »Versuche, etwas zu schlafen, Amelia.«

Zum ersten Mal seit sehr langer Zeit schreckte sie der Gedanke an Schlaf nicht ab. Vielleicht sollte sie sich tatsächlich ein wenig Ruhe gönnen, um ihrem gequälten Verstand für eine Weile zu entfliehen. Toms starke Arme übten eine beruhigende Kraft auf sie aus und sie schloss die Augen, um sich ihrer Erschöpfung hinzugeben.

IHM WAR NOCH NIE SO UNBEHAGLICH ZUMUTE gewesen, neben einer nackten Frau aufzuwachen. Amelia hatte eines ihrer wohlgeformten Beine über Toms Hüfte gelegt und ihre nackten Brüste waren seitlich an seinen Körper gepresst.

Dabei war das nicht einmal das Schlimmste.

Ihre Hand lag auf seinem Unterleib und wenn sie ihre Fingerspitzen nur noch einen Zentimeter bewegte, würde sie seine Eichel berühren. Dann würde er für nichts mehr garantieren können.

Tom hatte sich gestern Abend wie ein Heiliger verhalten, als er die wunderschöne Frau zuerst in der Dusche und dann im Bett im Arm gehalten hatte, ohne sie auf unanständige Weise zu berühren. Wenn sie mit ihrer Hand jedoch nur ein Stückchen weiter nach unten rutschte, würde sein Unterleib das Kommando übernehmen und alles ruinieren.

Sie dachte ganz sicher nicht an Sex, vor allem nicht nach den Geschehnissen der letzten Nacht.

Er hatte durch die viel zu dünnen Wände gehört, wie sie sich übergeben hatte, und war sich nicht sicher gewesen, ob er eingreifen sollte. Als er jedoch ihre hysterischen Schreie gehört hatte, hatte sie ihm keine Wahl gelassen. Die gequälten Laute waren ihm durch Mark und Bein gegangen und er war ins Badezimmer geeilt. Was er dann sah, hatte ihm das Blut in den Adern gefrieren lassen. Ihre Haut war von dem eisigkalten Wasser blau angelaufen. Er hatte nicht gezögert und sofort das heiße Wasser aufgedreht, um sie aufzuwärmen, doch dann war sie in seinen Armen in eine katatonische Starre verfallen, was ihn zu Tode erschreckt hatte.

Falls er noch daran gezweifelt hatte, dass Amelia während ihrer Gefangenschaft ein Trauma davongetragen hatte, so hatte er jetzt den Beweis dafür. Sie litt ganz offensichtlich an einer Posttraumatischen Belastungsstörung. Er hatte in diesem Moment das einzig Mögliche getan und sie getröstet und gewärmt. Jetzt lag sie völlig entspannt neben ihm, also hatte es offenbar funktioniert. Zumindest für den Moment.

Doch irgendetwas hatte den Anfall ausgelöst und er wollte unbedingt herausfinden, was es war. Vielleicht lag es daran, dass sie sich nicht verwandeln konnte. Ichorianer und Hydraianer machten von ihren Fähigkeiten mit einer natürlichen Leichtigkeit Gebrauch, wie ein Sterblicher, der einfach nur winkte oder blinzelte. Wenn man einer solchen Gabe einfach so beraubt wurde … Er konnte sich kaum vorstellen, wie es sich anfühlen musste, doch er würde es zumindest als *verheerend* beschreiben.

Amelia rührte sich neben ihm und entspannte sich mit einem Stöhnen, das ihm direkt in die Lenden fuhr.

Ach du meine Güte.

Lange würde der Geist die Materie nicht mehr bezwingen können.

Sein Verstand wusste es besser, doch sein Körper spürte die geschmeidige Haut der Frau neben sich und reagierte instinktiv auf ihre Nähe. Er hätte schwören können, dass ihre Hand gerade noch einen Zentimeter tiefer gewandert war. Mein Gott. Wenn sie aufwachte und seinen harten Schwanz in der Hand hielt, würde sie ausrasten. Und damit hätte er jegliches Vertrauen, das er bisher zwischen ihnen aufgebaut hatte, zunichtegemacht.

Wenn er sich ein Stück zur Seite bewegte, würde er das Handtuch zu fassen kriegen, das ihr während der Nacht vom Körper gerutscht war, und könnte sie damit bedecken. Dadurch würde er sie zwar verhüllen, doch ihre unglaublichen Kurven waren ohnehin für immer in sein Gedächtnis eingebrannt. Er konnte später daran denken, wenn er allein unter der Dusche stand. Wahrscheinlich würde es jedoch kaum Abhilfe schaffen, wenn er sich selbst befriedigte, denn seine Zuneigung zu ihr hatte sich während der letzten vierundzwanzig Stunden ins Unermessliche gesteigert. Dabei fühlte er sich nicht nur körperlich zu ihr hingezogen.

Hysterische Frauen verängstigten ihn und er nahm für gewöhnlich die Beine in die Hand. Doch als er Amelias Schreie gehört hatte, hatte er keine Sekunde gezögert und war zu ihr geeilt. Er konnte sich nicht daran erinnern, dass er je zuvor im Leben so reagiert hatte. Selbst Lizzies Tränen veranlassten ihn dazu, wie ein verängstigtes Tier die Flucht zu ergreifen, und er liebte dieses Mädchen wie sein eigen Fleisch und Blut.

Amelias Schmerz berührte etwas tief in seinem Inneren und er hatte, ohne nachzudenken, darauf reagiert. Es hatte sich richtig angefühlt, sie in seinen Armen zu halten. Viel zu richtig.

Diese Bindung zwischen ihnen war nicht gut.

Er konnte nicht mit ihr zusammen sein.

Sie gehörte nach Hydria und er in die Hölle.

Sie waren nicht gerade das ideale Paar.

Durch Toms Anwesenheit würde sie sich ständig an all die Qualen erinnern müssen, die die CRF ihr zugefügt hatte. Er konnte ihr noch so sehr helfen oder sie retten, doch all das würde die Vergangenheit, die zwischen ihnen stand, nicht auslöschen können. Er war zwar nicht derjenige, der ihr wehgetan hatte, doch seine Nähe würde sie für immer an den Mann erinnern, der für ihre Schmerzen verantwortlich war.

Mein Vater.

Ein Summen an seinem Handgelenk ließ ihn zusammenzucken. Er hatte völlig vergessen, dass er den Wecker an seiner Armbanduhr gestellt hatte. Natürlich war sie an dem Arm befestigt, den er um Amelia geschlungen hatte.

Sie riss die Augen auf und setzte sich voller Panik ruckartig auf.

Großartig.

Er dachte, es wäre schlimm genug gewesen, als sie ihre Brüste an seinen Körper gepresst hatte, doch das hier war noch viel schlimmer. Denn jetzt saß sie mit nacktem Oberkörper direkt vor ihm, wobei ihm kein Detail entging. Selbst wenn er die Baseballstatistiken wiederholt herunter rattern würde, könnte ihn das nicht von diesem Anblick ablenken.

Perfekt.

Mit diesem einen Wort konnte er Amelia am zutreffendsten beschreiben.

Sie hatte den Körper einer Göttin, die es verdiente, angebetet zu werden.

Aber nicht von mir.

Er räusperte sich und schaffte es, die letzten Reserven seiner Selbstkontrolle zu mobilisieren, um sich aus dem Bett zu rollen.

»Guten Morgen. Ich werde nur kurz duschen.« *Mit eiskaltem Wasser.*

Er wartete nicht auf eine Antwort, denn andernfalls wäre er wahrscheinlich wieder im Bett und auf Amelia gelandet.

Ein Verlangen, das tief in seiner Seele verankert war, ließ seine Hände zittern, als er sein T-Shirt und die Shorts auszog und sich unter die Dusche stellte. Das kalte Wasser, das über seinen Körper rann, konnte jedoch nicht die Hitze in seinem Inneren vertreiben, als er sich an das Gefühl von Amelias Brüsten an seiner Seite erinnerte.

Er lehnte sich gegen die gekachelte Wand und kämpfte gegen den Drang an, seinen Schwanz zu streicheln. Als er sie gestern geküsst hatte, hatte sich das Feuer in seinen Adern zu einem flammenden Inferno gesteigert. Er begehrte sie mehr als die Luft zum Atmen, und die Tatsache, dass ihre Verbindung verboten war, steigerte seine Begierde ins Unermessliche.

Es ist so falsch.

Das letzte Mal, als er in der Dusche gestanden hatte, hatte sie nackt und starr in seinen Armen gelegen. Doch das Bild, das er nun vor Augen hatte, war das einer temperamentvollen Frau, deren Lippen gemacht waren, um zu sündigen. Oh, wie sehr sehnte er sich danach, diese Lippen um seinen Schwanz zu spüren.

»Verdammt«, murmelte er und drehte sich um, um mit der Stirn gegen die Wand zu schlagen.

Sein gesunder Menschenverstand hatte sich mit dem Rest seiner Würde in Luft aufgelöst. Was konnte es schaden, wenn er seiner Fantasie nachgab? Sie würde nie davon erfahren und er würde sich danach so viel besser fühlen. Für die Erleichterung würde er ein schlechtes Gewissen in Kauf nehmen.

Amelias tiefblaue Augen tauchten vor seinem geistigen Auge auf und er musste an ihren leeren Blick in der vergangenen Nacht denken. Diese Frau hatte schon genug ertragen müssen. Sie hatte es nicht verdient, dass er sich seinen schmutzigen Gedanken hingab.

Er ballte seine Hand zur Faust und unterdrückte einen Fluch. Je eher er sie zurück nach Hydria bringen konnte, desto besser. Danach konnte er sich dem Pochen in seinem Schwanz widmen. Bis dahin würde er sich jedoch zusammenreißen. Auch wenn es ihn fast umbrachte.

Seine Jeans war nach letzter Nacht immer noch klamm, dennoch zog er sie an. Ansonsten hatte er nur seine Boxershorts und es war besser, wenn er eine Hose trug. Er streifte das T-Shirt über, in dem er geschlafen hatte, und trocknete sich mit dem Handtuch die Haare.

Er würde später noch einmal duschen müssen, wenn er Seife und Shampoo zur Verfügung hatte, doch für den Moment musste es genügen.

Amelia saß wartend auf dem Bett. Ihr dunkles Haar war zerzaust und sie hatte ihre Brust mit einem Laken bedeckt. Bei dem Anblick wäre er fast zurück ins Badezimmer gegangen, um seine guten Vorsätze über Bord zu werfen. Er musste sie so schnell wie möglich loswerden.

»Das Badezimmer ist jetzt frei.« Er räusperte sich. »Wir, äh, werden uns heute Nachmittag etwas zum Anziehen kaufen.«

Doch zuerst mussten sie einen Boxenstopp einlegen, um das gestohlene Fahrzeug vor einem nahe gelegenen Restaurant zurückzulassen. Vielleicht würden sie den Wagen aber einfach hier stehen lassen und zu Fuß gehen. Das, was er für die Flucht benötigte, befand sich ganz in der Nähe, aus diesem Grund hatte er dieses Motel gewählt.

Tom stellte sich ans Fenster und warf einen Blick auf den Parkplatz. Er konnte nichts Ungewöhnliches erkennen.

Offenbar hatten seine Ausweichmanöver ihren Zweck erfüllt und er hatte die CRF damit zum Narren gehalten. Doch sie würden nicht lange unentdeckt bleiben und er vermutete, dass es an diesem Ort spätestens bei Einbruch der Dunkelheit vor Sentinels nur so wimmeln würde.

Er hörte, wie die Tür zum Badezimmer mit einem leisen Klicken geschlossen wurde, was ihm verriet, dass Amelia nicht mehr auf dem Bett saß. Er hoffte, sie würde diesmal keinen Anfall erleiden, denn er würde nicht noch einen Zusammenbruch von ihr ertragen. Zumindest nicht, solange er nicht wusste, was den ersten ausgelöst hatte. So sehr er auch wissen wollte, was geschehen war, würde er sie nicht dazu drängen, es ihm zu verraten. Wenn sie sich ihm anvertraute, dann nur, weil sie es wollte, und nicht, weil er es von ihr verlangte.

Sie hatte ihr feuchtes Haar zu einem Pferdeschwanz zusammengebunden, als sie in Shorts und dem Oberteil, das sie gestern getragen hatte, aus dem Badezimmer trat. Ihre vollen Lippen waren in den Mundwinkeln nach unten gezogen und er verspürte einen Stich im Herzen. Er zog die eigentümliche Amelia dieser traurigen Version vor, doch er wusste nicht, was er tun sollte, um ihre Stimmung zu heben.

Er zog seine Jacke an und schlang sich den Rucksack über die Schulter, dann öffnete er ihr die Tür. Sie ging unter seinem Arm hindurch hinaus und blieb auf dem Bürgersteig stehen.

Ja, so würde es nicht funktionieren. Um sein Vorhaben in die Tat umzusetzen, brauchte er eine selbstsichere Partnerin an seiner Seite und nicht diese niedergeschlagene Version ihrer selbst.

»Ich hoffe, du bist bereit für einen Dauerlauf, denn wir werden den Wagen hier zurücklassen.« Es ging doch nichts über einen kleinen Wettkampf, um ihr Blut in Wallung zu bringen.

Sie blickte ruckartig zu ihm auf. »Wie bitte?«

»Du hast gehört, was ich gesagt habe. Lass uns eine Runde laufen.« Ein Teil ihrer Unsicherheit wich einem ungläubigen Ausdruck. »Jetzt gleich?«

»Ja, warum nicht?« Er konnte ein wenig sportliche Betätigung durchaus vertragen. Vielleicht konnte er damit sogar den Blutfluss von seinen Lenden ablenken.

Sie blickte sich mit einem Stirnrunzeln um. »Wir befinden uns mitten im Nirgendwo.«

Das war nicht ganz richtig. Die Blockhütte war um einiges abgelegener als dieses Motel, wobei die Einwohnerzahl dieser Kleinstadt jedoch die Tausendmarke nicht überschritt. Der Ort war bestens geeignet, um dort unter einem falschen Namen eine Lagereinheit zu mieten, in der er einige Dinge versteckt hatte, die niemand mit seinem Fluchtplan in Verbindung bringen würde. Der nahe gelegene Nationalpark lockte vor allem Touristen aus der Stadt an, daher war es für die Einwohner hier nichts Ungewöhnliches, fremde Gesichter zu sehen. Aus diesem Grund war seine Wahl vor drei Monaten auf diese Gegend gefallen.

Er zog den Reißverschluss seiner Jacke zu. Ein Lauf in dieser Hitze würde unangenehm werden, doch er zog die Qualen dem Ziehen in seinen Lenden vor. »Bist du bereit?«

Der letzte Rest ihrer Skepsis verflog, als sie ihn mit offenem Mund anstarrte. »Du meinst das tatsächlich ernst.«

»Natürlich.«

»Du hast wohl den Verstand verloren.«

Nach allem, was gestern geschehen war? »Möglicherweise.« Zumindest war er wohl lebensmüde. »Wollen wir?«

»Habe ich denn eine Wahl?«

Im Grunde schon, aber eine wütende Amelia war besser als eine deprimierte. Deshalb ... »Nein. Lass uns gehen.« Er verlagerte sein Gewicht auf die Fußballen und lief los. Er achtete darauf, dass er nicht zu schnell lief, damit sie mit ihm Schritt halten konnte.

»Arsch«, knurrte sie, als sie sich bemühte, ihn einzuholen.

»Wirtschaftsgut«, entgegnete er mit einem Grinsen, von dem er wusste, dass es sie erzürnen würde. Wahrscheinlich würde sie ihn nach dem Fünf-Kilometer-Lauf umbringen, doch wenn er sie dadurch davon abhalten konnte, wieder abzudriften, betrachtete er das als Erfolg.

Nach vierzig Minuten erreichten sie das Lagerhaus. Vermutlich hatte er gerade seinen persönlichen Rekord für den langsamsten Lauf seines Lebens gebrochen, doch das wollte er Amelia nicht verraten. Er hatte die Hälfte der Zeit damit verbracht, rückwärts zu joggen, um sie dazu zu bewegen, mit ihm Schritt zu halten. Dabei hatte sie ihm mit ihren feurig blauen Augen vernichtende Blicke zugeworfen, die sowohl amüsant als auch verführerisch waren. Sie hatte mehrere Male damit gedroht, ihn zu erschießen, doch er hatte alle Waffen bei sich. Er war froh darüber, denn er vermutete, dass sie es diesmal ernst meinte. Als sie vor dem Lagerhaus stehen blieben, beugte sie sich vor und stützte die Arme auf den Knien ab, während sie einen Fluch nach dem anderen ausstieß. Da sie dabei immer wieder das Wort *Arsch* verlauten ließ, wusste er, dass sämtliche Unflätigkeiten ihm galten.

»Außerdem ...« Sie schnappte nach Luft und blies dann eine Haarsträhne aus ihrem Gesicht. »Du ... schwitzt ... nicht einmal.«

Sie hatte recht. Der Lauf war für ihn eher ein beschwingter Spaziergang gewesen, wofür er dankbar war, da er eine schwere Lederjacke und eine klamme Jeans trug und eine Tasche mit sich herumschleppte.

»Ich liebe diesen Mist«, sagte er, als er die Tasche auf dem Boden absetzte. Er zog einen Schlüssel aus der Außentasche und ging damit auf eine Lagereinheit zu, die er unter einem falschen Namen gemietet hatte. Amelia folgte ihm schnaufend.

Er fragte sich unwillkürlich, wie ermattet sie nach einer Nacht in seinem Bett wäre. Da sein Verlangen nach ihr derart heftig war, würde er sie wahrscheinlich bis zur völligen Erschöpfung ficken.

»Was ist das hier?«, wollte Amelia wissen, als er das Vorhängeschloss öffnete. Ihre rosigen Wangen und leicht geöffneten Lippen schienen eine teuflische Seite in ihm anzusprechen. Sie wirkte frisch durchgevögelt, aber nicht so, wie er es mochte. Soviel also dazu, dass er mit dem Lauf seine sexuelle Energie hatte unterdrücken wollen. Wenn überhaupt, war es noch schlimmer geworden. *Ich muss sie so schnell wie möglich loswerden.* Das bedeutete allerdings, dass er seine Pläne schneller vorantreiben musste. Kein Problem.

Er zog das Garagentor auf und enthüllte einen etwa elf Quadratmeter großen Raum. Als er Amelias Gesichtsausdruck sah, wurde ihm bewusst, dass er ihre Frage nicht beantwortet hatte. Sein Verstand war vorübergehend in seine Hose gerutscht.

»Ich hatte schon vor einigen Monaten den Verdacht, dass dieser Tag kommen würde«, erklärte er, als er die Deckenlampe einschaltete. »Ich hatte zwar nicht erwartet, dass ich schon so bald die Flucht ergreifen müsste, und habe daher noch nicht alles hundertprozentig vorbereitet, aber für den Anfang muss es reichen.«

Entlang der Wände hingen verschiedene Waffen und auf dem Boden verteilt standen mehrere Kartons. Zuerst ging er jedoch zu dem Safe, der in der Ecke stand. Er drehte das Tresorschloss ein paarmal hin und her, bis die Tür aufsprang.

Im Inneren befanden sich sowohl ein amerikanischer als auch ein kanadischer Pass. Beide waren auf Namen ausgestellt, von denen die CRF nichts wusste. Darunter lag eine Brieftasche mit Kreditkarten, die an Bankkonten gebunden waren, die auf die jeweiligen Namen liefen. Des Weiteren befanden sich große Banknoten aus verschiedenen

Ländern darin. Die humanitären Reisen um den Globus hatten ihm das Sammeln von ausländischer Währung erleichtert. Außerdem hatte er dabei die Möglichkeit gehabt, sein Erbe ohne das Wissen seines Vaters auf verschiedene Konten zu transferieren. Wenn Johns Analysten die Spur des Geldes erst einmal aufgenommen hatten, würde Tom längst über alle Berge sein und auf der anderen Seite der Welt unter einer anderen Identität leben. Zumindest hatte er es so geplant.

Er legte die Pässe und das Geld auf den Safe und beugte sich vor, um aus einem der Kartons eine Garnitur trockene Kleidung zu ziehen. Er hatte geahnt, dass er sie eines Tages brauchen würde. Er stellte die Tasche mit der Jacke auf den Boden, dann zog er das schmutzige T-Shirt aus und ließ es fallen. Ein leises Keuchen von der anderen Seite des Raumes erinnerte ihn daran, dass er nicht allein war. Er wandte sich um und sah, wie Amelia mit großen Augen auf seine Brust starrte.

»Ich muss auch die Hose wechseln.« Sie scheuerte in seiner Leistengegend, die bereits genug gelitten hatte. Er legte seine Hand auf den obersten Knopf seiner Jeans und sie folgte seiner Bewegung mit ihrem Blick. »Vielleicht wäre es besser, wenn du dich umdrehst, denn ich würde auch gern frische Boxershorts anziehen.« Amelia leckte sich über die Lippen und warf ihm einen seltsamen Blick zu, als wollte sie etwas sagen. Doch dann besann sie sich eines Besseren, denn sie wandte sich um und starrte auf sein liebstes Scharfschützengewehr. Es war zu schade, dass er es nicht mitnehmen konnte. Er würde es ein andermal holen müssen.

Er entledigte sich seiner Schuhe, der Jeans und den klammen Boxershorts, dann zog er sich die trockenen Kleider an und schnürte seine Stiefel wieder zu. Er verstaute die Pässe in einer Tasche und die Brieftasche in einer anderen, bevor er den Safe wieder verschloss. In einem der Kartons auf einem

Regal lag ein Wegwerf-Handy, das er in die Jackentasche steckte, dann begann er, einige Gegenstände aus seiner Tasche auszuwechseln. Sie würden sich bald an einen Ort begeben, an dem er bestimmte Waffen brauchte, die mit seiner üblichen Ausrüstung nichts zu tun hatten. Amelia bemerkte, dass er sich umgezogen hatte, und wandte sich ihm zu, um ihn mit neugieriger Miene zu beobachten.

Als er fertig war, verließ er die Lagereinheit und schloss mit dem gleichen Schlüssel eine weitere auf der gegenüberliegenden Seite auf. Im Inneren befand sich sein Lieblingsspielzeug. Er hatte den Wagen vor zwei Monaten gekauft und ihn bisher nur ein Mal gefahren. Jetzt konnte er sich ein wenig daran erfreuen.

»Wirst du wieder mit den Drähten herumspielen?«

Er musste lachen, als er die Verärgerung in Amelias Stimme hörte. Offenbar hatte es ihr nicht gefallen, als er das letzte Mal ein Fahrzeug kurzgeschlossen hatte. »Keine Sorge. Der Schlüssel befindet sich im Wagen.«

Tom öffnete die Fahrertür und dann den Kofferraum. Darin verstaute er zuerst die Tasche, dann einige Waffen aus der anderen Lagereinheit sowie einen Karton mit Kleidern. Er würde sich heute einen Koffer besorgen müssen, damit sie im Hotel nicht auffallen würden. Ein unbedeutendes Detail.

Nachdem er die andere Lagereinheit wieder abgeschlossen hatte, ging er zurück und öffnete die Beifahrertür des Wagens. »Nach dir.«

»Wie galant«, sagte sie, obwohl sie ganz und gar nicht beeindruckt klang.

»Würdest du lieber hierbleiben?«

Sie kniff ihre wunderschönen Augen zu dünnen Schlitzen zusammen. »Wirst du mich wieder zu einem Dauerlauf zwingen?«

»Wahrscheinlich.«

Sie schnaubte. »Arsch.«

»Wirtschaftsgut.«

Es zahlte sich aus, dass er sie den ganzen Tag über geneckt hatte, denn auf ihrem Gesicht zeichnete sich endlich ein Grinsen ab. Er sah, dass sie sich bemühte, nicht zu lachen, sich aber nicht mehr dagegen wehren konnte. Das gefiel ihm. Er hatte sie auf eine verkorkste und völlig schräge Weise glücklich gemacht.

»Sag mir zuerst, wohin wir fahren.«

»Ich könnte dich auch einfach hierlassen«, erwiderte er mit einem Lächeln. Das würde er natürlich nicht tun. Sie wusste es nicht, aber er hatte ihr gestern Nacht etwas versprochen, nachdem sie eingeschlafen war. Und er hatte vor, sein Versprechen zu halten, selbst wenn es ihn umbringen würde.

»Sicher. Du könntest dich aber auch wie ein Kavalier verhalten und es mir sagen.«

Oh, das gefiel ihm. Er mochte es, wenn sie so mit ihm sprach. »Also gut, Schätzchen.« Er legte seine verschränkten Arme auf die geöffnete Tür und neigte sich zu ihr vor, als wollte er ihr ein Geheimnis verraten. Sie lehnte sich ihm mit einem neugierigen Funkeln in den Augen entgegen. Er liebte diesen Gesichtsausdruck und konnte es kaum erwarten, dass er sich in Schock verwandelte. »Wir fahren zurück nach New York.«

Sie enttäuschte ihn nicht. Sie schnappte nach Luft und zog ihre Augenbrauen fast bis zu ihrem Haaransatz in die Höhe. »Wie bitte? Warum zum Teufel sollten wir das tun?«

»Weil es der letzte Ort ist, an dem sie uns erwarten würden.«

KAPITEL ELF

EIN MOMENT DES ZÖGERNS

AMELIA KONNTE ES NICHT GLAUBEN. Von allen Hotels in New York hatte Tom sich ausgerechnet für das Pierre entschieden. Der Vertrag von 1747 hatte sie immer davon abgehalten, hier oder sonst irgendwo in der Stadt zu übernachten, doch sie hatte durch ihren Bruder von dem Etablissement erfahren. Er liebte dieses Hotel.

Sie fragte sich, wie weit es von Wakefield Pharmaceuticals entfernt war. Jonathan hatte ihr erzählt, dass Issac sich nach ihrem angeblichen Tod mehr in seine Arbeit vertieft hatte und seither aktiver in seiner Firma mitarbeitete. Er hatte es als einen Beweis dafür gesehen, dass ihr Bruder sein Leben weiterlebte und sie niemals retten würde. Sie hatte nicht zugelassen, dass sie daran zerbrach. Zumindest nicht völlig. Denn tief in ihrem Herzen hatte sie immer gewusst, dass ihr Bruder sie niemals vergessen würde, selbst wenn er davon überzeugt war, dass sie nicht mehr lebte.

»Wollen wir, Liebling?«, fragte Tom gedehnt. Er wirkte in dem rosafarbenen Polohemd und der Cargohose absolut lächerlich. Dazu trug er eine Brille und eine Schiebermütze.

In ihrem Schlapphut und einem Sommerkleid gab sie nicht gerade ein besseres Bild ab. Sie sahen aus, als wollten sie ein

Krocketspiel besuchen und nicht in einem Hotel in der Stadt absteigen. Er hatte jedoch auf der Verkleidung bestanden.

Sie hakte sich mit einem behandschuhten Arm bei ihm ein und folgte ihm ins Hotel. Sie hatte ihren britischen Akzent nicht ablegen können, um mit dem gedehnten Tonfall der Südstaaten zu sprechen, daher spielte sie die stille Frau an seiner Seite, während er sich im Fahrstuhl mit dem Hotelpagen unterhielt.

Von ihrem Zimmer im achtunddreißigsten Stock hatte man einen atemberaubenden Blick auf das nächtliche Manhattan. Amelia bedauerte fast, dass sie nicht lange genug bleiben würde, um ihn zu genießen. Sie war der Freiheit und ihrem Bruder viel zu nahe, als dass sie eine andere Wahl gehabt hätte, als zu fliehen. Doch zuerst brauchte sie ein paar Dinge von Tom. *Geld und eine Waffe.*

Ihr wurde schlecht bei dem Gedanken, wieder eine Waffe in die Hand zu nehmen, doch sie wusste, dass eine Pistole ein notwendiges Übel war, das sich als nützlich erweisen würde. Hydraianer wie sie waren in der Stadt nicht willkommen und hinter jeder Ecke lauerte ein Ichorianer. Da ihr Vater einer der Ältesten seiner Art war, war sie für die meisten unsterblichen Wesen leicht zu identifizieren, vor allem für die, die ihr gefährlich werden konnten. Wenn jemand sie erkannte, würde er sie auf der Stelle erschießen. Glücklicherweise galt sie in der unsterblichen Welt bereits als tot.

»Amelia?«, rief Tom aus dem Wohnzimmer. Während er das Gespräch mit dem Pagen beendet hatte, war sie ins Schlafzimmer der Suite geschlendert. Da der Südstaatenakzent aus seiner Stimme verschwunden war, nahm sie an, dass der Page gegangen war.

Sie wandte sich vom Fenster ab und begab sich zu ihm. Er stand neben der Couch und hielt eine Speisekarte in der Hand. »Was willst du essen?«, fragte er, ohne aufzublicken.

Sie wollte nicht ans Essen denken, aber ihr Magen begann

zu knurren. Es könnte nicht schaden, sich eine Kleinigkeit einzuverleiben, bevor sie die Flucht ergriff. Dadurch könnte sie noch ein wenig Energie tanken, die sie zweifellos brauchen würde. Sie warf einen Blick über seine Schulter und betrachtete die Auswahl, die der Zimmerservice bot, dann deutete sie auf irgendeinen Salat mit Hühnchen.

Er schnaubte und wandte sich ihr zu. »Wir haben seit der beschissenen Mahlzeit im Einkaufszentrum nichts mehr gegessen, und davor haben wir auch nicht gerade viel in den Magen bekommen. Du brauchst mehr als nur einen Salat.«

Sie verschränkte die Arme und warf ihm einen vielsagenden Blick zu. »Na schön, wenn du sowieso weißt, was ich brauche, warum bestellst du dann nicht für mich?«

»Weißt du was? Das ist eine gute Idee.« Er griff nach dem Telefonhörer, während er den Blick nicht von ihr löste. »Guten Abend, meine Liebe. Meine Verlobte und ich sind am Verhungern. Aha, ja. Nun, wir hätten gern die Garnelenvorspeise und zweimal die Hummercremesuppe. Und als Hauptgericht nehmen wir zwei Filet Mignons mit Ofenkartoffeln und Stangenbohnen.« Er grinste, als die Frau am anderen Ende der Leitung etwas zu ihm sagte. »Ja, grüne Bohnen sind ebenfalls gut. Und ja, halb durch bitte. Zum Nachtisch hätten wir gern den großen Eisbecher mit warmen Schokoladenkeksen. Vielen Dank, meine Liebe. Ihnen auch.«

»Ich hoffe, du hast Hunger, denn das ist eine ganze Menge, *mein Lieber*«, sagte sie mit einem misslungenen Akzent. Tom klang durchaus sexy, wenn er seine Stimme verstellte, doch ihr Versuch, den Singsang der Südstaaten zu imitieren, war eher lächerlich. Immerhin trug sie nicht diese dämliche Schiebermütze. *Obwohl ich zugeben muss, dass der Arsch selbst in diesem Outfit gut aussieht.* Der Mann könnte einen Leinensack tragen und wäre immer noch überaus attraktiv.

Während der letzten vierundzwanzig Stunden hatte sich ihre Zuneigung zu ihm nur gesteigert. Es war erfrischend gewesen, in seinen Armen einzuschlafen, nachdem er sie aus der Dunkelheit gezogen hatte. Sie fand kein besseres Wort dafür. Nachdem sie nackt neben ihm aufgewacht war und den Schock verkraftet hatte, hatte sie festgestellt, dass sie sich nicht erinnern konnte, wann sie das letzte Mal so gut geschlafen hatte. Ein Teil von ihr wollte das Bett dafür verantwortlich machen, denn eine weiche Matratze war ein Luxus, in dessen Genuss sie seit über sechs Jahren nicht gekommen war. Doch sie wusste, dass es nicht daran gelegen hatte. Sie hatte sich in seinen Armen sicher gefühlt, und das war beängstigend. Wenn sie sich noch weiter darauf einließ, wäre sie in Schwierigkeiten.

Und aus diesem Grund musste sie gehen. Sie hatte daran gedacht, Tom zu bitten, sie einfach freizulassen, aber sie wusste nicht, wie er darauf reagieren würde. Es war leichter, einfach die Flucht zu ergreifen.

Nur ein Feigling würde so etwas tun, hörte sie die Stimme ihres Gewissens.

Möglicherweise.

Aber wenn sie in dieser Nacht nicht fortging, würde sie wahrscheinlich ihr Herz an diesen Mann verlieren. Sie wollte sich nicht auf einen anderen Menschen verlassen, der sich um sie kümmerte und für ihre Sicherheit sorgte. Sie war schon einmal in diese Falle gelaufen. Amelia war es sich selbst schuldig, dass sie sich an ihren ursprünglichen Plan hielt und die Flucht ergriff, um ihren Bruder zu suchen. Sie würde eine Handvoll Geld und eine Pistole stehlen und den Portier bitten, ihr ein Taxi zu rufen, mit dem sie zu Wakefield Pharmaceuticals fahren würde. Issac wäre zu dieser späten Stunde zwar nicht mehr in seinem Büro, doch sie würde sicher irgendjemanden auftreiben können, der ihn für sie anrief.

»Worüber denkst du so angestrengt nach, Amelia?«, fragte Tom, der sie mit zusammengekniffenen Augen und einem argwöhnischen Blick betrachtete.

Hoppla. Sie versuchte, sich daran zu erinnern, worüber sie zuvor gesprochen hatten, aber es fiel ihr nicht ein. »Ich weiß es nicht mehr.« Das war nicht gelogen, denn sie konnte sich nicht an ihre Unterhaltung erinnern.

»Sicher.« Er verschränkte die Arme und legte den Kopf schief. »Das Abendessen wird in einer halben Stunde hier sein. Warum machst du dich nicht etwas frisch und nimmst diesen albernen Hut ab? Deine neuen Kleider befinden sich in dem Koffer hier.«

Sie ignorierte seine Geste in Richtung der Koffer, die neben der Schlafzimmertür standen. »Du findest meinen Hut also albern? Hast du in letzter Zeit einen Blick in den Spiegel geworfen?«

Er schenkte ihr ein dreistes Grinsen. »Nimm den Hut ab, Schätzchen.«

»Du bist ein Arsch.«

»Ja, das haben wir mittlerweile festgestellt, kleines Wirtschaftsgut«, murmelte er und zwinkerte ihr zu. »Ich werde mir die Nachrichten ansehen, während du dich umziehst.« Er ließ sich auf die Couch sinken, legte die Füße hoch und schaltete den Fernseher ein.

Sie hätte am liebsten trotzig mit den Füßen aufgestampft, weil er einfach so annahm, dass sie seiner Aufforderung Folge leisten würde. In Wahrheit konnte sie es jedoch kaum erwarten, endlich dieses Kleid auszuziehen und den Hut loszuwerden. Ihr ehemaliges Ich hatte solche modischen Ensembles vergöttert, doch die neue Amelia bevorzugte Jeans und Trägerhemden. Und Schlafanzughosen. Sie hatte sich aus einer Laune heraus eine gekauft, um sie heute zum Abendessen zu tragen. *Wenn du das Essen verspeist, das er für dich bestellt hat.* Darüber hatten sie gesprochen, bevor sie mit ihren Gedanken abgeschweift war.

»Was ist, wenn ich auf Steak keine Lust habe?«, fragte sie,

während sie immer noch die Arme vor der Brust verschränkt hatte.

Er schenkte ihr ein verschmitztes Lächeln. »Dann bekomme ich eben zwei Filet Mignons. Und ja, ich weiß. Ich bin ein Arsch. Und jetzt geh und zieh dich um.«

Sie hätte ihn am liebsten geohrfeigt. Oder schlimmer noch. Sie hätte ihn geküsst. Bei dem Gedanken spürte sie ein Flattern in der Magengegend. Was würde er tun, wenn sie sich auf seinen Schoß setzen und ihm die Arme um den Hals schlingen würde, um ihn zu küssen? *Er würde dich von sich stoßen*, meldete sich ihr Gewissen zu Wort. Genauso wie an diesem Morgen, als sie nackt neben ihm aufgewacht war. Er war so hastig aus dem Bett gesprungen, als hätte er sich an ihrer Haut verbrannt. Das war nicht das Verhalten eines Mannes, der ihre Nähe suchte. Also wäre die Ohrfeige wohl doch die bessere Wahl. Zu schade, dass er ihre Hand ergreifen würde, bevor sie seine Wange berühren könnte.

Mit einem Schnauben griff sie nach dem Koffer und zog ihn ins Schlafzimmer. Wenn er wollte, dass sie sich umzog, dann würde sie es eben tun. Und sie wollte duschen. Sie konnte sich genauso gut frisch machen, bevor sie heute Nacht die Flucht ergriff.

Das Badezimmer aus Marmor war mit einer Badewanne und einer Dusche ausgestattet. Nachdem sie viel zu lange unter dem heißen Wasserstrahl gestanden hatte, zog sie ihr Höschen, eine graue Flanellhose und ein cremefarbenes Trägerhemd an. Sie verzichtete auf den BH. Warum auch nicht? Tom hatte sie bereits nackt gesehen und seiner Reaktion nach zu urteilen war er nicht beeindruckt gewesen. Dann konnte sie es sich genauso gut gemütlich machen. Sie kämmte sich ihr frisch gewaschenes Haar und ließ es zum Trocknen offen, dann ging sie zurück ins Wohnzimmer.

Sie zog die Nase kraus, als ihr der Duft der Speisen in die Nase stieg. Tom saß an einem kleinen Esstisch, an dem zwei

Stühle standen, und wartete auf sie. Seine alberne Mütze lag auf dem Boden neben seinem Polohemd und der Cargohose. Stattdessen trug er eine Jogginghose und ein weißes T-Shirt, das sich an seinen Bizeps schmiegte. Sie musste schlucken und hatte schlagartig die geistreiche Bemerkung vergessen, die sie ihm an den Kopf werfen wollte.

Sein Blick wanderte auf ihre Brüste und seine Augen verdunkelten sich. Sie fragte sich, ob sie sich vielleicht geirrt hatte, was seine Gefühle für sie betraf. Doch dann senkte er den Blick auf den Tisch und der Moment war vorüber. Natürlich begehrte er sie nicht. Und sie begehrte ihn genauso wenig.

Er räusperte sich und zeigte auf den Stuhl, der ihm gegenüberstand. »Lass uns essen.«

Ihr knurrender Magen gab ihm recht, daher setzte sie sich und verschlang ihre Mahlzeit. Noch nie hatte Filet Mignon so gut geschmeckt und die Hummercremesuppe versetzte ihre Geschmacksknospen in Verzückung. Als sie fertig war, war sie dankbar für die Mahlzeit und verspürte einen Stich im Herzen. Trotz allem war Tom immer gut zu ihr gewesen, doch sie hatte keine andere Wahl, als ihn zu verraten. Während der vergangenen zehn Jahre hatte sie gelernt, dass sie sich immer zuerst um sich selbst kümmern musste. Wenn sie noch länger bei ihm bliebe, würde sie nicht nur ihre geistige Gesundheit riskieren, sondern auch ihr seelisches Wohlbefinden. Sie durfte sich nicht noch tiefer ins Ungewisse stürzen.

»Äh, du kannst das Bett haben«, sagte Tom, nachdem er ihre Teller abgeräumt und sie vor der Tür abgestellt hatte. »Ich werde auf der Couch schlafen.«

»Ich kann auf der Couch schlafen«, erwiderte sie, ohne nachzudenken. Als er sie fragend anblickte, formulierte sie den Satz neu. »Ich meine, du solltest im Bett schlafen, schließlich hast du für das Zimmer bezahlt.« *Und ich will in der Nähe der Tür bleiben.*

Tom schüttelte den Kopf. »Ich schlafe auf der Couch, du bekommst das Bett. Keine Diskussion.«

Sie warf ihm einen finsteren Blick zu, als sie seinen abweisenden Tonfall hörte. »Und warum? Was ist, wenn ich lieber auf der Couch schlafe?«

»Wir befinden uns mitten in ichorianischem Territorium, in dem es außerdem vor Sentinels nur so wimmelt, Amelia. Ich denke, wir haben die Überwachungskameras ausgetrickst, aber ein falscher Blick und wir werden von der Gesichtserkennungssoftware aufgespürt. Und du kannst mir glauben, dass mein Vater jedes ihm verfügbare Mittel einsetzt, um uns zu finden. Wenn es dir also nichts ausmacht, würde ich gern auf der Couch schlafen und Wache halten, während du im Schlafzimmer übernachtest.«

Sie blinzelte. Er hatte recht. Dem hatte sie nichts entgegenzuhalten. »Dann werde ich also im Schlafzimmer übernachten.«

»Gut.« Er stieß den Atem aus. »Du kannst vor mir ins Badezimmer gehen. Gib mir nur einfach Bescheid, wenn du fertig bist.«

Das bedeutete, dass er als Nächstes ins Badezimmer gehen würde. Aber für wie lange? Wenn er sich unter die Dusche stellte, hätte sie genügend Zeit, um eine Waffe und etwas Geld aus seiner Tasche zu stehlen. Aber sie bezweifelte, dass er duschen wollte. Dennoch könnte sie ihren Plan in die Tat umsetzen, wenn sie sich beeilte.

Ich kann entkommen. Ihr Herz setzte einen Schlag aus und rutschte ihr dann in die Hose, als ihr bewusst wurde, dass sie Tom nie wiedersehen würde. *Er ist nur Mittel zum Zweck.* Aber war sie bereit, sich jetzt schon von ihm zu lösen?

»Geht es dir gut?«, fragte er mit einem Stirnrunzeln. »Du siehst ein wenig blass aus.«

Sie musste schlucken. »Ja, ich habe nur … ich bin einfach nur müde.« Das war gelogen. Dank letzter Nacht fühlte sie sich so ausgeschlafen wie noch nie. Warum nur hatte sie deshalb das Gefühl, ein schlechter Mensch zu sein?

»In Ordnung.« Er legte sich eine Hand an den Nacken und runzelte besorgt die Stirn. »Ich bin hier, falls du mich brauchst.«

Sie spürte einen Stich im Herzen. Er glaubte wahrscheinlich, dass sie sich wie letzte Nacht in die düsteren Winkel ihrer Gedankenwelt zurückgezogen hatte. Doch dank seiner Unverfrorenheit und seinem gebieterischen Gehabe hatte er es geschafft, sie den ganzen Tag über abzulenken. Sie musste zugeben, dass selbst der Lauf heute Morgen sie von der Dunkelheit ferngehalten hatte.

»Du bist ein guter Mann«, platzte sie heraus. Das war wohl ihre Art, Danke und Lebewohl zu sagen.

Er schnaubte. »Na ja, da wäre ich mir nicht so sicher.«

»Doch, das bist du. Du bist ganz anders als Jonathan.« Obwohl er wie eine jüngere Version von ihm aussah.

Toms Augen verdunkelten sich zu einem sinnlichen Braun. Sie mochte es, wenn sie so glühten. Es verursachte ein Kribbeln in ihrem Unterleib, das sie seit sehr langer Zeit nicht mehr gespürt hatte.

»Danke«, sagte er leise und räusperte sich. »Ich, äh, mache jetzt die Couch zurecht.«

»In Ordnung.« Sie nickte ihm zu und ging ins Badezimmer, um sich frisch zu machen. Wenn sie entkommen wollte, während er sich nach ihr im Badezimmer bettfertig machte, dann würde ihr nicht genügend Zeit bleiben, um sich umzuziehen. Deshalb zog sie einen BH an und stopfte sich ein Paar Socken in die Tasche. Sie könnte sich ihre Schuhe beim Verlassen der Suite schnappen und sie im Fahrstuhl anziehen. Sie band ihr Haar zu einem Pferdeschwanz zusammen und putzte sich die Zähne. Dann betrachtete sie ihr Spiegelbild mit einem ernsten Ausdruck im Gesicht.

Du schaffst das, wiederholte sie im Geiste, als sie sich auf den Weg zurück ins Wohnzimmer machte. Als sie jedoch über die Schwelle trat, blieb sie wie erstarrt stehen.

»Was zum Teufel hast du getan?«, fragte sie schockiert. Tom blickte von seinem provisorischen Bett auf dem Boden auf. Er hatte die Arme hinter dem Kopf verschränkt und seine nackten Füße an den Knöcheln gekreuzt. »Wie ich zuvor erwähnt habe, befinden wir uns in berüchtigtem ichorianischem Territorium voller Sentinels.«

»Und deshalb hast du die Couch vor die Tür geschoben?«

»Ja.« Eine einfache Antwort ohne weitere Erklärung.

»Und du hast die Kissen auf den Boden gelegt, weil …«

»Weil jemand, der versucht, durch die Tür einzudringen, zuerst darauf schießen wird.« Er zeigte auf die Sitzbank der Couch. »Und in diesem Fall würde ich es vorziehen, nicht darauf zu liegen.«

»Sicher.« Sie wurde von Panik ergriffen. Wie konnte es sein, dass sie ihrer Flucht immer wieder so nahekam, nur damit ihre Pläne jedes verdammte Mal durchkreuzt wurden? Irgendjemand da oben fand ihre Zwangslage offenbar belustigend.

Tom sprang mit seiner gewohnten Wendigkeit auf die Füße und nickte ihr zu. »Ich bin gleich zurück.«

»Okay«, sagte sie, während sie ihren Blick auf das Hindernis vor der Tür gerichtet hielt. Es war ausgeschlossen, dass sie die Couch zur Seite schieben konnte, ohne einen Heidenlärm zu machen. Außerdem lief ihr langsam die Zeit davon.

Plan B.

Und der wäre?

»Oh, das hätte ich fast vergessen.« Tom stand in der Tür und hielt eine Waffe in der Hand. Bei dem Anblick drehte sich ihr der Magen um. »Ich lege die hier in den Nachttisch, nur für den Fall. Versuch bitte, mich nicht damit zu erschießen, in Ordnung?«

Er wartete nicht auf eine Antwort und sie war dankbar dafür, denn sie hätte nicht gewusst, was sie sagen sollte. Sie hatte das Gefühl, dass ihr der Boden unter den Füßen weggezogen wurde.

Was zum Teufel soll ich jetzt tun? Sie hatte eine Waffe, doch das war nur von geringer Bedeutung, solange sie nicht von hier verschwinden konnte.

Es sei denn, ich benutze sie, um ihn außer Gefecht zu setzen …

Nein. Sie konnte ihm nicht wehtun. Es war eine Sache, Anita zu töten, aber Tom? Wenn sie ihn umbrachte, würde sie das auf eine ganz andere Art innerlich zerbrechen.

Aber er wird am nächsten Morgen wiedererwachen. Durch einen sterblichen Tod würden seine unsterblichen Gene zum Einsatz kommen, und morgen früh würde er als vollblütiger Hydraianer wiederauferstehen. Dann wäre er wie sie.

Nein.

Die Vorstellung war untragbar.

Aber sie war logisch.

Sie legte die Hände auf ihre Ohren, um den Teufel in ihrem Kopf zum Schweigen zu bringen, doch er hörte einfach nicht auf.

Er ist ein Sprössling. Es ist sein Schicksal, als Hydraianer wiedergeboren zu werden. Du hilfst ihm nur auf den Weg.

Und wenn er gar kein Sprössling ist?

Sei nicht albern. Du weißt genau, dass er einer ist. Er ist das Ebenbild seines Vaters, welcher durch und durch ein Ichorianer ist.

Sie konnte kaum glauben, dass sich in ihrem Kopf eine derartige Diskussion abspielte. Zog sie tatsächlich in Erwägung, Tom zu erschießen, um ihn vorübergehend außer Gefecht zu setzen, damit sie fliehen konnte?

»Mein Gott«, flüsterte sie erschrocken. Er hatte ihr das Leben gerettet und sie wollte es ihm auf diese Weise danken?

»Ich bin fertig«, sagte er hinter ihr. Sie hatte die ganze Zeit über auf die Couch gestarrt, während sie mit sich selbst über sein Schicksal verhandelt hatte.

Dafür werde ich zur Hölle fahren.

Nein, du wirst ihr entkommen.

»Ich gehe ins Bett«, verkündete sie und drängte sich an ihm vorbei, ohne ihn anzusehen. Er versuchte nicht, sie aufzuhalten, und sagte auch nichts, als sie die Schlafzimmertür hinter sich schloss. Sie war froh darüber, denn sie hatte keine Ahnung, was sie erwidert hätte.

Sie ließ sich aufs Bett fallen und drückte sich ein Kissen aufs Gesicht, während sie versuchte, die Stimmen in ihrem Kopf zum Schweigen zu bringen. Sie war in ihrem ganzen Leben noch nie so hin- und hergerissen gewesen. Noch vor einigen Wochen hatte sie ihn töten wollen, und nun hatte sich alles geändert.

Sie mochte ihn. Irgendwann hatte sich der Arsch in ihr Herz geschlichen und sie dazu gebracht, etwas für ihn zu empfinden. Er hatte ihr Dinge beigebracht, die niemand ihr je hatte zeigen wollen, und hatte sie als ebenbürtig behandelt. Die Männer in ihrem Leben hatten ihr bisher immer nur gesagt, dass sie dies und das nicht zu wissen brauchte, denn sie würde nie in die Verlegenheit kommen, es anzuwenden. Nein. Das war nicht ganz richtig. Issac hatte versucht, ihr einige Dinge zu zeigen, doch Eli hatte ihn immer mit einem »Ich mache das schon« abgespeist. Nun, er hatte nichts gemacht. Er war gestorben.

Amelia rieb sich die Brust. Sie gab ihrem verstorbenen Geliebten nicht zum ersten Mal die Schuld für ihre Lage. Oh, er hatte sie nie in diese Situation bringen wollen, das wusste sie, aber wenn er ihr wenigstens ein paar Tricks gezeigt hätte, dann hätten sich die Dinge vielleicht anders entwickelt. Vielleicht auch nicht. Sie beide hatten Jonathan vertraut und hatten seinen Verrat nicht kommen sehen, bis es zu spät gewesen war.

So ähnlich wie Tom, der sicher nicht ahnt, dass ich die Waffe benutzen werde …

Sie stöhnte. Ihr Verstand wusste, dass es nur sinnvoll wäre, ihn zu erschießen. Er würde morgen früh zwar verärgert, aber lebendig wiedererwachen und sie wäre ihrem Bruder einen Schritt näher. Im Grunde würde sie Tom einen Gefallen tun, wenn sie aus seinem Leben verschwand. Er hatte sowohl die Mittel als auch die Fähigkeiten, um auf sich selbst aufzupassen, während sie nur eine Last für ihn war. Er hatte schon in der Blockhütte zu sich selbst gesagt, dass es einfacher wäre, wenn er ohne sie weiterziehen würde. Diesen Wunsch konnte sie ihm erfüllen und dabei gleichzeitig sich selbst helfen. Sie würden beide davon profitieren.

Als sie endlich eine Entscheidung getroffen hatte, hatte sie Kopfschmerzen und ein Blick auf die Uhr verriet ihr, dass sie lange genug mit sich gehadert hatte. Unter dem Türspalt sah sie kein Licht, was bedeutete, dass Tom ins Bett gegangen war.

Jetzt oder nie.

Sie zog die Pistole so leise wie möglich aus der Nachttischschublade und schlich zur Tür. Sie hatte die Hand auf den Türknauf gelegt und lauschte. Als sie nichts hörte, atmete sie ein Mal tief durch und drehte dann den Knauf, um die Tür aufzuziehen. Sie blickte in ein fast pechschwarzes Zimmer. Tom hatte die Vorhänge zugezogen, doch zwischen den Ritzen fiel gedämpftes Licht auf den Boden und wies ihr den Weg zu ihm. Er schlief auf dem Rücken und hatte einen Arm unter seinen Kopf geschoben und den anderen zur Seite abgewinkelt.

Er ist wirklich ein schöner Mann. Er hatte hohe Wangenknochen, lange Wimpern, einen kantigen Kiefer und eine leicht gekrümmte Nase. Sie würde dieses Gesicht vermissen. Sie würde ihn vermissen.

Mit zitternder Hand zielte sie auf seine Brust.

Drück ab, drängte ihr Verstand. *Bevor er aufwacht.*

Amelia zögerte, während in ihrem Inneren ein Aufruhr tobte. Sie hatte geglaubt, im Schlafzimmer ihren Entschluss gefasst zu haben, doch als sie ihn so unschuldig vor sich liegen sah, wusste sie nicht mehr, was sie tun sollte. Wie konnte sie ihm so etwas antun nach allem, was sie gemeinsam durchgemacht hatten? Er hatte sie zwar gefangen gehalten, aber er hatte ihr kein einziges Mal wehgetan. Außerdem machte es den Anschein, dass er sie nie als Geisel hatte halten wollen. Das hatte sie einzig und allein Jonathan zu verdanken. Es wäre falsch, ihn für die Sünden seines Vaters zu bestrafen.

Ihre Beine gaben nach und sie fiel neben ihm auf die Knie, während sie mit der Waffe jedoch immer noch auf sein Herz zielte.

»Tu es«, flüsterte Tom. Sie schreckte auf und blickte ihm in die Augen. Als sie die Resignation darin sah, spürte sie, wie ein Teil ihres Herzens zerbrach. Er packte ihre Schulter und zog sie an sich. Sie wehrte sich nicht, denn sie war nicht imstande, ihn zu bekämpfen. Nicht auf diese Weise. Mit der anderen Hand umfasste er ihr Handgelenk, doch statt sie zu entwaffnen, führte er den Lauf der Waffe an seine Brust.

»Drück ab«, drängte er sie. »Wenn du mich erschießen musst, dann tu es.«

Eine Träne kullerte ihr über die Wange. Sie konnte sich nicht erinnern, wann sie das letzte Mal geweint hatte. Sie hatte geglaubt, dass Jonathan all die Tränen für immer aus ihr herausgeprügelt hatte.

Er ließ seine Hand von ihrer Schulter an ihren Nacken gleiten und zog sie dichter an sich, bis sie unter ihm lag. Dabei hielt er die ganze Zeit über ihr Handgelenk fest, während die Waffe immer noch auf seine Brust gerichtet war. Sie erzitterte, als er seine Hüften zwischen ihre Schenkel schob. Als er mit seinen Lippen über die ihren strich, schloss sie die Augen.

»Ich verstehe es, Amelia. Ich weiß, dass ich nichts anderes verdient habe.«

Doch das stimmte nicht. Ganz und gar nicht. Tief im Inneren wusste sie es und deshalb war sie nicht imstande, ihn zu töten.

Er stützte sich mit dem Ellbogen neben ihrem Kopf ab, während sein Mund nur Millimeter über dem ihren schwebte. Das Beben in ihrem Unterleib wanderte tiefer und verwandelte sich in ein glühendes Brennen.

Eine weitere Träne rann ihr über die Wange, die jedoch nichts mit dem Gefühl zu tun hatte, das tief in ihrem Inneren aufwallte. Die Dunkelheit kehrte zurück, doch diesmal lockte sie mit einem leidenschaftlichen Empfinden. Sie war versucht, Dinge zu tun, die sie bis auf Eli nie mit einem anderen Mann hatte tun wollen.

Sie versuchte, ihre Finger von der Waffe zwischen ihnen zu lösen, doch er hielt sie fest.

»Nicht«, flüsterte er, »oder ich tue etwas, das ich später bereuen werde.«

Ihr lief ein Schauer über den Rücken. »Was meinst du?«

»Das.« Er presste seine Lippen auf die ihren und küsste sie unerbittlich, bis sie atemlos unter ihm lag. Ihr Kuss im Kinosaal war nur eine Vorschau auf das gewesen, was er sie jetzt spüren ließ. Mit seinen Lippen vermittelte er ihr seine geballte Zuversicht und weckte ihre tiefsten Sehnsüchte.

Sie konnte sich nicht bewegen, nicht denken, nicht atmen …

Er verschlang ihr ganzes Wesen, bis sie unter ihm dahinschmolz.

Sie wollte nur noch ihn.

Ihre Zunge sehnte sich nach der seinen, doch er behielt die Kontrolle über sie, die sie ihm bereitwillig überlies. Er festigte den Griff um ihr Handgelenk, als er seine Hüften gegen ihr Becken presste. Sie konnte seine Erregung gewaltig und heiß zwischen ihren Schenkeln spüren.

Mein Gott …

»Sag mir, dass ich aufhören soll«, flüsterte er an ihren Lippen. »Zwing mich dazu aufzuhören.«

Nein.

Sie versuchte noch einmal, ihre Hand von der Pistole zu lösen. Wenn sie ihn versehentlich erschoss, würde sie sich das niemals vergeben. Er hielt jedoch ihr Handgelenk weiterhin fest, während er von ihrem Mund Besitz ergriff.

Als er seine Zunge zwischen ihre Lippen gleiten ließ, stöhnte sie auf und verlor auch noch den Rest ihrer Selbstkontrolle. Kein Mann hatte sie je so geküsst.

Tom behandelte sie wie eine Frau und nicht wie ein Mädchen und dabei hielt er sich nicht zurück. Er schob seine Hüften gegen die ihren und sie warf alle Hemmungen über Bord. Endlich legte er die Waffe beiseite und ließ seine Hand auf ihre Brust gleiten. Sie packte seinen Nacken und wölbte sich ihm mit einer Kraft entgegen, von der sie nicht einmal gewusst hatte, dass sie in ihr schlummerte.

Was tut er nur mit mir?

Alles fühlte sich so fremdartig und so gut an.

»Amelia«, hauchte er. »Verdammt, ich will dich.«

Er ließ seine Hand an ihren Nacken gleiten und hielt sie fest, als er sie wieder leidenschaftlich küsste. Sie schlang ihre Arme um seine Schultern und verwob ihre Finger in seinem Haar.

Er stieß ein beifälliges Knurren aus, das tief in seiner Brust vibrierte. Sie mochte diesen Laut und wandte sich vor Erregung unter ihm. Die Nerven in ihrem Unterleib begannen zu kribbeln und sandten eine Welle der Lust direkt zwischen ihre Schenkel.

Ich bin erregt, erkannte sie erschrocken. *Ich bin so erregt.*

Hatte sie je erwartet, wieder solche Gefühle entwickeln zu können? Mit einem anderen Mann als Eli?

Der Gedanke an ihren ehemaligen Liebhaber hätte den Moment zunichtemachen sollen, doch er fachte ihn nur noch mehr an. Die Gefühle, die Tom in ihr hervorrief, waren mit nichts zu vergleichen. In seinen Armen war sie eine neue Frau, während er sie schätzte und beschützte und gleichzeitig anbetete und respektierte. Er dominierte sie mit seinem Körper genau so, wie sie es brauchte. Er bot ihr eine Flucht aus der Realität, die der Dunkelheit ähnelte, jedoch so viel besser war. Hier konnte sie ihren Gefühlen freien Lauf lassen, sie selbst sein und sich dem Genuss hingeben.

Er wanderte mit seiner Hand von ihrem Nacken hinunter zu ihren Brüsten und weiter auf den Saum ihres Oberteils. Er streichelte ihre nackte Haut, als er seine Hand an ihrer Taille nach oben gleiten ließ.

Sie bebte unter ihm und genoss das Empfinden, das seine Berührung in ihr auslöste.

Es war so lange her ...

»Sag mir, dass du es willst«, hauchte er. »Ich muss wissen, ob du es willst, Schätzchen.« Ihr Herz flatterte, als sie das Kosewort hörte. Sie liebte den Klang dieses Wortes auf seinen Lippen.

Amelia versuchte, ihn wieder zu küssen, doch er drückte sie mit einer Hand zwischen ihren Brüsten zu Boden. Er bedachte sie mit einem so eindringlichen Blick, dass ihr Herz zu rasen anfing. Er sah so gut aus, wenn er erregt war. Und sie hatte geglaubt, dass er sie nicht wollte. *Was habe ich mir nur dabei gedacht?*

»Küss mich«, flehte sie ihn an. »Bitte küss mich.«

»Ich will noch viel mehr tun, als dich nur zu küssen, Amelia.« Der warnende Unterton in seiner Stimme ließ sie erzittern.

Sie schluckte. »Dann tu es.«

»Nur ein Wort von dir und ich höre sofort auf. Du musst es nur sagen.«

Niemals. »Küss mich«, wiederholte sie. »Bitte.«

»Ich will jeden Zentimeter deines Körpers schmecken«,

flüsterte er an ihren Lippen. Er schob seine Zunge in ihren Mund und ergriff von ihr Besitz, bis sie völlig atemlos war. In ihrem Unterleib wurde ein Feuer entfacht, das die Hitze durch ihren ganzen Körper strömen ließ. Ihre Kleider schienen sie zu ersticken, sie musste sie loswerden. Sie wollte sich gerade aufsetzen, um sich das Oberteil über den Kopf zu ziehen, doch Tom packte ihre Hände und streckte sie über ihren Kopf. Mit seinen Lippen strich er an der Biegung ihres Halses entlang bis hinunter auf ihr Schlüsselbein und küsste ihre zarte Haut.

Sie wandte sich unter ihm und war begierig nach mehr, doch er zog die sinnlichen Qualen in die Länge, indem er die Wölbung ihrer Brüste leckte. Als er mit seinen Lippen auf ihren BH und dann wieder zurück nach oben wanderte, glaubte sie schon, dass sie vor Begierde den Verstand verlieren würde.

Sie hatte schon so lange ohne diese Empfindungen gelebt, die jetzt in ihrem Unterleib aufwallten, und hatte noch nie zuvor etwas gespürt, das seinen Berührungen gleichgekommen wäre.

Er zögerte nicht und zeigte keinerlei Hemmungen, sondern erforschte sie voller Selbstvertrauen.

Dieser Mann verstand es, eine Frau zu verwöhnen, und er wusste genau, was er wollte und wie er es wollte.

Mit seiner freien Hand raffte er ihr Oberteil zusammen und schob es ihr bis zu den Ellbogen über den Kopf, um dann ihren BH zu öffnen.

»Du bist perfekt«, murmelte er und heizte sie damit nur noch mehr an.

Er umschloss eine ihrer Brustwarzen mit den Lippen und saugte daran, worauf sie sich auf dem provisorischen Bett unter ihr aufbäumte. Als er sie mit seinen Hüften wieder nach unten drückte, presste er seine mächtige Erregung an ihren Körper, genau da, wo sie ihn brauchte.

Ihre Beine wurden von Blitzen durchzuckt, die sie vor Begierde erzittern ließen.

Er wechselte zu ihrer anderen Brust, um auch dort wieder an ihrer Knospe zu saugen.

Schmerz und Lust vermengten sich in ihrem Unterleib zu einem erregenden Gefühl.

»Tom …« Sie konnte ihre heisere Stimme selbst kaum hören, doch er schien sie zu bemerken.

Er wanderte nach unten und liebkoste ihren Bauch, bevor er seine Daumen in den Saum ihres Höschens unter ihrer Schlafanzughose verhakte. Er erwiderte ihren Blick, als er den Stoff zuerst über ihre Hüften und dann über ihre Knie und Knöchel zog, bis sie völlig nackt vor ihm lag.

Er ließ den Blick an ihr auf und ab schweifen, wobei er jeden Zentimeter ihres entblößten Körpers bewunderte. Seine Pupillen weiteten sich, als ein hungriger Ausdruck in seinen Augen aufblitzte, der sie dazu veranlasste, die Schenkel zusammenzupressen.

»Du siehst so hübsch aus, wenn du rot wirst, Schätzchen. Ich frage mich, wie viel mehr Röte ich dir ins Gesicht treiben kann«, sagte er, als er sich immer noch angezogen über sie beugte. Er hielt inne und widmete sich der empfindsamen Stelle zwischen ihren Schenkeln.

Sie öffnete den Mund, um etwas zu erwidern, doch dann liebkoste er ihre Schamlippen und sämtliche Gedanken waren aus ihrem Kopf verflogen.

Er ließ seine Hände an ihren Schenkeln hinaufgleiten und spreizte sie noch weiter, als er mit den Lippen ihre Klitoris umschloss.

Ohne Vorwarnung verwöhnte er sie leidenschaftlich mit der Zunge, wobei er sich nicht zurückhielt.

Sie wimmerte, als ihre Sinne explodierten und ihr eine Gänsehaut bescherten.

Sie wurde von einer Lust überwältigt, die jeglichen

Gedanken unmöglich machte, und es gab nichts weiter als Toms Zunge auf ihrem feuchten Fleisch. Er leckte sie tief und raubte ihr damit fast den Verstand, dann nahm er ihre empfindsame Knospe zwischen die Zähne.

Die Zeit stand still, als sie von einer Welle der Ekstase durchströmt wurde, die in ihrem Unterleib ihren Ursprung nahm und in jede Zelle ihres Körpers ausstrahlte. Ihr entfuhr ein Schrei, während ihr Körper unter ihm zuckte. Tom hatte eine Hand auf ihren Bauch gelegt und hielt sie fest, während er ihre Lust bis zum letzten bisschen ausreizte.

Sie sah Sternchen und ihr wurde schwindelig, als er sich auf sie legte. Als sie ihn endlich wieder ansah, hatte er ein zufriedenes Grinsen auf dem Gesicht.

»Der Anblick gefällt mir«, murmelte er an ihren Lippen. »Du siehst gerötet, benommen und durch und durch befriedigt aus. Ich will dieses Gesicht noch einmal sehen, wenn ich meinen Schwanz tief in dir vergraben habe.« Seine Worte ließen eine neue Welle der Erregung durch ihren Körper strömen, während sie den Nektar ihrer Lust auf seiner Zunge schmeckte. Er küsste sie leidenschaftlich und brandmarkte ihre Seele.

»Willst du, dass ich aufhöre, Amelia?« Er hauchte die Worte an ihrem Ohr. »Oder willst du mehr?«

Ihr Mund war wie ausgetrocknet. »Mehr«, flüsterte sie. »So viel mehr.«

KAPITEL ZWÖLF

TÖTEN IST NICHT LEICHT

IHRE WORTE SANDTEN einen Schauer der Erregung direkt in Toms Lenden. Seine Hoden zogen sich schmerzhaft zusammen, während sein Schwanz zuckte. Tom war ein Meister der Selbstkontrolle, doch selbst er hatte Grenzen. Das Blau in Amelias Augen verdunkelte sich, während sich die Begierde in ihren Pupillen widerspiegelte. Er kannte diesen Ausdruck und hatte ihn im Laufe der Jahre an unzähligen Frauen gesehen, doch in Amelias Augen entflammte er in völlig neuem Schein. Es war wie ein Geschenk, das nur er auspacken durfte, und er hatte vor, den Preis im Inneren zu finden.

Er zog sein T-Shirt über den Kopf und lächelte, als sie versuchte, die Hände zu heben, um ihn zu berühren. Der Anblick ihres Oberteils, das um ihre Unterarme gewickelt war, war wunderschön. Sie wusste nicht, dass er es mit dem Knopf des Kissens unter ihr verhakt hatte. Er hatte sie kurz entschlossen gefesselt, damit er sie besser betrachten konnte. Natürlich war es nicht so fest, dass sie sich nicht selbst hätte befreien können. Mit einem Ruck könnte sie sich losreißen, doch sie schien viel zu sehr auf seine Bauchmuskeln fixiert zu sein, um es zu versuchen.

Sie ließ ihren glühenden Blick zu seiner Jogginghose wandern, als er das Band aufknotete. Es gefiel ihm, sich vor ihr auszuziehen. Es hatte einen gewissen Reiz, sich vor einer wunderschönen Frau zu entblößen, die vor Begierde gerötet vor ihm lag. Amelia jedoch steigerte diesen Reiz ins Unermessliche. Als er seiner Männlichkeit zur Freiheit verhalf und sich auch des Rests seiner Kleider entledigte, konnte er ein Funkeln in ihren Augen sehen, während ihre Hände zuckten. Er beugte sich über sie, um das Oberteil von ihren Armen zu reißen. Sie ließ ihre Fingerspitzen federleicht über seine Arme und Brustmuskeln gleiten, bevor sie sie über seinen Bauch hinunterwandern ließ, um an der Stelle innezuhalten, an der er sie am meisten begehrte.

»Berühre mich.« Die Bitte klang eher wie ein Befehl, denn seine Stimme war von Begierde gefärbt und plötzlich viel tiefer als gewöhnlich. Er wollte sie mehr, als er je eine Frau gewollt hatte, doch er würde sie zu nichts zwingen. »Bitte«, brachte er hervor.

»Wo?«

Diese unschuldige Frage ließ ihn innehalten. Er hätte geglaubt, dass es offensichtlich war, doch er würde sie zu nichts drängen. »Wo du willst.«

Sie zog die Augenbrauen in die Höhe und leckte sich aufgeregt über die Lippen. »Wo ich will?«, wiederholte sie. »Wirklich?«

Amelia konnte unmöglich noch Jungfrau sein. Sie und Eli waren über Jahrhunderte hinweg ein Paar gewesen und es war ausgeschlossen, dass der Älteste nicht mit ihr geschlafen hatte. Es sei denn, seine tödliche Berührung hatte ihn davon abgehalten, sie leidenschaftlich zu lieben. Das Bild, das er plötzlich vor seinem inneren Auge hatte, entlockte ihm ein tiefes Knurren. Der Gedanke, dass ein anderer Mann diese Frau verehrte, ließ ihn rotsehen. Nein. Er würde die Erinnerung an all diejenigen, die sie vor ihm geliebt hatten, ausradieren und dafür sorgen, dass sie ihn nie wieder vergessen würde.

»Wo du willst, Amelia«, flüsterte er und legte sich neben ihr auf das Bett aus Couchkissen und Decken.

Sie stützte sich auf einem Ellbogen ab und leckte sich über die Lippen. »Darf ich dich schmecken?«

Verdammt. Die Worte allein reichten fast aus, um ihn über den Abgrund zu treiben. Er war für seine Selbstbeherrschung bekannt, doch diese Frau war imstande, sie nur mit ein paar unschuldigen Worten zu vernichten.

»Ja.« Er stieß das Wort mit rauer Stimme hervor und an ihrem Gesichtsausdruck konnte er sehen, dass es ihr gefiel.

Ihr Mund war für die Sünde geschaffen, aber ihr Lächeln? Oh, er liebte dieses Lächeln. Es brachte seinen Schwanz zum Pulsieren, während sich seine Hoden erwartungsvoll zusammenzogen. Mit den Fingernägeln strich sie zaghaft über seinen Bauch. Als sie ihre Hand von seinem Nabel hinunter zu seinen Schamhaaren und noch tiefer wandern ließ, schloss er die Augen, wobei er unwillkürlich aufstöhnte.

»Wenn du mich umbringen willst, Schätzchen, dann wirst du damit wahrscheinlich Erfolg haben.«

»Gefällt es dir?«

Er blickte sie an. »Oh ja, und ich will, dass du noch eine Menge mehr tust.« Vorzugsweise bevor er die Kontrolle verlor, sie auf den Boden drückte und sie zügellos fickte. Wenn ihm nicht so viel an ihrem Wohlbefinden gelegen hätte, dann hätte er es wahrscheinlich getan.

»Mehr?« Sie presste ihre Handfläche auf die Stelle über seiner Leistenbeuge. »Der Gedanke gefällt mir.« Die Strähnen ihres seidigen Haars tanzten über seine Haut, als sie ihren Mund auf sein Brustbein hinabsenkte. Er verwob ermunternd seine Finger in ihrem Haar, als sie mit ihrer Zunge über seinen Oberkörper bis hinunter zu der Stelle glitt, an der ihre Hand lag. Ihm stockte der Atem, als sie ohne Vorwarnung seinen Schwanz mit ihren Lippen umschloss.

Scheiße. Er konnte die feuchte Wärme fast nicht ertragen, doch er war nicht imstande, sich von ihr zu lösen. Vor allem nicht, als sie ihn noch tiefer in sich aufnahm, wobei sie mit den Lippen jeden Zentimeter seiner Männlichkeit liebkoste und ihrer Kehle ein beifälliges Summen entfuhr.

Sie schlang die Finger um die Wurzel seines Schwanzes, während sie ihre Zunge um seine Eichel kreisen ließ. Er winkelte die Hüften an und stieß einen Fluch aus.

Sie hielt inne, als hätte das Geräusch sie aufgeschreckt. Als er den Blick senkte, sah er, wie sie ihn beobachtete.

»Scheiße«, knurrte er. *Das ist so verdammt sexy.*

Ihre Erregung spiegelte sich in ihren Augen wider und er konnte den Blick nicht abwenden, als sie seinen Schwanz noch tiefer in den Mund nahm und leidenschaftlich daran saugte. Wenn er sie noch länger gewähren ließ, würde er über den Abgrund fallen, und er war noch nicht bereit dazu, in ihrem Mund zu kommen.

Nicht heute Nacht.

Nicht nach all den Wochen der Anspannung und Enthaltsamkeit.

Er wollte in ihr sein. Er umschloss ihr Haar mit seiner Faust und zog ihren Kopf von sich, dann legte er sich auf sie. Ihm lief ein elektrisierender Schauer über den Rücken, als er seinen harten Schwanz gegen ihren feuchten Unterleib presste.

»Ich war noch nicht fertig.« Sie klang jedoch wenig überzeugend.

»Du kannst mich später noch schmecken«, flüsterte er und bedeckte ihren Mund mit einem strafenden Kuss. Als sie daraufhin ein Stöhnen ausstieß, wurde ein Feuer in seinen Venen entfacht. »Ich brauche dich, Amelia. Ich kann nicht mehr länger warten.«

»Nimm mich.« Die beiden Worte raubten ihm fast den Verstand und er drang in sie ein.

Ihre enge, feuchte Hülle schmiegte sich um ihn, als wäre sie nur für ihn gemacht, und ließ seinen Schwanz begierig zucken. Doch dann bemerkte er, wie sie sich verspannte, und hielt inne. Er hatte es kaum erwarten können, in sie einzudringen, und hatte sich viel zu ruckartig bewegt. Ihr Körper war noch nicht bereit gewesen, einen Mann seiner Größe aufzunehmen. Anfängerfehler.

Tom presste die Lippen an ihre Kehle, als sie sich langsam um seinen Schwanz entspannte. Er strich mit seinem Mund sanft und behutsam über ihren Hals, hinauf über ihr Kinn und bis zu ihrem Ohr. »Tut mir leid, Schätzchen.«

»Es geht mir gut.« Sie entspannte sich und begann, sich ihm entgegenzuwölben. Als sie sich in seine Schultern krallte, stieß er behutsam in sie hinein und sie stöhnte seinen Namen. Beim nächsten Stoß festigte sie ihren Griff und schlang ihre Schenkel um seine Taille, damit er seinen Schwanz noch tiefer in ihr vergraben konnte.

Tom verlor einen Teil seiner Selbstkontrolle und wurde leidenschaftlicher. Sie schenkte ihm daraufhin ein kehliges Stöhnen, das ihm durch die Lenden zuckte. Er erforschte ihren Körper und erlernte ihre Vorlieben, indem er abwechselnd zärtlich und hart in sie hineinstieß, und er stellte fest, dass sie es bevorzugte, hart und grob gefickt zu werden.

Ihre Fingernägel durchbrachen seine Haut, als er bis zum Anschlag in sie hineinglitt, während ihre Schenkel an seinen Hüften bebten.

Er bedeckte ihren Mund mit dem seinen und verschlang sie fast mit seiner Zunge. Ihr Körper unter seinem fühlte sich perfekt an, als wäre sie dazu bestimmt, unter ihm zu liegen, während er sie mit jedem Stoß anbetete. Als er spürte, wie ihre feuchte Hülle sich um ihn herum anspannte, glitt er mit dem Daumen hinunter und rieb ihre Klitoris, bis sie zum

Höhepunkt kam. Er passte sich ihren Bewegungen an und ließ sie noch länger auf der Welle der Lust reiten, bis er einen Fluch ausstieß und ihr über den Abgrund folgte.

Er wurde von einer Woge der Ekstase davongetragen, die aus seinen Lenden in jede Zelle seines Körpers ausstrahlte, während er sich in ihr entleerte. All das Gerede über verzögerte Befriedigung hatte durchaus etwas für sich, denn dieses Erlebnis war mit nichts zu vergleichen. Seine Beine bebten von der Wucht, doch er blieb hart und bereit in ihrem Inneren. Die erschütternde Explosion von eben reichte noch nicht aus. Er brauchte mehr. So viel mehr.

Ihre Beine entspannten sich um seine Taille, doch sie hatte immer noch die Arme um seinen Nacken geschlungen, als er sie mit einer Begierde küsste, die er kaum kontrollieren konnte. Mit seiner Zunge brannte er jeden Zentimeter ihres Mundes in sein Gedächtnis ein. Dann zog er den Kopf zurück und sie blinzelte durch halb geschlossene Lider und mit einem verschmitzten Lächeln zu ihm auf, worauf sein Schwanz wieder zu zucken begann.

Er strich mit den Lippen über die ihren und glitt mit langsamen Bewegungen über ihren Körper, wobei er sich ganz in dem Gefühl ihrer intimen Verbundenheit verlor. Sie überraschte ihn, als sie ihre Hüften aufbäumte und sich ihm entgegenwölbte.

»Vorsicht, Schätzchen, oder ich verstehe das als eine Einladung.«

»Vielleicht solltest du das«, flüsterte sie. Doch er konnte fühlen, wie verspannt ihr Körper war, und wusste, dass sie eine Pause brauchte. Er stieß ein letztes Mal tief in sie hinein und zog dann behutsam seinen Schwanz heraus, bevor die Begierde ihn wieder übermannen konnte.

»Ich will dich zuerst eine Weile im Arm halten.« Er rollte sich auf die Seite und schlang einen Arm um ihre Taille, um sie an sich zu ziehen. Sie presste ihren kurvenreichen Hintern gegen seine Lenden, doch es war ihr Lachen, das ihm am meisten gefiel. Sie hatte bereits einige Male in seiner Gegenwart gelacht, doch es hatte nie so geklungen wie jetzt.

Er lächelte an ihrem Haar und drückte ihr einen Kuss auf den Kopf. Sie gaben ein ungewöhnliches Bild ab, wie sie über die Kissen und Decken geräkelt auf dem Boden neben der Couch lagen. Er würde sie später ins Bett tragen, wenn seine Erregung verebbt war. Wenn er sie jetzt ins Schlafzimmer brächte, würde er sie sofort wieder nehmen, und sie war noch nicht bereit für das, was ihm vorschwebte.

Plötzlich erstarrte sie neben ihm und er sah auf. Er folgte ihrem Blick zu der Waffe, die nur ein paar Zentimeter neben ihnen lag, und entspannte sich wieder. Er hatte zuvor gehört, wie sie sich ins Wohnzimmer geschlichen hatte, und war nicht erstaunt gewesen, als er die Pistole in ihrer Hand gesehen hatte. Er war jedoch von seiner eigenen Reaktion überrascht gewesen.

Statt belustigt zu sein, hatte er sich nur noch seinem Schicksal ergeben wollen. Wenn sie ihn hätte töten müssen, um Vergeltung zu üben, dann hätte er sie nicht daran gehindert. Er war Jonathans Sohn und damit die perfekte Person, um sich für die Schandtaten zu rächen, die ihr angetan worden waren. Er verstand das besser als jeder andere, auch wenn es ihm das Herz gebrochen hatte, die Waffe in ihrer Hand zu sehen, die auf ihn gerichtet gewesen war. Doch jetzt, da er ihre wahren Gefühle kannte, würde er sie nicht ohne einen Kampf gehen lassen, und er würde sicher nicht noch einmal sein Leben opfern. Sie hatte Besseres verdient.

Er festigte seinen Griff um ihre Taille und presste seine Lippen an ihre Halsschlagader. »Wenn du wieder daran denkst, mich zu erschießen, dann solltest du dir das gut überlegen. Ich bin zwar verdammt erregt, aber meine Reflexe funktionieren nackt genauso gut wie bekleidet.«

Als sie daraufhin am ganzen Körper zitterte, wurde er

schlagartig ernst. Er rollte sie behutsam auf den Rücken und blickte in ihre tränenerfüllten Augen. Ihr sinnlicher Blick von zuvor war einem traurigen Ausdruck gewichen. Er verspürte den Drang, alles zu zerstören, was ihr so viel Kummer bereitete.

»Was ist los, Amelia?« Er strich ihr das Haar aus dem Gesicht, bevor er eine Hand an ihre Wange legte. »Erzähl es mir.«

Sie bebte und flüsterte: »Ich weiß nicht mehr, wer ich eigentlich bin.«

Er runzelte die Stirn. »Warum?«

»Ich … ich habe drei Menschen erschossen und dich mit einer Waffe bedroht. Ich trage Jeans und Trägerhemden und ich verabscheue Seide. Und ich weiß nicht, was all das zu bedeuten hat. Ich weiß nicht einmal, ob mich noch jemand wiedererkennen wird.« Tränen kullerten ihr über die Wangen, als sie verstummte. Er hatte nicht vorgehabt, den Abend auf diese Weise ausklingen zu lassen. Dann fiel ihm wieder ein, was sie als Erstes gesagt hatte.

Natürlich.

»Du hast gestern zum ersten Mal jemanden getötet.« Das war die Erklärung für ihren Zusammenbruch. Er hatte es als Grund nicht einmal in Erwägung gezogen, da sein erstes Mal schon so lange zurücklag. Natürlich hatte diese Erfahrung ihre Spuren hinterlassen. Es war nie leicht, den Abzug zu drücken, vor allem nicht für eine Zivilistin.

»Ich habe nicht einmal darüber nachgedacht«, flüsterte sie. »Ich habe einfach nur reagiert.«

»Anita hat bekommen, was sie verdient hat, Amelia.« Er wischte ihr mit dem Daumen die Tränen aus dem Gesicht und küsste sie. »Ich habe keine Ahnung, was im Labor vor sich ging, aber ich bin mir sicher, dass es schrecklich war. Und da sie hinter meinem Rücken aufgetaucht ist, hatte sie wahrscheinlich etwas Furchtbares geplant. Du hast in Notwehr gehandelt.«

»Sie hat damit gedroht, Jonathan anzurufen und sich als meine neue Aufseherin einsetzen zu lassen.«

»Weil sie gesehen hat, dass du dich frei bewegen konntest?«

Amelia nickte und vergrub ihr Gesicht an seiner Brust. Er schlang seine Arme um sie und gab ihr einen Kuss auf den Kopf. Ihr emotionaler Zusammenbruch war weniger heftig als der von gestern Abend, was ihn zumindest etwas erleichterte. Vielleicht würde sie sich besser fühlen, wenn sie darüber reden könnte.

»Warum verabscheust du Seide?«, wollte er wissen, indem er das Gespräch auf ein weniger düsteres Thema lenkte.

Sie antwortete nicht sofort, als hätte der Themenwechsel sie überrascht. »Sie ist zu weich«, sagte sie schließlich. »Aber früher habe ich sie geliebt.«

»Und heute nicht mehr?«

Sie schüttelte den Kopf. »Ich habe auch Röcke und Kleider geliebt und habe niemals Jeans getragen. Aber es erscheint mir irgendwie nicht richtig, etwas Weiches zu tragen. Ich ziehe mittlerweile festere und beständigere Stoffe vor.«

»Jeans sind auf jeden Fall praktischer, aber vielleicht wird sich das ändern, wenn du deine alten Kleider wiedersiehst.« Bei seinen Worten verkrampfte sie sich. »Du willst doch immer noch nach Hause zurückkehren, nicht wahr?«

WILL ICH DAS? Amelia war sich nicht sicher. »Ich habe Angst davor, dass sie mich nicht wiedererkennen oder mich vielleicht gar nicht mehr wollen.«

Tom festigte schützend seinen Griff um ihren Körper und ihr wurde warm ums Herz. Als ihr Blick auf die Waffe fiel, musste sie an ihre Pläne von vorhin denken und wurde von

Schuldgefühlen übermannt. Sie hätte ihn beinahe erschossen. *Was ist nur aus mir geworden?*

»Natürlich wollen sie dich, Amelia. Sie wären verrückt, wenn sie dich nicht mit offenen Armen empfangen würden.«

»Aber ich bin nicht die Frau, die ich einmal war.« Er konnte es unmöglich verstehen. Ihr altes Ich hatte in Hydria ein aufregendes Leben geführt. Sie hatte Feste gefeiert und die Gesellschaft vieler Freunde genossen. Doch jetzt barg der Gedanke, eine Dinnerparty auszurichten, keinerlei Anreiz mehr für sie.

»Vielleicht, vielleicht auch nicht.« Er presste seine Wange an ihren Kopf und seufzte. »Du bist eine wunderschöne, starke und intelligente Frau, die Unaussprechliches durchgemacht hat. Wenn sie diese Version deiner selbst nicht lieben können, dann sind sie deiner nicht wert.«

»Stark?«, wiederholte sie. Niemand hatte ihr je diese Eigenschaft zugeschrieben. »Du denkst, ich bin stark?«

»Natürlich.« Er zog den Kopf zurück, um auf sie hinabzublicken. »Du erstaunst mich von Tag zu Tag aufs Neue.«

Trotz der Tränen, die ihr wieder in die Augen stiegen, lächelte sie. »Danke.«

»Siehst du? Du bist wunderschön.« Er küsste sie zärtlich und sandte ihr einen erregenden Schauer über den Rücken. Mit ihm zu schlafen war völlig anders gewesen als mit Eli. Toms gebieterische Art verwandelte sich im Bett zu einer sinnlichen Autorität, mit der er sie kontrollierte und ihr Blut in Wallung brachte. Sie liebte es, wie er sie packte und dabei nicht eine Sekunde lang befürchtete, dass sie zerbrechen könnte. Es war belebend und erregend und so verdammt gut.

»Hm«, murmelte er, »noch nicht. Ich will mich erst noch ein wenig mit dir unterhalten. Du befürchtest, dass sie dich nicht wiedererkennen werden, doch du hast es bisher vermieden, den Elefanten im Raum zu benennen.«

Sie runzelte die Stirn. »Elefant?« Was zum Teufel hatte ein Tier damit zu tun?

»Deine Fähigkeit, dich zu verwandeln, Amelia.«

Ihr gefror das Blut in den Adern. »Ich will nicht darüber reden.«

»Was ist mit deiner zweiten Gabe? Hat sie nicht etwas mit Intelligenz zu tun?«

Sie legte die Stirn in Falten.

Alle Hydraianer erbten von jedem Elternteil jeweils eine Fähigkeit und sie war keine Ausnahme.

Ihr Vater Aiden hatte eine intellektuelle Gabe an sie weitergegeben, doch niemand sprach sie je darauf an, denn ihr Talent verblasste im Vergleich zu seinen Fähigkeiten. Er war ein Ichorianer mit einer Lebenserfahrung von Tausenden von Jahren, daher galt er bei den meisten als allwissend. Ihr Halbbruder Luc hatte dieselbe mentale Gabe geerbt, was sie zu einem perfekten Vater-Sohn-Duo auf dem Gebiet der strategischen Planung machte. Während sie allwissende Götter waren, fühlte sie sich unzulänglich, denn ihre Gabe beschränkte sich lediglich darauf, anderen Wissen zu vermitteln.

»Was ist damit?«, fragte sie.

»Du kannst Wissen durch Berührung vermitteln, nicht wahr?«

»Auf gewisse Weise. Wenn es sich um etwas handelt, das ich kenne, wie zum Beispiel eine Sprache, dann kann ich dieses Wissen an jemanden weitergeben. Doch ich muss es zuerst wissen, und das macht die Gabe im Grunde nutzlos. Doch wenn ich Luc und Aidans mentale Kraft hätte? Das wäre durchaus etwas, über das es sich zu reden lohnt.«

Er stützte sich auf dem Ellbogen ab und sie legte sich auf den Rücken, um zu ihm aufzusehen.

»Welche Sprachen sprichst du?«

Diese Frage hatte sie nicht erwartet. »Englisch, Französisch und Griechisch. Und ein wenig Spanisch und Deutsch, aber nicht besonders gut. Warum?«

»Hm.« Er legte seine warme Hand auf ihre Hüfte und schob ein Bein zwischen ihre Schenkel. »Aus naheliegenden Gründen habe ich ebenfalls Griechisch gelernt, aber Französisch spreche ich leider nicht.«

»Hat Jonathan dir Griechisch beigebracht?«

»Nein, ich musste es als Kind wie so viele andere Dinge lernen, es war Teil des Lehrplans. Ich habe nicht gerade die übliche Erziehung genossen.« Er sprach die Worte wie beiläufig aus, doch das passte nicht zu dem Aufruhr, den sie in seinem Blick erkennen konnte.

»Erzähl mir davon.«

»Mir wäre es lieber, wenn du mir Französisch beibringst.«

Sie musste lächeln, als er versuchte auszuweichen. »Wirklich? Französisch?« Eli hatte die Sprache immer als nutzlos erachtet, aber im Grunde hatte er sich ohnehin nur für wenige Dinge interessiert. Wenn man mehrere tausend Jahre alt war, verloren viele Sachen ihren Reiz. Er hatte so viel Erfahrung sammeln können, während sie im Vergleich zu ihm nur wenig erlebt hatte. Vielleicht war das der Grund dafür, warum er sich nie die Mühe gemacht hatte, ihr praktische Dinge, wie zum Beispiel Selbstverteidigung, beizubringen.

»Warum denn nicht?«, erwiderte Tom. »Ich spreche ein halbes Dutzend andere Sprachen, aber nur wenig Französisch. Ich würde mein Wissen gern erweitern.«

»Wenn ich dir Französisch beibringe, dann musst du mir mehr über deine Erziehung erzählen.« Sie wollte alles über ihn erfahren, denn sie versuchte zu verstehen, warum er sich dazu entschieden hatte, ihr zu helfen, statt bei seinem Vater zu bleiben.

Sein Blick verdunkelte sich und er betrachtete aufmerksam ihre Lippen. »Du bringst mir Französisch bei und ich erzähle dir, wie ich Griechisch gelernt habe.«

»Nein, du hast mir bereits gesagt, dass es auf deinem Lehrplan stand. Ich will etwas wissen, was ein wenig bedeutender ist.«

»Hm.« Er streichelte ihren Mund mit seinen Lippen und küsste sie lächelnd. »Es gibt eigentlich nicht viel zu erzählen. Mein Dad hat mich zur Militärschule geschickt, als ich zehn war.« Er küsste sie noch einmal. »Er hat jemanden dafür bezahlt, als mein Betreuer zu fungieren, während er mit der CRF beschäftigt war. Ich habe ihn nicht oft gesehen und wenn wir uns doch einmal begegnet sind, dann war es meistens während einer meiner Prüfungen.«

»Jonathan hat deine Prüfungen überwacht?« Das klang ganz nach dem Mann, den sie kannte. Er hatte sogar einigen ihrer Untersuchungen beigewohnt.

»Bring mir Französisch bei und ich werde dir mehr erzählen.«

»Scherzbold«, sagte sie tadelnd. Aber sie musste lächeln. Sie fand Gefallen an seinen listigen Verhandlungstaktiken, die so gut zu dem Mann passten, den sie mittlerweile mochte. »Also gut.«

Amelia legte eine Hand an seine Wange und schloss die Augen, um sich zu konzentrieren. Es kostete sie keine große Mühe, anderen Wissen zu vermitteln, doch sie hatte diesen Teil in ihrem Inneren schon seit langer Zeit nicht mehr angesprochen. Es war, als wollte sie Fahrrad fahren, nachdem sie ein Jahrzehnt lang nur herumgesessen hatte. Sie murmelte ein paar Worte auf Französisch und lächelte, als ein Wissensstrang in den Vordergrund ihres Bewusstseins floss.

»Es wird vielleicht ein bisschen kribbeln«, warnte sie ihn, als sie die geistigen Stränge zusammenballte.

»Kein Problem, Schätzchen.«

Mit einem Lächeln ließ sie das Wissen von ihren Fingerspitzen in die Essenz seines Wesens fließen. Es dauerte nicht einmal eine Minute, bis sie ihm den Strang vollständig übermittelt und eingepflanzt hatte. *Als würde man ein Teil in ein komplizertes Puzzle einsetzen.* Ihr Herz machte einen Satz, als sie die Ehrfurcht in Toms Miene sah, während sie ihre Hand zurückzog.

»*C'est génial*«, murmelte er. *Das ist unglaublich.* »*Ça dure combien de temps?*« *Wie lange wird es anhalten?*

»Für immer, wenn ich es will.« Und in diesem Fall wollte sie, dass es anhielt. Es würde keinen Sinn machen, ihm die Sprache nur vorübergehend zur Verfügung zu stellen.

»Dann könntest du jemandem auch nur zeitweise Wissen übermitteln?«

»Ja, aber bisher habe ich das nur ein- oder zweimal getan. Wenn mich tatsächlich einmal jemand darum bittet, dann handelt es sich für gewöhnlich um dauerhaftes Wissen.«

»Dann benutzt du diese Gabe also nicht oft?«

»Nun, nein. Ich verfüge leider nicht über dasselbe umfangreiche Wissen wie Luc und Aidan. Ich kann nur Dinge übermitteln, die ich selbst kenne, und das sind nicht viele, wenn man bedenkt, dass ich die meiste Zeit über von Hydraianern umgeben war, die zwei- oder dreimal so alt sind wie ich.«

Außerdem hatte sie die meiste Zeit in der Gesellschaft der Ältesten verbracht, die ihren drei Jahrhunderten mehrere tausend Jahre voraushatten. Das Erlernen einer einfachen Sprache wie Französisch war nicht mit Altgriechisch oder Koptisch zu vergleichen.

Tom liebkoste ihr Kinn und drückte einen Kuss auf ihren Hals. »Ich glaube nicht, dass dir bewusst ist, wie machtvoll diese Fähigkeit ist, Amelia. Nicht Wissen ist Macht, sondern persönliche Erfahrung, und davon hast du eine ganze Menge.«

Sie runzelte die Stirn. Warum sollte sie jemandem je ihre Vergangenheit übermitteln? Vor allem wenn sie an ihre Erfahrungen bei der CRF dachte, kam ihr der Gedanke widersinnig vor. Niemand hätte ein Interesse daran, diese Art von Erinnerungen zu verstehen.

»Aber was noch viel wichtiger ist …« Er zog den Kopf zurück, um ihr in die Augen zu blicken. »Du hast gerade eine deiner hydraianischen Gaben benutzt, und das legt die Vermutung nahe, dass du die andere auch gebrauchen kannst, da beide Fähigkeiten genetisch miteinander in Verbindung stehen.«

Sie blinzelte, denn sie verstand nicht, was er damit sagen wollte. Dann traf es sie wie ein Blitz. Er hatte sie dazu gebracht, ihre Gabe zu benutzen, um zu sehen, ob sie funktionierte. Sie spürte plötzlich, wie eine wütende Hitze in ihr aufwallte.

»Du Scheißkerl.« Was wäre geschehen, wenn es nicht funktioniert hätte? Wusste er, was er ihr damit angetan hätte?

»Ja, aber jetzt weißt du …«

»Nein! Es steht dir nicht zu, das zu entscheiden!« Sie versuchte, ihn von sich zu stoßen, doch er rührte sich nicht. Mit seinem Bein zwischen ihren Schenkeln hielt er sie davon ab, sich unter ihm herauszuwinden.

»Amelia …«

»Du verstehst das nicht!« Ihr stiegen Tränen in die Augen, als sie vergeblich versuchte, sich seinem Griff zu entziehen. »Du Scheiß…«

Er fing den Rest des Wortes mit seinen Lippen auf und raubte ihr den Atem.

Sie biss fest in seine Unterlippe und vergrub ihre Fingernägel in seinen Schultern, um zu verhindern, dass die lustvolle Erregung wieder von ihr Besitz ergriff.

Sein Kuss wurde jedoch fordernder.

Dieser Mann mit seinem guten Aussehen und seiner geschickten Zunge sollte verdammt sein.

Er umfasste ihre Wangen mit beiden Händen und drehte sie zu sich, um sie noch inniger küssen zu können.

Sie bebte unter ihm und ergab sich. Diese Gefühle waren so viel besser als die Leere, die sie umgab, wenn sie sich in die Dunkelheit zurückzog. Mit nur ein paar verführerischen Liebkosungen half er ihr dabei, alles um sich herum zu vergessen.

»Ich habe nur versucht, dir zu helfen«, hauchte er an ihren Lippen. »Es tut mir leid.«

Er küsste sie wieder, bevor sie etwas erwidern konnte, und verführte sie dazu, sich ihm zu unterwerfen. Er presste seine Hüften auf die ihren und stützte seine Arme zu beiden Seiten ihres Kopfes ab. Sie schlang unwillkürlich die Arme um seinen Rücken und zog ihn an sich.

Sie hatte so lange keine körperliche Nähe mehr gespürt, dass sie sich nach Toms Berührung sehnte, die ihr Blut in Wallung brachte. Es war hinterhältig gewesen, sie auszutricksen, selbst wenn er es nur gut gemeint hatte. Sie wollte, dass er verstand, warum es so wehtat und warum sie seine Täuschung so sehr verabscheute, damit er es nie wieder tun würde.

»Meine Fähigkeiten sind ein Teil von mir. Stell dir für einen Moment vor, dass dir jemand die Beine abschneidet und dich dann dazu zwingt zu laufen.« Sie brachte die Worte kaum über die Lippen, doch sie zwang sich dazu weiterzusprechen. »Und zwar nicht einmal oder zweimal, sondern immer und immer wieder. Und egal, wie sehr du es auch versuchst, du kannst es einfach nicht mehr tun. Dieser Teil von dir ist verschwunden und alles, was dir noch bleibt, ist die ständige Erinnerung daran, dass du nun weniger bist, als du einmal warst. Würdest du dann je wieder aufstehen wollen?«

»Mein Gott, Amelia.« Sein Blick verdunkelte sich, als er auf sie hinabstarrte. »Warum hast du mir nie etwas davon gesagt?«

»Was hätte ich denn sagen sollen?« Er hat für das Monster

gearbeitet, dem sie ihre Gefangenschaft zu verdanken hatte. Warum hätte sie je erwarten sollen, dass er ihr helfen würde?

»Ich wusste es nicht, aber ich hatte einen Verdacht. Deshalb habe ich immer wieder nach dir gesehen.«

Die Wasserflaschen. Am Anfang war sie skeptisch gewesen, doch sie war so dehydriert gewesen, dass sie eines Tages nachgegeben hatte. Als sie feststellte, dass das Wasser keinerlei negative Auswirkungen hatte, hatte sie die anderen ebenfalls angenommen, während sie sich jedoch ständig gefragt hatte, warum er sie besuchte. Er hatte nie viel gesagt, bis zu seinem letzten Besuch. »Das letzte Mal bist du so wütend geworden. Warum?«

»Ist das dein Ernst?« Er zog beide Augenbrauen in die Höhe. »Kannst du dir das nicht denken?«

Sie runzelte die Stirn. »Nun, doch. Du warst immer freundlich zu mir, doch beim letzten Mal warst du außer dir vor Wut.«

»Weil du auf dem Boden gelegen und Blut erbrochen hast.«

»Ja. Jonathan hat das ebenfalls verabscheut.« Er hatte sie danach immer gezwungen, es wieder aufzulecken. Es war die Bestrafung dafür, dass sie es gewagt hatte, in seiner Gegenwart zu bluten. Das Blut eines Hydraianers war für einen Ichorianer giftig. Diese Tatsache war ihr durchaus bewusst und sie hatte sich jeden Tag ihren Fantasien darüber hingegeben. Wenn sie ihn nur dazu hätte bringen können, es zu schlucken ...

»Ich war wütend, weil mein Vater dich völlig grundlos verprügelt hat. Abgesehen davon, dass es nie einen Grund dafür gibt, eine Frau zu schlagen.« Er presste die Lippen zu einer dünnen Linie zusammen. »Warum glaubst du, sind wir in der Blockhütte im Norden des Staates gelandet? Mein Vater war außer sich vor Wut und fand, dass es eine gerechte Strafe wäre, wenn er mich als Babysitter für dich abstellen würde, vor allem, da es mein Vorschlag war, dich zu verlegen.«

Sie runzelte die Stirn. »Ich dachte, es war Starks Vorschlag gewesen.« Er hatte während ihrer letzten Heilung so etwas angedeutet, oder etwa nicht?

»Nein, aber er war mit meinem Vorschlag einverstanden und deshalb … Warte mal, wie konntest du das wissen?«

»Er hat es mir erzählt.«

»Stark hat dir erzählt, dass es seine Idee war, dich in die Hütte zu bringen?«

»Auf gewisse Weise, ja. Er hat etwas darüber erwähnt, dass die Dinge nicht nur schwarz und weiß sind.« Ihre Erinnerung war dank der Drogen, die er ihr verabreicht hatte, verschwommen, aber sie glaubte, diese Worte aus seinem Mund gehört zu haben. »Er ist ein seltsamer Mann.« *Mit seltsamen Fähigkeiten.*

»Wie dem auch sei, es war meine Idee. Doch mein Vater hat nur zugestimmt, weil Stark ihm dazu geraten hat. Außerdem hat Dad damit eine Möglichkeit gehabt, mich zu bestrafen. Ich wette, dass er seine Entscheidung jetzt bereut.« Sie konnte ein belustigtes Funkeln in seinen Augen erkennen, das ihre Neugier weckte.

»Erzähl mir mehr über die Prüfungen.« Das hatten sie immerhin vereinbart, bevor er sie mit seinen sinnlichen Küssen und gemeinen Tricks abgelenkt hatte.

Ein Teil seiner Belustigung erstarb. »Das ist nur fair.« Er stieß den Atem aus und schüttelte den Kopf. »Mein Dad hat bestimmte Prüfungen mit mir durchgeführt. Und damit meine ich keine Prüfungen der theoretischen, sondern vielmehr der praktischen Art.«

»Ich bin mir nicht sicher, ob ich dich richtig verstehe. Was ist ein praktischer Test?«

»Als ich dreizehn war, hat er mich einen Block vom Arcadia entfernt abgesetzt. In jener Nacht hat dort ein

Konklave stattgefunden. Er hat mir eine Waffe mit acht Feuerkugeln in die Hand gedrückt und mir befohlen, mich bis nach Hause durchzukämpfen.«

Amelia stand der Mund offen. Sie hatte noch nie einem Konklave beigewohnt, aber sie hatte davon gehört. Es war unvorstellbar, einen Sprössling in der Nähe einer Versammlung von Ichorianern abzuladen, vor allem wenn er so bekannt war wie Tom. Es kam einem Todesurteil gleich. »Das ist ja grauenvoll.«

»Ich habe es knapp überlebt und er hat mich dafür belohnt, indem er mich noch in derselben Nacht zurück zur Schule geschickt hat. Mein privates Training der Kampfkünste wurde in der darauffolgenden Woche um einiges brutaler, denn mein Vater fand, dass ich für den Rückweg zu lange gebraucht hatte.« Er zuckte mit den Schultern. »Wie ich schon sagte, meine Erziehung war alles andere als normal. Ich habe dadurch allerdings gelernt, dass man manchmal den Abzug drücken muss, um zu überleben.«

»Ich hatte ja keine Ahnung.« Jonathan hatte früher immer voller Stolz von Tom geredet. Hatte er ihnen nur etwas vorgespielt oder war es ihm dabei um etwas völlig anderes gegangen?

»Damit wären wir schon zu zweit, denn ich habe bis vor Kurzem nicht gewusst, wie grausam er dich behandelt hat.« Sein Blick verdunkelte sich wieder. »Was du Anita angetan hast, war noch gnädig im Vergleich zu dem, was ich mit ihr gemacht hätte, Amelia. Es ist nie leicht, jemanden zu töten, doch solange wir dabei unser Gewissen hinterfragen müssen, heißt das, dass wir unsere Menschlichkeit noch nicht verloren haben.« Sein eindringlicher Blick raubte ihr fast den Verstand. »Du bist kein schlechter Mensch, weil du den Abzug gedrückt hast, Schätzchen. Du musst dir erst Sorgen machen, wenn du anfängst, das Töten zu genießen.«

Sie musste schlucken, als ihr bewusst wurde, wie recht er damit hatte. »Ich will nicht länger darüber nachdenken.«

Sein Blick fiel auf ihre Lippen. »Dabei kann ich dir behilflich sein.«

»Hilf mir zu vergessen, Tom.« Sie verwob ihre Finger in seinem Haar und zog ihn an sich. »Ich will alles vergessen.«

Er knabberte an ihrer Unterlippe und presste seine Lenden gegen ihr Becken. Trotz der erschütternden Unterhaltung und der Frustration, die in ihrem Inneren tobte, war sie immer noch bereit für ihn. Er strich mit seinem steifen Schwanz über ihre feuchte Spalte und sie verlor fast den Verstand. Sie wusste nicht, ob die Wirkung, die er auf sie hatte, gesund war oder nicht, doch was auch immer er mit ihr anstellte, es gefiel ihr. Er hatte eine Gabe, sie aus der Wirklichkeit zu entführen und in ein Land der sinnlichen Freuden zu tragen, wo nur sie beide existierten. Sie könnte sich daran gewöhnen.

»Küss mich«, flüsterte sie.

Er brachte sie mit einem Kuss zum Schweigen, nach dem sie hätte süchtig werden können. Er strahlte so viel Stärke, Leidenschaft und sinnliche Hitze aus, dass sie unter ihm dahinschmolz.

Ihr entfuhr ein Stöhnen, als er ihre Brust mit einer Hand bedeckte und in ihre Brustwarze kniff. Sie liebte es, wie er sie berührte. Er war so selbstbewusst und gebieterisch und gleichzeitig so zärtlich und aufmerksam. Mit jeder Liebkosung rückte die Realität ein wenig mehr in den Hintergrund, während sie sich ihrer Lust hingab, bis sie nur noch an ihn denken konnte.

Ja, genau das will ich. Für immer.

Als er wieder in sie eindrang, seufzte sie.

Sie liebte den langsamen, hingebungsvollen Rhythmus, mit dem er sich bewegte. Er entfachte damit ein Feuer in ihrem Unterleib, das mit jedem tiefen Stoß mehr und mehr wuchs, bis die Welle der Lust ihren ganzen Körper erfasste und sie unkontrolliert erbeben ließ.

Tom glitt mit einer Hand zwischen ihre Körper und legte sie auf ihre empfindsamste Stelle, wo sie ihn am meisten brauchte. Er ließ einen Finger gegen ihre Klitoris schnipsen und brachte sie damit zum Höhepunkt.

Sie schrie seinen Namen, als sie um ihn herum zuckte und ihre Fingernägel in seinem Rücken vergrub. Er selbst kam nicht und stieß weiter mit langsamen Bewegungen in sie hinein, während er sie küsste wie ein Mann, der alle Zeit der Welt hatte.

»Noch einmal«, bettelte sie, denn sie brauchte mehr.

Er blickte sie mit seinen dunkelbraunen Augen an, während seine vollen Lippen belustigt zuckten. »Ich könnte das die ganze Nacht lang tun, Schätzchen.«

Überheblicher Arsch. »Beweise es.«

Sein Grinsen war das eines selbstsicheren Mannes. »Eine gefährliche Bitte, doch dein Wunsch ist mir Befehl.«

Kapitel Dreizehn

Feuerkugeln

»Ist es nicht ein bisschen zu heiß dafür?«, fragte Amelia, als sie Toms Lederjacke beäugte.

»Ich habe drei Jahre lang in der Wüste gelebt. Glaub mir, ich kann einen Sommer in New York auch mit dieser Jacke überstehen. Außerdem kann ich damit meine Waffen verbergen.« Er zeigte ihr die Pistolen zu beiden Seiten seiner Taille und sie verzog das Gesicht.

»Sind die denn wirklich alle nötig?« Sie wollte das Büro ihres Bruders aufsuchen, nicht das Arcadia.

»Ja.« Sein Tonfall ließ keine Widerrede zu.

»Issac wird dir nicht wehtun.« Sie würde es nicht zulassen. Nicht nach allem, was Tom für sie getan hatte.

»Ich mache mir nicht wegen deines Bruders Sorgen.«

Natürlich. Sie befanden sich in einer Stadt, in der es von Ichorianern und Sentinels nur so wimmelte, und Tom trug keine Verkleidung. Er hatte sie auch nicht gebeten, sich zu verwandeln, wofür sie ihm insgeheim dankbar war. Offenbar hatte ihre Unterhaltung von letzter Nacht den gewünschten Effekt gehabt. Möglicherweise wäre sie in der Lage, sich zu verwandeln, doch sie war noch nicht bereit, es zu versuchen.

Amelia zuckte zusammen, als sie ihre Jeans anzog. Tom hatte nicht gelogen, als er gesagt hatte, dass er es die ganze

Nacht lang mit ihr treiben wollte. Als sie an diesem Nachmittag mit seinem Kopf zwischen ihren Schenkeln aufgewacht war, hatte sie nicht geglaubt, noch einmal zum Höhepunkt kommen zu können. Doch er hatte ihr das Gegenteil bewiesen und sie dann hart und schnell unter der Dusche gefickt. Es wäre untertrieben, seine Leistung als *beeindruckend* zu beschreiben. Sie konnte ihn immer noch zwischen ihren Schenkeln spüren. Offenbar wusste er, was in ihrem Kopf vorging, denn er warf ihr einen befriedigten Blick zu, als sie die Jeans zuknöpfte. *Anmaßender Arsch.*

»Wenn du mich weiter so anstarrst, verschiebe ich unsere Pläne um ein oder zwei Tage.« Seine tiefe Stimme sandte ihr einen Schauer über den Rücken.

Sie bedachte ihn mit einem unschuldigen Augenaufschlag, der die Hitze in ihrem Unterleib Lügen strafte. »Ich habe keine Ahnung, wovon du redest.«

»Tatsächlich?«

Oh, dieser Blick kann nur bedeuten ... Sie stolperte rückwärts, als er auf sie zukam, doch sie prallte mit dem Rücken gegen die Wand. Sie legte ihre Hände auf seine Brust und sagte: »Okay, aber ...«

Er ließ sie mit einem leidenschaftlichen Kuss verstummen und sie erzitterte. »Habe ich mich damit klarer ausgedrückt?«, flüsterte er mit tiefer Stimme an ihren Lippen.

Sie musste sich räuspern, um ihre Stimme wiederzufinden. »Vielleicht ein bisschen.«

»Gut. Sollen wir hierbleiben oder uns auf den Weg machen, Schätzchen?«

Tom hatte sie nach ihrer gemeinsamen lustvollen Dusche gefragt, was sie heute tun wollte. Es hatte schon immer ganz oben auf ihrer Liste gestanden, nach Issac zu suchen, doch Tom bot ihr eine verlockende Alternative an.

Er strich mit der Zunge über ihre Unterlippe. »Hm, ich würde liebend gern noch ein oder zwei Wochen hierbleiben, den Zimmerservice nutzen und mich stundenlang in dir verlieren.« Bei seinen Worten bekam sie eine Gänsehaut. »Aber das wäre selbstsüchtig von mir und widerspricht allem, was ich je während meiner Ausbildung gelernt habe. Wir müssen in Bewegung bleiben und dein Bruder ist am ehesten befähigt, dein Überleben zu garantieren.«

»Du meinst unser Überleben«, verbesserte sie ihn. Issac würde ihnen beiden helfen.

»Sicher.«

Ihr entging der Sarkasmus in seiner Stimme nicht, doch sie erwiderte nichts. Ihr Bruder würde Tom zeigen, dass er sich irrte, und sie würde ihm ein *Ich habe es dir doch gesagt* an den Kopf werfen.

Er küsste sie noch einmal zärtlich und machte sich dann an seiner Tasche zu schaffen, während sie ein T-Shirt und ihre Schuhe anzog. Sie band ihr Haar zu einem Pferdeschwanz zusammen, den sie durch das hintere Loch der Baseballmütze zog, die er ihr gegeben hatte. Er selbst trug das passende Gegenstück und dazu eine Sonnenbrille.

»Ich wünschte, ich hätte eine Kamera«, sagte er mit gedämpfter Stimme. »Du siehst in der Yankees-Aufmachung ziemlich niedlich aus.«

Sie verdrehte die Augen. »Wenn das deine Art ist, es mir heimzuzahlen, dann finde ich es nicht besonders amüsant.«

»Wir befinden uns in New York und die Baseballsaison ist in vollem Gange. Ich will nur, dass du nicht auffällst.«

»Ja, ich bin sicher, dass es dir nur darum geht.«

Als sie das Hotel verließen, folgte Amelia Toms Beispiel. Sie wandte den Blick ab, wenn er es tat, und ging den Überwachungskameras im Fahrstuhl und in der Empfangshalle aus dem Weg. Als sie vor die Tür traten, verwob er seine Finger mit den ihren und ging dicht neben ihr her. Er machte Bemerkungen zu den Sehenswürdigkeiten und über das Wetter und benahm sich, als wären sie ein

Liebespaar, das sich zu einem Spaziergang verabredet hatte. Doch sie wusste, dass er trotz seines lässigen Auftretens und seiner entspannten Haltung ständig in Alarmbereitschaft war und ihm keine Einzelheit entging. Als sie die U-Bahn betraten, reichte er ihr eine Fahrkarte und erinnerte sie daran, den Kopf einzuziehen.

»Hier sind überall Kameras«, sagte er mit gedämpfter Stimme. »Und die CRF hat zu allem in dieser Stadt Zugang.«

Als sie die U-Bahn wieder verließen, war ihr Magen völlig verkrampft. Ihr Ziel lag nur noch ein paar Häuserblocks entfernt. Ihre Füße fühlten sich an wie Blei, während sie sich bei jedem Schritt fragte, was sie zu Issac sagen sollte. Würde er ihr neues Ich akzeptieren oder würde er von ihr erwarten, wieder zu ihrem alten Selbst zurückzukehren?

»Was hältst du von einem schnellen Mittagessen?«, fragte Tom überraschend. Sie hatten kurz vor Verlassen des Hotels noch etwas gegessen. Wie konnte er schon wieder Hunger haben? »Vielleicht hier?«

Er entschied sich für eine Pizzeria zu ihrer Linken und öffnete die Tür. »Nach Ihnen, die Dame.«

»In Ordnung.« *Hat er den Verstand verloren?*

»Wir sollten uns setzen und uns die Speisekarte ansehen.« Er schnappte sich eine Handvoll Speisekarten vom Tresen, wählte eine Nische im hinteren Teil des Restaurants und bedeutete ihr mit einer Handbewegung, auf den Platz in der Ecke zu rutschen. Er setzte sich neben sie und stellte die Tasche zwischen ihnen ab.

»Warum sind wir …« Sie verstummte, als die Glocke über der Tür ertönte, worauf zwei breitschultrige Männer mit einem suchenden Ausdruck im Gesicht eintraten. Tom winkte ihnen von ihrem Platz aus zu und schlang seinen Arm um Amelias Schultern.

»Kennst du die beiden?«, flüsterte sie und runzelte die Stirn. Falls sie Sentinels waren, erkannte sie sie nicht.

»Meine Herren.« Er begrüßte die Männer mit einem Grinsen. »Wollen Sie uns Gesellschaft leisten?«

»Ein Sentinel, der bei helllichtem Tag in der Stadt umherläuft? Ich hätte nicht gedacht, dass ich so etwas einmal erleben würde«, sagte der Mann mit dunklerem Haar.

Amelia gefror das Blut in den Adern. *Ichorianer.* Das hungrige Funkeln in ihren Augen war unverkennbar, vor allem, sobald ihr Blick auf sie fiel. Gerüchten zufolge wirkte das Blut eines Hydraianers wie ein Aphrodisiakum auf ihre Spezies. Eine Art natürliche Verführung, um sie in den Tod zu locken. Issac schien sich davon nie beeindrucken zu lassen, doch ihr Bruder war ohnehin nicht der Typ, der sich leicht irgendwelchen Schwächen hingab.

»Aber, aber, Jungs. Ihr wollt doch sicher in der Öffentlichkeit keinen Ärger machen, nicht wahr?« Tom schüttelte missbilligend den Kopf. »Das wäre wirklich schlechtes Benehmen.«

»Wie wäre es, wenn du ganz ruhig nach draußen gehst, dann lassen wir die hübsche Brünette am Leben«, sagte der kleinere der beiden Männer. Er hatte blonde volle und zerzauste Locken, die ganz und gar nicht zu dem niederträchtigen Ausdruck auf seinem runden Gesicht passten.

»Wisst ihr, ich glaube eher nicht. Ich habe ihr eine Stadttour versprochen und dazu gehört nun einmal eine Pizza. Aber falls ihr noch warten wollt, vielleicht kann ich euch den Gefallen irgendwann tun. Wie wäre es mit niemals?«

»Du bist genauso vorlaut, wie man sich erzählt, aber ich kann nicht verstehen, warum sich alle dermaßen vor dir fürchten.« Der bulligere der beiden Männer verschränkte die Arme vor der Brust. »Vielleicht sollten wir sie für unsere Herrin mit nach Hause nehmen. Wir lassen sie am Leben, damit sie etwas zum Spielen hat.«

»Wen von den beiden wird sie wohl zuerst in Brand stecken?«

»Ohne Zweifel das Mädchen, während er dabei zusehen muss.«

»Das wäre ein Spaß.«

Tom machte einen gelangweilten Gesichtsausdruck, während die beiden Männer über ihr Schicksal sprachen. Wie lange würde es noch dauern, bis die beiden Ichorianer sie erkannten? Die meisten Unsterblichen wussten auf den ersten Blick, wer sie war, doch möglicherweise half ihre Kleiderwahl dabei, ihre Identität zu verbergen. Wahrscheinlich spielte es zudem eine Rolle, dass sie sie für tot hielten.

»Ich hätte Lust auf Pfeffersalami«, murmelte Tom an sie gerichtet. »Willst du Extrasoße dazu?«

Bist du verrückt geworden?, fragte sie ihn mit einem Blick.

Er zuckte nur mit den Schultern. »Na schön. Dann bestellen wir eben die Hälfte mit Käse.« Er trommelte mit den Fingern auf der Speisekarte herum. »Jungs, wollt ihr auch etwas, bevor wir loslegen?«

»Ich bin einhundertachtzehn Jahre alt«, sagte der bullige Typ. »Das macht mich wohl kaum zu einem Jungen.«

»Meinen Glückwunsch«, sagte Tom gedehnt. »Ich bin siebenundzwanzig, aber mein Geburtstag ist erst in ein paar Monaten. Wollt ihr zu meiner Party kommen?«

»Ist das zu fassen?«, fragte der bullige Kerl seinen Kollegen.

Der blonde Mann schüttelte den Kopf. »Unglaublich.«

Tom stand auf und stellte sich vor die beiden Männer. »Bitte vergesst nicht, ich habe euch zuerst angeboten, euch zum Mittagessen einzuladen.«

»Bist du …«

Tom unterbrach den bulligen Kerl, indem er ihm mit der Faust gegen den Kiefer schlug, dann rammte er dem anderen Ichorianer sein Knie zwischen die Beine. Amelia sah Metall aufblitzen, als einer von ihnen ein Messer zog, doch Tom entwaffnete ihn mit einer Handbewegung, die viel zu flink war, als dass sie sie mit bloßem Auge hätte erfassen können.

Sie befürchtete, dass einer der Gäste die Polizei rufen könnte oder versuchen würde, den Kampf zu beenden, doch der Kellner beobachtete das Geschehen nur mit besorgter Miene, während das Pärchen am Fenstertisch die Männer mit verhaltener Neugier betrachtete.

Amelia sprang auf, als der bullige Typ vor ihr auf dem Tisch aufschlug. Seine Augen verdrehten sich, als er das Bewusstsein verlor. Ein paar Sekunden später sackte auch der blonde Mann auf dem Boden zusammen.

»Tasche«, sagte Tom, als er sich in Bewegung setzte, und streckte die Hand aus. »Wir müssen gehen. Sofort.«

Sie schob die schwere Tasche zu ihm hin und er griff danach. »Sind sie tot?«, fragte sie, als sie mit zitternden Beinen aufstand.

»Nein, nur bewusstlos.« Er schlang sich die Tasche über die Schulter und stieg über die beiden Männer am Boden hinweg.

»Hey, S-sie werden n-nirgendwohin gehen«, stammelte der Kellner, als er ihnen mit einem Mobiltelefon in der Hand den Weg versperrte. Er war dürr und hatte lockiges Haar und war wahrscheinlich kaum älter als zwanzig.

Tom seufzte. »Hör zu, Junge, diese beiden Arschlöcher sind uns über zwei Häuserblocks bis hierher gefolgt und haben meiner Freundin hier ein paar ziemlich unfreundliche Dinge an den Kopf geworfen. Das Durcheinander tut mir wirklich leid, aber sie haben es nicht anders verdient.«

Der junge Mann runzelte die Stirn und wandte sich dann an Amelia. »Stimmt das?«

Sie nickte. *Im Grunde, ja.* Das Pärchen in der Ecke nickte ebenfalls. Sie nahm an, dass die beiden es nur taten, um sich auf Toms Seite zu schlagen. Und wer konnte es ihnen verübeln, nachdem sie gerade Zeuge seiner Fähigkeiten geworden waren?

»Ich weiß nicht, Mann. Ich sollte wahrscheinlich die Polizei rufen«, murmelte der Kellner und kratzte sich am Kopf.

»Wahrscheinlich«, stimmte Tom zu. »Und wenn du schon dabei bist, kannst du die beiden Scheißkerle gleich verhaften lassen. Währenddessen werde ich mit meiner Freundin von hier verschwinden.« Sein Tonfall ließ keine Widerrede zu und der Kellner sprang beiseite, als Tom weiterging. »Für das Durcheinander und die Unannehmlichkeiten«, sagte ihr Sentinel, als er ein paar Geldscheine auf den Tresen knallte. Sie duckte sich unter seinem Arm hindurch, als er ihr die Tür aufhielt, und nahm seine Hand.

»Wir müssen uns beeilen«, sagte er, als er sie den Bürgersteig entlangzog. »Dumm und Dümmer haben Verstärkung gerufen, bevor sie ins Restaurant gekommen sind.«

»Woher weißt du das?«, fragte sie verblüfft. Er hatte ihr nicht einmal zu verstehen gegeben, dass sie verfolgt wurden, bis er sie in die Pizzeria hineingezogen hatte.

»Weil ich sie gesehen habe.«

»Wo?«

»In der U-Bahn. Aus diesem Grund sind wir hier ausgestiegen, statt bis zu der Haltestelle weiterzufahren, die dem Büro deines Bruders näher liegt.«

Sie hatte es nicht einmal bemerkt. Sie kannte sich in New York nicht aus.

»Wir werden zu Plan B übergehen«, sagte Tom, als sie links in eine Seitenstraße einbogen. »Es wird nicht lange dauern, bis die CRF davon erfährt, dass ich mich in der Stadt aufhalte, deshalb müssen wir so schnell wie möglich wieder von hier verschwinden. Uns wird keine Zeit bleiben, um ins Pierre zurückzugehen.«

»Okay.« Sie hielt mit ihm Schritt, blieb jedoch abrupt stehen, als eine kleine Frau mit kurzen braunen Haaren sich ihnen in den Weg stellte. Sie ließ eine scharfe Klinge durch ihre Finger gleiten, während sie den Griff des Messers lässig in der Hand drehte und sie von oben bis unten betrachtete.

»Wisst ihr, ich habe Bobby nie gemocht. Ich habe ihn schon immer für einen Idioten gehalten und nie verstanden, warum Lucinda ihn behalten hat, aber Sam ist ein Freund.« Bei diesen Worten verdunkelte sich der Gesichtsausdruck der Frau. »Und du hast ihn gerade bewusstlos geschlagen.«

Noch eine Ichorianerin. Der Vertrag besagte nicht ohne Grund, dass ein Hydraianer New York nur auf eigene Gefahr betreten konnte. Hydria war im umgekehrten Fall ebenso gefährlich. Amelia würde alles geben, um in diesem Moment zu Hause auf der Insel zu sein.

»Mit einem Schlag auf den Kopf«, ertönte eine Stimme hinter ihnen. Amelia machte einen Satz, während Tom jedoch keinerlei Reaktion zeigte. Wahrscheinlich hatte er bereits gespürt, dass sich noch jemand zu ihnen gesellt hatte. Der Mann hinter ihnen war weit über einen Meter achtzig groß, hatte breite Schultern, einen Bart und einen Bauch, der vermuten ließ, dass er eine Vorliebe für Junkfood hatte. Er starrte sie mit einem bedrohlichen Blick an. Großartig. Das hatte ihnen noch gefehlt. Warum nur hatte Tom vorgeschlagen, nach New York zu fahren? Weil niemand erwarten würde, sie hier anzutreffen? Sie verstand langsam warum. Nur diejenigen, die den Tod herausfordern wollten, würden diese Stadt besuchen.

»Sie riecht süß. Viel zu süß«, sagte die Frau leise.

»So süß wie eine Hydraianerin«, erwiderte der Mann.

Die Brünette legte mit einer vogelartigen Bewegung den Kopf schief und blinzelte. »Ja, ich denke, da könntest du recht haben, Steve.«

Amelia lief ein eiskalter Schauer über den Rücken. Wenn

sie sie erkannten, wäre der Teufel los. Aidans Nachkommen waren berüchtigt. Als einer der ältesten lebenden Ichorianer wurde er von seinesgleichen gefürchtet, was bedeutete, dass sie sie lebend zum Konklave bringen mussten. Osiris würde sie wahrscheinlich nur zu seinem Vergnügen umbringen, denn er war ein sadistischer Scheißkerl, der es genoss, andere zu foltern. Doch für ihre Familie wäre es noch viel schlimmer, denn Aidan und Issac würden gezwungen sein, dabei zuzusehen.

Sie hatte die eine Regel nicht befolgt: Halte dich von New York fern.

Hoppla.

Es WAR GANZ und gar nicht Teil des Plans gewesen, in der U-Bahn von Lucindas Lieblingsschoßhunden entdeckt zu werden. Sie waren ohne Zweifel von Amelias Aussehen und vielleicht sogar ihrem Duft angezogen worden, doch es hatte keine Sekunde gedauert, bis sie Tom mit herausfordernden Blicken fixiert hatten. Dann hatte das Schachspiel begonnen, wobei Tom seine Königin in Sicherheit gebracht hatte, während die Bauern in die Falle des Königs getappt waren. Allerdings hatte er nicht damit gerechnet, dass schon so bald zwei weitere Springer auftauchen würden. Er war froh, dass er mehr als eine Waffe für dieses Abenteuer eingesteckt hatte.

Die zierliche Frau strahlte eine Selbstsicherheit aus, die sie klar zum Anführer dieses Überfallkommandos machte. Ohne Zweifel waren zwei oder drei weitere Ichorianer auf dem Weg zu ihnen und möglicherweise würde Lucinda sogar persönlich erscheinen. Wenn sie tatsächlich hier auftauchte, wäre er ein toter Mann. Weder Reflexe noch Waffen würden ihn vor ihr retten können, was bedeutete, dass er ihre beiden Lakaien so schnell wie möglich ausschalten musste. Er hatte nicht den

Wunsch, das neueste Spielzeug dieses sadistischen Miststücks zu werden. Sie hatte eine Vorliebe für Feuer und Blut, und nicht unbedingt in dieser Reihenfolge.

Er machte einen Schritt zur Seite auf Amelia zu und zwang sie dadurch, sich mit dem Rücken zur Wand zur stellen. Dann presste er seinen Rücken gegen ihre Brust, damit er beide Gegenspieler im Blick hatte.

»Ich habe ein Problem damit, Frauen zu schlagen«, erklärte er der Brünetten, »wenn du also gehen willst, werde ich warten, bis du weg bist.«

In ihren haselnussbraunen Augen loderte plötzlich ein Feuer auf, was ihm verriet, dass er bei ihr einen Nerv getroffen hatte. *Ich versuche nur, mich wie ein Kavalier zu verhalten.* In Ordnung, nicht so wichtig, er nahm das zurück. Sie warf die Klinge mit einer Präzision, die er sogar bewundert hätte, wenn sie damit nicht auf sein Herz gezielt hätte. Sein Herz wurde nur dank seiner außergewöhnlichen Reflexe verschont. Er wirbelte zur Seite und hatte kaum genügend Zeit, um Amelia mit sich zu reißen. Sie fiel mit einem dumpfen Schlag zu Boden. Er ließ eine Pistole in ihren Schoß fallen, bevor er sich mit der zierlichen Frau einen Faustkampf lieferte. Ihre Größe täuschte, denn ihre Schläge waren kraftvoll und einer davon landete direkt auf seinem Kiefer und ließ ihn Sternchen vor den Augen sehen.

Verdammt, diese Frau ist schnell. Er fragte sich, ob die Geschwindigkeit ihre übernatürliche Fähigkeit war, während er sich duckte, um ihr die Beine wegzuziehen. Sie machte einen Satz und versuchte, ihn ins Gesicht zu treten, woraufhin er einen Schritt zurückmachte und die Hände in die Höhe hielt.

»Ein Tiefschlag«, mahnte er. Verletzungen im Gesicht waren ein Regelverstoß, doch Ichorianer waren nicht gerade bekannt dafür, mit fairen Mitteln zu kämpfen. Es behagte ihm nicht, eine Frau zu töten, doch wie er vergangene Nacht zu Amelia gesagt hatte, konnte er entweder den Abzug drücken oder sein eigenes Leben und vielleicht sogar ihres riskieren. Es half seiner Entscheidungsfindung auf die Sprünge, als er die Kälte in ihrem Blick sah. Obendrein stand sie in Verbindung mit Lucinda. Jeder, der für dieses Miststück arbeitete, hatte den Tod verdient.

Er blockte einen weiteren Schlag ab und drehte sich dann zur Seite, als sie zwischen seine Beine zielte. *Kommt gar nicht infrage.* Als sie das nächste Mal zutrat, zog er die Waffe unter seiner Jacke hervor und feuerte eine Runde zwischen ihre kalten Augen. Die gewöhnlichen Kugeln würden sie zwar außer Gefecht setzen, sie jedoch nicht töten. Vielleicht würde er es später bereuen, aber für den Moment hatte er sein Ziel damit erreicht.

Es machte den Eindruck, als hätte sich der Kampf minutenlang in die Länge gezogen, obwohl er in Wirklichkeit nur etwa fünfzehn Sekunden gedauert hatte. Amelia saß auf dem Boden und wiegte sich vor und zurück, während der bärtige Kerl auf sie hinabstarrte. Tom wusste nicht, was für eine Fähigkeit er anwandte, um sie in dieser Position verharren zu lassen, doch sie konnte nicht besonders kraftvoll sein, wenn er sich derart stark konzentrieren musste.

Tom trat den Ichorianer mit Wucht in den Rücken, um seine Konzentration zu unterbrechen. Er wollte gerade einen Schuss auf ihn abfeuern, als Amelia ihm zuvorkam. Sie feuerte mehrere Kugeln in die Brust des Mannes, wobei sie laut aufschrie. Tom zog überrascht die Augenbrauen in die Höhe, als er die mannigfaltige Auswahl an Schimpfwörtern hörte, die ihr über die Lippen kam. Er hatte nicht geglaubt, dass sie so fluchen konnte.

»Das hat verdammt noch mal wehgetan!« Sie unterstrich ihre Aussage, indem sie eine letzte Kugel in den Kopf des Mannes feuerte, wobei Tom sich innerlich krümmte. Die Feuerkugeln waren nicht gerade billig und er konnte sie nicht einfach in einem gewöhnlichen Waffenladen kaufen. Amelia hatte gerade fünf oder sechs davon in dem Körper des nun überaus toten Ichorianers versenkt.

Er streckte eine Hand nach Amelia aus, um sie zu beschwichtigen, als sie noch einmal auf den Mann zielte. »Er ist tot, Schätzchen. Sehr, sehr tot.«

Sie stieß ein knurrendes Geräusch aus und stampfte mit dem Fuß auf den Boden. »Er hat irgendetwas mit dem Wind gemacht, was mir höllisch in den Ohren wehgetan hat.«

»Ein Elementarwesen«, überlegte Tom. »Aber kein besonders gutes, wenn der Kerl lediglich dazu imstande war, deine Hörkraft zu beeinflussen.« Ihr finsterer Blick verriet ihm, dass sie nicht mit ihm übereinstimmte. »Aber du hast es ihm gezeigt. Gut gemacht, Schätzchen.«

Sie beäugte den Mann, der vor ihnen am Boden lag, und warf mit einem Stirnrunzeln einen Blick auf die Pistole in ihrer Hand, dann sah sie wieder Tom an. »Er ist tot?«

»Ja, und das werden wir auch bald sein, wenn wir nicht schnellstmöglich von hier verschwinden. Zweifellos sind mehr von ihnen auf dem Weg hierher.« Er nahm an, dass diese Ichorianer nur die Vorhut waren, und er hatte keine Lust, auf die Kavallerie zu warten.

»Aber außer durch Enthaupten kann ein Ichorianer nur durch Feuer oder hydraianisches Blut getötet werden.«

»Ja. Das hier ist keine gewöhnliche Pistole.« Sie war eine Entwicklung der CRF, um Kugeln abzufeuern, die sich beim Eindringen entzündeten. Dadurch waren das Zischen und der Rauch zu erklären, der jetzt von dem Körper des bärtigen Kerls aufstieg. Wenn man mit einer dieser Kugeln das Herz traf, setzte das den Blutkreislauf in Brand und tötete einen Ichorianer auf der Stelle.

»Das ist die Pistole, die du mir gestern Abend gegeben hast.«

»Richtig, für den Fall, dass wir von Ichorianern angegriffen werden. Können wir jetzt von hier verschwinden?«

In ihren Augen schwelte ein blaues Feuer, als sie auf ihn zuschritt. Als er ihren Blick sah, hielt er inne. Sie ähnelte einer wütenden Göttin.

»Ich hätte dich damit fast erschossen.« Sie wedelte mit der Pistole vor seinem Gesicht.

Verdammt. »Willst du wirklich jetzt darüber sprechen?« Denn ihnen lief die Zeit davon.

»Ich hätte dich fast *erschossen*. Ich dachte, du würdest wieder aufwachen, aber mit diesen Kugeln? Du wärst *gestorben*. Für immer!«

»Das ist richtig, aber …« Ihre Handfläche landete mit solcher Wucht auf seiner Wange, dass es ihm die Sprache verschlug. Sein Gesicht hatte heute wirklich nicht viel zu lachen. »Amelia …«

»Nein! Ich hätte dich fast getötet! Wirklich getötet!« Ihr stiegen Tränen in die Augen und er verspürte einen Stich im Herzen.

»Ich habe nicht …« Er räusperte sich und versuchte es von Neuem. »Ich wollte dir nicht im Weg stehen, wenn du wirklich den Wunsch gehabt hättest zu gehen, Amelia.«

Als er die Waffe in ihren Händen sah, war all die Aufregung plötzlich verflogen und er wurde von einem Gefühl der Trauer übermannt. Vielleicht war er auch nur erschöpft, doch er hatte den Eindruck, dass es eine Menge mehr war als nur Resignation. Der Tod hatte bereits unzählige Male an seine Tür geklopft. Er ging dadurch etwas ungezwungener mit seinem Leben um und hatte vielleicht sogar einen leichten Hang zum Selbstmord.

»Das hättest du nicht tun sollen. Ich könnte es nicht tun. Ich würde es nicht …« Sie gab ihm einen halbherzigen Klaps auf die Schulter. Als sie wieder zum Schlag anhob, schloss er sie in die Arme und sie vergrub ihr Gesicht an seiner Brust. Sie waren die perfekte Beute für Ichorianer, wie sie so in dieser Gasse standen, aber in diesem Zustand war sie nutzlos. Sie musste sich beruhigen, um später an seiner Seite weiterkämpfen zu können.

»Ich hasse dich«, flüsterte sie.

Die Worte bohrten sich in sein Herz und erfüllten es mit einem unerwarteten Schmerz. Sie war nicht die erste Frau, die ihm diese Worte an den Kopf warf, aber sie war die erste, bei der sie ins Gewicht fielen. Er küsste ihr Haar und hielt sie fest.

»Warum würdest du mir das antun, Tom? Warum?«

»Ich dachte, es wäre das, was du brauchtest«, gestand er. »Um dich an meinem Vater zu rächen. Du hättest ihn damit für all das, was er dir angetan hat, bestrafen können. Wer wäre besser als Opfer geeignet als der Sohn des Mannes, der dich gefoltert hat?« Nach allem, was er erfahren hatte, klang es lächerlich, dennoch wusste er, dass es zum Teil wahr war. Tom war *tatsächlich* ihre beste Möglichkeit, um Vergeltung zu üben, wenn sie es wollte. Sie hatte die Macht, ihn zu vernichten, denn er würde sie niemals bekämpfen. Niemals.

Amelia schwieg viel zu lange. »Ich habe es ein Mal in Erwägung gezogen. Zu Beginn, meine ich. Aber ich könnte es nie ...« Sie zitterte und schloss ihre Arme fester um seinen Körper.

»Pst, es ist alles gut. Ich hatte erwartet, dass du mich hasst, Amelia. Immerhin bin ich Johns Sohn. Und nach allem, was die CRF dir angetan hat ...« Er hielt inne und atmete ein Mal tief durch die Nase. *Darüber müssen wir jetzt nicht sprechen.* »Ich hätte dich nie in diese Lage versetzt, wenn ich es gewusst hätte. Es tut mir leid. Ich dachte, ich würde dir damit helfen.«

»Niemals.« Sie durchbohrte ihn fast mit ihrem Blick. »Es würde mir *niemals* helfen.«

»Das weiß ich jetzt.«

»Wirklich? Denn wenn du mir das noch einmal antust, dann werde ich dich tatsächlich erschießen. Nur werde ich eine normale Waffe benutzen und sie mit einer Menge normaler Kugeln laden.«

Er konnte ein Grinsen nicht unterdrücken. »Ist das ein Versprechen?«

»Nein, und du brauchst gar nicht so zu lächeln. Ich bin noch nicht mit dir fertig.«

»Ich weiß. Aber können wir später weiterreden?«, fragte er mit sanfter Stimme. »Nachdem wir es geschafft haben, lebend aus der Stadt zu kommen?«

»Du wärst nicht mehr am Leben, wenn ich dich erschossen hätte«, knurrte sie. »Aber du hast recht. Ich will nicht sterben.«

»Genauso wenig wie ich.« Er strich mit seinen Lippen über die ihren und verspürte einen Hauch Erleichterung, als sie seinen Kuss erwiderte. »Können wir jetzt gehen?«

Sie nickte an seinem Kinn und zog dann den Kopf zurück. Er nahm ihr die Waffe ab und steckte sie zurück ins Holster. Er verhakte seine Finger mit ihren, um dann eiligen Schrittes mit ihr die Seitenstraße hinunterzugehen. Einer der Vorteile seines Jobs war, dass er diese Stadt wie seine Westentasche kannte, und daher hatte er sich bereits einen Fluchtplan zurechtgelegt. Er bog zuerst nach links auf eine verkehrsreiche Straße ab und wandte sich dann noch einmal nach rechts, wo er sein Ziel ins Visier nahm.

»Was tun wir hier?«, fragte sie, als sie eine Tiefgarage betraten.

»Du musst mir einen Gefallen tun«, erwiderte er. »Siehst du den Mann da drüben?« Er zeigte auf den Parkservice, wo ein Mann hinter einem Schreibtisch saß. »Du musst ihn für mich ablenken.«

»Ihn ablenken?«, wiederholte sie. »Wie denn? Soll ich auf ihn schießen?«

Er lachte, während sie weitergingen. »Damit würdest du ihn sicher ablenken, aber das habe ich nicht gemeint. Ich dachte eher, dass du zu ihm hinüberschlendern und ihn mit deinem Charme verzaubern könntest, während ich mir einen Schlüssel schnappe. Es sei denn, du würdest es vorziehen, mir dabei zuzusehen, wie ich wieder einen Wagen kurzschließe.«

Sie blinzelte. »Du willst, dass ich mit ihm flirte?«

»Ja.« Er blieb einige Meter vor dem Parkservice stehen und versteckte sich hinter einem Betonpfeiler. »Gib vor, dich verlaufen zu haben und nicht zu wissen, wie du deinen Wagen wiederbekommen sollst. Wenn er dich nach deinem Parkschein fragt, dann sag ihm, dass du den auch verloren hast, und versuche, ihn hinzuhalten.«

Sie starrte ihn mit offenem Mund an. »Das kann nicht dein Ernst sein.«

»Soll ich lieber einen Wagen kurzschließen?«

Sie sah niedlich aus, als sie die Stirn runzelte. »Na schön, aber du musst dich beeilen.«

»Versprochen«, sagte er mit gedämpfter Stimme und einem Lächeln.

Sie schüttelte den Kopf. »Also gut. Aber ich bin immer noch wütend auf dich.«

»In Ordnung. Und jetzt geh und lenk ihn ab.«

»Zu Befehl, Sir.« Er wusste, dass sie es nur sarkastisch gemeint hatte, doch es gefiel ihm, diese Worte aus ihrem Mund zu hören. *Dem kann ich mich später noch widmen.*

Er beobachtete, wie sie zu dem Parkservice schlenderte und den Mann, der bis über beide Ohren grinste, in ein Gespräch verwickelte. Der Typ verschränkte die Arme auf dem Tresen und beugte sich zu Amelia vor, während sie vorgab, ihre Taschen zu durchsuchen. *Es funktioniert einwandfrei.*

Tom schlich sich zu dem Schlüsselschrank hinter ihnen und schnappte sich gleich ein paar zur Auswahl. Er ging mit eingezogenem Kopf zur Treppe und eilte hinunter zu den unterirdischen Parkdecks, wo er die Knöpfe der verschiedenen Fernbedienungen drückte, um einen geeigneten Wagen zu finden. Er hielt inne, als ihm ein schnittiges Motorrad ins Auge fiel.

»Hallo Schönheit.« Er tauschte seine Baseballmütze gegen den Helm ein, der am Lenker hing, und schnappte sich einen weiteren Helm von einem anderen Motorrad, das in der Nähe stand. Dann stieg er auf, probierte den Schlüssel und ließ den Motor aufheulen. »Oh, ja. Du kommst genau richtig.«

Die Tiefgarage verfügte über ein Parkdeck für Selbstparker, die den Parkservice nicht in Anspruch nehmen wollten, daher konnte er ungesehen hinausfahren. Er musste nur noch Amelia abholen. Er fuhr mit seinem neuen fahrbaren Untersatz zum Parkservice und hielt an der Ecke an. Als sie ihn sah, riss sie die Augen auf und öffnete erstaunt den Mund.

»Du kannst unmöglich erwarten, dass ich auf dieses Ding steige«, platzte sie heraus, als der Mann hinter dem Tresen sie mit einem Stirnrunzeln beobachtete.

Wir stehlen nur ein Motorrad, Mann. Weiter nichts.

»Doch, das tue ich«, erwiderte Tom. »Steig auf.«

Sie schüttelte energisch den Kopf. »Auf keinen Fall.«

»Im Ernst? Nach allem, was wir durchgemacht haben, lässt du dich von einem Motorrad aus der Fassung bringen?« Hatten sie nicht gerade erst beschlossen, nicht zu streiten, bis sie in Sicherheit waren?

»Das Ding ist eine Todesfalle.«

»Und hier herumzustehen, während eine Horde Ichorianer hinter uns her ist, ist keine?«, fragte er verblüfft.

Sie biss sich auf die Unterlippe und schüttelte wieder den Kopf.

Starrköpfige Frau. »Hier.« Tom streckte ihr den Helm entgegen und sie zog herausfordernd eine Augenbraue in die Höhe. Sie hatten keine Zeit für solche Spielchen. »Setz ihn auf und steig endlich auf das Motorrad. Wir müssen los. Sofort.«

»Ich ziehe ein Auto vor«, antwortete sie nur.

»Und ich würde es vorziehen, von hier zu verschwinden. Und jetzt setz den verdammten Helm auf, Amelia.«

»Sie kennen diesen Typen?« Der schlaksige Mann vom Parkservice versuchte vergeblich, den Helden zu spielen. Ein Blick von Tom reichte aus, um den jungen Mann in seine Schranken zu weisen, dann wandte er sich wieder dem aufsässigen Wirtschaftsgut zu.

»Ich werde dich nicht noch einmal bitten, Schätzchen.«

Amelia bedachte ihn mit einem finsteren Blick und riss ihm den Helm aus der Hand. Sie schien es zu genießen, als sie die Baseballmütze der Yankees auf den Boden warf. *Freches Luder.*

»Darüber werden wir uns später noch unterhalten.« Er musste lächeln, als er das Knurren in ihrer Stimme hörte.

»Ich freue mich schon darauf.«

»Arsch«, murmelte sie, als sie ein Bein über das Motorrad schwang.

»Halt dich fest, Wirtschaftsgut.« Er wartete so lange, bis sie ihre Arme um seine Taille geschlungen hatte, und fuhr dann aus der Tiefgarage. Der Mann vom Parkservice würde herausfinden, dass Tom das Motorrad gestohlen hatte, wenn sie all die fehlenden Schlüssel gefunden hatten, was wahrscheinlich einige Stunden dauern würde. Doch dann hätten sie schon längst die Stadt verlassen und wären auf dem Weg zu seinem Ausweichplan: den Hamptons.

BEI SEINEM LETZTEN Besuch von Wakefield Manor war Tom verzweifelt gewesen. Als er jetzt die lange Einfahrt hinauffuhr, nachdem er sie am Tor angemeldet hatte, hatte er ein ähnliches, wenn nicht sogar noch schlimmeres Gefühl.

Er ging in vielerlei Hinsicht ein Risiko ein, indem er hierherkam. Die CRF würde es als potenzielle Möglichkeit zur Flucht betrachten, doch der Stolz seines Vaters würde dabei ins Spiel kommen. John Fitzgerald würde von Tom erwarten, zuerst all seine Möglichkeiten auszuschöpfen, bevor er sich hilfesuchend an ihren ärgsten Feind wandte. Doch sein Vater würde dabei nicht in Betracht ziehen, wie weit Tom gehen würde, um Amelia zu beschützen. Ganz offensichtlich würde er sogar sein Leben aufs Spiel setzen, denn es war durchaus möglich, dass Issac Wakefield ihn auf der Stelle töten würde.

Wie die Mutter so den Sohn.

Es brach ihm das Herz, als er spürte, wie Amelia sich hinter ihm anspannte. Er verstand nur allzu gut, wie sie sich fühlte, denn ihm erging es jedes Mal genauso, wenn er in die Blockhütte zurückkehrte.

Hier wandelt der Tod.

Toms Vater hatte Amelia hier auf entsetzliche Weise verraten. Er hatte ihren Geliebten Eli ermordet, bevor er sie entführt hatte. Diese beiden Verbrechen gingen ihr jetzt ohne Zweifel durch den Kopf.

»Dies war die beste Alternative zum Büro deines Bruders«, sagte er und fühlte sich wie ein Arschloch. Sie wollte sicherlich genauso wenig hier sein wie er selbst, vor allem nicht in Begleitung eines Fitzgeralds. Dabei war es unwichtig, dass er selbst nicht an dem Verbrechen beteiligt gewesen war. Er war allein durch seine Blutsverwandtschaft schuldig.

Sie nickte an seinem Rücken und legte den Kopf auf seine Schulter. Er drückte ihre Hand und hielt dann vor dem Gästehaus an. Ein rundlicher Mann mit einem neugierigen Funkeln in seinen gütigen Augen kam mit einer älteren Frau an seiner Seite aus dem Haus.

»Wie können wir Ihnen helfen?« Seine Stimme klang herzlich, doch er hatte sicher seinen Namen erkannt, als Tom sich am Tor angemeldet hatte. Es war ausgeschlossen, dass er schon so lange für die Wakefields arbeitete und nichts von Issacs Unsterblichkeit wusste.

»Nicht mir.« Er zog seinen Helm ab und schüttelte den Kopf. »Ihr.«

Amelias Arme waren wir erstarrt um seine Taille geschlungen, daher drückte er noch einmal ihre Hand. »Du schaffst das, Schätzchen«, murmelte er so leise, dass nur sie es hören konnte. »Ich bin hier, wenn du mich brauchst.«

Sie nickte noch einmal und entspannte sich ein wenig. Er hängte seinen Helm an den Lenker und strich mit den Fingerspitzen über ihre Hände und Unterarme, um sie zu beruhigen. Das ältere Paar beobachtete sie mit einem besorgten Ausdruck im Gesicht und Tom bemerkte das Mobiltelefon in der Hand des Mannes. Jemand mit unsterblichen Genen war zweifellos bereits auf dem Weg hierher, denn es war ausgeschlossen, dass er die Polizei gerufen hatte. Wenn es nicht ihr Bruder war, dann einer der Hydraianer. Sie hatten einen berüchtigten Teleporter in ihrer Mitte, der unglaubliche Fähigkeiten besaß.

Die Gabe würde mir auch gefallen.

»Ich schaffe das«, flüsterte sie.

»Ja.«

»Okay.« Sie ließ ihre Hände von seinem Bauch an seine Taille gleiten, um sich daran festzuhalten, als sie vom Motorrad abstieg. Sie öffnete den Verschluss des Helms und zog ihn ab, bevor sie ihn ihm in die Hand drückte. Dann nahm sie auch die Sonnenbrille ab und das Paar schnappte lautstark nach Luft.

»Amelia?«, fragte der Mann, wobei er eine Hand auf den Mund gelegt hatte.

»Hallo Robert. Cherie.«

»Oh mein Gott …«

KAPITEL VIERZEHN

EINE VERSCHLAFENE HEIMKEHR

AMELIA WEIGERTE SICH, ins Haupthaus zu gehen. Es enthielt zu viele Erinnerungen, die sowohl gut als auch schlecht waren, doch ihr Herz konnte es einfach nicht verkraften. Sie saß neben dem Schwimmbecken und knabberte an einem Sandwich, das Cherie ihr gebracht hatte, während Tom ein paar Meter weiter nervös auf und ab ging. Robert sagte, dass Issac bald eintreffen würde. Die Nachricht hätte sie mit Freude erfüllen sollen, doch sie war nicht imstande, in diesem Haus Glück zu empfinden.

Der Mond stand tief am Himmel und brachte die Erinnerungen an jenen Abend zurück, an dem sie mit Freunden zu Abend gegessen hatte und sich danach als Feinde wieder von ihnen getrennt hatte. Sie hatte Jonathan schon oft zum Essen eingeladen und hatte sich nichts dabei gedacht. Sie hatte ihn ihr ganzes Leben lang gekannt und ihn aufgrund seiner Beziehung zu ihrem Vater wie einen Onkel betrachtet. Sie hätte niemals erwartet, dass er sie verraten würde. Sein familiäres Gehabe war völlig verflogen, als er die Waffe zog und Eli, ohne mit der Wimper zu zucken, mitten in die Brust schoss.

Trotz der Sommerhitze musste sie zittern. Tom legte die Hände auf ihre Schultern und sie blickte in seine dunklen

Augen auf. Sie konnte Güte und Besorgnis und einen Hauch Trost darin erkennen. Es war genau das, was sie in diesem Moment brauchte. Sie stand auf und schlang die Arme um seinen Nacken, während er sie an sich zog. Er küsste ihr Haar und schmiegte dann seine Wange an ihren Kopf.

»Es wird alles gut werden, Schätzchen.«

»Ich weiß«, flüsterte sie. »Aber dieser Ort ... Ich kann heute Nacht nicht hierbleiben.«

»Die Vergangenheit verfolgt dich.«

Sie legte ihr Kinn auf seine Brust und blickte zu ihm auf. »Hat er dir davon erzählt ...« Sie verstummte und konnte den Satz nicht beenden. John hatte seinem Sohn zweifellos erzählt, was in jener Nacht geschehen war. Er betrachtete es als einen seiner größten Siege, Eli, den Ältesten und damit einen der mächtigsten Hydraianer, mit einem Schuss zur Strecke gebracht zu haben.

»Ich weiß genug darüber, aber das habe ich nicht gemeint. Der Schmerz in deiner Brust nimmt mit der Zeit ab, aber ich weiß nicht, ob er jemals völlig verschwinden wird. Ich kann ihn immer noch fühlen. Zumindest ein bisschen.«

Sie dachte über seine Worte nach und fragte sich, welche Erinnerung er damit meinen könnte, als es ihr schlagartig klar wurde. Ihr fiel seine Reaktion in ihrem Zimmer wieder ein, nachdem Anita sie zum ersten Mal in der Blockhütte aufgesucht hatte. Er hatte geflucht und war aus dem Zimmer gestürzt, als hätte er einen Geist gesehen. Dann dachte sie an das Blut auf den Fotos in seinem Schrank. Natürlich. Annas Ermordung. Es war in der Hütte geschehen. Sie hatte eine vage Erinnerung daran, dass Issac sie angerufen hatte, um ihr zu sagen, dass er Jonathan helfen musste und sich verspäten würde.

»Warum hast du die Blockhütte behalten?«, fragte sie.

»Meine Mutter hat sie mir hinterlassen und mein Vater hat darauf bestanden, dass ich sie behalte. Ich will damit nichts zu tun haben, daher sieht meine Tante in meiner Abwesenheit dort nach dem Rechten.«

»Und warum hat er dich mit mir dorthin geschickt?«

»Es war eine Art Bestrafung.«

Tom hatte das bereits gestern Abend erwähnt, doch er hatte es nicht näher erklärt. »Eine Bestrafung wofür?«

Er stieß den Atem aus. »Es ist eine lange Geschichte, aber kurz gesagt habe ich einer Freundin hinter dem Rücken meines Vaters die Wahrheit über Ichorianer gezeigt und sie wäre dabei fast gestorben. Natürlich macht er sich diesen Umstand jetzt zunutze, indem er einen verdammten Sentinel aus ihr macht.«

»Ein weiblicher Sentinel?«

»Ja, und wo wir schon davon sprechen. Sie ist gleichzeitig die Freundin deines Bruders und aus diesem Grund ...«

»Warte einen Moment.« Sie ließ die Hände sinken, als sie zu ihm aufsah. »Mein Bruder hat eine Freundin?« Ausgeschlossen. Issac ging nie über eine erste Verabredung hinaus. Niemals.

»Offensichtlich.«

»Du meinst tatsächlich meinen Bruder Issac?« Der Mann, der jede Frau zurückgewiesen hat, die sie ihm je vorgestellt hatte? Der keinerlei Interesse an einer Beziehung hatte, die länger als eine Nacht dauerte? *Monogamie ist vielleicht etwas für dich und Eli, Liebes, aber für mich kommt sie nicht infrage.* Wie oft hatte sie diese Worte aus seinem Mund gehört? »Bist du sicher, dass wir von ein und demselben Mann sprechen?«

»Leider ja. Es ist ganz sicher derselbe Kerl.«

Sie wusste nicht, was sie davon halten sollte. Wie viele Jahrzehnte lang hatte sie vergeblich versucht, ihn zu verkuppeln?

Tom verkrampfte sich und ballte die Hände zu Fäusten, als er die Augen zukniff. Sie beobachtete ihn, während er blass wurde.

»Geht es dir gut?«

»Dein Bruder.« Er brachte die Worte durch zusammengebissene Zähne hervor und verzog das Gesicht. »Er ist hier.«

Sie wirbelte herum, als er die Arme senkte, dann ließ sie den Blick über den leeren Innenhof schweifen. Das Mondlicht fiel in weichen Strahlen auf die Terrasse, während von dem Schwimmbecken ein sanftes Leuchten ausging. »Ich kann ihn nicht sehen.«

»Glaub mir«, knurrte er, während er völlig verkrampft vor ihr stand, »er ist ganz in der Nähe.«

Sie runzelte die Stirn und blickte ihn dann verständig an, als sie begriff, was vor sich ging. »Er ist in deinem Kopf.« Issac hatte die übernatürliche Fähigkeit, die Sehkraft anderer zu manipulieren, was Amelias Gabe, ihr menschliches Erscheinungsbild zu ändern, nahekam. Sie hatten ihre imaginären Fähigkeiten von ihrer Mutter geerbt. Wenn ihr Bruder in Toms Verstand eindringen konnte, dann konnte er auch ihre Gedanken beeinflussen. Sie suchte nach einer Kindheitserinnerung ihrer Mutter und stellte sich die Frau lebhaft vor, die darüber in Kenntnis setzte, wie man seine Gäste richtig bewirtete. Auf einmal flog ein blauer Schmetterling durch ihre Vorstellung und ließ ihr Herz höherschlagen.

»Er ist hier«, flüsterte sie. Ihre Augen füllten sich mit Tränen, doch diesmal waren es Tränen der Freude. Sie legte die Hände auf den Mund und drehte sich zu Tom um. »Mein Bruder ist wirklich und wahrhaftig hier.«

»Ja, und er ist ein Arschloch«, sagte Tom mit gedämpfter Stimme, während er mit finsterem Blick auf den Innenhof starrte. Er schien keine Schmerzen mehr zu empfinden, doch er sah aus, als wollte er gleich einen Mord begehen.

»Was hat er getan?«

Er schüttelte den Kopf. »Sagen wir einfach, dass er sich nicht gerade bei mir bedankt hat.«

»Ich bitte um Entschuldigung, Thomas. Schulde ich dir etwa meinen Dank?« Die Stimme ihres Bruders schwebte durch die Nachtluft und sie bekam eine Gänsehaut. Sie würde diesen lässigen Tonfall überall erkennen.

Er ist hier. Amelia drehte sich um und beobachtete ihn, als er mit Tristan an seiner Seite um das Haus schlenderte. Sie glichen dunkelhaarigen Engeln in Anzügen, während beide einen kriegerischen Ausdruck im Gesicht hatten. Sie zwickte sich in die Taille. Die Geste war ihr zur Gewohnheit geworden, wenn sie von diesem Moment geträumt hatte und danach jedes Mal in ihrer leeren Zelle aufgewacht war. Als Issac jetzt nicht wieder verschwand, bekam sie weiche Knie.

Ist es wirklich möglich?

»Du bist hier«, flüsterte sie. »Ich kann nicht glauben, dass du hier bist.« Sie unterdrückte ein Schluchzen, als ihr Wusch, von dem sie nie geglaubt hatte, dass er sich je erfüllen würde, tatsächlich Wirklichkeit wurde.

Issac schlang seine starken Arme um sie und zog sie an sich. *Geschieht dies wirklich?* Sie atmete den Duft seines frischen Leinenhemdes ein und seufzte, weil er ihr vertraut war. *Mein Bruder.* Tränen kullerten über ihre Wangen, während er sie in berauschenden Wellen mit seiner Liebe und Hingabe überschüttete. Sie brauchte dafür keine emotionale Fähigkeit, sie konnte seine Wärme und Stärke auch so fühlen.

»Du bist am Leben«, hauchte er, während er sie noch fester an sich drückte. »Es tut mir so leid, Amelia. Es tut mir so verdammt leid.«

Sie hielt ihn mit derselben Entschlossenheit fest und schluchzte an seiner stahlharten Brust. Mein Gott, sie hatte ihn so vermisst. Während der letzten zwei oder drei Jahre hatte sie sich mit der Leere in ihrem Inneren abgefunden. Doch als sie ihm jetzt so nahe war, stürmten all die alten Gefühle der zerschlagenen Hoffnung und Schicksalsergebenheit wieder auf sie ein. Es hatte einen Punkt gegeben, an dem sie nicht mehr an ihn geglaubt hatte, und dieser Moment war der schmerzhafteste von allen gewesen.

Aber jetzt ist er hier. Er ist real. Sie hielt sich an ihm fest, als es ihr fast den Boden unter den Füßen wegzog.

Ich bin endlich frei.

»Ich dachte, du bist tot.« Seine Stimme brach, als er sein Gesicht in ihrem Haar vergrub. »Ich hätte dich befreit, Amelia. Es tut mir so verdammt leid, dass ich es nicht getan habe.« Der Schmerz in seiner Stimme brach ihr das Herz. Es wunderte sie nicht, dass er sich selbst die Schuld gab. Ihr Bruder litt an einem Heldenkomplex und hatte sie schon immer vor all dem Bösen in der Welt beschützen wollen. Während ihrer Gefangenschaft hatte sie vor allem gelernt, dass es Schurken in allen Formen gab. *Genauso wie Helden*, flüsterte ihr Herz ihr zu, als sie an Tom dachte. Er stand schweigend hinter ihr und bildete eine schützende Wand der Wärme, die Balsam für ihre Seele war.

»Der Tag, an dem ich deine Asche gefunden habe, war der schlimmste meines Lebens«, fuhr ihr Bruder fort. »Mein Gott, Amelia, ich habe dich so sehr vermisst.« Sie konnte seine Qualen spüren und es zerriss ihr fast das Herz. Ihr Bruder, der seine Gefühle so gut wie nie nach außen trug, brach in ihren Armen zusammen. Und er gab sich selbst die Schuld für etwas, das er nicht hatte kontrollieren können.

»Ich vergebe dir«, flüsterte sie, denn sie wusste, dass er diese Worte aus ihrem Mund hören musste. *Ich gebe dir nicht die Schuld, Bruder. Ich könnte dir niemals die Schuld geben.* »Jonathan hat uns alle getäuscht.«

Issac verkrampfte sich, als er sich auf eine Weise wappnete, die für ihn so typisch war, und sich entschlossen aufrichtete. *Das ist der Bruder, den ich kenne und anbete.* Es war ein weiterer Beweis dafür, dass sie nicht halluzinierte. Wie viele Tage und

Nächte hatte sie von diesem Moment geträumt? Vielleicht nicht mit Tom als Zeuge ihrer Wiedervereinigung, aber es fühlte sich richtig an, dass er hier war. *Ich bin zu Hause.*

»Dafür werde ich ihn töten.« Er gab ihr das Versprechen mit einer Überzeugung, die nur ihr Bruder zum Ausdruck bringen konnte. Ichorianer waren berüchtigt für ihre bizarren Tatorte und Issac hatte bei mehr als einem seine Finger im Spiel gehabt. Es gab einen Grund dafür, dass die anderen ihm mit einer solchen Hochachtung gegenübertraten. Sie hatten Angst vor ihm.

»Wenn jemand es verdient hat, sich an meinem Vater zu rächen, dann ist es Amelia. Nicht du.« Ein herausfordernder Unterton durchzog Toms normalerweise verspielte Stimme und sie fragte sich unwillkürlich, ob die beiden Männer eine gemeinsame Vergangenheit verband, von der sie nichts wusste. Oder ärgerte er sich immer noch darüber, dass Issac seine Sehkraft manipuliert hatte?

»Soll ich ihn zum Schweigen bringen, Issac?«, fragte Tristan.

»Das wird nicht nötig sein. Zumindest noch nicht.« Issac ließ seinen Arm auf ihren Schultern liegen und zog sie an ihre Seite, als er sich mit ausdrucksloser Miene zu Tom umdrehte. Ihr Bruder hatte seine Gefühle schon immer von einer Sekunde auf die andere abschalten können. »Sag mir, warum ich dich nicht auf der Stelle töten sollte, Thomas.«

Amelia schnappte nach Luft. »Issac!«

»Wahrscheinlich solltest du es tun«, erwiderte Tom mit einem Achselzucken.

»Okay, nein, nicht schon wieder.« Amelia schüttelte den Arm ihres Bruders ab und stellte sich vor ihren lebensmüden Geliebten. »Wenn du ihm etwas antust, werde ich es dir nie verzeihen, Issac.«

Ihr Bruder zog die Augenbrauen fast bis zu seinem Haaransatz nach oben. Er warf einen Blick auf Tristan, der ebenso schockiert dreinblickte. Die alte Amelia hätte ihnen niemals widersprochen, es sei denn, ihnen wäre ein gesellschaftlicher Fauxpas unterlaufen. Natürlich könnte sie das Argument anführen, dass der Mord eines Gastes ein ebensolcher Verstoß war, doch das war nicht der Punkt.

»Amelia, ich bin …« Issac verstummte, als sein Handy klingelte. Er nahm das Gespräch an. »Ja, Mateo?« Er nickte. »Sehr gut. Ja, bitte.« Er steckte das Telefon in seine Tasche und fixierte den Mann, der hinter ihr stand. »Offenbar sind einige Sentinels auf dem Weg hierher, um die Lage zu sondieren. Kannst du mir das erklären?«

»Natürlich. So wie ich meinen Vater kenne, zieht er alle Möglichkeiten in Betracht. Wakefield Manor ist zwar der letzte Ort, an dem er mich erwarten würde, doch er weiß, dass mich das auch zuvor noch nie abgehalten hat. Aus diesem Grund hat er einige Männer gesandt, die dein Anwesen im Auge behalten sollen. Ich nehme an, für ihn ist es wichtiger, dass du nicht herausfindest, dass Amelia noch am Leben ist, als mich zu schnappen.«

»Denn damit wäre die Illusion ruiniert«, murmelte Issac mit einem Nicken. Sein Blick wurde weicher, als er sie mit seinen saphirblauen Augen fixierte. »Jacque ist auf dem Weg hierher. Willst du dich umziehen, bevor wir gehen?«

Sie zupfte an dem Yankees T-Shirt herum. »Befinden sich meine Kleider noch hier?«

»Ja.« Weiter sagte er nichts. Typisch Issac.

»Hast du die Suite nicht für deine eigenen Zwecke umgestaltet?«

»Dies ist erst mein zweiter Besuch hier, seit du, äh, uns verlassen hast.«

Sie riss die Augen auf. »Du bist nur zweimal hier gewesen, seit …«

Sein eindringlicher Blick wühlte sie fast genauso auf wie ihre unvollendete Frage. Sie wusste bereits, bevor sie seine

Antwort hörte, dass seine Worte ihr ins Herz schneiden würden. »Jonathan hat Eli im Ballsaal liegen lassen, wobei er eine Urne mit deiner Asche in der Hand gehalten hat. Ich würde untertreiben, wenn ich behauptete, dass dieses Anwesen mir Albträume beschert.«

Als sie seine unverhohlene Schilderung der Geschehnisse hörte, zog es ihr fast den Boden unter den Füßen weg. Sie taumelte zurück und Tom schlang automatisch seine Arme um sie, um sie aufzufangen. Falls die tödlichen Blicke ihres Bruders ihn einschüchterten, ließ er es sich nicht anmerken. Er hielt sie fest, während sie zitterte, und gab ihr den Halt, den sie so dringend brauchte. Sie sah jene Nacht vor sich, als wäre es erst gestern gewesen. Nachdem er Eli erschossen hatte, hatte Jonathan die Waffe auf sie gerichtet und ihr die Wahl gelassen. Füge dich oder stirb. Sie hatte sich damals dafür entschieden, sich zu fügen, doch sie hatte keine Ahnung gehabt, was damit auf sie zukommen würde. Oh, sie hatte in jener Nacht die falsche Wahl getroffen.

»Ich werde ihn vernichten«, brachte Issac hervor, während er offenbar die Bilder in ihrem Kopf sehen konnte. Sie versuchte, sie aufzuhalten, aber sie schaffte es nicht. Dieser Ort war viel zu überwältigend. All die Erinnerungen an ihr Leben mit Eli waren durch diese einzige Nacht und die folgenden Jahre beschmutzt worden. Sie drehte sich in Toms Armen zu ihm um und vergrub ihr Gesicht an seiner Brust, um seinen männlichen Duft einzuatmen. Die Dunkelheit drohte sie zu verzehren, doch er umhüllte sie mit seiner Stärke und beschützte sie, wenn sie es am meisten brauchte.

»Wir müssen von hier verschwinden«, hörte sie ihn sagen. »Es ist zu viel für sie.«

»Dann bist du also plötzlich ein Experte, wenn es um meine Schwester geht?«

»Ja.« Ein einzelnes Wort, das keine Widerrede zuließ.

»Das werden wir ja sehen.« Sie hörte Issacs lässige Stimme, die wie im Traum über sie hinwegschwebte.

Oh nein. Sie kannte dieses Gefühl der Benommenheit, kurz bevor sie einschlief. Doch es war kein natürlicher Schlaf, der sie zu übermannen drohte. Sie wollte sich nicht von Toms Wärme lösen, doch Issac ließ ihr keine Wahl. Seine Gabe, die Sehkraft anderer zu manipulieren, reichte bis in die Welt der Träume hinein, und er umhüllte sie gerade damit. Er meinte es nur gut, das tat er immer, doch die Amelia, die seinen Trost in der Vergangenheit willkommen geheißen hatte, existierte nicht mehr. Sie sehnte sich nach einer anderen Art von Flucht, die ein gewisser blonder Sentinel ihr bieten konnte.

Sie öffnete den Mund, um zu protestieren, doch ihre Stimme versagte. Ihre Schultern wurden schwer und zogen sie nach unten. Nur Toms Arme hielten sie davon ab, auf der Erde zusammenzusacken, als ihre Beine versagten. Sie konnte hören, wie er einen Fluch ausstieß, doch er klang so entfernt.

Darüber werden wir später noch sprechen, lieber Bruder.

EIN SEIDENLAKEN strich über Amelias Schenkel, als sie sich über das viel zu weiche Bett rollte. Sie schreckte aus dem Schlaf und blinzelte in die untergehende Sonne, die durch die Fenster fiel. Dahinter lag der Ozean, dessen Wellen auf den schwarzen Sand brandeten.

Oh mein Gott. Sie bedeckte ihren Mund mit einer Hand. *Ich bin in einem Traum gefangen.*

Es geschah so oft in letzter Zeit, vor allem, nachdem Jonathan sie verprügelt hatte. Die Erinnerungen quälten sie jedes Mal, wenn sie die Augen schloss. Für gewöhnlich erwachte sie, wenn sie gerade zu glauben begann, dass sie echt waren, doch dann brach jedes Mal die Realität über sie herein und sie konnte kaum atmen.

Nein. Nie mehr.

Sie riss sich ihr hauchdünnes Oberteil und die Shorts vom Leib und beschloss, dass so etwas Erlesenes nie wieder ihre Haut berühren sollte. Sie war gerade dabei, auch das Seidenlaken vom Bett herunterzureißen, als sie hörte, wie ein Mann sich räusperte. Mit nichts weiter bekleidet als einem Stringtanga blickte sie in ein Paar schokoladenbraune Augen, das nur in ihren weit entfernten Erinnerungen existierte.

Ich habe mich schon gefragt, wann Balthazar mich endlich in einem Traum besucht.

»Willst du damit etwa sagen, dass ich nicht in deinen Träumen vorkomme?«, fragte er mit einem verschmitzten Grinsen. »Das tut weh.«

Oh, gut, er kann hier auch Gedanken lesen. Warum auch nicht, schließlich war es ihr Traum, doch sie hätte ihm seine Fähigkeit auch nehmen können. Doch das würde keinen Spaß machen.

Amelia saß auf der Plüschmatratze und beobachtete ihn. Niemand konnte ihr daraus einen Vorwurf machen. Balthazar war ein Gott unter den Männern und er war sich dessen bewusst. Er hatte einen kantigen Kiefer, eine perfekte Nase, hohe Wangenknochen, dunkle Wimpern, für die jede Frau töten würde, und einen Köper, der wie gemeißelt und für die Sünde geschaffen war. Sie hatte ihn oft mit nacktem Oberkörper gesehen, doch momentan trug er Jeans und ein T-Shirt. Es war zu schade, dass er in ihrem Kopf nicht verführerischer aussehen konnte. Sie wäre gern für eine Weile der Tristesse entflohen.

Sie runzelte die Stirn. Nein. Ihr war nicht nach sinnlichen Genüssen zumute. Zumindest nicht mit ihm. Sie sehnte sich nach einem gewissen blonden Sentinel, der die Dunkelheit vertrieb …

»Oh, scheiße.« Sie spürte, wie ihre Wangen sich erröteten. »Ich träume nicht.«

»Nein, du bist hellwach und außerdem fast völlig nackt.«

Sie griff nach dem Laken und schlang es um ihren Körper, während die Erinnerungen auf sie einstürmten. Sie endeten damit, dass Issac sie schlafen gelegt hatte. Es schien mehrere Tage her zu sein.

Ich bin endlich wirklich zu Hause. Warum fühlte sich dann alles so fremd und falsch an? Sie setzte sich auf die Matratze und zuckte zusammen. *Zu weich.*

Balthazar drückte sich vom Türrahmen ab und stellte eine Tasse auf den Nachttisch, bevor er sich neben sie aufs Bett setzte. Der Mann konnte eine Frau mit einem einzigen Blick verführen, doch jetzt sah sie nur Besorgnis in seinen Augen, während er seine vollen Lippen verzog. »Komm her, Liebes.«

Sie ließ sich in seine Arme ziehen und legte den Kopf an seine Brust. Als Ältester und einer ihrer besten Freunde kannte er sie gut. Zumindest war das in ihrem früheren Leben so gewesen.

»Meine Güte, es ist so ein gutes Gefühl, dich im Arm zu halten«, flüsterte er. »Als Issac uns erzählt hat, dass du am Leben bist, konnten wir es kaum glauben.«

»Ich habe dich auch vermisst, B.« Sein Kosename kam ihr einfach so über die Lippen, dennoch fühlte es sich nicht ganz richtig an. Nichts von alledem fühlte sich richtig an. Das Bett war zu bequem, das Haus zu warm und die untergehende Sonne war zu hell.

Er fuhr mit seinen Fingern durch ihr Haar und seufzte. »Ich kann dir helfen.«

Sie wusste genau, was er meinte, doch sie konnte es nicht ertragen. »Nicht.«

»Ich würde dich nie zwingen.«

»Und deshalb liebe ich dich.« Sie meinte es ernst. Er wirkte möglicherweise arrogant und unverschämt, doch tief im Inneren war er ein fürsorglicher Mann. Seine Fähigkeiten, Emotionen zu kontrollieren und Gedanken zu lesen, machten ihn zu einem meisterhaften Manipulator. Er könnte ihr all ihre Sorgen nehmen und sie in einem Meer der Glückseligkeit versenken, doch es wäre nicht echt. Sie musste fühlen und sich erinnern oder sie würde nur als leere Hülle enden. Die Dunkelheit wäre eine bessere Alternative. Wenn es unerträglich wurde, wusste sie genau, an wen sie sich wenden müsste, es sei denn …

Sie wurde von Panik ergriffen und löste sich aus der Umarmung ihres alten Freundes. »Wo ist Tom?« Sie war in seinen Armen eingeschlafen, doch offensichtlich hatte Jacque sie hierher teleportiert. Was war mit Tom geschehen? War er gegangen, ohne sich zu verabschieden? Befand er sich immer noch in New York? Und wo war ihr Bruder? Sie mussten sich darüber unterhalten, was er getan hatte.

Balthazar verzog den Mund und bedachte sie mit einem düsteren Blick. »Der Sentinel ist hier.«

»In Hydria?«

»Ja.«

Sie ließ erleichtert die Schultern hängen, während ihr Herz einen Satz machte. Er hatte sie nicht verlassen. »Ist er jetzt hier?« Sie nahm an, dass es nicht so war, denn dann wäre er jetzt in ihrem Zimmer und nicht Balthazar. Es sei denn, die Ältesten waren noch mit ihm beschäftigt. Sie konnten zuweilen sehr gesprächig sein und vor allem Besucher in längere Unterhaltungen verwickeln. Obendrein war Tom ein Sprössling und Luc würde sicher alles über ihn wissen wollen.

»Nein.«

Sie runzelte die Stirn, als Balthazar weiter nichts sagte. Der Mann sprühte für gewöhnlich vor Esprit, doch dieser schien momentan hinter einem Schleier der Frustration verborgen zu sein. »Was willst du damit sagen?«, fragte sie.

»Er ist momentan verhindert.«

»Was zum Teufel soll das bedeuten, *verhindert*? Sag mir, was hier vor sich geht.«

Er ließ den Blick an ihr auf und ab schweifen und lächelte verschmitzt. »Mir gefällt diese neue temperamentvolle Seite an dir, Amelia. Sie ist irgendwie sexy.«

»Wechsle jetzt nicht das Thema und versuch nicht, mich mit Sex abzulenken. Wo ist Tom?«

Aus seinem Gesicht verschwand jegliche Spur von Belustigung und der Älteste in seinem Inneren zeigte sein Gesicht. »Ich will nicht so tun, als hätte ich nicht bemerkt, was zwischen euch beiden vorgefallen ist. Aber du kannst mir glauben, wenn ich dir sage, dass es vorbei ist.«

Bei seinen Worten stellten sich ihr die Nackenhaare auf. Alle Ältesten außer Eli hatten sie schon immer wie ihre kleine Schwester behandelt und sie stellte fest, dass sich daran auch in ihrer Abwesenheit nichts geändert hatte. Normalerweise gab es ihr das Gefühl, etwas Besonderes zu sein, doch heute war es anders. »Entschuldige bitte, aber das ist nicht deine Entscheidung.«

»Da hast du recht. Es ist Lucs Entscheidung, und sein Wort ist Gesetz.« Er stand auf und fuhr sich mit den Fingern durch sein dunkles Haar. »Ich weiß, dass du es ungerecht findest, und das tut mir leid, aber wir tun nur, was für dich das Beste ist. Dieser Mann spukt dir im Kopf herum, doch nicht gerade auf eine gesunde Art und Weise.«

»Unglaublich.« Sie stellte sich auf die Matratze, um mit ihm auf Augenhöhe zu sein, wobei sie sich nicht darum scherte, wie lächerlich sie in dem Seidenlaken aussah. »Du hast keine Ahnung, was er für mich getan hat oder was ich durchgemacht habe oder warum du absolut falschliegst.«

Tom hatte sie nie schlecht behandelt oder ihr das Gefühl gegeben, dass sie ihm untergeordnet war. Wenn überhaupt, dann hatte er in ihr eine gleichberechtigte Partnerin gesehen. Er hatte ihr beigebracht, wie sie sich selbst verteidigen konnte, und ihr Halt gegeben, wenn sie ihn gebraucht hatte. Wie in der Nacht, in der er sie in der Badewanne getröstet hatte, und im Hotel, als sie den Abzug nicht drücken konnte.

Sie dachte zurück an das erste Mal, an dem er sie in ihrer Zelle besucht hatte. Sie hatte seinen überraschten Gesichtsausdruck für ein Spiel gehalten, als er sie gefragt hatte, ob es ihr gut ginge. Sie hatte ihn damals den guten Polizisten genannt, doch sie hatte nicht gewusst, dass er es ehrlich gemeint hatte. Er war aufrichtig besorgt gewesen. All die Wasserflaschen und unregelmäßigen Besuche waren seine Art gewesen, um nach ihr zu sehen, und das verstand sie jetzt. Auch der Schmerz in seinen Augen, als er erkannt hatte, dass Anitas Besuch in der Blockhütte kein Freundschaftsbesuch gewesen war, war echt gewesen. Was sie und Tom verband, war einzigartig und neu und nichts, was irgendjemand ihr verbieten sollte. Sie brauchte ihn und sie hatte während der vergangenen Tage verstanden, dass auch er sie brauchte. Denn der Mann war zweifellos lebensmüde.

Balthazar sah sie mit einem neugierigen Ausdruck in den Augen an und sie wusste, dass er ihre Gedanken gelesen hatte. Er kontrollierte zwar nicht einfach so die Emotionen eines anderen, doch er hörte immer zu. Auch wenn er es eigentlich nicht tun sollte.

»Wir haben ihn eingesperrt, aber er ist am Leben. Mehr kann ich dir nicht sagen.«

»Eingesperrt?«, wiederholte sie ungläubig. »Warum um Himmels willen sollte Luc ihn einsperren? Er ist ein Sprössling und damit einer von uns.«

»Dieser Sentinel ist *nicht* einer von uns, Amelia. Er hat sein kurzes Leben damit verbracht, Unsterbliche abzuschlachten, und das schließt Hydraianer mit ein. Er ist so willkommen hier wie sein Vater.«

Amelia stand der Mund offen. »Du kannst ihn nicht mit Jonathan vergleichen.«

»Oh doch, das kann ich. Du kennst ihn nicht so wie wir.«

»Und ihr kennt ihn nicht so wie ich!« Sie hatte ihn nicht anschreien wollen, doch es war wahnsinnig, Tom einzusperren, nach allem, was er für sie getan hatte. Sie hätten ihn mit offenen Armen willkommen heißen sollen. Sprösslinge waren rar gesät und ein Mann mit seinen Fähigkeiten könnte von unglaublichem Nutzen für sie sein. »Du weißt rein gar nichts über ihn«, fügte sie in ruhigerem Tonfall hinzu.

»Wenn das wahr ist, dann werden wir bald eine Menge mehr erfahren.«

Ihr gefror das Blut in den Adern. »Was habt ihr ihm angetan?«

Er stieß den Atem aus und legte sich eine Hand in den Nacken. »Noch nichts.«

Sie runzelte die Stirn, als sie die Verärgerung in seiner Stimme hörte. Sie schien nicht gegen sie, sondern gegen jemand anderen gerichtet zu sein. »Sag mir, was hier los ist, B.«

»Nein.« Er blickte sie mit einem ernsten Ausdruck im Gesicht an und nahm eine resolute Haltung ein, um ihr zu verstehen zu geben, dass er sich nicht würde erweichen lassen. Der Mann, der sie jetzt anstarrte, war ein Ältester und nicht ihr großer Bruder oder Freund. Ihre Unterlippe bebte, weil sie nun eine Außenseiterin war, doch sie hatte nichts anderes erwartet. Sie war nicht mehr die Frau, die sie einmal vergöttert hatten, und Balthazar würde es besser als sonst irgendjemand sehen können.

»Ich werde dich immer lieben, Amelia«, sagte er mit gedämpfter Stimme, als seine unnachgiebige Fassade Risse bekam. »Glaube niemals, dass es nicht so ist.« Sie wusste, dass die Worte im wörtlichen Sinne gemeint waren, da er ihre Gedanken lesen konnte.

»Warum willst du mir nicht sagen, was mit ihm geschieht?«

»Gib uns etwas Zeit, um uns darüber im Klaren zu werden, in Ordnung?«

Sie biss sich auf die Unterlippe und dachte nach. Wenn Balthazar nicht mit ihr reden wollte, dann würde es niemand tun. Außer vielleicht Issac, doch sie bezweifelte, dass er ihr irgendetwas verraten würde, nachdem er Tom in der vergangenen Nacht derart abfällig behandelt hatte. Sie meinten es nur gut und wollten dafür sorgen, dass sie sich in Sicherheit befand, doch Unwissenheit ist nicht immer ein Segen. Ihre Freunde und Familie erinnerten sich an die Amelia, die immer den Kopf eingezogen und nichts getan hatte. Sie würde ihnen schon bald ihr neues Ich vorstellen, doch jetzt war nicht der richtige Zeitpunkt dafür. »Also gut.«

Balthazar kniff die Augen zu dünnen Schlitzen zusammen, denn er hatte offenbar ihren letzten Gedanken gehört, doch er bedrängte sie nicht. Sie wusste, dass er es ohnehin vorzog, alles herauszufinden, indem er sie einfach nur beobachtete. Er ließ den Blick an ihr auf und ab schweifen und verschränkte die Arme vor der Brust. »Du solltest wissen, dass dieses Laken, das du gerade ruinieren wolltest, nicht billig ist. Und soweit ich weiß hast du Seide immer geliebt. Aus diesem Grund habe ich das Bett für dich damit bezogen.«

Bei seinen Worten blickte sie sich um. Sie hatte sich keine Gedanken über die warmen Farbtöne und die maskuline Inneneinrichtung oder über das überdimensionale Bett gemacht, bis er es erwähnt hatte. »Warum befinde ich mich in deinem Haus?«

»Weil dein Haus nach dem Vorfall zu einer Pension für Sprösslinge umfunktioniert wurde. Luc dachte, dass wir dein Andenken so am besten in Ehren halten könnten.«

Ihr lief ein Schauer über den Rücken. *Mein Andenken in Ehren halten.* Weil sie alle geglaubt hatten, dass sie tot war. Es war ein unwirkliches Gefühl, doch sie musste zugeben, dass die Umgestaltung ihres Heims zu einer Herberge für Sprösslinge eine gelungene Hommage war. Amelia hatte für viele zukünftige Hydraianer eine Mutterrolle gespielt und ihnen viel über das unsterbliche Leben auf der Insel beigebracht, wobei sie ihnen immer als Ansprechpartner in gesellschaftlichen Fragen gedient hatte. Würde sie je wieder diese Frau sein? Allein bei dem Gedanken drehte sich ihr der Magen um. Wie könnte sie in ihrer momentanen geistigen Verfassung ein Vorbild sein?

»Hey«, sagte Balthazar leise und legte ihr eine Hand auf ihre nackte Schulter, »mach dir keine Sorgen um die Zukunft. Konzentriere dich einfach nur auf die Gegenwart. Und vergiss nicht, dass du nicht allein bist. Wir werden dich lieben, ganz gleich, was passiert, Amelia. Wir stellen keinerlei Erwartungen an dich. Verstehst du das?«

Sie biss sich auf die Unterlippe. Er meinte es gut, aber er konnte nicht verstehen, wie sehr sie sich verändert hatte und wie ihre Erfahrungen sie geformt hatten. Für einen Unsterblichen seines Alters hatten sechs Jahre keinerlei Bedeutung, doch für sie waren sie so einschneidend gewesen, dass sie ihr ganzes Leben neu definiert hatten. Jonathan hatte ihr die Unschuld geraubt, ihren Glauben zerstört und ihr jegliche Hoffnung genommen. Wie sollte sie das auch nur ansatzweise beschreiben?

Er hat Tom dasselbe angetan, flüsterte ihr eine innere Stimme zu. Das erklärte ihre Verbindung zu ihm. Von all den Menschen, die sie kannte, war Tom der einzige, der wusste, was es bedeutete, von einem geliebten Menschen manipuliert und vernichtet zu werden. Keiner von ihnen hatte eine Chance gehabt, sie waren nur in verschiedenen Käfigen gefangen gewesen. Und jetzt befand er sich in einer Zelle irgendwo auf der Insel. Sie hatte vor, es nicht dabei zu belassen.

»Ich brauche etwas zum Anziehen«, sagte sie zu Balthazar. »Und vorzugsweise kein Kleid.« Wer hätte gedacht, dass sie in diesem Moment lieber Toms Boxershorts und seine T-Shirts getragen hätte? Sie standen ihr besser als ihre alten Kleider.

Balthazar zog die Augenbrauen in die Höhe. »Ich bin mir nicht sicher, ob ich auf deinen Plan eingehen soll oder auf die Worte, die du gerade laut ausgesprochen hast. Doch nach deinem Gesichtsausdruck zu urteilen werde ich über keines der beiden Themen etwas verlauten lassen.« Seine Augen funkelten belustigt, als er sie wieder mit einem abmessenden Blick betrachtete. »Oh, mir gefällt diese neue Seite an dir wirklich. Luc kann sich auf etwas gefasst machen. Und Wakefield ebenso.«

»Kleider.«

»Zu Befehl, die Dame.« Er ging zu einer seiner Kommoden und kramte in den Schubladen herum. Er bedachte sie mit einem sündhaften Blick, als er sich wieder zu ihr umdrehte und ihr Boxershorts und ein T-Shirt reichte. »Die sind wahrscheinlich größer als die des Sentinels, aber sie werden für den Moment genügen. Tu mir nur einen Gefallen und lass mich dabei sein, wenn Issac dich in dieser Aufmachung sieht, in Ordnung?«

Einige Dinge änderten sich nie. »Streitet ihr beide euch immer noch wie zwei kleine Jungs?«

Er legte eine Hand auf seine Brust. »Nicht doch. Wo denkst du hin?«

»Sicher. Es überrascht mich, dass Issac überhaupt zugelassen hat, dass ich hier bei dir bleibe.« Die Beziehung zwischen ihrem Bruder und Balthazar war kompliziert und einerseits geprägt von Missgunst und andererseits von gegenseitigem Vertrauen. Es wäre ihr logischer erschienen, wenn sie in Lucs statt in Balthazars Haus aufgewacht wäre, doch sie wollte sich nicht beschweren.

»Deine Brüder sind gerade mit einem anderen Problem beschäftigt.« Seine Augen funkelten amüsiert und weckten ihre Neugier.

»Mit welchem Problem denn?«

»Oh, das sollen sie dir selbst erklären.«

»In Ordnung.« Sie zog sich das T-Shirt über den Kopf, während er ihr dabei zusah, dann ließ sie das Laken fallen, um in die Shorts zu schlüpfen.

»Du erinnerst dich doch sicher daran, dass ich ein komplett ausgestattetes Badezimmer mit allen Hygieneartikeln habe, die sich sowohl ein Mann als auch eine Frau nur wünschen kann, nicht wahr?«

»Ja.« Balthazar war berüchtigt für seine Gastfreundschaft und hatte damit mehr als nur eine Handvoll Bettgefährten beglückt. Der Mann war einfach unersättlich, doch er behandelte seine Sexpartner mit Respekt und gab ihnen das Gefühl, Götter zu sein. Zumindest hatte sie das gehört. So gut sie auch befreundet waren, diese Grenze hatten sie nie überschritten und würden es auch nie tun. Eli hatte ihnen zu viel bedeutet, als dass sie es auch nur in Erwägung gezogen hätten.

»Er fehlt mir«, murmelte Balthazar, als er ihre Gedanken hörte. Sein trauriges Lächeln versetzte ihr einen Stich im Herzen. »Diese neue Amelia würde ihm einen ordentlichen Schock versetzen, doch er wäre sicher auch sehr angetan von ihr.«

Ihr Magen verkrampfte sich und ihr wurde unbehaglich zumute. »Ich bin nicht mehr die Frau, die er geliebt hat, B.«

»Vielleicht nicht«, stimmte er zu, »aber er hätte dein neues Ich ebenso geliebt. Er war verrückt nach dir.«

Sie fühlte sich schuldig, als Elis Gesicht vor ihrem inneren Auge auftauchte. Jedes Mal wenn sie an ihn dachte, fehlte ihr eine weitere Erinnerung an ihn. Diesmal war es die dunkle Schattierung seiner Iriden, deren einzigartiges Grau ihr nicht mehr so reizvoll wie einst erschien. An ihre Stelle trat ein sinnliches Braun, das ihr eindringlich entgegenblickte.

Amelia konnte Eli nicht so lieben, wie sie es einmal getan hatte, nicht nach allem, was sie erlebt hatte. Er würde immer einen besonderen Platz in ihrem Herzen haben, aber sie brauchte einen Mann, der in ihr eine Partnerin und keine Prinzessin sah. Eli hätte nie dieser Mann sein können. Nicht weil er tot war, sondern weil er darauf bestanden hätte, sie auf ein Podest zu heben, auf dem kein Platz mehr für sie war. Es brachte sie fast um, das zu erkennen, doch ihre Beziehung hatte auf ihrer Unerfahrenheit und Reinheit gefußt, welches beides Eigenschaften waren, über die sie nicht mehr verfügte. Jonathan hatte diesen Teil von ihr zerstört und eine neue Frau geschaffen. Sie war nicht sicher, ob Eli diese Frau hätte anbeten können, zumindest nicht auf die Art, wie er es immer getan hatte.

»Eli hätte gewollt, dass du glücklich bist«, sagte Balthazar leise.

Ich weiß. Und das bedrückte sie nur noch mehr. Er war so ein guter Mann gewesen, der Besseres verdient hatte. Doch der Teil ihrer Seele, der ihn für immer geliebt hatte, war an jenem Tag mit ihm gestorben und hatte eine Leere hinterlassen, von der sie nie geglaubt hatte, sie je wieder füllen zu können. Bis sie Tom getroffen hatte. Er hatte sich einen Weg in ihr Innerstes gebahnt und dort die Saat der Hoffnung gepflanzt, die ihr leise zuflüsterte, dass sie eines Tages wieder würde lieben können. Zumindest wenn sie ihn rechtzeitig retten konnte.

»Bevor du einen Spaziergang über die Insel machst, sollte ich dich vorwarnen, dass heute Abend ein Fest stattfindet. Und du bist der Ehrengast.«

Ihr drehte sich der Magen um. »Ein Fest?«

»Da es zu deinen Lieblingsbeschäftigungen gehörte, Partys auszurichten, dachten die anderen, dass es nur angemessen wäre, dich auf diese Weise willkommen zu heißen. Jacque und Lara haben alles organisiert.«

Sie setzte sich wieder aufs Bett und legte die Hände in den Schoß. »Wann soll das Fest beginnen?«

»In einer Stunde. Das ist übrigens heiße Schokolade.« Er

zeigte auf die Tasse, die auf dem Nachttisch stand. »Ich habe sogar Marshmallows hineingetan.«

Das war immer ihr Lieblingsgetränk gewesen und er hatte es mit frischem dunklen Kakao zubereitet. Es würde sie nicht umbringen, davon zu trinken. Vielleicht half es ihr sogar, sich ein wenig besser zu fühlen. Sie nahm die Tasse in die Hand und atmete das volle Aroma ein.

»Du versuchst, mich mit dieser Köstlichkeit abzulenken.« Es würde nicht funktionieren, zumindest nicht lange.

»Wir werden heute Abend keine Entscheidung treffen, was den Sentinel betrifft«, fügte er mit dunkler Stimme hinzu. Sie wusste, dass er mit *wir* die Ältesten meinte, was Balthazar mit einschloss. »Gestatte uns, dich heute mit Liebe zu überhäufen, Amelia. Wir haben es fast genauso nötig wie du.«

Vielleicht würde es ihr dabei helfen, Teile ihres früheren Ichs an die Oberfläche zu bringen, wenn sie in ihr altes Leben eintauchte. Sie schuldete es ihrer Familie und ihren Freunden, es zumindest zu versuchen, oder nicht? Balthazar hatte recht. Sie sehnte sich vor allem jetzt nach ihrer Liebe und Akzeptanz. Sie musste wissen, ob sie ihnen immer noch so viel bedeutete, trotz allem, was sie durchgemacht und getan hatte. Während der letzten sechs Jahre hatte sie nichts anderes gewollt, als nach Hause zurückzukehren. Sie musste sich mit ihrer Rückkehr nicht nur abfinden, sondern sie mit offenen Armen willkommen heißen.

»Er ist in Sicherheit?«, fragte sie und bezog sich damit auf Tom.

»Ja, und unverletzt.«

Balthazar log nie. Ihm waren Vertrauen und Transparenz viel zu wichtig. Sie nippte an der heißen Schokolade und stieß ein wohliges Stöhnen aus. Es schmeckte himmlisch und floss direkt in ihren leeren Magen. Sie war sich sicher, dass Issac sie für mindestens zwölf Stunden schachmatt gesetzt hatte.

»Also gut, ich werde bei dem Fest erscheinen, aber dafür

brauche ich meine Kleider und muss zuerst etwas essen.« *Und ich muss Tom mit eigenen Augen sehen.* Es würde eine Herausforderung werden, ihn zu finden und die Sicherheitsmaßnahmen zu umgehen, die die Ältesten sicherlich eingerichtet hatten.

Balthazar blickte sie mit einem belustigten Funkeln an, während ein Lächeln seine Lippen umspielte. Falls er ihre Gedanken gehört hatte, so sagte er nichts. »Dann geh und mach dich frisch, und ich werde mich um den Rest kümmern.« Sie hatten früher oft zusammen gekocht, daher bezweifelte sie nicht, dass er etwas Ausgefallenes für sie zubereiten würde.

Sie stellte die Tasse ab und drückte ihm einen Kuss auf die Wange. »Danke.«

Er schlang einen Arm um ihren Rücken und zog sie an sich. »Du solltest mir nicht danken, Amelia. Wir hätten dich retten sollen. Und ich glaube, keiner von uns wird sich selbst je dafür vergeben können, dass wir dich all die Jahre lang für tot gehalten haben.«

»Ich gebe euch nicht die Schuld«, flüsterte sie.

»Das musst du auch nicht, Liebes. Wir geben uns selbst die Schuld.« Er presste einen Kuss auf ihr Haar und legte seine Wange auf ihren Kopf. »Ich kann nicht einmal annähernd verstehen, was du durchgemacht hast, aber ich bin für dich da, wenn du bereit bist, darüber zu reden.«

Sie schluckte. »Ich bin noch nicht bereit.« *Und wahrscheinlich werde ich auch nie bereit sein.* Es gab Schrecke, die besser vergraben blieben.

KAPITEL FÜNFZEHN

WILLKOMMEN IN HYDRIA

TOM LEHNTE SICH AN DIE BETONWAND. Er hatte die Hände in den Hosentaschen vergraben und die Füße überkreuzt. Eine Gruppe Hydraianer stand im Gang hinter seiner verschlossenen Tür und stritt sich heftig miteinander, doch er hatte schon vor einer Weile damit aufgehört, ihr zu lauschen.

Ihm waren Waffen und Messer abgenommen worden und er wurde in ein winziges Zimmer gesperrt, in dem ein Stuhl, ein Tisch, etwas zu essen und eine Flasche Wasser standen. Da er sich jedoch nur um Amelias Wohlbefinden sorgte, hatte er weder Speisen noch Getränke angerührt, noch sich an den Tisch gesetzt, sondern stand wartend da, bis ihn jemand auf den neuesten Stand brachte. Niemand schien jedoch mit ihm sprechen zu wollen, doch er hatte es nicht anders erwartet. Schließlich hatte er sich als Sentinel nicht gerade viele unsterbliche Freunde gemacht.

Er spitzte die Ohren, als er eine weibliche Stimme vor der Tür hörte. Es war nicht Amelia, aber sie klang vertraut – und wütend. Der Türknauf wurde gedreht, doch die Tür blieb verschlossen. Kurz darauf ertönte ein lauter Knall, als etwas gegen das Holz prallte. Er drückte sich von der Wand ab und machte einen Schritt zur Seite, als die Tür aufflog. Einen

Moment später erschien eine ihm bekannte Blondine im Türrahmen und ihm stand vor Staunen der Mund offen.

»Stas? Was zum Teufel tust du hier?«, fragte er verblüfft.

»Ich habe dir doch gesagt, dass es ihm gut geht.« Er konnte Wakefields lässigen Tonfall hören, noch bevor er Stas in den Raum folgte. Sie kniff ihre grünen Augen zusammen und bedachte den hochmütigen Ichorianer mit einem feurigen Blick, bevor sie sich Tom zuwandte. Sie betrachtete ihn von oben bis unten und schien erleichtert zu sein, dass er unversehrt war. Er tat es ihr gleich und bemerkte dabei ihre definierten Arme und Beine, was ihm einen warnenden Blick von dem Scheißkerl an ihrer Seite einbrachte. *Du bist ja überhaupt nicht besitzergreifend.* Die Frau vor ihm war die beste Freundin von Lizzie und dadurch wie eine Schwester für ihn. Er hatte nie mehr in ihr gesehen als eine platonische Freundin, was er von Amelia nicht gerade behaupten konnte.

»Ich will eine Minute mit ihm allein sein«, sagte Stas mit gedämpfter Stimme.

»Nein.«

»Das war keine Frage, Issac.«

»Und ich werde nicht mit dir darüber diskutieren, Astasiya.«

Sie verschränkte die Arme und bedachte den gut gekleideten Mann mit einem finsteren Blick. Selbst in Hydria trug er einen Anzug. *Aufgeblasenes Arschloch.*

»Soll ich dich davon überzeugen zu gehen?«, fragte Stas.

Wakefield legte den Kopf schief, während ein Lächeln seine Lippen umspielte. Tom war erstaunt, als er die Verehrung in seinem Blick sah, die er für Stas hatte. Er hatte keine Ahnung gehabt, dass der Ichorianer fähig war, sich länger als ein paar Stunden für eine Frau zu interessieren. Doch es wunderte ihn nicht, dass John Stas zum Sentinel ausbilden wollte. Sie befand sich in einer Lage, in der sie sich bestens zur Doppelagentin eignete, was sie in dieser Situation sehr gefährlich machte. Wenn sie der CRF meldete, dass Amelia und Tom hier waren, dann wäre die Hölle los. Eigentlich war es ihm jedoch egal. Sein Vater hatte es verdient, für seine Sünden bestraft zu werden. Er machte sich eher Sorgen um Stas und befürchtete, dass sie dabei den Tod finden könnte. Doch sie war dieses Risiko in dem Moment eingegangen, in dem sie zugestimmt hatte, die Spionin zu spielen.

»Hm«, murmelte Wakefield. Er legte ihr eine Hand an die Wange und strich mit dem Daumen über ihre Lippen. »Diese Runde geht an dich, mein kleines aufsässiges Mädchen. Aber ich habe vor, mich später dafür zu revanchieren.«

Stas wurde rot, denn es war offensichtlich, was ihr Freund mit dieser Drohung gemeint hatte. Tom hatte es bereits an seinem Tonfall hören können. Er verdrehte die Augen, als Wakefield sie besitzergreifend küsste, um seinen Standpunkt klarzumachen. *Ich habe Neuigkeiten für dich, Mann. Ich stehe auf deine Schwester und nicht auf die Frau, die ich liebe wie eine Schwester.*

»Thomas«, sagte Wakefield, als seine Lippen nur einen Zentimeter von Stas' Mund entfernt schwebten. »Dein Tod steht unmittelbar bevor, aber ich werde selbst dafür sorgen, dass er extrem schmerzhaft sein wird, wenn du auch nur daran denkst, meiner Aya wehzutun, verstanden?«

Stas gab ihrem Freund einen Klaps auf den Arm, bevor Tom etwas erwidern konnte. »Sein Tod steht *nicht* unmittelbar bevor.«

»Wie du meinst, Liebes.« Er trat einen Schritt zurück, bevor sie ihm einen weiteren Klaps verpassen konnte, und zog den Kopf ein, um mit einem verspielten Grinsen auf dem Gesicht den Raum zu verlassen.

Der Mann hat wegen einer Frau den Verstand verloren. Genauso wie Tom selbst wegen Amelia den Verstand verloren hatte. *Verdammt.* Er hätte nicht geglaubt, jemals den Tag zu erleben, an dem er und Wakefield etwas gemeinsam hatten. Abgesehen von dem Tod seiner Mutter natürlich. Er hatte Amelia nie darüber befragt, denn er hatte sich vor ihrer Reaktion gefürchtet. Und wenn sie davon wusste, dass Wakefield mit dem Mord etwas zu tun hatte? Was würde sie sagen?

Stas riss ihn aus seinen Gedanken, als sie die Tür hinter dem Ichorianer zuknallte.

Tom zog eine Augenbraue in die Höhe. »Ich nehme an, du bist *Aya?*« *Wirklich eine tolle Begrüßung, Kumpel.* Doch der Kosename erschien ihm merkwürdig. Er bevorzugte Stas.

»Es sieht ganz so aus«, knurrte sie, bevor sie die Luft ausstieß. Ihr Blick nahm einen besorgten Ausdruck an, als sie ihn von oben bis unten betrachtete. »Geht es dir gut?«

»Es ging mir nie besser. Warum?«, fragte er mit gespielter Unschuld.

Sie stemmte die Hände in die Hüften und blickte ihn mit zusammengekniffenen Augen an. »Soll das dein Ernst sein? Da draußen steht eine Reihe wütender Hydraianer, die dich auf verschiedene Arten umbringen will, und du spielst den Unbekümmerten?«

»Es scheint so.« Er hatte sich bereits gedacht, dass sie sich seinen Tod wünschten. Dabei war es unwichtig, dass er nie einen Hydraianer getötet hatte oder dass er nur nach der Pfeife seines Vaters tanzte. Er war allein wegen seiner familiären Bande schuldig. Er fragte sich, was Amelia über sein Todesurteil dachte. Wusste sie davon? Würde es ihr etwas ausmachen? Bei dem Gedanken, dass sie seinem Tod gleichgültig gegenüberstehen könnte, verspürte er einen Stich im Herzen, doch er würde deshalb nicht schlecht von ihr denken. Jemand musste für die Sünden seines Vaters bezahlen, und er schien in diesem Fall der geeignete Kandidat dafür. Aber nur bis zu einem gewissen Ausmaß. Wenn es nötig war, würde er sich dagegen wehren.

»Hörst du mir überhaupt zu?«, fragte Stas und riss ihn aus seinen Gedanken.

Nein. »Natürlich. Weiß mein Vater, dass du hier bist?«

»Ja.«

Scheiße. »Dann hast du ihm also von Amelia und mir erzählt.« Es war keine Frage, sondern eine Feststellung.

»Ich bin hier, um dir Fragen zu stellen, nicht umgekehrt.«

Er machte eine abwinkende Handbewegung. »Dann frag mich doch, Sentinel Stas.«

Es schmerzte ihn ein wenig, sie derart abfällig zu behandeln, doch er wusste, warum sie hier war. Sie wollte nicht, dass er den anderen von ihrem Status als Doppelagentin erzählte. Wenn er es tat, würden sie sie umbringen. Es verärgerte ihn, dass sie glaubte, ihn um seine Verschwiegenheit bitten zu müssen. Wenn sie bisher noch nicht verstanden hatte, wie viel sie ihm bedeutete, dann würde sie es nie begreifen. Er würde sie nie diesem Risiko aussetzen, aber er würde ihr den Rat geben, nach Hause zurückzukehren und mit diesem Unsinn aufzuhören, bevor sie im Leichenschauhaus landete. Die Tatsache, dass die Hydraianer sie in der Nähe ihres Nests duldeten, bedeutete, dass sie ihr vertrauten. Zumindest trauten sie Issacs Urteilsvermögen. Doch wenn sie mit diesem Spiel nicht bald aufhörte, würde sie als Leiche oder noch schlimmer enden.

»Warum hat Dr. Fitzgerald Amelia aus dem Untergeschoss der CRF verlegt?«

Er blinzelte. Das hatte er nicht erwartet. »Wie bitte?« Wie zum Teufel konnte sie überhaupt davon wissen? Hatte Amelia es ihr erzählt?

»Du hast gehört, was ich gesagt habe. Warum hat er sie an einen anderen Ort gebracht?«

Wenn Amelia den Hydraianern von ihrer Verlegung erzählt hatte, dann hätte sie ihnen auch sicher den Grund dafür genannt. Das bedeutete, dass Stas' Informationen einer anderen Quelle entstammten. »Woher weißt du, dass sie verlegt wurde?«

Sie presste die Lippen aufeinander. »Erinnerst du dich noch an den Tag, an dem Issac mich zur CRF gefahren hat? Ich habe mich dort mit deinem Vater getroffen.«

»Natürlich erinnere ich mich.« Es war ein paar Tage später gewesen, nachdem er einen der größten Fehler seines Lebens begangen hatte – nämlich Stas ins Arcadia zu schicken.

»Und erinnerst du dich auch noch daran, wie du ins Büro deines Vaters gestürmt bist? Du warst fuchsteufelswild und er ist mit dir hinausgegangen, um sich mit dir zu unterhalten.«

Tom erstarrte, als die Erinnerung ihn einholte. »Ja.« An jenem Tag hätte er seinen Vater am liebsten umgebracht. Der Scheißkerl hatte seine Frustration an Amelia ausgelassen und sie gebrochen am Boden liegen lassen. Im Grunde war es Toms Schuld gewesen, dass sein Vater so wütend gewesen war, wodurch er die Situation nur verschlimmert hatte.

»Ich habe Amelia gefunden, während ihr beide euch unterhalten habt. Ist das der Grund dafür, dass er sie verlegt hat?«

Er starrte sie mit offenem Mund an. »Warte mal, du wusstest von Amelia?« Warum hatte sie nichts gesagt?

»Das habe ich doch gerade gesagt. Und jetzt beantworte meine Frage.«

»Mein Vater hat sie verlegen lassen, damit du nichts von ihr erfahren würdest.«

Stas riss die Augen auf. »Wie bitte?«

Er rieb sich mit der Hand übers Gesicht und begann, im Zimmer auf und ab zu gehen, um seine überschüssige Energie loszuwerden. Als er an diesen Abend dachte, wuchs in ihm der Wunsch, jemandem ins Gesicht zu schlagen, vor allem seinem Vater. »Nachdem du den Job als Sentinel angenommen hattest, habe ich den Vorschlag gemacht, Amelia an einen anderen Ort zu bringen, damit du sie nicht finden würdest. Ich war der Meinung, dass du sicher mit Entsetzen reagieren würdest, solltest du sie entdecken.«

Offensichtlich hatte er sich getäuscht, denn es war ihr völlig egal gewesen.

»Und du hast sie zu Issac gebracht?«, fragte sie ungläubig.

Er stieß den Atem aus und lachte. »Ja, nun, es war nicht gerade Teil meines Auftrags, aber das weißt du ja sicher.«

Stas runzelte die Stirn. »Ich weiß überhaupt nichts darüber. Dr. Fitzgerald, dein *Dad*, hat mir erzählt, dass du im Ausland in geheimer Mission unterwegs bist, und Stark hat mich anderweitig beschäftigt.« Bei den letzten Worten machte sie ein düsteres Gesicht, das ihn vermuten ließ, wie sehr sie das Training mit Stark genossen hatte.

»Wir waren im Norden des Staates in der Blockhütte meiner Mutter. Moment mal.« Er wandte sich zu ihr um, um sie eindringlich zu betrachten, und suchte ihr Gesicht nach einem Anzeichen ab, dass sie ihn angelogen hatte. »Wenn er dich nicht darüber informiert hat, dann hast du der CRF auch nicht gesagt, dass ich hier bin.«

Sie hielt seinem Blick stand. »Dr. Fitzgerald glaubt, dass ich ein romantisches Wochenende mit Issac verbringe.«

»Warum würdest du ihn anlügen?« Oder erzählte sie ihm das nur, um ihre Tarnung nicht zu gefährden? Konnten die Hydraianer ihre Unterhaltung hören?

»Weil ich ihn verachte.« Sie sprach die Worte mit einem niederträchtigen Unterton aus, den er noch nie zuvor an ihr gehört hatte. Seine Überraschung war ihm sicher anzumerken. »Warum hast du Amelia zu Issac gebracht?«

Er legte sich eine Hand an den Nacken und dachte darüber nach, wie er die Frage beantworten sollte. Es würde allem zuwiderlaufen, was er je während seiner Ausbildung gelernt hatte, wenn er jetzt die Wahrheit sagte, doch sie befanden sich in einer ungewöhnlichen Situation. »Darauf habe ich keine einfache Antwort.«

Irgendwann hatte er Gefühle für Amelia entwickelt. Er war sich nicht sicher, ob er wissen wollte, wie tief diese Gefühle gingen. Wenn er sich eingestehen würde, dass er sie liebte, würde er damit riskieren, dass ihm das Herz aus der Brust gerissen wurde. Daher gab er sich damit zufrieden, dass sie ihm etwas bedeutete. Es schien die sichere Alternative zu sein.

»Willst du wissen, warum ich an jenem Tag ins Büro meines Vaters gestürmt bin?«, fragte er, um das Thema zu wechseln.

Sie betrachtete ihn mit einem ungläubigen Ausdruck im Gesicht. »Ja.«

»Weil ich zuvor in Amelias Zimmer war. Du behauptest, dass du sie gesehen hast, daher wirst du verstehen, warum ich so wütend war. Er hat sie krankenhausreif geschlagen, weil er erfahren hatte, was ich dir angetan hatte.«

Sie runzelte die Stirn. »Ich kann dir nicht folgen.«

»Das Arcadia, Stas. Er war außer sich vor Wut, weil er glaubte, dass ich dich damit in den Tod geschickt habe. Während ich versucht habe, dich zu finden, hat er seine Frustration an Amelia ausgelassen, und ich hatte keine Ahnung. Als ich sie in diesem Zustand vorgefunden habe ...« Er musste ein Knurren unterdrücken. »Nun, ich bin ausgerastet. Dann hast du sein Jobangebot angenommen und ich habe die Gelegenheit genutzt, um sie von ihm wegzuschaffen. Ich habe vorgeschlagen, sie zu verlegen, Stark hat zugestimmt und mein Vater hat mich als ihr Babysitter abgestellt. Es war meine Bestrafung dafür, dass du durch mich die Wahrheit über die Ichorianer erfahren hast.«

Ihr stand schockiert der Mund offen und er konnte sehen, dass sie all diese Informationen gerade zum ersten Mal gehört hatte. Das bedeutete, dass Amelia bisher noch mit niemandem gesprochen hatte. Interessant. *Wo bist du, Schätzchen?*, fragte er sich nicht zum ersten Mal. Von ihr getrennt zu sein beunruhigte ihn mehr, als er zugeben wollte. Es hatte seine Spuren hinterlassen, dass sie wochenlang wie siamesische Zwillinge aneinandergeklebt hatten. Sie fehlte ihm.

»Ich würde gern eines wissen«, fuhr er mit neugierigem Unterton fort. »Wenn du sie an jenem Tag entdeckt hast, warum hast du dann nichts gesagt? Hat es dich denn gar nicht gestört, dass die CRF eine Frau gefangen hielt? Ganz zu schweigen davon, dass sie von dem Firmenchef des Unternehmens erst kurz vor deiner Ankunft zu Brei geschlagen worden war.« Er konnte nichts gegen den wütenden Unterton tun, der in seiner Stimme mitschwang. Sie hatte nicht darauf reagiert, und das verunsicherte ihn. Er hätte mehr von ihr erwartet.

»Oh, es hat mich sogar über alle Maßen gestört. Und ich habe nichts gesagt, weil ich nicht ebenfalls in einer Zelle enden wollte.«

Er blinzelte. »Das würde mein Vater dir niemals antun.«

»Ach tatsächlich? Wenn man in Betracht zieht, was er mir bereits alles angetan hat, dann denke ich durchaus, dass er es tun würde. Du weißt schon, schließlich hat er Owen ermordet, versucht, mich mit dem Nizarigift umzubringen, und, ach ja, wir wollen doch nicht vergessen, dass er versucht hat, Letzteres Issac in die Schuhe zu schieben, um mich gegen ihn aufzubringen.«

Tom starrte sie mit offenem Mund an. Das war ein bisschen zu viel auf einmal. »Owen?« Er suchte in seiner Erinnerung nach dem Namen und runzelte die Stirn. »Dein Freund, der kurz vor eurem Uniabschluss ermordet wurde?«

»Ja, er war ebenfalls ein Hydraianer.«

Er riss die Augen auf. »Im Ernst? Was zum Teufel hatte er in New York zu suchen?« Offenbar war er lebensmüde.

»Du wusstest nichts davon?«

»Wie zur Hölle hätte ich das wissen sollen?«

»Weil dein Vater ihn getötet hat.«

Er blinzelte. »Warte mal. Wann, wie und warum?« Und hatte sie nicht gerade gesagt, dass das Nizarigift sie fast umgebracht hatte? Damit konnte man nur Sprösslinge wie ihn selbst töten, doch Sterbliche wurden dadurch nicht beeinträchtigt. Es war ausgeschlossen, dass Stas nicht menschlich war.

»Ich hatte gehofft, dass du mir das sagen kannst.«

»Ich habe keine Ahnung. Owen hat doch sicher keine Probleme gemacht, nicht wahr? Die CRF jagt nur abtrünnige Unsterbliche, die den Menschen auf die eine oder andere Art Schaden zugefügt haben. Das sollte dir Stark mittlerweile erklärt haben.«

»Das hat er getan, doch nichtsdestotrotz hat dein Vater Owen umgebracht. Meinetwegen.«

»Das verstehe ich nicht.« Was hatte sie damit zu tun? »Warum sollte er deinetwegen jemanden ermorden?«

»Ich nehme an, dass er es aus demselben Grund getan hat, aus dem er mir auch das Nizarigift verabreicht hat. Um mich zu testen.«

»Dich testen?«, wiederholte er. »Um zu sehen, ob du ein Sprössling bist?«, riet er. Sein Vater hatte nie erwähnt, dass er Stas im Verdacht hatte, ein Sprössling zu sein, aber vielleicht testete er alle neuen Anwärter.

»Möglicherweise.« Sie biss sich auf die Unterlippe und seufzte dann. »Und du wusstest wirklich nichts darüber, nicht wahr?«

»Natürlich nicht. Glaubst du wirklich, ich würde absichtlich zulassen, dass er dir wehtut?«

»Ganz ehrlich? Ich war mir nicht sicher.«

»Wow.« Er lachte und schüttelte den Kopf. »Dem habe ich nichts entgegenzusetzen, Stas. Wirklich nicht.« Verdammt, offenbar hatten alle Frauen in seinem Leben nur wenig Vertrauen in ihn. Großartig. Er hatte keine Ahnung gehabt, dass sie ihn für ein solches Arschloch hielten.

»Es ist nicht leicht zu wissen, wem man vertrauen kann«, murmelte sie. »Du hast keine Ahnung, wer ich wirklich bin oder was …«

Die Tür wurde geöffnet und sie verstummte.

Ein Mann trat über die Schwelle, wobei er die Hände hinter dem Rücken verschränkt hatte. Tom wusste alles über ihn, war ihm jedoch noch nie begegnet. Mit seinen smaragdgrünen Augen fixierte er zuerst Stas und sah dann Tom an. Er konnte das Unbehagen spüren, das von ihm ausging. *Alt* war ein zu unzulängliches Wort, um den König der Hydraianer zu beschreiben. Er sah aus wie ein fünfunddreißigjähriger Mann, der kurze blonde Haare hatte und muskulös gebaut war, doch die Intelligenz, die aus seinen Augen strahlte, war durch und durch altertümlich.

Lucian, auch genannt Luc.

Im Gegensatz zu seinem Bruder bewunderte Tom ihn als den Anführer, der er war. Wakefield war ein aufgeblasenes Arschloch, das aus Spaß tötete, während Luc ein ehrenhafter Mann war, der für seinen Sinn für Gerechtigkeit bekannt war. Letzteres war eine Eigenschaft, die Tom respektierte, auch wenn sie ihm heute nicht zu seinen Gunsten gereichen würde.

»Tom«, begrüßte ihn der hydraianische König. »Könntest du uns einen Moment allein lassen, Stas?«

Sie kniff die Augen zusammen, doch Luc bedachte sie mit einem Blick, der sie verstummen ließ, bevor sie überhaupt den Mund aufgemacht hatte.

»Ich weiß, was du tun willst, und ich will dir dringend davon abraten. Denn andernfalls wird es Konsequenzen für dich haben.«

»Na schön«, brachte sie zwischen zusammengebissenen Zähnen hervor. »Aber das Vertrauen beruht auf Gegenseitigkeit, Luc. Wenn du willst, dass ich mich euch freiwillig anschließe, dann würde ich vorschlagen, du denkst gut über die Situation nach.«

Tom zog die Augenbrauen ihn die Höhe. Er konnte kaum glauben, wie dreist sie war. Wusste sie denn nicht, wen sie vor sich hatte? Luc könnte sie mit einem Handgriff töten und niemand würde irgendwelche Einwände erheben, denn sie war ein Sentinel. Ihre Beziehung zu Wakefield hatte offensichtlich ihr Selbstbewusstsein gestärkt, aber wahrscheinlich nicht auf eine gesunde Art und Weise.

»Ich wiege in jeder Situation die Vorteile gegen die Nachteile ab«, antwortete Luc nur. »Und dieser Fall ist keine Ausnahme. Amelia ist zwar meine Halbschwester, aber Logik wiegt schwerer als familiäre Verpflichtungen. Ich nehme an, dass dir dieses Konzept vertraut ist.«

Okay, offenbar ist mir tatsächlich etwas entgangen.

War dies nicht das erste Mal, dass Stas sich in Hydria aufhielt? Störte sich niemand daran, dass sie für die CRF arbeitete? Oh, und warum arbeitete sie überhaupt für das Unternehmen, wenn sie seinen Vater so sehr hasste?

Vor allem als Sentinel. Es ergab alles keinen Sinn.

Es sei denn, sie ist eine hervorragende Schauspielerin.

»Also gut«, erwiderte Stas. »Ich werde eine Runde spazieren gehen.«

»Danke.« Er beobachtete Tom, während Stas den Raum verließ und leise die Tür hinter sich schloss. »Ich denke, es wird Zeit für eine Unterhaltung, Sprössling.«

BALTHAZAR FAND eine Jeans und ein Trägerhemd und sogar Unterwäsche für Amelia. Sie wusste nicht, woher er sie hatte oder warum er ihre Größe kannte, doch die Sachen passten perfekt. Doch sie konnte nichts überraschen, wenn es um B ging, und sie musste lächeln, als sie sein Haus verließ. Sie hatte ihn mehr vermisst, als sie geglaubt hatte, und sie hoffte, dass es ihr sogar noch größere Freude bereiten würde, wenn sie die anderen wiedersah. Doch zuerst wollte sie ihre Brüder besuchen.

Im Gegensatz zu Balthazars Haus lag Lucs Anwesen auf

einem Hügel in einiger Entfernung vom Strand. Von hier oben konnte er jeden Zentimeter der kleinen Insel überblicken und sie wusste, dass er den Ausblick genoss und sogar bevorzugte. Es lag etwas abgeschieden und verschaffte ihm eine gewisse Distanz zu all den anderen. Als Anführer ihrer Rasse hatte er kaum Zeit für sich selbst.

Ein warmes Gefühl breitete sich in ihrer Brust aus, als Issac ihr die Tür öffnete, noch bevor sie anklopfen konnte. Er sah sie mit einem erleichterten Blick und einem jungenhaften Grinsen an. Bei dem Anblick verflog ihre Frustration vom Abend zuvor schlagartig. Sie konnte ihm nie lange böse sein, selbst wenn er es verdient hatte.

Ich bin wahrhaftig zu Hause.

Über die Jahre hinweg hatte sie sich diesen Moment so oft in ihrer Fantasie ausgemalt und immer von dem Tag geträumt, an dem Issac sie retten würde. Sie hatte sich so sehr gewünscht, dass er ihre Existenz spürte und sie suchte, doch er hatte es nie getan.

Denn er glaubte, dass sie tot war.

Aber jetzt ist er hier.

Ob er nun ihr Retter war oder nicht, er würde immer ihr großer Bruder sein, und sie vergötterte ihn.

»Du brichst mir schon wieder das Herz, Liebes«, flüsterte er, als er sie in seine Arme zog. Offenbar hatten sich einige ihrer Gefühle auf ihrem Gesicht oder in ihren Gedanken widergespiegelt.

»Es tut mir leid.« Sie erwiderte seine Umarmung und schloss die Augen. »Ich habe nur … Ich hätte nicht geglaubt, dich je wiederzusehen.«

Er schlang seine Arme noch fester um sie. »Ich bin hier. Ich werde nie wieder zulassen, dass dir jemand wehtut, das verspreche ich.«

Amelia ließ sich seine Worte durch den Kopf gehen und runzelte die Stirn. Obwohl sie seine guten Absichten zu schätzen wusste, wollte sie sich nicht nur auf ihn verlassen. Sie war überhaupt erst in Gefangenschaft geraten, weil sie darauf vertraut hatte, dass die Männer in ihrem Leben sie beschützen würden. Ihre Erfahrung hatte sie gelehrt, dass diese Logik erhebliche Mängel aufwies.

Sie trat einen Schritt zurück und blickte ihm in die Augen. »Ich lerne, wie ich mich selbst verteidigen kann.«

Tom hatte mit ihrem Training begonnen und sie wollte damit fortfahren.

Der Gedanke an ihn versetzte ihr einen Stich im Herzen. Sie sehnte sich danach, ihn zu sehen, doch sie wusste, dass niemand ihr gestatten würde, ihn zu besuchen.

Doch gerade da lag ein Teil des Problems. Alle wollten sie beschützen und ihr jegliche Entscheidungen abnehmen. Sie konnte ihnen deshalb keinen Vorwurf machen, denn die alte Amelia hatte es so gewollt. Doch es musste sich etwas ändern. Sie wollte, dass sie sie trainierten und ihr zeigten, was es bedeutete, unabhängig zu sein, damit ein Monster wie Jonathan sie nie wieder gefangen halten konnte.

Ich ziehe es vor, im Kampf zu sterben, als noch einmal diese Folter über mich ergehen zu lassen.

Issac bedachte sie mit einem eindringlichen Blick und nickte. »In Ordnung.«

»In Ordnung?«, wiederholte sie erstaunt. Sie hatte erwartet, dass er einen Streit vom Zaun brach und sich ihrem Wunsch widersetzte, doch sein Einverständnis kam völlig überraschend.

Er lächelte und legte eine Hand an ihre Wange. »Amelia, Liebes, ich habe jahrzehntelang versucht, dir Wege der Selbstverteidigung beizubringen, doch Eli hat immer gesagt, dass es nicht nötig ist. Und du hast jedes Mal zugestimmt. Erinnerst du dich?«

Weil Eli mich wie ein zerbrechliches Mädchen behandelt hat.

Sie würde ihn niemals dafür hassen, denn sie verstand,

warum er es getan hatte. Er kam aus einer Ära, in der ein Mann für seine Frau sorgte, und auch wenn sie nie offiziell geheiratet hatten, so hatten sie dennoch über Jahrhunderte hinweg in einer monogamen Beziehung gelebt. Eli sah es als seine Pflicht an, sie ständig zu beschützen, und wollte sie nie mit solchen Dingen belästigen. Als Tochter einer Herzogin war es ihr leichtgefallen, sich in ein derart behütetes Leben zu fügen.

Jedoch ... »Ich habe meine Meinung geändert.«

»Das kann ich sehen.« Um seine Augen bildeten sich Lachfältchen. »Und ich habe den perfekten Sparringpartner für dich.«

»Tatsächlich?«

»Tatsächlich.« Er wandte sich um, als eine blonde Frau mit einem Schnauben die Hintertür aufstieß und wieder zuschlug.

»Du wirst nicht glauben, was Luc gerade gesagt hat ...« Die Blondine verstummte, als sie die beiden im Wohnzimmer erblickte. »Oh.«

Amelia legte eine Hand auf ihren Mund und schnappte nach Luft, als sie die Frau erkannte. Sie *kannte* sie, und das nicht nur, weil sie ebenfalls eine Hydraianerin war.

Diese Frau hatte sie in einem Traum besucht.

Zumindest hatte sie geglaubt, dass es ein Traum war.

»Du bist real.«

Wenn sie existiert, dann bedeutet das, dass Stark sich tatsächlich in Luft aufgelöst hat. Sie runzelte die Stirn. *Warum hat er niemandem von ihrer Unterhaltung mit der Blondine erzählt? Oder hat er Jonathan davon berichtet?*

War das der wahre Grund dafür, dass sie sie in die Blockhütte gebracht hatten? Sie wollte gerade die Blondine fragen, doch Issacs Verhalten ließ sie innehalten.

Sie konnte die Anbetung in seinen blauen Augen sehen, als er die Frau mit einem Kuss begrüßte. Dann flüsterte er ihr etwas ins Ohr, was sie erröten ließ. Als er lächelnd ihren Hals liebkoste, blieb Amelia der Mund offen stehen.

Wer ist dieser Mann und was hat er mit meinem Bruder gemacht? Das muss die Frau sein, die Tom erwähnt hat.

Die Frau, die Issac auch nach der ersten Verabredung wiedersehen wollte.

Wie konnte das geschehen?

Ihr traten Tränen in die Augen, als ein ganzer Schwall an widersprüchlichen Emotionen auf sie einstürmte. Sie war froh, dass ihr Bruder endlich eine Partnerin gefunden hatte, sie war traurig, dass es während ihrer Abwesenheit geschehen war, und sie war verwirrt, weil er eine Angestellte von Jonathan gewählt hatte.

»Amelia, das ist meine Aya«, sagte Issac. »Aber sie zieht es vor, wenn man sie Stas nennt.«

Die Blondine lächelte zu ihm auf. »Ich glaube nicht, dass ich je gehört habe, wie du meinen Spitznamen benutzt.«

»Das liegt daran, dass Aya dein Spitzname ist«, erwiderte er, als er mit den Fingerknöcheln über ihren Kiefer strich.

»Du hast ihr einen Spitznamen gegeben?«, fragte Amelia fassungslos. »Du sprichst nicht einmal Luc mit seinem Spitznamen an und er ist dein Bruder.« Das allein verriet ihr, was Issac für diese Frau empfand.

Liebe.

Mein Bruder ist verliebt.

»Ich glaube, ihr seid euch in der CRF begegnet«, fuhr Issac fort, wobei sein Gesicht sich verdunkelte. »Aya hat an jenem Tag eine Kamera getragen. Dadurch habe ich erfahren, dass du noch am Leben bist.«

Stas räusperte sich und wirkte verlegen. »Ja, Ich habe mich einverstanden erklärt, als Sentinel zu arbeiten, weil ich gehofft hatte, dir auf diese Weise helfen zu können, aber das hat ganz offensichtlich nicht funktioniert.«

Amelia blinzelte. »Du bist ein Sentinel geworden, um mir

zu helfen?« Das erklärte, warum Issac nichts dagegen hatte, dass Stas für die CRF arbeitete.

Issac zog Stas an seine Seite und gab ihr einen Kuss auf die Schläfe. »Aya ist unglaublich, wenn auch ein wenig waghalsig.« Die Blondine versetzte ihm einen Stoß mit dem Ellbogen und grinste.

Amelia schluckte, während sie nicht wusste, was sie sagen sollte. *Unglaublich* schien diese Frau nicht einmal annähernd zu beschreiben. »Danke«, murmelte sie, doch unter den gegebenen Umständen klang es unzulänglich. *Diese Frau hat ihr Leben für mich riskiert.* Sie schuldete ihr mehr als nur ein Wort, doch was könnte sie ihr sonst noch geben?

Stas schnaubte. »Ich habe nicht gerade viel getan. John hat dich an einen anderen Ort gebracht, bevor ich die Gelegenheit hatte, noch einmal mit dir zu reden.«

Amelia nickte. »Ja, Tom hat ihm dazu geraten.«

»Dann ist es also wahr? Er hat dir geholfen?« Amelia konnte die Hoffnung in der Stimme der Frau hören und sie fragte sich, was sie mit Tom verband.

»Ja, in vielerlei Hinsicht.« Sie blickte ihren Bruder an. »Du hast mich gestern Abend schlafen gelegt, bevor ich Gelegenheit hatte, alles zu erklären.« Und dann hatte er sie für fast vierundzwanzig Stunden nicht wiedererwachen lassen. Es war kein Wunder, dass sie völlig benommen erwacht war und geglaubt hatte, Hydria wäre nur ein Traum. Sie hatte viel zu lange geschlafen. »Übrigens, tu das nie wieder ohne meine Zustimmung.«

Er zog die Augenbrauen in die Höhe. »Du hast meine Träume immer genossen, Amelia.«

»Ja.« Und deshalb konnte sie ihm den gestrigen Abend verzeihen. »Aber ich will, dass du mich beim nächsten Mal erst um Erlaubnis bittest.« Bei dem Gedanken, dass irgendjemand ihre Vorstellungskraft manipulierte, nachdem sie so viele Jahre der Halluzinationen und Folter über sich hatte ergehen lassen müssen, drehte sich ihr der Magen um. Issac würde ihr nie schaden, und das wusste sie, doch sie brauchte etwas Freiraum. Zumindest fürs Erste.

Er betrachtete sie mit einem eindringlichen Blick und nickte dann langsam. »Natürlich.«

»Danke. Und jetzt will ich Tom sehen«, sagte sie und fühlte sich stärker. »B hat mir bereits erklärt, dass du es mir nicht erlauben würdest, deshalb bin ich hier, um mit Luc zu sprechen.«

»Er ist vorübergehend verhindert«, erwiderte Issac auf seine typisch hochmütige Art. »Und Balthazar hat recht, wir werden dir deine Bitte abschlagen.«

»Sie hat ein Recht darauf, ihn zu sehen«, warf Stas ein.

»Heute Morgen hast du noch zugestimmt, dass er entfernt werden sollte.«

Die Blondine kniff ihre grünen Augen zusammen. »Nein, ich sagte, man sollte ihm die Wahl lassen, ob er bleiben oder gehen will. Aber netter Versuch.«

Er zuckte mit den Schultern. »Dann ist dein Befehl also immer noch wirksam.«

»Das ist er.«

»Hervorragend.«

Amelia entging der Sarkasmus in seiner Stimme nicht.

»Wovon redet ihr beide bloß? Und was meint ihr mit *entfernt*?«

»Hinrichtung«, antwortete Issac nur. »Aber mein kleines aufsässiges Mädchen hier hat als Sprössling ihre Gabe der verbalen Überzeugungskraft eingesetzt und damit die Ältesten und mich daran gehindert, das Urteil zu vollstrecken.«

Amelia riss die Augen auf. »Sprössling?«

»Ja«, erwiderte er.

Oh, Issac.

Ihr Bruder hatte sich in eine Frau verliebt, die er nie wirklich würde haben können. Wenn sie starb, würde sie als

Hydraianerin wiedergeboren werden, und eine Beziehung zwischen den beiden wäre damit unmöglich. Abgesehen von den politischen Einwänden, die eine Verbindung zwischen einer Hydraianerin und eines Ichorianers mit sich brachte, wäre die Beziehung auf körperlicher Ebene undenkbar. Wenn Issac auch nur einen Tropfen ihres Blutes trank, würde ihn das umbringen. Das Risiko wäre einfach zu hoch.

Es brach ihr das Herz, während sie nach den richtigen Worten suchte. Er warf ihr einen Blick zu, der besagte, dass er genau wusste, was sie dachte, und dass sie ihre Meinung besser für sich behalten sollte. Erkannte seine Stas das Ausmaß dieses Problems nicht? Oder versuchten sie beide, es zu verdrängen?

»Ich werde ihn nicht zurücknehmen«, verkündete Stas. »Niemand auf dieser Insel darf ihm etwas antun.«

»Die Ältesten beobachten mit Spannung, wie lange der Befehl wirksam bleiben wird, vor allem Lucian. Du kannst von Glück reden, dass er eher fasziniert als verärgert darüber ist.« Der tadelnde Unterton in seiner Stimme zauberte ein Grinsen auf das Gesicht der Blondine.

»Ich wollte zuerst seine Seite der Geschichte hören.«

»Und hast du sie gehört?«

»Ja, und er hatte mit Owen nichts zu tun.«

»Owen?«, wiederholte Amelia. »Unser Owen?«

Issac blickte sie mit beunruhigtem Blick an und räusperte sich. »Ja. Ich weiß nicht, wie ich es dir am besten sagen soll, außer ganz direkt zu sein … Jonathan hat ihn vor ein paar Wochen in New York ermorden lassen.«

»Wie bitte? Um Himmels willen, warum denn das? Er konnte doch unmöglich eine Bedrohung sein.« Sie hatte den Hydraianer gut gekannt. Sein ansteckendes Lachen und allgemeine Fröhlichkeit hatten ihn zu einem überaus geselligen Menschen auf der Insel gemacht. Alle hatten ihn geliebt.

»Um mich zu testen«, flüsterte Stas.

»Aya und Owen waren gute Freunde«, fügte Issac hinzu.

»Wir sind uns sogar am Tatort das erste Mal begegnet. Nicht gerade die romantischste Geschichte, nicht wahr?«

Amelia wurde schwarz vor Augen. *Was habe ich während all der Jahre sonst noch verpasst?* Sie taumelte zum Tisch und setzte sich, bevor ihr die Beine versagten. Es war alles zu viel für sie. Sie rieb sich ihre schmerzende Brust und dachte daran, die Stirn auf die Tischplatte zu legen, um sie zu kühlen. Owen hatte dieses Schicksal nicht verdient. Er war ein weiterer Punkt auf Jonathans Liste der dunklen Machenschaften.

Issac stellte ein Glas Wasser vor ihr ab und setzte sich ihr gegenüber an den Tisch. »Ich weiß, es ist eine Menge, die du erst einmal verkraften musst, Liebes«, sagte er leise. »Es tut mir leid. Wir werde es gemeinsam durchstehen.«

Sie nickte wie betäubt. »Wen haben wir sonst noch verloren?«, fragte sie, obwohl sie sich nicht sicher war, ob sie die Antwort wirklich hören wollte.

»Nur Eli«, flüsterte er.

Sie schloss die Augen und atmete langsam durch die Nase ein und aus. Damit konnte sie umgehen. Ihr Herz schmerzte nicht mehr so wie früher, wenn sie an ihn gedacht hatte. Jetzt peinigte es sie aus einem anderen Grund. *Tom.* Während der vergangenen Wochen hatten sie eine Bindung zueinander aufgebaut, die zwar noch frisch, aber dennoch stark war. Sie wollte sie weiterführen und erforschen, doch sie musste mit zu vielen Hindernissen kämpfen, von welchen das erste ihre beiden Brüder waren.

»Was hat Tom denn getan, dass ihr euch alle so sehr über ihn ärgert?«, wollte sie wissen.

»Du meinst abgesehen von der Tatsache, dass er Jonathans Nachkomme ist?«

»Du weißt besser als jeder andere, dass du einen Mann nicht für seine Herkunft bestrafen solltest, Issac.« Es würde der Verdammung eines Hydraianers für die Sünden seines ichorianischen Vaters gleichkommen. Und es gab so viele dieser Unsterblichen, die ihre Menschlichkeit ganz und gar vermissen ließen. Es war eine Folge ihres hohen Alters und der alten Bräuche. Ihr Vater hatte sich ein Sicherheitsnetz aus Familie und Freunden geschaffen, das ihn auf dem Boden der Tatsachen hielt. Doch manchmal konnte sie ein entferntes Funkeln in Aidans Augen sehen, wenn sich durch seine jahrtausendelange Erfahrung ein Hauch von Wahnsinn in seinen Verstand zu schleichen drohte. Bei Luc war es nicht anders. Sie fragte sich, ob es während ihrer Abwesenheit schlimmer geworden war.

»Er ist der Sohn seines Vaters, Amelia. Jonathan hat ihn zu einer wandelnden Marionette mit einer herausragenden Treffsicherheit gemacht.«

»Das ist ja wohl ein wenig zu hart.« Doch es steckte auch ein Funke Wahrheit darin. Tom hatte selbst gesagt, dass er keine andere Wahl hatte, als das zu tun, was sein Vater ihm befahl. Dennoch hatte er sich gegen Jonathan gestellt und sie zu Issac geführt. »Sag mir, aus welchem Grund du ihn im Verdacht hattest, Owen ermordet zu haben.« Sie benutzte absichtlich das Präteritum, da Stas bereits gesagt hatte, dass er nichts mit seinem Tod zu tun hatte, doch sie fragte sich, warum Issac ihn überhaupt der Tat beschuldigen würde.

»Weil er sich sein ganzes Leben lang nach der Liebe und Zuneigung seines Vaters gesehnt hat. Thomas würde für diesen Mann sterben, und möglicherweise wird er das auch.«

Sie schüttelte den Kopf. »Du hättest hören sollen, wie er während der letzten Wochen mit ihm gesprochen hat, Issac. Das war nicht der Junge, der sich nach Liebe sehnt, sondern ein Mann, der gegen seinen Vater aufbegehrt.«

»Oder …«, sagte Issac, als er nach ihrer Hand griff und sie drückte, während er ihr tief in die Augen blickte, »oder er ist ein Mann, der mit einer Frau in einem zerbrechlichen Zustand gespielt hat. Ein Mann, der versucht hat, dein Vertrauen zu gewinnen, um an einen Ort wie Hydria zu gelangen, von dem aus er seinem Vater Bericht erstatten kann.« Er ließ einen Moment verstreichen, damit die Worte ihre Wirkung entfalten konnten, bevor er fortfuhr: »Er ist der perfekte Soldat für diesen Job, Liebes. Ein Sprössling ohne Zuhause, der außer Hydria keinen Ort hat, an den er sich wenden könnte. Und mit deiner Zustimmung wird er vielleicht sogar hierbleiben können.«

»Ein Spiel«, flüsterte sie.

Nein.

Dies war keiner von Jonathans Tricks.

Obwohl sie sich schon oft gewundert hatte, wann diese Scharade ein Ende haben würde. Wie oft hatte sie Toms Absichten infrage gestellt? Wochenlang hatte sie der Verdacht nicht losgelassen, bis er sein Leben für sie riskiert hatte, um sie zu retten. Seit jenem Nachmittag in der Hütte hatte sie ihn nicht mehr angezweifelt. Und das lag nur ein paar Tage zurück …

Nein.

Sie schüttelte entschlossen den Kopf und wusste, dass diese Möglichkeit nicht infrage kam.

Ich kenne ihn.

Doch kannte sie ihn wirklich? Der Mann war mit seiner lässigen Art ein Meister der Täuschung. Würde er ihr wirklich wehtun können?

Er hat mich in jener Nacht im Arm gehalten. War das auch nur ein Teil der Illusion gewesen? Ein Weg, um ihr Vertrauen zu gewinnen? Es hatte bestens funktioniert.

Doch was war mit der Waffe? Sie hätte ihn töten könne.

Es sei denn …

Sie hatte nie nachgesehen, ob sie geladen war.

Hatte er die Munition herausgenommen, bevor er die Pistole in den Nachttisch gelegt hatte? Es wäre tatsächlich ein kluger Trick gewesen. Und danach hatte sie sich in sein Bett ziehen lassen.

Issac wischte ihr mit dem Daumen eine Träne aus dem Gesicht und legte eine Hand an ihre Wange. »Es ist nur eine Vermutung, aber du solltest auf diese Möglichkeit vorbereitet sein, Liebes.«

Sie biss sich auf die bebende Unterlippe. Ihr Herz schmerzte bei dem Gedanken, dass alles nur ein Spiel für Tom gewesen sein könnte. Hatte sie sich in einen Meister der Manipulation verliebt? Es schien möglich, denn Jonathan würde ihr so etwas ohne Zweifel antun. Er hatte sie immer brechen wollen, und auf diese Weise würde er damit Erfolg haben. Indem er seinen Sohn damit beauftragte, sie zu umsorgen, bis er ihr Vertrauter und Geliebter wurde, um sie dann auf qualvolle Weise zu verraten.

Ihr kullerte wieder eine Träne über die Wange, doch diesmal wischte sie sie eigenhändig weg. »Wenn es wahr ist«, flüsterte sie, »dann will ich bei seiner Bestrafung ein Mitspracherecht haben.« Denn selbst wenn Tom schuldig war, würde sie nicht zulassen, dass die Ältesten ihn hinrichteten. Sie könnte ihm niemals wehtun, nicht auf diese Weise. Sie würde von ihnen verlangen, dass sie ihn stattdessen freiließen.

»Aber es ist nicht wahr«, warf Stas mit einem Stirnrunzeln ein. »Ich kenne ihn seit fast sieben Jahren, Issac. Er ist kein schlechter Mann und er wusste wirklich nicht, dass sein Vater Owen getötet hat. Ich habe es an seinem Gesichtsausdruck gesehen. Er hat nicht gelogen.«

Issac betrachtete die Frau mit einem ernsten Blick, den Amelia noch nie zuvor an ihm gesehen hatte. *Er respektiert ihre Meinung*, erkannte sie. Wie faszinierend. Normalerweise dauerte es Jahrzehnte, bis ihr Bruder jemandem derart vertraute, doch Stas hatte es in dieser kurzen Zeit geschafft.

»Vielleicht«, murmelte er. »Wir werden heute Abend zu keiner Entscheidung gelangen. Ich kann nicht glauben, dass ich im Begriff bin, diesen Vorschlag zu machen, aber lasst uns zum Strand gehen. Ich denke, es wird dir helfen, im Kreis deiner Familie zu sein. Und ich würde gern vermeiden, dass Jacque mit einem erwartungsvollen Ausdruck auf dem Gesicht plötzlich hier auftaucht.«

Amelia hätte so gern gelächelt, doch der Schmerz in ihrer Brust machte es ihr fast unmöglich. Sie hatte nicht die geringste Lust auf eine Strandparty, doch sie schuldete es ihrer Familie, es wenigstens zu versuchen. Und vielleicht würde sie sich sogar ein wenig besser fühlen, wenn sie sich mit der Liebe und Unterstützung ihrer Freunde und Familie umgab. Es gab nur einen Weg, das herauszufinden. Sie würde später über Tom und seinen potenziellen Verrat nachdenken.

Er würde dir das nicht antun, flüsterte ihr eine innere Stimme zu. *Er vertreibt die Dunkelheit.*

Ihr lief ein Schauer über den Rücken. *Ich muss mit ihm sprechen.* Es wäre der einzige Weg, wie sie herausfinden könnte, ob all das nur eine Scharade war. Es würde nichts bringen, wenn sie es jetzt wieder und wieder in ihrem Kopf durchging. Sie war endlich frei und sie wollte ihre kostbare Zeit nicht mit Grübeln verbringen. Jonathan würde nicht gewinnen. Nie wieder.

»Lasst uns gehen.«

KAPITEL SECHZEHN

NEUE SEHNSÜCHTE

WAS ALS GEDIEGENER Abend begonnen hatte, endete in einer ausgelassenen Party, nachdem sie alle Formalitäten hinter sich gebracht hatten. Amelia war dankbar für die Ablenkung, denn dadurch war die Aufmerksamkeit aller nicht mehr auf sie, sondern auf die Feierlichkeiten gerichtet. Jacque und Stas waren gemeinsam für die Musik verantwortlich. Er schien ihr gerade die Kontrollknöpfe am Mischpult zu erklären, während Issac sie amüsiert beobachtete.

»Es ist seltsam, nicht wahr?«, murmelte Jayson, während er ein Marshmallow in den Flammen röstete. Sie hatte sich dafür entschieden, mit den Ältesten ums Lagerfeuer zu sitzen, statt sich den Tänzern am Strand anzuschließen. Es waren zu viele und sie brauchte ihren Freiraum. Ihr Bruder hatte ihr angeboten, bei ihr zu bleiben, doch sie wollte ihn nicht von seiner neuen Liebe fernhalten.

»Er ist glücklich«, sagte Amelia und lächelte, als ihr Bruder sich hinter Stas stellte und seine Arme um sie schlang.

»Es wird böse enden.« Aliks nüchterner Tonfall passte zu seiner gelangweilten Miene. Er saß neben Jayson mit dem Rücken zum Strand. Typisch. Er hatte sie vorhin jedoch mit einem Lächeln begrüßt, was für den Ältesten eine Seltenheit war und ihr deshalb sehr viel bedeutete.

»Du machst das ganz falsch«, sagte Luc, als er sich in einen Stuhl gegenüber von ihnen fallen ließ. Sie hatte ihn vor einigen Minuten noch dabei beobachtet, wie er mit einem zufriedenen Gesichtsausdruck mit Mya und Lara getanzt hatte, doch jetzt fixierte er Jaysons Marshmallow mit kritischem Blick. »Es wird gleich Feuer fangen.«

»Und genauso mag ich es«, erwiderte Jayson, als das Marshmallow in Flammen aufging.

Luc schüttelte den Kopf. »Das ist Blasphemie. Du hast gerade einen perfekten Zylinder ruiniert.«

»Nur du machst dir über die Form und nicht über den Geschmack Gedanken.« Jayson lehnte sich vor, um sich aus dem nun geschwärzten Marshmallow, einem Schokoladenriegel und zwei Vollkorncrackern ein Sandwich zu basteln. Es war nicht gerade ein gesunder Nachtisch, aber der Mann hatte nicht ein Gramm Fett am Leib. Im Grunde waren alle Ältesten in bester körperlicher Verfassung.

Alik war der Kleinste der drei und hatte den Körper eines schlanken Athleten. Luc und Jayson erinnerten sie dagegen an Rugbyspieler. Sie waren groß und muskulös, hatten kurze Haare und attraktive Gesichtszüge. Sie waren Elis beste Freunde gewesen. Er hatte sie fast sein ganzes Leben gekannt und sie wie Brüder geliebt. Sie waren außerdem die ältesten ihrer Rasse, was ihnen ihren Spitznamen eingebracht hatte. Es vermittelte ihr ein gutes Gefühl, neben ihnen zu sitzen, obwohl es auch ein wenig unwirklich war.

Sie hatte oft an sie gedacht und sich dabei an bestimmte Einzelheiten wie Jaysons hinreißende Grübchen, die immerwährende Falte zwischen Lucs Augenbrauen und Aliks typischen finsteren Blick erinnert. Es war erstaunlich, dass sie sich an all diese Eigenschaften erinnern konnte, doch nicht an die Farbe von Elis Augen. Alles, was sie jetzt vor sich sah, war ein sinnliches Braun, von dem sie wusste, dass es nicht zu ihm gehörte.

Tom.

Jayson gab ihr den Marshmallowspieß und sie reichte ihn an Luc weiter. Wenn sie an Nachtisch dachte, drehte sich ihr der Magen um. Obwohl sie versuchte, sich abzulenken, musste sie immer wieder an Tom denken. Sie erinnerte sich an die Zeit, die sie miteinander verbracht hatten, wobei ihr wahllos verschiedene Bemerkungen einfielen und Bilder in den Sinn kamen. Sie dachte daran, wie er sie während ihres Zusammenbruchs im Arm gehalten hatte, an seine berauschenden Küsse und Berührungen, doch vor allem dachte sie an die Aufrichtigkeit in seinem Blick. Jedes Mal wenn sie die Augen schloss, starrte er ihr mit einem besorgten Ausdruck im Gesicht entgegen, bei dem ihre Knie weich wurden. Seine Taten und Worte waren nicht die eines Verräters, doch sie konnte nicht leugnen, dass Issacs mahnende Worte eine gewisse Logik bargen.

Jemand hielt ihr ein Stück Schokolade unter die Nase und riss sie so in die Gegenwart zurück. Jayson zog eine Augenbraue in die Höhe und wedelte mit der Süßigkeit vor ihren Augen. »Ich weiß, dass du es willst, Amelia«, neckte er sie. »Dunkle Schokolade, frisch aus Argentinien. Deine Lieblingssorte.«

Seine verspielte Art brachte sie zum Lächeln und sie schnappte sich den Leckerbissen. »Du hast dich kein bisschen verändert, Jay.«

»Und ich habe es auch nicht vor, A.«

Die Ältesten hatten eine Vorliebe für Spitznamen. Es brachte Issac an den Rand des Wahnsinns, doch sie liebte es. »Ich habe euch vermisst, Jungs«, gab sie zu, worauf Jay sie an seine Seite zog und Luc ihr einen Luftkuss zuwarf. Alik blickte für einen kurzen verständnisvollen Moment zu ihr auf und starrte dann wieder in die Flammen.

Sie knabberte an der Schokolade und unterdrückte ein Stöhnen. Es war dieselbe Sorte, mit der Balthazar zuvor die heiße Schokolade zubereitet hatte. Diese Männer kannten sie viel zu gut, doch sie fühlte sich trotz all der Wärme und Geborgenheit wie eine Außenseiterin.

Bei Tom fühlst du dich nicht so.

Die Schokolade schmeckte plötzlich bitter. Es war nicht richtig, dass sie hier saß und ihren Spaß hatte, während er Gott weiß wo versauerte. Er war für sie da gewesen, als sie ihn am meisten gebraucht hatte, und sie vergnügte sich hier draußen, während er leiden musste. Es war ungerecht.

Plötzlich legte ihr jemand eine Hand auf die Schulter und sie schreckte auf. Balthazar starrte mit einem fragenden Blick auf sie herab. »Hast du Lust auf einen Spaziergang?«, fragte er. »Wir könnten uns ein wenig unterhalten.«

Du hast in meinem Kopf herumgepfuscht, B.

Sein trauriger Blick beantwortete ihren Gedanken. Er streichelte mit dem Daumen beruhigend über ihren Nacken und machte es ihr schwer, ihm seine Bitte auszuschlagen. »Also gut«, sagte sie und stand auf.

»Geh nicht zu weit weg, A.« Die Emotionen, die in der Stimme ihres Bruders mitschwangen, versetzten ihr einen Stich im Herzen. Ihre Beziehung zu ihm unterschied sich von der, die sie zu Issac hatte, vor allem da sie mit Luc nicht aufgewachsen war. Dennoch liebte sie ihn, auch wenn sie mit seiner Entscheidung, Tom einzusperren, nicht übereinstimmte. Er stand auf, als sie zu ihm ging, und schloss sie in seine Arme.

»Ich werde nirgendwohin gehen«, flüsterte sie.

»Ich weiß.« Er drückte ihr einen Kuss auf den Kopf und hielte sie noch einen Moment länger als gewöhnlich im Arm, als befürchtete er, dass sie wieder verschwinden könnte. »Wir können uns morgen früh unterhalten. Ich mache Waffeln zum Frühstück.«

Balthazar stieß neben ihnen ein Schnauben aus. »Blödsinn.«

»Hör nicht auf ihn«, sagte Luc, als er seine Arme wieder von ihr löste. »Pfannkuchen sind flach und formlos, während Waffeln geometrische Köstlichkeiten sind.«

Amelia musste lächeln, als sie die vertraute Diskussion hörte. »Schön zu wissen, dass sich nicht alles hier verändert hat.«

»Pfannkuchen können verschiedene Formen haben«, argumentierte Balthazar.

»Aber bilden sie auch kleine Vertiefungen, in die man den Ahornsirup füllen kann?«

»Nicht jeder von uns ist besessen von gleichmäßigen Portionen.«

Luc zog überheblich eine Augenbraue in die Höhe. »Das ist keine Antwort.«

»Um Himmels willen«, murmelte Alik, »hört schon auf.«

Jayson lachte und schüttelte den Kopf. »Ich dachte, du wolltest einen Spaziergang machen, B.«

»Genau.« Balthazar streckte Amelia seinen Arm entgegen. »Komm mit und ich werde dir erklären, warum Pfannkuchen sich am besten zum Frühstück eignen.«

Sie hakte sich bei ihm ein und grinste. »Euch ist klar, dass ich mir diese Debatte bereits tausendmal anhören musste, nicht wahr?«

Balthazar blickte zu Luc und sprach ihn an, statt ihr zu antworten. »Ich habe dir in dieser Hinsicht bereits Dutzende Male das Gegenteil bewiesen.« Er kniff die Augen zusammen. »Die Wette gilt. Nächstes Wochenende. Ich entscheide mich für Brasilien. In Ordnung. Ja, Ahornsirup ist erlaubt. Das ebenfalls, und ja, ich wähle Jay. Abgemacht.«

»Welcher abartigen Herausforderung habe ich gerade zugestimmt?«, wollte Jayson wissen.

»Luc wird dir die Einzelheiten erklären, während ich mit Amelia einen Spaziergang mache.«

Sie schnaubte. »Du tust ja gerade so, als wäre ich zu sittsam, um Näheres über eure Wette zu erfahren.«

Sie wusste, dass Balthazar und Luc sich ständig irgendeinen Wettstreit lieferten, der auf die eine oder andere Weise auch sexuelle Eskapaden mit einbezog. Offenbar ging es diesmal um Frühstück, brasilianische Frauen und Mannschaften. *Ich will es gar nicht wissen.*

»Eines Tages werde ich dich auch dazu anstiften, Liebes«, sagte Balthazar grinsend. »Nur keine Bange.«

»Sicher.« Er sagte das nun schon seit einigen Jahrhunderten, doch er hatte noch nie Ernst gemacht. Aufgrund seiner Beziehung zu Eli war sie für ihn tabu gewesen, was ihr stets recht war. Sie verehrte Balthazar, doch sie wollte diese Grenze nicht überschreiten.

Sie schlenderten Arm in Arm den Strand entlang und entfernten sich immer weiter von der Technomusik und den tanzenden Unsterblichen, während sie sich dem Hafen näherten, der in einem ruhigeren Teil der Insel lag. Zuweilen kamen Touristen für einen Tagesausflug von Athen hierher, aber es gab hier keine Hotels und die letzte Fähre legte jeden Abend vor dem Abendessen ab.

Autos und Motorräder waren auf der Insel verboten, um laut Luc die Luft nicht zu verschmutzen, doch es gab Fahrräder, die man mieten konnte. Die Hydraianer verkauften außerdem Kunstwerke aller Art und betrieben zwei Cafés, in denen Touristen während ihres Aufenthalts etwas essen konnten. Damit deckten sie zum Teil die Lebenshaltungskosten, doch die meisten Einkünfte wurden von denjenigen bestritten, die Vollzeit arbeiteten.

Luc hatte ein ausgeklügeltes System eingerichtet, in dem jeder eine Rolle spielte. Sie war damals dafür verantwortlich gewesen, die jüngeren Hydraianer zu betreuen und wenn nötig verschiedene Feste auszurichten. Sie fragte sich, wie sie ihrem Volk jetzt von Nutzen sein konnte.

Tom könnte sich hier durchaus nützlich machen, dachte sie. Wenn Luc ihm nur eine Chance gäbe.

»Weißt du, ich kann mich an den Tag erinnern, an dem du Eli getroffen hast«, sagte Balthazar mit gedämpfter Stimme und riss sie aus ihren Gedanken.

»Wirklich?«, fragte sie mit einem zaghaften Lächeln. Amelia konnte sich ebenfalls daran erinnern. An dem Tag war sie achtzehn Jahre alt geworden und hatte all die Ältesten, einschließlich ihren Bruder Luc, zum ersten Mal getroffen. Zu jener Zeit hatte es weder fortgeschrittene Technologien noch ein weltumfassendes Transportwesen gegeben und Jacque war noch nicht geboren worden. Doch vor allem hatte Aidan Amelia vor der übernatürlichen Welt verbergen wollen. Die Unsterblichen hatten damals kurz vor einem Krieg gestanden, während die Spannungen zwischen Ichorianern und Hydraianern sich immer mehr zugespitzt hatten. Daher hatte er mit Issac und ihrer Mutter, einer wohlhabenden verwitweten Herzogin, in England gelebt und sie dort versteckt, bis zu dem Tag, an dem er sie an die Ältesten übergeben hatte.

»Für ihn war es Liebe auf den ersten Blick«, sagte Balthazar. »Der Mann hätte die ganze Erde aus den Angeln gehoben, nur um dich lächeln zu sehen.«

Und da war er. Der Grund, warum Balthazar mit ihr spazieren gehen wollte. Sie hatte nicht zwei ältere Brüder, sondern fünf, und sie alle vergötterten Eli. Für sie würde es nicht infrage kommen, wenn Amelia einen anderen Mann an ihrer Seite hätte, vor allem nicht, wenn sie diesen Mann bereits verabscheuten.

»Zuerst war ich ziemlich erschrocken, aber ich bin froh, dass er dich gefunden hat«, fuhr er fort. »Du hast ihm drei Jahrhunderte lang Freude bereitet, Amelia. Er hätte mehr Zeit mit dir verbringen wollen, aber ich weiß mit absoluter Sicherheit, dass er dich nicht von deinem Glück hätte abhalten wollen.« Er stellte sich ihr in den Weg und starrte mit einem eindringlichen Blick auf sie herab, der ihr Herz einen Schlag aussetzen ließ.

»Eli war deine erste Liebe und durch und durch der Mann, den du damals gebraucht hast, doch Menschen ändern sich. Unsere Erfahrungen formen unsere Zukunftsperspektiven, unsere Träume und unsere Sehnsüchte …« Seine schokoladenbraunen Augen funkelten und sie stieß ein Schnauben aus. Er konnte nie lange ernst bleiben.

»Was willst du mir damit sagen, B?« Es klang fast so, als würde er ihr Avancen machen, doch trotz seines koketten Gebarens wusste sie, dass er nie wirklich ein sexuelles Interesse an ihr hatte.

»Manchmal ist das, was wir brauchen, etwas oder jemand, den wir am wenigsten erwarten. Eli war dein perfekter Partner. Ihr habt einander glücklich gemacht und ein erfülltes Leben miteinander geführt. Aber er weilt nicht mehr unter uns und wird nie wieder zurückkommen. Und selbst wenn er es täte, bin ich mir nicht sicher, ob er heute der richtige Mann für dich wäre. Er würde dich wahrscheinlich in einem Zimmer einsperren und jeden töten, der ohne seine Erlaubnis eintreten wollte, doch du brauchst etwas anderes.« Er bedachte sie mit einem traurigen Lächeln. »Ich habe zugehört, Amelia. Ich habe alles gehört. Es gefällt mir zwar nicht, aber Tom ist der Richtige für dich, zumindest im Moment. Und aus diesem Grund werde ich dir helfen.«

Sie starrte ihn mit offenem Mund an. Sie hatte alles Mögliche erwartet, doch sie hätte nicht geglaubt, diese Worte aus seinem Mund zu hören. »Wirklich?«

»Ja. Er ist da drüben.« Balthazar zeigte auf einen kleinen Schuppen vor dem Strand. Der winzige Raum war gerade einmal halb so groß wie ihre Zelle bei der CRF. Sie setzte sich in Bewegung, bevor sie sich eines Besseren besinnen konnte, und Balthazar packte sie an der Schulter. »Ash ist bei ihm.«

Amelia erstarrte. »Du hast ihn mit einem Feuerwesen allein gelassen?« Durch ihre pyrokinetischen Fähigkeiten war die Frau äußerst wertvoll für Hydria und ebenso furchterregend.

»Sie unterliegt strikten Anweisungen, ihn nicht zu töten, und du weißt, dass sie ihre Arbeit sehr ernst nimmt.«

Oh, sie wusste es. Die Frau gehörte zu Lucs Leibwache und begleitete ihn jedes Mal, wenn er Hydria verließ. Sie verlieh dem Wort *Schutz* eine völlig neue Bedeutung. »Sie wird ihren Posten niemals verlassen.«

Balthazar bedachte sie mit einem Augenaufschlag und grinste. »Du weißt doch, wie sehr ich Herausforderungen zu schätzen weiß, A. Ich kümmere mich darum.« Das war eine Menge Überheblichkeit für einen einzigen Mann, doch wenn es jemandem zustand, arrogant zu sein, dann war es Balthazar. Ash würde gegen seinen sinnlichen Charme keine Chance haben.

»In Ordnung. Danke.« Denn ansonsten gab es nicht viel zu sagen.

»Bleib außer Sichtweite, bis wir gegangen sind. Ich werde dafür sorgen, dass die Tür unverschlossen ist. Geh die Treppe hinunter, er ist in dem Raum auf der linken Seite.«

Sie zog überrascht die Augenbrauen in die Höhe. Diese kleine Hütte wirkte eher wie ein Geräteschuppen, nicht wie ein Gebäude mit mehreren Zimmern. »Seit wann gibt es dieses Ding?«

»Luc hat es gebaut, als wir die Insel besiedelt haben. Es ist eine Art Gefängnis. Und bevor du fragst, wir haben dir nichts davon erzählt, weil ›eine Dame über solche Dinge nicht Bescheid wissen muss‹.«

»So höre ich mich aber nicht an.« Doch es klang durchaus wie etwas, das sie sagen würde, zumindest über diesen Aspekt des hydraianischen Lebens. Sie würde niemals Gefallen an einem Gefängnis finden oder an den Dingen, die in einem Kerker vor sich gingen.

»Doch, das tust du, Liebes.« Er gab ihr einen Kuss auf die Wange. »In drei Stunden ist ein Schichtwechsel der Wachen vorgesehen. Ich würde vorschlagen, dass ihr bis dahin von dort verschwunden seid.«

∾

TOM HATTE die Hände in den Hosentaschen vergraben und ging in dem winzigen Zimmer auf und ab. Er war mehr als nur ein wenig aufgewühlt.

Stas ist ein Sprössling. Und darüber hinaus konnte sie andere ihrem Willen unterwerfen. Wie war es möglich, dass ihm dieses Detail entgangen war? Es verhieß nichts Gutes, dass Luc ihm diese Information verraten hatte. Die Worte hatten aus seinem Mund eher wie eine Drohung geklungen.

»Wenn sich der Bann ihres Befehls lüftet, werden wir über dein Schicksal entscheiden. Bitte genieße bis dahin unsere Gastfreundschaft.«

Der hydraianische König hatte ihn mit etwas zu essen, einer weiteren Flasche Wasser, einem Stapel Decken und einem Kissen zurückgelassen. Tom hatte kein Problem damit, auf dem Boden zu schlafen, doch er konnte hier keine Ruhe finden. Nicht solange sein Leben in der Schwebe hing. Es wäre logisch, wenn er versuchen würde, die Flucht zu ergreifen, doch es erschien ihm nicht richtig, Amelia zurückzulassen. Sie war zwar in Sicherheit, doch er empfand das idiotische Bedürfnis, bei ihr zu bleiben.

Aus dem Flur ertönte ein Kichern, woraufhin eine tiefe, männliche Stimme und ein dumpfer Schlag folgten.

Was zum Teufel war das?

Meine Güte. Sie werden doch nicht?

Oh doch.

Draußen vor seiner Tür waren ein paar Hydraianer dabei,

es miteinander zu treiben. Lächerlich. Wenn er fliehen wollte, wäre jetzt der richtige Zeitpunkt. Die Türangeln waren überaus solide, doch wenn er aus einem bestimmten Winkel dagegen trat, würde er sie lockern können. Seine Wachen wären viel zu abgelenkt, um sofort zu reagieren. Er brauchte nur eine Waffe und sie wären erledigt. Doch dann wäre er auf einer Insel gefangen, die von Unsterblichen mit verschiedenen übersinnlichen Fähigkeiten bewohnt wurde.

Großartig. Wenn das nicht eine Herausforderung ist.

Dennoch konnte er keinerlei Gefallen an der Vorstellung finden. Vor einiger Zeit war diese Art von Abenteuer sein Leben gewesen, doch Amelia hatte das alles verändert. Für gewöhnlich verbrachte er eine Nacht mit einer Frau und verschwendete danach keinen Gedanken mehr an sie, doch bei Amelia war es anders. Sie war ihm unter die Haut gegangen und spukte ihm im Kopf herum, wo sie all seine Entscheidungen und Handlungen bestimmte. Genauso wie die Entscheidung, freiwillig hierherzukommen. Er hätte Issac und Tristan in Wakefield Manor mit ein paar Kugeln außer Gefecht setzen können, während sie mit Amelia beschäftigt gewesen waren. Doch er hatte sich dagegen entschieden. Er hatte mit ihr gehen wollen und hatte die Konsequenzen außer Acht gelassen.

Er hörte, wie eine Frau aufschrie, und verdrehte die Augen. Die hydraianischen Wachen brauchten eine bessere Ausbildung, wenn sie sich während ihrer Schicht zu so etwas hinreißen ließen. Es wäre so leicht, den Unsterblichen eine Lektion zu erteilen, doch Tom hielt sich zurück. Die Ältesten wollten bereits seinen Tod, es gab keinen Grund, ihn zu beschleunigen.

Ich habe es dir doch gesagt, verhöhnte ihn die Stimme seines Vaters. *Du hättest nur mitspielen müssen.*

Er ballte die Hände zu Fäusten.

Tom bereute seine Entscheidung nicht, Amelia geholfen zu

haben, doch er bedauerte es, dass er sich erlaubt hatte, Hoffnung zu empfinden. Irgendwann waren ihm jedoch Zweifel gekommen und er fragte sich, was die Hydraianer mit ihm anstellen würden. Sprösslinge waren selten und seine einzigartigen Fähigkeiten könnten sich als nützlich erweisen, doch Luc hatte ihm heute deutlich zu verstehen gegeben, dass er hier nicht willkommen war.

Der Türknauf bewegte sich und er wurde aus seinen Gedanken gerissen.

Er ging auf die gegenüberliegende Seite des Raumes, lehnte sich an die Wand, vergrub die Hände in den Taschen und setzte einen gelangweilten Blick auf, als jemand den Riegel zur Seite schob. Die Tür wurde geöffnet und Amelia steckte den Kopf herein. Die Erleichterung stand ihr ins Gesicht geschrieben, als sie ihn erblickte.

»Tom.« Sein Name auf ihren Lippen erhellte den Tag. Nein, er erhellte sein gesamtes Leben. Er musste all seine Kraft zusammennehmen, um nicht zu ihr zu gehen, sie in seine Arme zu ziehen und sie gegen die Wand zu ficken. Doch er wusste, dass sie nicht allein war. Die Ältesten und ihre Brüder würden auf keinen Fall zulassen, dass sie ihn unbeaufsichtigt besuchte.

»Hallo, Schätzchen.«

»Hallo.« Sie trat in den Raum, schloss die Tür und lehnte sich dann dagegen, wobei sie sich auf die Unterlippe biss. »Ich musste einfach sehen, ob es dir gut geht.« Ihre Wortwahl war interessant, wenn man bedachte, dass sie eher den Fußboden betrachtete, als ihn anzusehen.

»Es geht mir gut.«

Sie nickte. »Gut.«

Dann herrschte ein Schweigen, das schwer und unbehaglich zwischen ihnen in der Luft hing. Was war nur mit seiner selbstbewussten Amelia geschehen, die alles infrage stellte und sich so gern über Kleinigkeiten wie Baseballmützen und Motorräder mit ihm stritt? Er drückte sich von der Wand ab und runzelte die Stirn, als sie erstarrte.

»Was ist los, Amelia?« Als sie nicht antwortete, ging er auf sie zu und drängte sie gegen die Tür. Er erwartete, dass sie jeden Moment von einem wutentbrannten Hydraianer aufgestoßen wurde, doch nichts geschah. »Rede mit mir, Schätzchen.«

Sie blickte mit ihren wunderschönen blauen Augen zu ihm auf. »Sie glauben, dass du nur ein Spiel mit mir spielst«, flüsterte sie. »Sie glauben, dass Jonathan dir den Auftrag gegeben hat, Hydria als Sprössling zu infiltrieren, und du mich dazu benutzt, um deine Ziele zu erreichen.«

»Der Gedanke ist nicht unlogisch.« Er stützte seinen Unterarm über ihrem Kopf ab und presste seine andere Hand neben ihrer Hüfte an die Wand. Es ermutigte ihn, als sie am ganzen Körper bebte. »Und was denkst du, Amelia?«, flüsterte er. »Bin ich ein Spion?«

»Bist du einer?«, fragte sie und starrte ihn mit arglosen Augen an. »Spielst du nur mit mir?«

Oh, ich spiele auf jeden Fall mit dir. Zum Teil, weil er wütend war, dass sie ihm diese Frage überhaupt stellte, und zum Teil, weil es wehtat. Ihre Worte konnten ihn umbringen, doch das würde er sich nicht anmerken lassen. Wenn alles, was sie zusammen durchgemacht hatten, nicht ausreichte, um an ihn zu glauben, dann wäre eine Beziehung zwischen ihnen ohnehin zum Scheitern verurteilt. Dann würde er nichts tun können, um ihre Meinung zu ändern. Er würde für immer John Fitzgeralds Sohn sein und die Bürde der Sünden eines anderen Mannes auf sich nehmen. *Danke, Dad.*

»Was denkst du, Amelia?« Denn wenn sie ihn fragen musste, dann vertraute sie ihm nicht und er könnte genauso gut gegen eine Wand reden. Er würde es nicht ändern können. »War alles zwischen uns eine Lüge?«

Ihr Blick fiel auf seinen Mund. »Ich wäre nicht …«

»Du wärst nicht was?«, drängte er mit tiefer Stimme.

»Ich wäre nicht hier, wenn ich dir nicht vertrauen würde.«

»Warum fragst du mich dann?«

»Weil Jonathan mich schon immer brechen wollte und bisher hat er versagt. Doch wenn all das nur eine Scharade ist?« Sie sah ihm in die Augen und durchbohrte mit ihrem Blick fast sein Herz. »Es würde mich vernichten.«

»Glaubst du wirklich, dass ich dir das antun könnte?«

»Vor einer Weile habe ich es noch geglaubt«, gestand sie. »Ich dachte, dass alles nur ein Spiel wäre und dass du mich aus einem bestimmten Grund trainiert hast, mir eine Waffe gegeben hast, mich geneckt hast ... Ich denke, bis zu einem gewissen Grad war es tatsächlich ein Spiel, aber keines, das von Jonathan geplant war. Du hältst deine Unverfrorenheit wie einen Schild vor dich, um dich zu schützen, doch tief im Inneren bist du einsam. Du hast das Gefühl, nirgendwohin zu gehören, denn der Mann, den du einmal bewundert hast, hat dir nichts als Lügen in den Kopf gesetzt.«

Nicht alles war gelogen, dachte er benommen. Die Hydraianer hassten ihn wirklich.

Sie legte ihm eine Hand an die Wange und seufzte. »Jonathan hat uns beide unwiderruflich verändert, aber was er dir angetan hat, war schlimmer.«

»Dem würde ich widersprechen ...« Sie brachte ihn zum Schweigen, indem sie den Daumen auf seine Lippen presste.

»Lass mich ausreden.«

»Okay«, formte er mit seinen Lippen, als sie ihre Hand wieder senkte.

»Ich habe mir selbst geschworen, dass ich mich nie wieder auf einen anderen Menschen verlassen würde, wenn ich je dieser Hölle entfliehen könnte. Du bist der Einzige, der mir ein Gefühl des Friedens und der Geborgenheit vermittelt, und das jagt mir Angst ein. Ich will mich nicht auf dich verlassen müssen, Tom. Aber ich kann offensichtlich nicht anders.«

Als er ihre Worte hörte, wurde ihm warm ums Herz, doch gleichzeitig lief ihm ein kalter Schauer über den Rücken.

Er löste seine Hand von der Wand und legte sie auf ihre Wange. Ein Teil der inneren Kälte verschwand, als sie sich an ihn schmiegte.

»Nur weil du dich auf jemanden stützt, der dir Geborgenheit gibt, heißt das noch lange nicht, dass du schwach bist, Schätzchen. Aber ich kann dich verstehen. Du willst die Möglichkeit haben, dich selbst zu schützen.«

Ihm erging es nicht anders und genau aus diesem Grund waren seine Gefühle für sie so verwirrend. Wann immer er in Erwägung gezogen hatte, die CRF zu verlassen, hatte er nur an sich selbst denken müssen, doch sie hatte alles verändert. Ein Leben in Einsamkeit hatte jeglichen Reiz für ihn verloren.

»Durch dich fühle ich mich stark«, sagte sie. »Ich meine abgesehen von dem Frieden und der Geborgenheit.«

»Tatsächlich?«

Sie nickte. »Und du bist bereit, mir etwas beizubringen. Vielleicht war es zu Beginn nur ein Zeitvertreib, doch ich glaube, dass du es genossen hast, mich zu trainieren.«

Er musste unwillkürlich grinsen. »Oh, ich habe es mehr als nur genossen.«

Er hatte es geliebt.

»Was hat dir am meisten gefallen?«, fragte sie mit einem Lächeln. Es war so viel besser als die Traurigkeit, die zuvor ihre Stimme gefärbt hatte. Er liebte es, mit Amelia zu spielen, wenn sie in einer verführerischen Stimmung war.

»Alles.« Er hatte jede Minute genossen, angefangen bei der Lektion, als er ihr den richtigen Stand beigebracht hatte, bis hin zu dem einen Mal, als er sich mit ihr auf dem Boden herumgewälzt hatte. Wenn er tatsächlich bald sterben musste, dann würde er diese Erinnerungen am meisten vermissen. Und die eine explosive Nacht, die sie miteinander verbracht hatten.

»Also gut, aber was von all den Dingen, die du mir beigebracht hast, hat dir am besten gefallen?«

Er strich mit dem Daumen über ihre Unterlippe. »Die Selbstverteidigungstechniken. Auch wenn du mich damit fast umgebracht hättest.«

»Warum?« Sie verzog die Lippen und er streichelte mit dem Daumen darüber.

»Setz dich noch einmal mit gespreizten Beinen auf mich«, zitierte er sie. »Wenn du das noch einmal zu mir sagst, dann wirst du sehen, wie ich mich auf dich setze.«

Ihre Augen funkelten vor Erregung. »Ich glaube, das würde mir gefallen.«

»Deinen Brüdern aber nicht.« Er wollte sie nicht noch mehr verärgern, als er es ohnehin schon getan hatte. Doch in diesem Fall wäre es das vielleicht sogar wert.

»Sie müssen nichts davon erfahren und Balthazar wird es ihnen nicht erzählen.«

»Balthazar?«, wiederholte er mit einem Stirnrunzeln.

»Er hat die Wache für mich abgelenkt.«

»Tatsächlich?« Ein Ältester hatte ihr dabei geholfen, zu ihm zu gelangen. »Warum würde er so etwas tun?«

»Weil er denkt, dass du gut für mich bist, auch wenn ihm der Gedanke nicht behagt.«

Tom wusste nicht, was er davon halten sollte. Luc hatte ihm den Eindruck vermittelt, dass sein Tod kurz bevorstand, doch möglicherweise war das nur seine Verhörtechnik gewesen. Tom hatte Luc nicht alles verraten, was er wusste, doch er hatte ihm vermitteln können, dass er durchaus einen Wert für sie hatte. Er hatte Stas' Funktion als Doppelagentin mit keinem Wort erwähnt, wobei er mittlerweile vermutete, dass sie eine Tripelagentin war und Issac Informationen über die CRF zuspielte. Eine interessante Wendung.

Amelia strich mit ihren Lippen ungeduldig über die seinen. Er lächelte belustigt. »Bist du hierhergekommen, um nach mir zu sehen oder weil du willst, dass ich dir wieder beim Vergessen helfe?«

»Wäre es denn so schlimm, wenn es beides wäre?« Sie betrachtete ihn mit einem schelmischen Lächeln, das ihn all die Gründe vergessen ließ, warum ihr Vorschlag keine gute Idee war.

»Diese Zelle ist nicht gerade ein romantischer Ort.« *Es muss noch einen besseren Grund geben.*

»Ich pfeife auf Romantik.« Sie verhakte ihren Daumen in einer seiner Gürtelschlaufen und zog daran. »Ich brauche dich.« Diese Worte auf ihren Lippen waren die reinste Sünde.

»Vorsicht Schätzchen.« *Oder ich bin versucht, auf dein Angebot einzugehen.* Dies war vielleicht seine letzte Nacht unter den Lebenden. Er konnte sie genauso gut genießen.

»Ich will auch nicht vorsichtig sein.«

»Was willst du dann?«, flüsterte er, denn er wollte es aus ihrem Mund hören. Es durfte keine Missverständnisse zwischen ihnen geben. Nur die Wahrheit. Sie presste ihren Mund auf den seinen und er zog den Kopf zurück. »Sag mir, was du willst, Amelia.«

»Küss mich.«

»Ist das alles?« Die Worte waren nur ein Hauch an ihren Lippen.

Sie bebte und zog noch einmal an seiner Jeans. »Nein. Ich will mich mit gespreizten Beinen auf dich setzen. Nackt.«

Er legte ihr eine Hand in den Nacken und zog sie an sich. In seinem Kuss lagen aufgestaute Hitze und Sehnsüchte. Es war ein langer Tag gewesen und er wollte sich nur noch in ihr verlieren. Doch er wollte, dass sie wusste, was das bedeutete. Diesmal würde es nicht wie im Hotelzimmer sein und er ließ es sie mit seiner Zunge wissen. Er strich damit besitzergreifend gegen ihre und brannte jeden Zentimeter von ihr in sein Gedächtnis ein. Sie ließ sich fallen.

Oh, sie würde die Beine spreizen, aber nicht so, wie sie glaubte.

»Ich werde dich hart und schnell nehmen, Amelia.« Seine Worte waren ein raues Flüstern an ihrem Hals. Er unterstrich seine Drohung mit einem zärtlichen Biss in ihre Kehle und sie wölbte sich ihm entgegen. Er lächelte an ihrer geschmeidigen Haut. Offenbar gefiel ihr das. Gut. Denn diesmal würde es kein langsam schwelendes Brennen ihrer Leidenschaft geben. Dafür blieb ihnen nicht genügend Zeit.

Mit einer Hand raffte er ihr Oberteil am Saum zusammen, während er mit der anderen Hand ihren Hals mit festem Griff umfasste. »Willst du immer noch die Beine für mich spreizen, Schätzchen?«

»Oh ja.« Es raubte ihm fast den Verstand, als er ihre geröteten Wangen und Lippen sah. Doch es waren ihre Worte, die seine Selbstkontrolle völlig zunichtemachten. Er riss ihr das Oberteil über den Kopf und warf ihren BH zu Boden.

Sie ließ ihre Fingerspitzen unter seinem T-Shirt über den Bund seiner Hose tanzen und er hätte schwören können, dass jede ihrer Bewegungen ihm einen elektrisierenden Schlag durch den Körper jagte.

Sein Schwanz wurde steif und drückte gegen den Reißverschluss, während er sie förmlich anbettelte, ein wenig tiefer zu gleiten und ihn zu streicheln. Doch sie reizte ihn weiter, indem sie ihn nur leicht berührte.

Er revanchierte sich, indem er ihre Brustwarze mit seinem Mund umschloss und daran saugte. Hart. Sie verwob ihre Hände in seinen Haaren und ließ seine Jeans unberührt zurück. Er knabberte an ihrer harten Brustwarze und sie warf den Kopf gegen die Tür, wobei sie laut aufstöhnte.

»Zieh mir die Hose aus, Amelia.« Auf den Befehl ließ er einen weiteren Biss folgen, bevor er ihre andere Brustwarze mit seinen Lippen umschloss.

Sie warf den Kopf vor und zurück, während sie mit

zitternden Händen sein Haar in Büscheln umfasste, statt sie dorthin wandern zu lassen, wo er sie haben wollte.

Er grinste an ihrer Brust.

Es war nicht so, dass sie seinen Befehl missachtete, sie war viel zu berauscht von der Lust, als dass sie einen klaren Gedanken hätte fassen können. Er packte ihr Handgelenk und legte ihre Hand auf seinen Oberschenkel, dann führte er sie auf die Mitte seiner Jeans. Der Nebel der Lust hatte sich offenbar ein wenig gelichtet, denn sie packte den Stoff und hielt sich daran fest. Er belohnte sie, indem er ihr über den Hals leckte und sie seinen Namen stöhnte.

Seine Hoden zogen sich zusammen, als sie zuerst seinen Reißverschluss öffnete und sich dann am Knopf zu schaffen machte, bevor sie ihm die Hose bis zu den Knien hinunterschob. Er stieß die Hose beiseite und zog sich sein T-Shirt über den Kopf.

Sie beäugte die Wölbung in seinen Boxershorts und leckte sich über die Lippen. »Ich will dich noch einmal schmecken.«

»Verdammt.« Tom ballte die Hand in ihrem Haar zur Faust und küsste gebieterisch ihre sündigen Lippen.

Er musste in ihr sein, um mit seinem Schwanz jeden Zentimeter ihrer feuchten Hitze zu erforschen. Danach könnten sie sich gegenseitig schmecken. Sie zog ihre Jeans aus und ließ ihr Höschen folgen. Dann entledigte er sich seiner Boxershorts, während er ihren Mund mit seiner Zunge fickte.

Sie schlang ihre Arme um seine Schultern und hielt ihn so fest, als könnte sie ihm nicht nahe genug sein. Für gewöhnlich mochte er Frauen nicht, die sich an ihn klammerten, doch er liebte Amelias Verzweiflung, denn sie kam seiner eigenen gleich.

Er verehrte sie und würde sein Leben für sie opfern. Wahrscheinlich hatte er es sogar getan, indem er mit ihr hierblieb, wenn sie ihm doch die Chance gegeben hatte zu entkommen. Doch er wollte nur sie. Sie berauschte ihn auf eine Art, wie er es noch nie zuvor erlebt hatte. Und er liebte es. Vielleicht liebte er sogar sie.

Er packte ihre Hüften und hob sie hoch, wobei er sie gegen die Wand drückte. Sie schlang ihre Beine um seine Taille, als er seine harte Männlichkeit gegen ihren feuchten Unterleib presste.

Genau so sollte sie ihre Beine spreizen.

So würde er es immer wollen.

Er packte ihren Hintern und lehnte sich leicht zurück, um dann seinen Schwanz in ihren begierigen Unterleib zu stoßen.

»Härter«, forderte sie und vergrub ihre Fingernägel in seinen Schultern, um ihn anzutreiben.

Er schlang seine freie Hand um ihren Nacken und küsste sie unerbittlich. Sie biss ihn leicht in die Unterlippe und er musste lächeln. »Was ist nur aus meiner lieblichen, gefügigen Amelia geworden?«

»Sie hat dich getroffen.«

Oh, das gefiel ihm. »Ich hätte es nicht anders gewollt.«

»Gut. Und jetzt beweg dich.«

»Zu Befehl.« Er stieß tief in sie hinein und fing den Schrei ihrer Erregung mit den Lippen auf.

Sie umschlang ihn mit ihrem feuchten, willigen Körper und sandte ihm elektrisierende Schauer über den Rücken. Wenn sie sich weiter auf diese Art bewegte, würde er trotz seiner unvergleichlichen Selbstkontrolle nicht lange durchhalten können. Amelia trieb ihn mit ihrem Temperament und ihrer lebhaften Energie fast in den Wahnsinn und er konnte nichts tun, außer sich in ihr zu verlieren. Ihre Schreie verwandelten sich in ein lautes Wimmern, als er immer schneller in sie hineinstieß und dabei die Hüften kreisen ließ, um ihre Klitoris zu stimulieren.

Als ihre Schenkel zu beben begannen, wusste er, dass sie kurz vor dem Höhepunkt stand. Er stieß noch einmal tief in sie hinein und ließ sie über den Abgrund in die Ekstase fallen.

Sie zuckte um ihn herum und spannte sich um seinen Schwanz auf unglaubliche Weise an, bis er nicht mehr anders konnte und sich von der Welle der Lust davontragen ließ. Seine Knie zitterten von der Wucht seines Orgasmus, woraufhin er sie noch fester gegen die Wand drückte.

»Amelia«, hauchte er und vergrub seinen Kopf an ihrem Nacken.

Sie umarmte ihn mit einer Leidenschaft, die ihn vervollständigte. Niemand hatte ihn je mit einer solchen Verehrung und Hingabe gehalten. Er hatte noch nie jemanden so nahe an sich herangelassen, doch Amelia war anders.

Ein Blick von ihr reichte aus, um ihm unter die Haut zu gehen. Er hatte so oft an sie gedacht und es immer der Tatsache zugeschrieben, dass er um sie besorgt gewesen war.

Doch es ging so viel tiefer.

Ihre Seele sprach zu seiner Seele.

Der Vorschlag, sie zu verlegen, hatte nichts mit Stas zu tun gehabt, sondern war seinem Bedürfnis entsprungen, Amelia zu beschützen. Er hatte nicht ihr Aufpasser sein wollen, denn er hatte ihre Verbindung zueinander gespürt und sich davor gefürchtet. Dann hatte er sie trainiert, um sie zu stärken, denn er sehnte sich nach jemandem, der ihm ebenbürtig war.

Er presste einen Kuss auf ihren Hals und ließ eine Hand auf ihre Taille gleiten, um sie von der Tür wegzuziehen. Sie würden mit dem Stapel Decken vorliebnehmen müssen, denn er wollte sie stundenlang lieben.

Tom ging auf die Knie, während sie ihre Schenkel noch immer um seine Taille geschlungen hatte. Dann legte er sie auf die Decken, ohne sich dabei von ihr zu lösen.

Sie erwiderte seinen sinnlichen Kuss und fuhr mit der Zunge über seine Lippen, bevor sie sie in seinen Mund gleiten ließ, um ihn zu schmecken.

Er umfasste ihr Gesicht mit beiden Händen und

verwöhnte sie mit langsamen Bewegungen, während er sich in ihrer tiefen Verbundenheit erging.

Ihre Lippen verzogen sich zu einem Lächeln, das jedoch erstarrte, als Schritte vor der Tür zu hören waren.

Oh scheiße.

Er lehnte sich zurück und warf eine Decke über sie, als die Tür mit einem Knall aufgestoßen wurde.

KAPITEL SIEBZEHN

DER KUSS DES TODES

TOM KNIETE NACKT auf dem Boden und hatte die Hände im
Schoß verschränkt.

Nun, das ist ganz und gar nicht peinlich.

Drei Augenpaare starrten auf ihn herab, wobei nur eines
davon ihn wirklich in Verlegenheit brachte. »Stas«, sagte er zur
Begrüßung.

Sie hatte die Augen weit aufgerissen und blickte zwischen
ihm und Amelia hin und her. Dann huschte ein verständiger
Ausdruck über ihr Gesicht und sie sprang vor ihren Freund,
der vor Wut kochte. »Issac, nicht.«

»Als könnte ich etwas tun«, fauchte Wakefield. »Das ist
nicht lustig, Amelia.«

Tom runzelte die Stirn, als er seinen ruppigen Tonfall
hörte. »Sprich nicht in diesem Ton mit ihr«, sagte er, als neben
ihm jemand etwas sagte und dabei genauso klang wie er. Er
warf einen Blick nach links und starrte seinem eineiigen
Zwilling in die Augen. *Verdammte Scheiße.* »Du hast dich
verwandelt.«

»Netter Versuch, Schätzchen«, erwiderte Amelia mit einer
Stimme, die haargenau so klang wie die seine. »Sie muss das
nicht sehen, Wakefield. Schaff sie fort.«

Tom starrte sie mit offenem Mund an, dann wurde ihm klar, was sie vorhatte. »Oh, kommt gar nicht infrage. Sie lügt.«

Sein Zwilling verdrehte die Augen. *Ich sollte nie wieder die Augen verdrehen, denn ich sehe dabei wie ein Vollidiot aus.* »Gib mir eine Waffe und ich werde dir beweisen, wer hier lügt.«

Wakefield wollte einen Schritt auf ihn zu machen, doch Stas hielt ihn zurück. »Rühr ihn nicht an und tu ihm nicht weh, Issac.«

»Glaub mir, das solltest du jetzt wirklich nicht tun, Astasiya. Dies ist sicher nicht der richtige Moment dafür.«

Stas rührte sich nicht von der Stelle. Sie hatte die Hände auf seine Brust gelegt und sich wie eine Barriere zwischen ihnen aufgebaut. Tom musste Wakefield zugutehalten, dass er sie nicht aus dem Weg schob, obwohl sein ganzer Körper angespannt und kampfbereit war.

Der Dritte im Bunde lehnte sich gegen die Wand und verschränkte die Arme, während er mit einem neugierigen Gesichtsausdruck zwischen den beiden Toms hin- und herblickte. Offensichtlich war der hydraianische König von der Situation belustigt. *Ohne Zweifel plant er gerade meine Hinrichtung.* Wobei er sich jedoch zwischen zwei Toms entscheiden musste, und das brachte Amelia in Lebensgefahr. Er würde niemals zulassen, dass sie an seiner Stelle litt.

»Okay, das reicht jetzt.« Tom schnappte sich eine Decke, schlang sie sich um die Taille und baute sich vor Wakefield auf. »Ich beweise dir, dass ich es bin.« Er erinnerte sich lebhaft an den Abend, an dem er Stas aus Versehen zum Konklave geschickt hatte. Ihr Gesicht war so weiß wie die Wand gewesen, als sie das Arcadia verlassen hatte. Er hatte sie ansprechen wollen, doch der Ichorianer an ihrer Seite hatte es ihm unmöglich gemacht.

Wakefield kniff die Augen zusammen und nickte. »Er ist Tom.«

»Wie bitte? Nein. Ich bin Tom.«

»Netter Versuch, Schätzchen«, wiederholte der echte Tom ihre Worte. »Aber es freut mich zu sehen, dass du deine Fähigkeit wieder benutzen kannst.«

Amelia verwandelte sich mit einem Seufzen wieder zurück und riss die Decke an sich, während sie auf dem Boden sitzen blieb. »Bitte tu ihm nicht weh. Ich habe mir das alles selbst eingebrockt. Es ist nicht seine Schuld.«

»Ich soll ihm nicht wehtun?«, wiederholte Wakefield. »Meine liebe Schwester, dieser Mann – und ich verwende diesen Begriff nur im weitesten Sinne – hat mehrere Male in meiner Anwesenheit darüber nachgedacht, mich zu töten. Warum sollte ich mich nicht bei ihm revanchieren?«

Tom schnaubte. »Du kannst ebenso gut zu Ende führen, was du begonnen hast, nicht wahr, Wakefield?«

Issac bedachte ihn mit einem erstaunten Blick. »Und was zum Teufel soll das bitte heißen?«

»Du weißt ganz genau, was ich damit sagen will.« Es verärgerte ihn, dass der Ichorianer den Unwissenden spielte.

»Ich kann dir versichern, dass dem nicht so ist.« Er verschränkte die Arme vor der Brust und zog eine Augenbraue in die Höhe. »Wie wäre es, wenn du mich aufklärst, Sentinel?«

»Oh, du willst also darüber reden?« Denn er hatte nicht die geringste Lust dazu. Jene Nacht verfolgte ihn. Er hatte sich monatelang danach gesehnt, nach Hause zurückzukehren. Er wollte sich in die Arme seiner Mutter fallen lassen und sie anflehen, ihn nie wieder an diesen furchtbaren Ort zurückzuschicken, nur um sie dann abgeschlachtet auf seinem Bett vorzufinden. Das Bild ihres Körpers blitzte unaufgefordert vor seinem geistigen Auge auf und er ballte die Hände zu Fäusten. Nur eine Handvoll Ichorianer wusste von Anna, und einer von ihnen stand ihm gegenüber und gab vor, von jener Nacht nichts zu wissen.

»Warum zeigst du mir das?«, fragte Wakefield mit gerunzelter Stirn.

»Na, klingelt's bei dir?«, brachte er zwischen zusammengebissenen Zähnen hervor. »Oder hat dir diese Nacht gar nichts bedeutet?« Nur ein weiterer unbarmherziger und grundloser Mord auf seiner Liste. Aus diesem Grund hasste er Ichorianer. Es mangelte ihnen an Menschlichkeit und Herz.

Ein überraschter Ausdruck huschte über Wakefields Gesicht. »Du glaubst, dass ich dafür verantwortlich bin?«

»Ich weiß, dass du es warst.«

»Tatsächlich? Und woher, Thomas? Warst du dabei?«

»Nein, aber ich habe hinterher gesehen, was du getan hast.«

»Ich verstehe. Und Jonathan hat mir die Schuld zugeschoben. Wie passend.«

Tom trat einen Schritt auf ihn zu, hielt jedoch inne, als Luc sich von der Wand abdrückte. Natürlich. Zwei gegen einen unbewaffneten und nackten Mann. Vielleicht sollte er sich besser etwas zurückhalten. »Wahrscheinlich solltest du mich wirklich töten, Wakefield. Denn wenn du es nicht tust, werde ich dich umbringen.«

Amelia schnappte nach Luft und der Laut bohrte sich wie ein Pfeil durch sein Herz. Er hatte nie die Gelegenheit gehabt, ihr seine Sicht der Dinge zu erklären oder ihr zu verdeutlichen, warum ihr Bruder den Tod verdient hatte. Und jetzt würde er sie ohne Antworten zurücklassen. Denn er kannte den finsteren Blick, mit dem Wakefield ihn nun anstarrte. Seine Minuten waren gezählt.

»Willst du wissen, wie ich mich an die Geschehnisse jenes Abends erinnere, oder ziehst du es vor, unwissend zu sterben?«

Amelia sprang auf und baute sich zwischen den beiden Männern auf. »Ich flehe dich an, tu das nicht, Issac. Er arbeitet nicht für seinen Vater. Ich weiß es mit Sicherheit.«

»Alik«, war alles, was Wakefield sagte.

Tom lief ein eisiger Schauer über den Rücken, als der

kleinere Älteste in den Raum schlenderte. Der Hydraianer war eine Legende. Er konnte einen ganzen Saal voller Leute mit einem einzigen Gedanken in die Knie zwingen und zuckte dabei nicht einmal mit der Wimper. Tom hatte noch nie ein Foto des berüchtigten Unsterblichen gesehen, doch er erkannte seine dunklen Gesichtszüge und seine gelassene Miene. Er würde den Tod einem Abend mit diesem Mann vorziehen, doch offensichtlich hatte Wakefield andere Pläne.

»Amelia«, sagte Alik leise, »würde es dir etwas ausmachen, mich in den Flur zu begleiten?«

»Ich werde nirgendwohin gehen.«

Alik seufzte und trat einen Schritt auf sie zu, um sie am Arm zu packen. Tom wollte eingreifen, doch ein Blick von Alik reichte aus, um ihn innehalten zu lassen.

»Ich sagte Nein«, widersetzte sich Amelia.

»Ich habe dich gehört«, erwiderte Alik, als er sie behutsam ein paar Schritte zur Seite zog. »Wir bleiben einfach hier, während Wakefield und der Sentinel sich weiter miteinander unterhalten.«

»Das dürft ihr nicht tun«, flüsterte Amelia. »Ich werde es euch niemals verzeihen.«

»Die Zeit vergibt alle Sünden«, bemerkte Luc. »Glaub mir.«

Ihre Augen füllten sich mit Tränen und der Anblick brach Tom das Herz. Die Frau hatte weiß Gott genug durchgemacht. Jetzt musste sie auch noch seiner Verhandlung beiwohnen? Nein. Er würde es nicht zulassen. »Was auch immer du für mich geplant hast, bring es einfach hinter dich«, sagte er an Wakefield gerichtet. »Für sie.«

Stas' Schultern verspannten sich. »Issac, tu es nicht …«

»Thomas, nur fürs Protokoll, ich habe deine Mutter nicht getötet. Ich befand mich in jener Nacht auf der anderen Seite des Staates in einer Militärschule und habe das Leben eines jungen Sprösslings gerettet, der seinem Vater wie aus dem Gesicht geschnitten war. Vielleicht wirst du davon träumen.«

Ein Schuss gefolgt von Amelias Schrei durchdrang den Schmerz. Er hatte sich immer gefragt, wie es sich wohl anfühlen würde zu sterben.

Offenbar fühlt man überhaupt nichts.

Bei diesem Gedanken schloss er die Augen und alles um ihn herum wurde still.

AMELIA BRACH ZUSAMMEN. Sie bedeckte ihren Mund mit beiden Händen, während ihr Herz in tausend Stücke zerbarst. Der Anblick von Tom, der zu einem leblosen Haufen auf dem Boden zusammensackte, war schlimmer als alles, was Jonathan oder Anita ihr je angetan hatten. Es schmerzte mehr als Elis Tod. Er hatte zumindest ein erfülltes Leben geführt. Doch Tom? Sein Leben war jäh unterbrochen worden durch die Hand des Mannes, den sie ihren Bruder nannte.

Wie konntest du das nur tun, Luc? Ich habe dir vertraut.

Sie zitterte am ganzen Körper und wusste, was gleich geschehen würde. Die Dunkelheit rief sie zu sich, und diesmal würde sie sich von ihr verzehren lassen. Warum auch nicht? Ihre sogenannte Familie hatte sie auf grausame Weise verraten. Es schien, als würde Jonathan am Ende doch gewinnen.

Ich bin gebrochen.

Sie konnte Stimmen um sich herum hören, doch sie war wie betäubt. Die Worte der anderen bedeuteten ihr nichts.

Sie würden es nie verstehen.

Es war ihnen egal.

Die Rache gewann am Ende jedes Mal.

»Es scheint, als hätte Stas' Befehl seine Wirkung verloren«, bemerkte Luc. Als sie seine Stimme hörte, krümmte sie sich innerlich. Sie wollte ihn nie wieder hören. Als sie die Waffe in seiner Hand gesehen hatte, wollte sie sich auf ihn stürzen, doch Alik hatte sie zurückgehalten.

Ich hasse sie alle.

»Warum siehst du mich so an?«, fragte Luc.

»Das hatten wir nicht abgemacht«, antwortete Issac mit ausdrucksloser Stimme. »Du hast viel zu voreilig gehandelt.«

»Stas hat dir erneut befohlen, ihm nicht wehzutun. Damit war ich in diesem Moment die einzig denkbare Alternative. Oder hast du etwa vergessen, dass Amelia auch meine Schwester ist? Außerdem gebietet die Logik, dass ich als König der Hydraianer die Pflicht habe, ein Problem mit einem Sprössling so zu lösen, wie ich es für richtig halte. Und das habe ich hiermit getan.«

Amelia wollte weinen, doch sie konnte es nicht. Sie hatte keine Energie mehr, um die Tränen fließen zu lassen.

Sie wollte sich nur noch in der Dunkelheit verkriechen und nie wieder herauskommen.

Sie hatte diesen Ort vor Jahren geschaffen und sich während der Experimente oft dorthin zurückgezogen. Offenbar hatte sie für ihr Bewusstsein ein Heim geschaffen, in dem es sich auf alle Ewigkeit verstecken konnte.

Vielleicht würde es sie umbringen.

Sie war sich nicht sicher, ob es ihr nicht egal war.

Wenn sie bedachte, wie hart sie all die Jahre über gekämpft hatte, war es traurig, dass sie sich jetzt nur noch fallen lassen wollte.

Tom würde nicht wollen, dass du es tust, tadelte sie ihre innere Stimme.

Er ist nicht hier, um etwas dagegen zu unternehmen, nicht wahr?

Sie zitterte. Ihr war kalt und sie war allein.

Toms Wärme lag in unerreichbarer Ferne. Ihr Herz schmerzte ohne ihn.

Ich bin so schwach.

All das Gerede davon, dass sie jetzt stärker war, war nur eine Lüge gewesen. Sie hatte sich geschworen, sich nie wieder auf einen anderen Menschen zu verlassen, doch er hatte sie auf unerklärliche Weise geerdet.

All die Geister, die er mit seiner Präsenz vertrieben hatte, stürmten auf sie ein und zogen sie tiefer in den Abgrund des Nichts.

»Du lieber Himmel!« Eine tiefe Stimme brach durch die Wellen ihres Verstands.

Sie schwamm noch weiter weg, während die Stimmen über dem dunklen Wasser schwebten.

»Was zum Teufel hast du dir dabei gedacht, als du ihn vor ihren Augen erschossen hast?«

Sie wurde von Wärme umhüllt, doch sie fühlte sich fremd und falsch an.

Es ist nicht Tom.

Sie kämpfte dagegen an und wollte sich ihr entziehen, doch etwas Starkes schlang sich um ihren Körper und durchflutete ihre Venen mit Wärme. Es tat weh, doch es betäubte sie auch.

Amelia kämpfte wie eine Löwin, doch das machtvolle Gefühl brach zu ihr durch und zwang sie in die Realität zurück.

Ihre Lider fühlten sich schwer an, als sie die Augen öffnete, und ihr Mund war wie ausgetrocknet.

Dann lichtete sich der Nebel vor ihren Augen und sie sah Balthazars besorgtes Gesicht, das auf sie herabstarrte.

Wie bin ich in seinem Schoß gelandet?

Dann traf es sie wie ein Schlag. »*Nein.*«

»Oh doch. Es tut mir leid, Liebes, aber du hast mich gebraucht.«

Sie wollte ihm eine Ohrfeige verpassen, doch ihre Arme gehorchten ihr nicht. »Verdammter Scheißkerl«, sagte sie stattdessen. Sie verabscheute die Tatsache, dass er seine Gabe der emotionalen Manipulation an ihr angewandt hatte. »Ich hasse dich.«

»Ich weiß.« Er wirkte zerknirscht, als er ihr eine verschwitzte Haarsträhne aus dem Gesicht strich. »Es wird alles gut werden, Amelia.«

»Er ist tot«, entgegnete sie mit ausdrucksloser Stimme.

Sie wollte schreien, doch Balthazar hatte alles in ihrem Inneren betäubt. Sie hatte das Gefühl, in einem dichten Nebel aus fremdartigen Emotionen zu sitzen, während all ihre wahren Gefühle in einem Tresor verschlossen waren. Und sie hatte keinen Schlüssel.

»Er ist ein Sprössling, A. Er wird in zwölf Stunden mit Kopfschmerzen und einem neuen Satz unsterblicher Gene wiedererwachen.«

Luc blickte über Balthazars Schulter auf sie herab. »Wir haben ihn weder geköpft noch haben wir ihn angezündet. Außerdem habe ich ihn mit einer gewöhnlichen Kugel erschossen, Amelia. Durch einen direkten Schuss in den Kopf werden sich die Schmerzen in Grenzen halten. Er wird morgen als Hydraianer wiedererwachen.«

Sie bedachte den hydraianischen König mit einem finsteren Blick. »Du bist ein Arschloch.«

»Eines, das seiner kleinen Schwester gerade einen riesengroßen Gefallen getan hat. Wir hatten uns auf einen sterblichen Tod geeinigt. Wenn er aufwacht, wird er einer von uns sein. Und obendrein ein nützlicher Zuwachs, wenn ich das sagen darf.«

»Das hättest du ihr verdammt noch mal erklären sollen, bevor du abgedrückt hast«, knurrte Balthazar mit einer Stimme, die sie noch nie zuvor von ihm gehört hatte. Als er sie mit seinen schokoladenbraunen Augen wieder anblickte, konnte sie darin Angst und Verständnis erkennen. Er wusste, dass sie beinahe eine Grenze zu einem Ort überschritten hatte, von dem sie nie wieder zurückgekehrt wäre.

»Ja, und eigentlich hatten wir ausgemacht, dass ich ihn töte. Nicht Lucian.« Issac ging neben ihr in die Hocke und strich mit den Fingerknöcheln über ihre Wange. »Es tut mir leid, Liebes. Ich mag ihn immer noch nicht besonders, und wahrscheinlich werde ich mich nie für ihn erwärmen können, aber ich würde dir oder Aya niemals absichtlich wehtun.«

»Ich bin trotzdem immer noch wütend auf dich.« Stas' aufgebrachte Stimme kam von der anderen Seite des Raumes. »Auf euch alle. Mit Ausnahme von B.«

Balthazar lächelte verschmitzt. »Hast du das gehört, Wakefield? Momentan ist sie nur deinem Konkurrenten zugetan. Sollte ich diesen Umstand zu meinem Vorteil nutzen?« Er wackelte mit den Augenbrauen und Amelia stöhnte auf. Sie hatte keine Lust, bei diesem Streitgespräch zwischen die Fronten zu geraten. Balthazar ließ sie los, als sie sich neben Toms leblosen Körper legte. Er schien friedlich zu schlafen und jemand hatte ihm ein Kissen unter den Kopf gelegt.

»Lucian, könnte ich kurz deine Waffe haben?«, fragte Issac. »Ich würde Balthazar gern Kopfschmerzen bereiten.«

»Nein«, sagte Stas, während sie sich mit verschränkten Armen vor ihm aufbaute. »Keine Waffen mehr. Keine Schüsse mehr. Kein *gar nichts*.«

Issac seufzte: »Aya …«

»Nein. Du hast gerade meinen Freund erschossen. Nun, nicht du, aber Luc. Aber könnt ihr es nicht verstehen? Ihr habt Tom keine Wahl gelassen und ihn ohne seine Zustimmung zu einem Hydraianer gemacht. Ihr habt ihm die Entscheidungsfreiheit genommen, und das ist nicht in Ordnung. Wenn einer von euch je auf die Idee kommt, mir dasselbe anzutun, dann werdet ihr es bereuen, das verspreche ich euch. Ihr könnt nicht jemandem aus einer Laune heraus das Leben nehmen, nur um ihn zu bestrafen. Das ist kein

Spiel. Vor allem nicht für mich.« Sie stürmte aus dem Raum, ohne sich noch einmal umzudrehen.

»Scheiße«, murmelte Issac und legte eine Hand an seinen Nacken.

Balthazar pfiff leise durch die Zähne. »Viel Glück dabei, das wieder geradezubiegen.«

»Deine Bemerkung ist wie immer nicht besonders hilfreich.« Issac wollte Stas hinterherlaufen, doch er hielt inne, um Amelia zu betrachten. Als sie den Schmerz in seinen saphirblauen Augen sah, fühlte sie sich etwas besser. Er sollte sich schlecht fühlen, denn sie wusste, dass er den Abzug gedrückt hätte, wenn Luc es nicht getan hätte. Dennoch konnte sie sehen, wie hin- und hergerissen er war. Er wusste nicht, für wen er sich entscheiden sollte. Sie würde sich niemals der Liebe in den Weg stellen, vor allem nicht seiner Liebe.

»Folge ihr«, sagte sie zu ihm. »Mir geht es gut.« Sie würde nicht lange wütend auf ihn sein. Sie hatte die Vermutung, dass Stas ihn ausreichend dafür bestrafen würde.

Er wandte sich Balthazar zu und der Älteste nickte nur. Dann verließ Issac den Raum. Ihre Freundschaft war wirklich seltsam. In einem Moment stritten sie miteinander und im nächsten waren sie die besten Freunde.

Jemand legte eine Hand auf ihre Schulter und sie zuckte zusammen. Luc starrte mit einer Mischung aus Gefühlen auf sie herab. »Wenn Tom morgen früh aufwacht, dann frag ihn, worüber wir uns heute unterhalten haben. Und dann sag mir, ob mein Handeln wirklich so falsch war, wie du und Stas offenbar glaubt.« Mit diesen Worten ging auch er. Alik, der die ganze Zeit über schweigend in einer Ecke gestanden hatte, folgte seinen Brüdern wortlos hinaus.

»Also gut. Dann will ich hier mal aufräumen.« Balthazar stand auf und wischte sich die Handflächen an seiner Hose ab. »Wir sollten Tom in mein Gästezimmer bringen. Es wird angenehmer für ihn sein, wenn er erwacht. Und du kannst bei ihm bleiben.«

»Hast du gewusst, was sie vorhatten?«, wollte sie wissen.

»Ja.« Er streckte ihr eine Hand entgegen, um ihr beim Aufstehen zu helfen, und sie ergriff sie.

»Warum hast du mir nichts davon gesagt?«

»Das weißt du doch, Amelia.«

Die Angelegenheiten der Ältesten. Sie trafen nur selten Entscheidungen für Hydraianer, doch wenn sie es taten, dann wurden ihre Erlasse, sofern nicht anderweitig angemessen, geheim gehalten. »Aber du hast mir dabei geholfen, mich hier hereinzuschleichen, damit ich ihn sehen konnte.«

»Ja, um ihm die Gelegenheit zu geben, sein Schicksal zu wählen. Und er hat sich für dich entschieden.«

Sie verstand nicht, was er damit sagen wollte. »Wie bitte?«

»Denk darüber nach, Liebes. Durch dein Eindringen hatte er die perfekte Gelegenheit zu entkommen, doch er hat es nicht getan. Und warum? Weil er dich seiner Freiheit vorgezogen hat. Einige würden das Liebe nennen.«

Sie starrte ihn mit offenem Mund an. »Das alles war nur ein Test?«

»Nein, es war eine Entscheidung. Hätte er sich zur Flucht entschieden, dann hätten wir ihn gehen lassen. Aber er wollte bleiben, daher hat Luc ihn zu einem Unsterblichen gemacht. Können wir jetzt bitte zu mir nach Hause gehen? Es war ziemlich anstrengend, mich in deine emotionale Psyche einzubringen. Ich brauche wirklich eine Runde Schlaf.«

Oh. Sie biss sich auf die Unterlippe. »Was du gesehen hast …«

»Nicht. Du bist noch nicht bereit dazu, A.« Er legte ihr eine Hand an die Wange. »Aber wenn du so weit bist, dann werde ich für dich da sein, in Ordnung?«

Sie nickte. »In Ordnung.«

»Und jetzt wollen wir ihn in mein Haus schaffen. Wir

können uns alle erholen und uns am Morgen beim Frühstück weiter darüber unterhalten. Ich mache Pfannkuchen. Du kannst dich an Luc rächen, indem du ihm erzählst, wie außergewöhnlich gut sie sind.«

»Ich würde gern noch viel mehr tun, als meinem großen Bruder nur deine Pfannkuchen unter die Nase zu reiben.«

»Nimm seinen Rat an und sprich morgen mit Tom. Vielleicht bist du danach eher bereit, ihm zu vergeben.«

»Das wage ich zu bezweifeln.«

Er zuckte mit den Schultern. »Dann kannst du Luc einen Teller Pfannkuchen vorbeibringen und ihn dazu zwingen, sie zu essen.«

Sie schüttelte lächelnd den Kopf. »Ihr und euer Frühstück.«

»Er ist doch derjenige, der von Waffeln wie besessen ist.«

»Sicher.«

Balthazar wickelte Tom in eine Decke, bevor er ihn mit einer Behutsamkeit hochhob, die sie nicht erwartet hatte.

Er wirkte nicht wie ein Toter und schien eher zu schlafen.

Das bedeutete, dass Luc die Wahrheit über die Kugel gesagt hatte.

Auf einer übernatürlichen Ebene funktionierte Toms Körper immer noch, wobei seine Organe und Körperfunktionen intakt blieben, während seine unsterblichen Gene von ihm Besitz ergriffen. Es gab Leute, die behaupteten, dass das Herz währenddessen immer noch zaghaft weiterschlug. Sie würde vielleicht später lauschen und sehen, ob es wahr war.

Balthazar warf ihr einen belustigten Blick zu. »Mir ist es ja egal, aber könntest du dir vielleicht etwas anziehen, bevor wir von hier verschwinden? Ich will mit dir und dem toten Sprössling schließlich keine Szene heraufbeschwören.«

Sie senkte den Blick auf ihre nackten Beine und sah, dass ihr jemand irgendwann Toms T-Shirt angezogen hatte.

Richtig.

Als sie alle ins Zimmer gestürmt waren, war sie nackt und nur mit einer Decke umhüllt gewesen. Es brachte sie nicht sonderlich in Verlegenheit, schließlich hatte sie Jahre als Laborratte in einer Zelle verbracht. Doch die Spuren ihres Liebesaktes zwischen ihren Schenkeln trieben ihr die Schamesröte ins Gesicht.

Es war ausgeschlossen, dass einem von ihnen dieses Detail entgangen war.

Vor allem Balthazar nicht.

Da sie ihre eigenen Kleider nicht wieder anziehen wollte, zog sie Toms Boxershorts an und sammelte ihre Hose und die anderen Kleidungsstücke vom Boden auf. Dann folgte sie B aus dem Raum.

Zumindest ist er am Leben.

TOM SPÄHTE in den halbdunklen Raum und versuchte vergeblich, den Lastwagen wegzuschieben, der auf seinem Kopf geparkt hatte. Das Gewicht ballte sich zwischen seinen Augen und verteilte sich in schmerzhaften Wellen über den Rest seines Schädels.

Scheiße. Wenn das kein Kater ist. Allerdings konnte er sich nicht daran erinnern, wann er das letzte Mal zu viel Alkohol getrunken hatte. In seinem Job konnte ein Rausch ihn das Leben kosten.

Er runzelte die Stirn.

Sie haben mich getötet.

Er sprang ruckartig aus dem Bett und bereute es, als sich alles um ihn herum drehte.

»Verdammt«, murmelte er und berührte die Mitte seiner Stirn. Er konnte nichts Außergewöhnliches fühlen, aber er hätte schwören können, dass ihn etwas an dieser Stelle getroffen hatte.

»Tom?« Amelias heisere Stimme jagte ein elektrisierendes Prickeln durch seine Lenden. Sie gähnte und streckte sich auf dem Bett, in dem er gerade noch gelegen hatte. Sie blinzelte mit verschlafenen Augen zu ihm auf.

Was zum Teufel ist gestern Abend geschehen? An der Sonne konnte er sehen, dass es später Morgen war. Er versuchte, sich zu erinnern, doch er musste sich durch einen dichten Nebel kämpfen. Er wusste noch, dass er sie gegen die Wand gefickt hatte und dann mit ihr auf einem Stapel Decken Liebe machen wollte. Der Raum, in dem sie sich befunden hatten, sah diesem hier nicht im Geringsten ähnlich.

Dunkle Holzmöbel, ein Himmelbett und ein Balkon mit Meerblick umgaben ihn.

»Was zum Teufel ist letzte Nacht geschehen?«, fragte er.

Amelia räusperte sich. »Äh, du erinnerst dich nicht?«

Er betrachtete die Schlafanzughose, die er trug. »Wessen Hose ist das?« Denn er war sich absolut sicher, dass sie nicht ihm gehörte.

»Balthazar hat sie dir besorgt. Wir befinden uns in seinem Gästezimmer. Offenbar lebt eine Frau namens Eliza jetzt in meinem alten Haus.« Sein Schwanz zuckte, als sie ihre Arme über den Kopf streckte. Ihre Brüste sahen in dem dünnen Oberteil fantastisch aus.

»Aber es macht mir nichts aus«, fuhr sie fort. »Es wäre seltsam für mich, dort zu wohnen, und soweit ich weiß, braucht sie es nötiger als ich.«

Er berührte wieder seine Stirn und verzog das Gesicht. Hatte er sich den Kopf gestoßen? Vielleicht war er deshalb aufgewacht. Nein. Er war durch einen Adrenalinschub aufgeschreckt und dann erst hatten die Kopfschmerzen eingesetzt. Er ertappte Amelia dabei, wie sie ihn bewundernd anstarrte, und zog eine Augenbraue in die Höhe.

»Du siehst mich nicht zum ersten Mal mit nacktem

Oberkörper, Schätzchen. Aber du kannst mich natürlich gern anstarren, wenn du willst.«

Sie grinste. »Du hast keine Ahnung, nicht wahr?«

»Hm, keine Ahnung wovon?«, fragte er, als er sich auf sie legte. Ein anderes Körperteil schmerzte mittlerweile begierig und er wusste genau, was er dagegen tun konnte.

Ein schelmisches Funkeln blitzte in ihren blauen Augen auf. »Oh, das macht wirklich Spaß.«

»Tatsächlich?« Er presste seine Hüften zwischen ihre Schenkel und ließ sie das Gewicht seiner Erregung spüren.

»Wisst ihr«, ertönte plötzlich eine tiefe Stimme, »ich habe wirklich nichts gegen Exhibitionismus einzuwenden. Gegen Voyeurismus genauso wenig, aber ich fürchte, dass nicht jeder hier im Haus meine liberalen Ansichten teilt.«

Tom warf einen Blick über seine Schulter und sah Balthazar, der mit verschränkten Armen am Türrahmen lehnte. Er hatte den Ältesten getroffen, bevor er von dem hydraianischen König verhört worden war. *War das gestern? Warum ist alles nur so verschwommen?*

»Weil Luc dir einen Kopfschuss verpasst hat«, erwiderte der Gedankenleser. »Willkommen in Hydria. Ich meine, offiziell. Die Pfannkuchen sind fertig.« Er drückte sich vom Türrahmen ab und wandte sich mit einem sündhaften Funkeln in den Augen zum Gehen. Tom starrte ihm eine ganze Minute lang hinterher, bevor er sich wieder Amelia zuwandte.

»Ich bin ein Hydraianer?« Er fühlte sich noch genauso wie vorher. Er war nur ausgeschlafen und hatte furchtbare Kopfschmerzen.

»Bist du verärgert?«, flüsterte sie.

»Verärgert?«, erwiderte er. »Warum sollte ich verärgert sein?«

»Weil mein Bruder dir ungefragt deine Sterblichkeit genommen hat.«

»Das ist nicht ganz richtig.« Er runzelte die Stirn. »Er hat mich während des Verhörs gefragt, was ich davon halte, ein Hydraianer zu werden. Ich glaubte, er wollte wissen, wie ich gegenüber seiner Rasse empfinde. Ich hatte allerdings keine Ahnung, dass er vorhatte, mich zu verwandeln. Was hat das zu bedeuten? Warum bin ich nicht tot?«

Und warum fühle ich mich noch genauso wie vorher? Er müsste jetzt eigentlich im Besitz zweier übersinnlicher Fähigkeiten sein, genauso wie Amelias Gaben, sich zu verwandeln und Wissen zu vermitteln. Doch er konnte nichts Außergewöhnliches spüren. *Stimmt etwas nicht mit mir?*

»Luc sagte, dass dein sterblicher Tod deine Strafe war, obwohl ich immer noch nicht verstanden habe, warum er dich überhaupt bestrafen musste. Er sieht dich als einen Hydraianer an. Und sogar als einen nützlichen, wenn ich mich recht erinnere.«

Er musste lächeln. Tom hatte dem hydraianischen König wiederholt erklärt, wie nützlich er für sie sein könnte. Er hatte nicht um sein Leben betteln wollen, sondern ihnen nur die praktischen Gründe dargelegt, die gegen seine Hinrichtung sprachen. Er hatte ihm einige Einzelheiten über die CRF verraten, doch die wichtigen Details hatte er für sich behalten. Einige der Erinnerungen an gestern Abend schwirrten ihm durch den Kopf und er riss die Augen auf. »Du hast dich verwandelt.«

Amelias Wangen erröteten. »Das ist richtig.«

»Du hast dich in mein Ebenbild verwandelt.«

Sie nickte und biss sich auf die Unterlippe. »Dein Trick, den du vor ein paar Nächten an mir angewandt hast, hat funktioniert. Ich habe nicht gezögert und mich einfach verwandelt.«

Seine Lippen verzogen sich zu einem Lächeln. »Dann habe ich dir also helfen können?«

»Möglicherweise«, gestand sie, wobei ihre Pupillen sich

erweiterten. »Willst du mir dabei helfen …« Sie verstummte und runzelte die Stirn. »Vergiss es. Issac ist hier. Er füllt meine Gedanken mit Schmetterlingen.«

»Ich bin mir nicht sicher, ob ich wissen will, was das zu bedeuten hat.«

»Ich glaube, er will sich für gestern Abend entschuldigen. Ach ja, wo wir gerade davon sprechen«, sagte sie und kniff die Augen zusammen, »wann wolltest du mir erzählen, was du mit meinem Bruder vorhattest? Der deine Mutter übrigens *nicht* umgebracht hat.«

Ihm gefror das Blut in den Adern und sein Schwanz erschlaffte. Er wollte nicht darüber reden. Nicht mit ihr. Sie würde es nie verstehen.

Er rollte sich aus dem Bett. »Liegt mein T-Shirt hier irgendwo herum? Oder kann ich mir eins leihen?«

»Im Ernst? Du willst einfach das Thema wechseln und davonlaufen?« Sie sprang aus dem Bett und baute sich mit den Händen in den Hüften vor ihm auf. »Wir müssen darüber reden.«

»Warum?«

»Weil du fälschlicherweise annimmst, dass mein Bruder deine Mutter getötet hat, und dir nie die Mühe gemacht hast, es mir gegenüber zu erwähnen.«

Er verschränkte die Arme. »Ach wirklich? Und wann wäre der passende Zeitpunkt dafür gewesen?«

»Du hattest mehrere Wochen Zeit, um es mir zu sagen.«

»Und warum hätte ich das tun sollen? Damit ich denselben selbstgerechten Blick von dir ernte, den du mir jetzt zuwirfst? Nein danke.« Er wollte sich an ihr vorbeidrängen, doch sie stellte sich ihm in den Weg.

»Er ist mein Bruder, daher werde ich ihn selbstverständlich verteidigen. Doch in diesem Fall ist er obendrein unschuldig. Er hat es gestern Abend gesagt.« Sie legte eine Hand auf sein Herz. »Aber hier geht es weniger um ihn, sondern um uns,

Tom. Es wird nie funktionieren, solange wir nicht miteinander reden können.«

Uns. Es war ein seltsames und wunderbares Wort zugleich. Tom hatte nichts gegen Monogamie oder Beziehungen im Allgemeinen einzuwenden, doch er hatte sich aufgrund seines Jobs nie selbst in einer gesehen. Während seiner Collegezeit hatte er hin und wieder eine Freundin gehabt, doch alle von ihnen hatten das Interesse verloren, nachdem sie erkannt hatten, dass ihm seine Karriere wichtiger war. Doch mit Amelia hatte das Wörtchen *uns* einen wundervollen Klang.

»Sind wir das? Ein Paar?«, fragte er mit sanfter Stimme. »Willst du das denn?«

Sie betrachtete ihn einen Moment lang schweigend.

Dann schluckte sie.

»Als Luc dich erschossen hat, habe ich …« Sie hielt inne, um sich zu räuspern. »Ich habe es nicht verkraftet. Du hast mir gesagt, dass es kein Zeichen von Schwäche ist, sich auf jemanden zu stützen. Doch gestern Abend war ich schwach. Diese Verbindung zwischen uns, was auch immer es ist, beängstigt mich zutiefst.« Sie blickte mit halb geschlossenen Lidern zu ihm auf. »Doch der Gedanke, dich zu verlieren, beängstigt mich noch viel mehr. Ich bin die ganze Nacht über bei dir geblieben und habe mir Sorgen darüber gemacht, dass du vielleicht nicht wiedererwachen könntest, obwohl ich wusste, dass du wiedergeboren wirst. Wie würdest du das beschreiben?«

Gar nicht.

Dafür gab es keine Worte, sondern nur Gefühle.

Er legte eine Hand an ihren Nacken und zog sie an sich, um sie lange und leidenschaftlich zu küssen. Sie schlang ihre Arme um seine Schultern, während sie sich auf die Zehenspitzen stellte, um ihm noch näher zu sein. Als er den Kopf zurückzog, um in ihre wunderschönen Augen zu blicken, atmete sie heftig.

»Du hattest recht«, gab er zu. »Ich war schon immer allein. Ich bin es nicht gewohnt, jemanden an meiner Seite zu haben, dem ich mich anvertrauen und dem ich vertrauen kann. Eine Beziehung wird nicht leicht werden, Schätzchen.«

»Nichts ist leicht, für das es sich zu kämpfen lohnt«, flüsterte sie.

Er küsste ihre Nase. »Ich will das − dich − mehr als alles, was ich je gewollt habe. Und es beängstigt mich ebenso sehr wie dich. Deshalb habe ich deinen Bruder nicht erwähnt. Ich wollte dich nicht verlieren.«

»Das wirst du nicht«, versprach sie ihm. »Aber du wirst dich mit ihm unterhalten müssen.«

Er stöhnte auf. »Ich wusste, dass du das sagen würdest.« Tom würde sich lieber alle Zähne ziehen lassen, als mit Wakefield zu sprechen.

»Warum glaubst du, dass er deine Mutter ermordet hat?«

»Weil Jonathan es ihm gesagt hat«, ertönte eine kultivierte Stimme von der Tür. Es machte den Anschein, als ließen die Schlafzimmer in Balthazars Haus keinerlei Privatsphäre zu. »Amelia, würdest du Thomas und mich für einen Moment allein lassen?«

Oh wie schön. Offenbar werden wir uns gleich unterhalten. Er hätte es begrüßt, wenn seine übernatürlichen Fähigkeiten jetzt in Erscheinung getreten wären. Sie könnten durchaus von Nutzen sein, wenn er mit Amelias großem Bruder sprach.

Wirst du zurechtkommen?, schien Amelia ihn mit einem Blick zu fragen.

Er seufzte. Er hatte keine Wahl. Als Amelia von gestern Abend gesprochen hatte, hatte er sich wieder an Wakefields letzte Worte erinnert.

»Ich befand mich auf der anderen Seite des Staates in einer Militärschule und habe das Leben eines jungen Sprösslings gerettet, der seinem Vater wie aus dem Gesicht geschnitten war.«

Jene Nacht würde ihn bis in alle Ewigkeit verfolgen.

Seine Mutter hatte ihn angerufen und ihm befohlen wegzulaufen, als er von einer Horde Ichorianer umzingelt worden war, die seinen Tod wollten. Ein Mann war aus dem Schatten getreten und hatte ihn gerettet.

Sein Vater hatte behauptet, dass er ihn selbst vor dem Tod bewahrt hatte, doch Tom hatte nie verstanden, warum er sich nicht an sein Gesicht erinnern konnte.

An alles andere konnte er sich lebhaft erinnern, doch das Gesicht seines Retters blieb ihm verborgen.

Sein Vater hatte behauptet, es wäre auf den Schock zurückzuführen. Mit diesem Argument hatte er auch seine Erinnerungslücke erklärt, denn Tom wusste nicht mehr, was zwischen dem Verlassen der Schule und seinem Eintreffen zu Hause geschehen war. Er wusste nur noch, dass er zu spät gekommen war, um seine Mutter zu retten.

Wakefields Worte warfen die Frage auf, ob es wirklich am Schock gelegen hatte oder ob nicht jemand in seinen Gedanken herumgepfuscht hatte.

»Tom?«, flüsterte Amelia, die immer noch auf eine Antwort auf ihre unausgesprochene Frage wartete.

Er nickte und ließ sie gehen, dann trat er hinaus auf die mit Steinen gepflasterte Terrasse. Die feuchte Luft konnte nichts gegen die Hitze ausrichten, die ihm in den Nacken stieg, während sich der Ichorianer neben ihm, der mit einer langen Hose bekleidet war, augenscheinlich wohlfühlte.

»Besitzt du denn nicht mal Shorts?«, wollte Tom wissen.

Wakefield warf einen Blick auf seine Cargohose und sein Polohemd. »Für eine Insel bin ich durchaus passend gekleidet.«

»Wenn du es sagst, Kumpel.« Er verschränkte die Arme und legte sie auf dem Geländer ab, während er auf das Ägäische Meer hinausblickte.

Das kristallklare Wasser schwappte in Wellen über den schwarzen Sandstrand unter ihnen und verlieh dem Anblick eine friedliche Atmosphäre, die seine gepeinigte Seele beruhigte.

Er konnte verstehen, warum die Hydraianer diese Insel gewählt hatten. Vom wirtschaftlichen Standpunkt her gesehen war es vielleicht nicht der beste Ort, doch seine Beschaulichkeit war nicht von der Hand zu weisen.

»Ich habe deinen Vater einmal sehr bewundert, Thomas. Aidan hatte ihn als ein Familienmitglied betrachtet, obwohl er von einem anderen Ichorianer geschaffen wurde.«

Tom kannte die Geschichte. Laut seines Schöpfers war sein Vater bei seiner Wiedergeburt viel zu schwach gewesen und sein Sire hatte ihn damals als vermeintlich tot zurückgelassen. Die ichorianische Gemeinschaft erachtete die Fähigkeit, anderen die Wahrheit entlocken zu können, nicht als bedeutsame Gabe. Aidan hatte ihn dennoch aufgenommen und ihm beigebracht, sich selbst zu verteidigen.

»Aus diesem Grund gehörte er in meinen und auch Amelias Augen zur Familie«, fuhr Wakefield fort. »Als er mich an jenem Tag angerufen und gebeten hat, ihm bei der Rettung seines Sohnes beizustehen, habe ich ohne ein weiteres Wort zugestimmt.« Er lehnte sich mit dem Rücken gegen das Geländer und blickte Tom an. »Du kannst dir meine Überraschung vorstellen, als ich einen zwölfjährigen Soldaten vorfand, der sich gegen eine Horde Ichorianer wehrte, die doppelt so groß waren wie er. Natürlich hätten sie gewonnen, doch heute würde ich sagen, dass du dich wacker geschlagen hast.«

»Vorsicht, Wakefield, das klingt fast wie ein Kompliment.«

Er lächelte verschmitzt. »Das ist es. Ich muss einen Mann nicht mögen, um seine Fähigkeiten zu bewundern. Doch worauf ich eigentlich hinauswill, ich hatte nichts mit Annas Tod zu tun. Ich habe dich in jener Nacht lediglich zu ihrer Blockhütte gebracht. Dein Vater war derjenige, der mit ihrem Blut verschmiert war. Vermutlich hat er versucht, ihr das

Leben zu retten, doch ich habe immer an der Wahrhaftigkeit seiner Version der Geschichte gezweifelt. Und es scheint mir besonders praktisch, dass er mir die Schuld für ihren Tod gegeben hat. Wenn du meine Meinung hören willst, ich würde sagen, er hat versucht, einen Keil zwischen dich und die einzigen Verbündeten zu treiben, auf die du dich je würdest verlassen können.«

Um aus mir für immer einen Einzelkämpfer zu machen, der von ihm abhängig ist. Eine perfekte Manipulation.

Wie viele Lügen hatte sein Vater ihm über die Jahre sonst noch aufgetischt? Luc hatte ihn in Hydria akzeptiert und damit eine der angeblich größten Bedrohungen zunichtegemacht. Und jetzt das?

Tom schüttelte den Kopf. *Was für ein manipulativer Scheißkerl.*

Ein unruhiges Treiben im Haus erregte plötzlich seine Aufmerksamkeit. »Was ist los?«

Issac runzelte die Stirn und blickte scheinbar in weite Ferne. »Ich bin mir nicht ganz sicher. Die anderen haben sich offenbar um den Fernseher versammelt und schauen die Nachrichten. Offenbar wurde in einem Krankenhaus in Upstate New York ein Terroranschlag vereitelt.«

Tom gefror das Blut in den Adern. »In welchem Teil von New York?«

Issac nannte ihm den Namen und blinzelte. »Ist das nicht die Heimatstadt deiner Mutter? Es ist in der Nähe der Blockhütte.«

»Nein. Dort lebt meine Tante und sie arbeitet in diesem Krankenhaus. Ich muss telefonieren.«

KAPITEL ACHTZEHN

FAMILIENBANDE

»Zwei Stunden und siebenundfünfzig Minuten? Ich bin enttäuscht, mein Sohn. Hast du etwa alles vergessen, was du während deiner Ausbildung gelernt hast?«

Tom ignorierte den Spott seines Vaters und kam direkt zum Punkt. »Was hast du getan?«

John schnalzte mit der Zunge. »Tom, es geht doch gar nicht darum, was ich getan habe, sondern um das, was ich tun werde. Es sei denn, du kooperierst.«

Er ballte die Hände zu Fäusten, doch er fuhr mit ruhiger Stimme fort: »Was willst du?«

»Das Wirtschaftsgut natürlich.«

Die Spannung im Raum war fühlbar, als alle auf das Handy in der Mitte des Tisches starrten. Tom hatte seinen Vater auf Lautsprecher gestellt. Niemand hatte ihn darum gebeten, doch er wollte ihnen nichts verheimlichen. Er musste sich ihr Vertrauen erst verdienen und hatte noch einen langen Weg vor sich. Und indem er den Ältesten, Stas und Amelia gestattete, das Gespräch mitzuhören, hatte er den Anfang gemacht. Alle standen in einem Kreis um den Tisch herum, doch außer Tom sagte niemand ein Wort.

»Das wird nicht möglich sein, John«, sagte er. »Sie ist fort.«

Am anderen Ende herrschte Schweigen. Dann fragte er: »Und wohin ist sie gegangen?«

»Nach Hause.«

»Wenn das wahr wäre, dann hätte ich zumindest einen Anruf von einem ihrer Brüder erhalten. Oder vielleicht sogar von ihrem Vater. Netter Versuch.«

Wakefield und Luc zuckten beide mit den Schultern, als wollten sie sagen, dass der Mann recht hatte. Und es stimmte, doch Jonathan hatte dabei nicht berücksichtigt, dass ihnen ihr Wiedersehen mit Amelia wichtiger war als ihre Rache. Und soweit er gesehen hatte, neigten beide Männer dazu, sich ihre Handlungen gut zu überlegen, bevor sie vorschnell reagierten. Andernfalls hätten sie Tom, ohne zu überlegen, umgebracht.

Am anderen Ende der Leitung war ein Stöhnen zu hören, auf das ein Knacken folgte. »Sei still«, fauchte sein Vater. »Kannst du denn nicht sehen, dass ich telefoniere? Allerdings muss ich dir sagen, Rosalie, es sieht nicht gut für dich aus. Offenbar zieht Tom sein neues Spielzeug dir vor.«

Er wurde von kalter Wut gepackt, die seinen lässigen Tonfall zunichtemachte. »Rosalie hat nichts damit zu tun.«

»Nun, mir blieb die Wahl zwischen ihr und Lizzie, und Letztere hätte Stas sicher in Aufruhr versetzt. Aber im Ernst, mein Sohn, das alles ist nur deine Schuld. Hättest du dir nicht den Kopf verdrehen lassen und wärst nach Hause zurückgekehrt, dann wäre nichts von alledem nötig gewesen. Doch leider müssen wir uns jetzt damit herumschlagen.«

»Du bist ein toter Mann«, sagte Tom und meinte es ernst, während er vor Wut schäumte.

»Aha, da ist es ja! Ich hatte mich schon gefragt, wie lange es dauern würde, bis dein wahres Ich zum Vorschein kommt. Hervorragend. Sollen wir dann zum Wesentlichen kommen?«

Scheißkerl. Er wollte bereits vor zehn Minuten zum Wesentlichen kommen. »Ja.«

»Entschuldigung, wie war das? Ich habe dich wohl nicht richtig verstanden.«

Ich werde dich verdammt noch mal umbringen. »Ja, Sir.«

Tom sah das triumphierende Grinsen seines Vaters quasi vor sich und musste sich zusammenreißen, um nicht auf etwas einzuschlagen. »Sehr gut. Ich schlage dir einen Tauschhandel vor: deine einzige lebende Verwandte mütterlicherseits gegen das Wirtschaftsgut.«

Eine Kugel ins Herz wäre weniger schmerzhaft gewesen, doch er ließ es sich nicht anmerken. John liebte ein gutes Schachspiel und er hatte seinem Sohn beigebracht, es zu meistern. »Du willst also nur das Wirtschaftsgut für Rosalie? In Ordnung. Einverstanden. Aber ich will meine Freiheit.«

Luc lächelte verschmitzt, als er offensichtlich verstand, was er vorhatte, während Issac eine Augenbraue in die Höhe zog und Amelia ihm einen gekränkten Blick zuwarf. Er zog sie an seine Seite und küsste die Sorgenfalten auf ihrer Stirn. Als würde er sie jemals ausliefern.

»Dann gibst du also zu, dass sie bei dir ist?« Seine Stimme triefte vor Überheblichkeit.

»Wo sollte sie sonst sein?«

»Du hast mir gerade erzählt, dass sie zu Hause ist.«

»Ich habe gelogen. Am Telefon ist das durchaus möglich, weißt du.« Die Kräfte seines Vaters wirkten nur von Angesicht zu Angesicht. Dieser war wild entschlossen, daran etwas zu ändern, obwohl er sich bereits seit über einem Jahrtausend damit abfinden musste. Andernfalls hätte er vielleicht eine kleine Armee um sich geschart, doch die Fähigkeiten der Ichorianer entwickelten sich mit der Zeit nicht weiter. Zumindest nicht auf natürliche Weise. Es würde Tom nicht überraschen, wenn die CRF einen Teil ihrer Forschung der Verbesserung unsterblicher Fähigkeiten widmete.

»Wann und wo willst du das Wirtschaftsgut entgegennehmen?«, fragte er mit gelangweilter Stimme.

»Du willst dich auf den Handel einlassen?«

»Ja.« Er hielt sich bewusst knapp, um Jonathans Neugier zu wecken.

»Ich hätte etwas mehr Widerstand erwartet«, sagte John mit enttäuschtem Unterton.

»Das Wirtschaftsgut gegen Rosalie und meine Freiheit. Ich bekomme das größere Stück vom Kuchen, warum sollte ich mich dem widersetzen?«

Er konnte seinen Vater förmlich vor sich sehen, wie er mit gerunzelter Stirn über seine Worte grübelte. »Und wohin wirst du gehen?«

»Nun, John, das ist doch gerade der Zweck meiner Freiheit. Ich werde dir oder sonst irgendjemandem gegenüber nie wieder Rechenschaft ablegen müssen.«

Schweigen. »Ich verstehe.«

»Dann haben wir also eine Abmachung?«, drängte Tom.

»Nein.«

Er grinste. »Nein?«

»Ich werde Rosalie gehen lassen, wenn du zustimmst, nach Hause zu kommen und dich einer Rehabilitation zu unterziehen. Freiwillig.«

Schachmatt. »Aber du hast doch gerade gesagt ...«

»Ich weiß, was ich gesagt habe, und ich habe meine Meinung geändert. Deine freiwillige Rehabilitation und das Wirtschaftsgut gegen die Freilassung deiner Tante oder der Handel ist geplatzt.«

»Dann willst du also mich und das Wirtschaftsgut? Das scheint mir ein hoher Preis für nur eine Verwandte zu sein.« Es brachte ihn fast um, diese Worte auszusprechen, vor allem da er wusste, dass sie ihn hören konnte. Aber er musste seine Rolle überzeugend spielen, andernfalls würde John ihn überrollen. »Vor allem eine Verwandte, die in einigen Jahren sterben wird, während ich ewig leben werde.«

»Gutes Argument«, räumte John ein. »Ich muss dir den

Handel wohl etwas versüßen, indem ich eine Person mit unsterblichen Genen in den Topf werfe, von der ich weiß, dass sie dir etwas bedeutet. Wie zum Beispiel Lizzie. Natürlich weiß ich nicht, wie unsterblich sie wirklich ist, aber ich bin mir sicher, dass die Wissenschaftler es genießen würden, ihre Grenzen auszutesten, meinst du nicht auch?«

Ihm lief ein eiskalter Schauer über den Rücken und er erstarrte. Stas blickte ihm mit einer Mischung aus Wut und Entsetzen in die Augen. Er musste sich zuerst räuspern, bevor er wieder sprechen konnte. »Ich bin ganz Ohr.«

»Tatsächlich? Gut.« Er konnte das Lächeln in der Stimme seines Vaters hören und hätte am liebsten auf etwas geschossen. »Dann lasse ich Lizzie fürs Erste in Ruhe und lasse deine Tante frei …«

»Unversehrt«, fügte Tom hinzu.

»Natürlich, nicht versehrter, als sie es bereits ist«, fuhr John fort, »und du lieferst dich selbst und das Wirtschaftsgut aus. Ich finde, das klingt nach einem ausgezeichneten Handel.«

Tom starrte auf das Handy und wusste nicht, was er tun sollte. Von wegen Schachmatt. Aus dem Augenwinkel konnte er eine Bewegung sehen und er hob den Kopf. Luc nickte ihm zu.

Soll ich dem Handel zustimmen?

Luc nickte wieder, während er die Frage offensichtlich in seinen Augen ablesen konnte. Er ließ eine Handbewegung folgen, um ihm zu signalisieren, dass er sich beeilen sollte. Balthazar stand neben ihm und tat es ihm gleich.

Wollt ihr, dass ich zustimme?, fragte er den Gedankenleser.

Er nickte.

Ich werde sie nicht ausliefern.

Balthazar warf ihm einen Blick zu, mit dem er ein deutliches *Was du nicht sagst!* zum Ausdruck brachte, dann zeigte er ungeduldig auf das Handy.

»Bist du noch da, mein Sohn?«, fragte Jonathan, dessen

Stimme siegessicher dröhnte. »Oder soll ich dir demonstrieren, was ich mit Lizzie machen werde? Deine Tante wird es wahrscheinlich nicht überleben, aber das scheint dich nicht sonderlich zu stören.«

Verdammter Scheißkerl. »Ich werde es tun.«

»Entschuldige bitte, wie war das?«

Oh, er würde seinen Vater in Stücke reißen, wenn er ihm gegenüberstand. »Ich stimme deinen Bedingungen zu, Sir.«

»Sehr gut. Wie weit bist du von der Blockhütte deiner Mutter entfernt?«

Luc hielt sieben Finger in die Höhe und formte mit dem Mund das Wort *Stunden.*

»Ich werde mindestens sieben Stunden brauchen.«

»Ich gebe dir sechs. Bring das Wirtschaftsgut und komm allein.«

»Wen zum Teufel sollte ich denn mitbringen?«

Sein Vater lachte. »Guter Einwand. Bis bald, mein Sohn.«

Tom beendete das Gespräch ein wenig zu energisch, dann nahm er das Handy und warf es gegen die Wand. Es zersplitterte in tausend Stücke.

»Du weißt, dass nicht zurückverfolgbare Mobiltelefone nicht billig sind«, sagte Jayson wie beiläufig aus der Küche. »Und zufällig hat mir dieses bestimmte Modell gut gefallen.«

»Weil du davon nicht noch zehn weitere bei dir zu Hause hast«, entgegnete Balthazar.

»Ich habe von Qualität, nicht von Quantität gesprochen. Außerdem geht es ums Prinzip. Man zerstört nicht einfach anderer Leute Eigentum. Es ist unhöflich.«

»Genau, und wie viele Betten hast …«

»Es reicht.« Der autoritäre Unterton in Lucs Stimme ließ alle aufhorchen. »Tom, erzähl mir von Lizzie.«

»Ja, darüber würde ich auch gern etwas hören«, sagte Stas, wobei sie ihn mit einem finsteren Blick betrachtete.

»Sicher.« Er räusperte sich. »Viel weiß ich nicht. Mein

Vater hat vor etwa zehn Jahren einmal angedeutet, dass wir biologisch verwandt sein könnten, nachdem er uns in einer kompromittierenden Situation erwischt hat.« Als Stas die Augenbrauen in die Höhe zog, fügte er hinzu: »Sie hat versucht, mich zu küssen. Es ist nichts zwischen uns geschehen.«

Sie bedeutete ihm mit einem Kopfnicken fortzufahren.

»Wie dem auch sei, ich hatte angenommen, dass er mit Lillian eine Affäre gehabt hatte, bis ich vor ein paar Monaten einige Akten der CRF über Lizzie gefunden habe. Ich habe zuerst nicht erkannt, dass es sich um sie handelte, denn sie wurde als ›Testobjekt 4-7‹ betitelt, doch einem der Wissenschaftler ist ihr Name herausgerutscht. Als ich meinen Vater darauf angesprochen habe, hat er mir nur gesagt, dass ich mir keine Gedanken machen soll und dass er mich über weitere Entwicklungen in Kenntnis setzen würde.« *Was auch immer das zu bedeuten hatte.* »Ich habe nur herausgefunden, dass sie unsterbliche Gene irgendeiner Art in sich trägt, und ich glaube nicht, dass sie auf natürliche Weise in ihren Körper gelangt sind.«

»Das bestätigt unseren Verdacht«, sagte Wakefield mit gedämpfter Stimme. »Elizabeth sieht weder ihrer Mutter noch ihrem Vater ähnlich und sie ist vor sieben Jahren wie aus dem Nichts plötzlich aufgetaucht.«

»Habt ihr in Mateos Aufzeichnungen irgendwelche Akten zu dem Testobjekt 4-7 finden können?«

»Nur ein Deckblatt, das ihre Gattung als nicht menschlich kennzeichnet.« Luc schien in weite Ferne zu blicken, während er sprach. »Der Name des Projekts lautet *Wiedergeburt*.«

Ihre grünen Augen weiteten sich. »Dann willst du damit also sagen, dass Lizzie — meine beste Freundin — eindeutig nicht menschlich ist?«

»Sie ist auf jeden Fall nicht sterblich und ich bin mir ziemlich sicher, dass die CRF immer noch Experimente an ihr durchführt, obwohl sie sich nicht im Labor befindet.« Tom legte eine Hand an seinen Nacken, während ihm ein unbehaglicher Schauer über den Rücken lief. »Mein Vater hat George gegenüber einmal erwähnt, dass sie ihre monatliche Dosis braucht. Ich habe mir zu dem Zeitpunkt nichts dabei gedacht, aber jetzt frage ich mich, ob er damit eine Art medikamentöse Behandlung meinte.«

Luc kratzte sich am Kinn. »Interessant. Weißt du, wie viele Leute von der Studie wissen?«

»So wie ich meinen Dad kenne, ist er der Einzige, der alles überblickt, während er den anderen die Informationen nur häppchenweise zuspielt.« John gab nie genug preis, um seine Position nicht zu gefährden. Es war ein Machtspiel, damit niemand ihm seinen Posten streitig machen konnte. »Er wollte nicht einmal mir davon erzählen und er hat mich immer als seinen Erben angesehen.« Ihre Akte unterlag der höchsten Sicherheitsstufe und war sogar Toms Informationen übergeordnet. Die Techniker hatten sich geweigert, mit ihm über die Akte zu sprechen. Er hatte es ein paarmal versucht, war jedoch nur auf Widerstand gestoßen.

Luc nickte. »Eine intelligente Strategie, wodurch er lebendig mehr wert ist als tot. Es deckt sich mit der Akte, die wir gefunden haben. Mateo hat vor ein paar Monaten den Server der CRF gehackt, doch wir haben nur oberflächliche Informationen entdecken können.«

»Das klingt ganz nach meinem Vater«, murmelte Tom. »Er vertraut niemandem.« Nicht einmal seinem eigenen Sohn.

»Hm, ja. Das wirft die Frage auf, wie wertvoll Lizzie Watkins ist«, sagte Luc, dessen ausdrucksstarke Miene darauf schließen ließ, dass er bereits dabei war, eine Liste der Vor- und Nachteile zusammenzustellen.

Tom wurde wütend. »Wenn du glaubst, dass ich hier ruhig sitze und sie durch Johns Hand leiden lasse, dann hast du dich getäuscht. Sie bedeutet dir vielleicht nichts und wahrscheinlich bin ich ihr auch kein guter Freund gewesen, aber ich liebe diese Frau wie mein eigen Fleisch und Blut und ich werde ihr Leben nicht für meine Freiheit opfern.«

»Ich bin ganz seiner Meinung«, knurrte Stas.

»Ganz ruhig, Liebes«, sagte Wakefield mit gedämpfter Stimme und schlang einen Arm um ihre Schultern. »Ich glaube, Lucian versucht nur herauszufinden, ob die Hydraianer sich ihren Fall genauer ansehen sollten.«

»Das ist richtig. Und so wie ich das sehe, bedeutet sie Tom und Stas eine Menge, was sie auch für mich interessant macht. Ich würde ihr Asyl bieten, doch Toms Bemerkung bezüglich ihrer monatlichen Dosis bereitet mir Sorgen. Bevor wir nicht mehr wissen, kann ich ihr nicht helfen.«

»Was schlägst du also vor?«, fragte Wakefield und kniff die Augen zusammen.

»Wir lassen Stas weiterhin bei der CRF arbeiten, während sich ein anderer einen etwas intimeren Platz in Lizzies Leben ergattert.«

»Äh, hallo?« Stas winkte ihnen zu. »Habt ihr etwa vergessen, dass ich ihre Mitbewohnerin und Freundin bin?«

»Du wirst außerdem nicht weiter als Sentinel arbeiten. Wenn man die jüngsten Geschehnisse in Betracht zieht, ist es viel zu gefährlich«, fügte Wakefield hinzu.

Tom nickte zustimmend. *Du nimmst mir die Worte aus dem Mund, Kumpel.*

»Sie ist meine beste Freundin, Issac. Es ist meine Entscheidung.«

»Hast du nicht gehört, womit Jonathan gerade gedroht hat? Er wird dir noch Schlimmeres antun als Elizabeth, Aya. Vor allem, wenn er glaubt, dass er damit mich oder Thomas nach seiner Pfeife tanzen lassen kann. Da Amelia jetzt zu Hause ist, ist es dort viel zu gefährlich für dich. Jonathan ...«

»Ich habe diesbezüglich eine Idee«, unterbrach Luc ihn. »Eine Lösung, die Stas nicht in Gefahr bringt, zumindest nicht mehr als zuvor, und Amelia und Tom beschützt. Obendrein wird Jonathan dabei am Leben bleiben, zumindest fürs Erste.«

Tom runzelte die Stirn. »Warum willst du ihn am Leben lassen?« Er hatte angenommen, dass sie ihn auf brutale Weise abschlachten wollten oder ihn zumindest für seine Taten foltern würden. Der Junge in ihm, der seinen Vater einst bedingungslos geliebt hatte, verspürte bei dem Gedanken einen schmerzenden Stich in der Brust, doch der Mann, zu dem er geworden war, verstand, dass John seine gerechte Strafe verdient hatte. Selbst wenn es wehtat.

»Ich will wissen, für wen Jonathan arbeitet«, antwortete Luc.

»Mein Vater arbeitet nur für sich selbst.« Er war viel zu selbstgefällig und arrogant, um jemand anderem Rechenschaft abzulegen.

»Wirklich? Wie hat dein Vater dann das Geld aufgebracht, um die Stiftung für Katastrophenhilfe zu gründen?« Luc hielt inne, damit seine Worte ihre Wirkung entfalten konnten, bevor er fortfuhr: »In weniger als einem Jahr hat er es geschafft, sich nicht länger auf Aidans finanzielle Hilfe verlassen zu müssen und sich seine eigene humanitäre Organisation aufzubauen. Dann hat er es auf wundersame Weise praktisch über Nacht fertiggebracht, eine geheime Armee von übermenschlichen Soldaten zu erschaffen, die Ichorianer und Hydraianer bekämpft. Das ist eine beachtliche Leistung für einen Mann, dessen einzige Fähigkeit es ist, anderen die Wahrheit zu entlocken. Ich würde wirklich gern wissen, wie er das alles zustande gebracht hat.«

Die CRF war vor Toms Geburt gegründet worden, daher wusste er so gut wie nichts über das Thema. »Ich dachte immer, dass Aidan ihm die nötigen Mittel geliehen hat, so wie er es auch für Wakefield getan hat.«

Wakefield schnaubte. »Hat er dir so meine Laufbahn als Unternehmer erklärt? Wie reizend.«

Das war also auch gelogen. Hervorragend. »Aber mein Vater hat nie erwähnt, dass er je für einen anderen als sich selbst gearbeitet hat.«

»Und aus diesem Grund brauche ich ihn leider lebend«, entgegnete Luc. »Außerdem will ich, dass er sich in Sicherheit wiegt, damit er unachtsam wird.«

Okay, so langsam verstehe ich. »Du hast offenbar schon einen Plan. Was schlägst du also vor?«

Luc grinste. »Ich dachte, du würdest nie fragen. Lass uns damit anfangen, indem wir uns über deine neuen hydraianischen Fähigkeiten unterhalten und darüber, wie du sie am besten zum Einsatz bringst.«

DIE BLOCKHÜTTE HATTE sich nicht verändert. Sie lag besinnlich und abgelegen im Wald und wurde immer noch von Erinnerungen heimgesucht. Bei dem Gedanken einzutreten lief Tom ein kalter Schauer über den Rücken. Er wollte sie niederbrennen und nie wieder hierher zurückkehren. Und wenn Lucs Plan funktionierte, würde er genau das tun können.

»Geht es dir gut?«, flüsterte Amelia.

Er musste schlucken und nickte. Sie stand mit einer Jeans und einem Trägerhemd bekleidet neben ihm, während er seine Lieblingslederjacke trug, um all die Waffen zu verbergen. Sein Vater würde von ihm verlangen, dass er sie ihm aushändigte, doch dann würde es schon längst zu spät sein.

Wakefield stand in etwa hundert Metern Entfernung an einen Baum gelehnt und hatte die Hände in den Hosentaschen vergraben. Er würde verschwinden, sobald sein Vater eintraf, genauso wie Tristan, Mateo und die anderen Hydraianer, die sich ihrer Mission hatten anschließen wollen. Jacque hatte sie alle hierher teleportiert, ohne ins Schwitzen zu kommen. Ein Beweis für sein unglaubliches Potenzial. Tom sah, wie er auf dem Dach spazierte und den Nachthimmel bewunderte.

Nachdem er als Unsterblicher wiedergeboren worden und in letzter Zeit so viel unterwegs gewesen war, war sein Zeitgefühl völlig aus den Fugen geraten. Dennoch fühlte er sich lebendiger denn je, vor allem jetzt, da er seine Fähigkeiten besser verstand. Amelia hatte mit ihrem Vergleich recht gehabt. Die Verwendung seiner übernatürlichen Gaben war so selbstverständlich wie das Laufen, dabei musste er es nicht einmal wie ein Kleinkind von der Pike auf lernen. Er hatte sie zuvor nicht bemerkt, denn sie lagen ihm im Blut und waren nur Verbesserungen von Fähigkeiten, über die er bereits als Mensch verfügt hatte. Der gesamte Plan hing von seinen Fähigkeiten ab, was ihn hätte verunsichern sollen, doch das tat es nicht.

Tom hatte nur eine Sorge: Runen.

Runen oder kryptische Symbole schützten die Zentrale der CRF mitten in einer Stadt voller Ichorianer, obwohl er nie verstanden hatte, wie sie funktionierten oder woher sie stammten. Er wusste nur, dass sie übernatürliche Fähigkeiten blockierten und Unsterbliche davon abhielten, die CRF ohne ausdrückliche Einladung zu betreten. Die Wissenschaftler seines Vaters versuchten, eine Möglichkeit zu finden, um die Runen auch mobil einsetzen zu können, doch bisher gab es noch keine Lösung für dieses Problem. Zumindest hoffte Tom, dass das immer noch der Fall war, denn wenn sie eine Möglichkeit gefunden hatten, wie sie die Runen auf eine Person und nicht nur auf ein Gebäude anwenden konnten, dann würde der gesamte Plan scheitern.

Als Tom seine Bedenken gegenüber Luc geäußert hatte, hatte dieser nur mit den Schultern gezuckt und gesagt: »Dann gehen wir eben zu Plan B über.« Aber sie hatten nicht genügend Zeit gehabt, um darüber zu sprechen, was Plan B eigentlich beinhaltete.

»Alik sagt, dass sie gleich hier sein werden«, murmelte Amelia und riss ihn aus seinen Gedanken.

»Ich wusste nicht, dass er ein Telepath ist, bis Luc uns heute seinen Plan erläutert hat.« Tom wusste von seiner Fähigkeit der mentalen Folter, doch er hatte sich nie für seine andere Gabe interessiert. Es war im Grunde kaum von Bedeutung, wenn man es mit seiner Fähigkeit verglich, einen ganzen Saal voller Leute mit nur einem Gedanken außer Gefecht zu setzen.

»Er benutzt sie nur, wenn es wirklich nötig ist.«

»Nun, das ist gut, nehme ich an. Und wozu ist Jayson fähig? Ich meine, abgesehen von seiner Gabe, Metall zu kontrollieren.« Er schien der unbeschwerteste der Ältesten zu sein, dennoch wurde er von einer unmissverständlichen Aura von Gefahr umgeben. Nicht ohne Grund hatten die vier Hydraianer so lange überlebt und wurden von ihresgleichen wie Könige behandelt. Ein jeder von ihnen hatte tödliche Fähigkeiten, die es fast unmöglich machten, ihnen das Leben zu nehmen. Doch von all den Ältesten konnte er in den Akten der CRF über Jayson die wenigsten Informationen finden und Tom hatte sich immer gefragt, was der Grund dafür war.

Sie lächelte. »Du weißt es nicht?«

»Es gibt nicht viele Aufzeichnungen über ihn. Die Informationen beschränken sich hauptsächlich darauf, dass er alt ist und eine Vorliebe für Metall hat. Außerdem scheint sein Aussehen in all den Berichten zu variieren.«

»Und dafür gibt es einen Grund. Er kann die visuelle Wahrnehmung und Erinnerungen manipulieren. Deshalb kann sich niemand daran erinnern, wie er aussieht, solange er es nicht zulässt.«

Tom runzelte die Stirn. »Dann hat er also eine ähnliche Gabe wie die deines Bruders?«

»Nicht ganz. Jayson kann nur die visuelle Erinnerung seiner eigenen körperlichen Erscheinung kontrollieren, doch auf die Umgebung hat er keinen Einfluss. Er bestimmt mehr oder weniger, wie jemand sich an ihn erinnert, doch er verändert weder die Umgebung noch die Umstände ihres Treffens.«

»Mit anderen Worten, er ist der perfekte Spion«, sagte Tom.

»Ja, er …« Amelia verstummte, als sie das Geräusch von Reifen hörte, die über Kies rollten. Drei Geländewagen kamen die Einfahrt hinauf auf sie zu. Tom nahm eine lässige Haltung ein, wobei er die Hände in den Hosentaschen vergraben hatte, während Amelia neben ihm von einem Fuß auf den anderen trat.

»Bist du bereit?«, fragte er sie.

»Ja.« Ihre Stimme war voller Selbstbewusstsein und er verspürte einen Anflug von Stolz.

»Ich würde dich jetzt liebend gern küssen.«

»Und willst du dich auch mit gespreizten Beinen auf mich setzen?«

Freches Luder. Er unterdrückte ein Grinsen. Er wollte auf keinen Fall belustigt wirken, wenn sein Vater auf ihn zukam. John würde von ihm Reue und Unterwerfung erwarten, nicht freudige Erwartung. Der kokette Unterton in Amelias Stimme spiegelte sich glücklicherweise nicht in ihrem Gesicht wider. Sie blickte nur entschlossen geradeaus. Sein Vater würde darin einen Ausdruck des Trotzes sehen, was hervorragend in ihre Pläne passte.

»Hallo, mein Sohn«, begrüßte John ihn, als er in einem seiner unverkennbaren Anzüge die Einfahrt hinaufschlenderte. Er wurde von einem halben Dutzend Sentinels umringt, die alle einmal Toms Freunde gewesen waren. Stark war nicht dabei, was bedeutete, dass Stas' Rolle in dem Plan ihren Zweck erfüllt hatte.

»Sir«, erwiderte Tom. *Ich sehe, dass deine Überheblichkeit auf den Rest der Männer in der Einheit abgefärbt hat.* Keiner von ihnen hatte seine Waffe gezogen. Sein Vater hatte ihnen wohl gesagt, dass es nicht nötig sein würde. *Fehler Nummer eins.* »Ach, ich bin fast enttäuscht, dass du dein anmaßendes Verhalten abgelegt hast, aber es ist der erste Schritt deiner Rehabilitation.«

Verdammter Scheißkerl. Er konnte es nicht erwarten, endlich mit dem Spiel zu beginnen, doch zuerst musste er sich davon überzeugen, dass es seiner Tante gut ging. »Wo ist Rosalie?«

»Richtig. Unser Handel.« John zeigte über seine Schulter und Blake trat aus, um zu einem der Geländewagen zurückzugehen. Er warf Tom einen Blick zu, bevor er die Tür zum Rücksitz öffnete. Als er Rosalie sah, durchfuhr es ihn wie ein Blitz. Er hatte erwartet, sie in einem ähnlichen Zustand wie Amelia während ihrer Gefangenschaft vorzufinden, doch stattdessen trug sie ein schwarzes Kleid, hochhackige Schuhe und eine schicke Hochfrisur und sah aus, als wäre sie auf dem Weg zu einem Rendezvous.

Irgendetwas stimmt hier nicht ...

Sie schlenderte an die Seite seines Vaters und legte ihm eine Hand auf die Schulter. »Hallo, Tom.« Ihm drehte sich der Magen um, als er ihr Lächeln sah. Es wirkte so vertraut, doch dahinter konnte er einen Hauch Grausamkeit erkennen. Hatte sein Vater seine Tante durch einen Klon ersetzt? Diese kultivierte Frau ähnelte in keiner Weise der bodenständigen Tante, die er kannte.

»Was soll das? Wir hatten eine Abmachung. Mein Leben und das Wirtschaftsgut für Rosalie.« Diese Frau war ganz ohne Zweifel nicht seine Tante.

»Und in gewissem Maße halte ich mich an die Vereinbarung. Wir haben uns auf ihre Freilassung geeinigt und sie ist frei, wobei sie es jedoch vorzieht, an meiner Seite zu bleiben.« John blickte die Frau neben ihm an. »Willst du es ihm erzählen oder soll ich es tun?«, fragte er.

»Oh, ich denke, du solltest das übernehmen. Immerhin

bist du sein Vater.« Als Tom ihre Stimme hörte, lief ihm ein Schauer über den Rücken. *Sie klingt wie Rosalie.*

»Das ist wahr.« Sein Vater starrte ihn mit seinen braunen Augen an, die den seinen so ähnlich waren. »Rosalie und ich haben eine Art Abmachung. Sie hat etwa zur selben Zeit ihren Anfang genommen, als ich deine Mutter getroffen habe, und hat bis heute angehalten. Sie hat mir dabei geholfen, ein Auge auf dich zu haben, und vor dir ebenfalls auf deine Mutter.«

Tom brachte keinen Ton hervor, doch er bemühte sich um eine ausdruckslose Miene. John wollte ihm eine Geschichte erzählen und das bösartige Funkeln in seinen Augen verriet ihm, dass er ihm damit wehtun wollte. Zweifellos war es eine weitere Art, um ihn zu bestrafen.

»Weißt du, ich habe deine Mutter gemocht. Sie war eine liebreizende Frau und außerdem wunderschön, doch sie hatte sich entschieden, etwas zu tun, mit dem ich nicht einverstanden war. Sie hatte vor, dich an die Hydraianer zu übergeben, was aus ersichtlichen Gründen nicht in deinem besten Interesse war. Deshalb musste ich mich des Problems annehmen.«

Tom hatte die Zähne so fest zusammengebissen, dass sein Kiefer schmerzte. Ihm fehlten die Worte. Sein Vater war noch nicht fertig, doch ihm war klar, worauf er hinauswollte. Er wollte ihm erklären, wie Anna gestorben war. Die wahre Geschichte. Und es machte den Eindruck, dass Toms Tante etwas damit zu tun hatte, was ihn dazu zwingen würde, den Teil des Plans zu ändern, der besagte, dass er Rosalies Leben rettete. Sie war zwar eine Blutsverwandte, doch wenn sie willentlich mit seinem Vater zusammengearbeitet hatte, um seiner Mutter zu schaden, dann hätte er keine andere Wahl, als sie John zu überlassen.

Bitte sag mir, dass er lügt, Rosalie. Sag mir, dass das alles ein grausamer Witz ist.

Doch der anbetungsvolle Ausdruck in ihren Augen, mit

dem sie John anblickte, während er die Geschichte erzählte, verlieh seinen Worten Wahrheit. War das wirklich seine Tante? Die Frau, der er vertraut hatte? Die Frau, für die er noch vor ein paar Stunden sein Leben aufgegeben hätte?

Was für ein Narr ich doch gewesen bin.

»Du warst damals viel zu jung, um es zu verstehen«, fuhr John fort, »aber ich bin sicher, dass du jetzt einsiehst, warum sie sterben musste. Rosalie war diejenige, die mir von den Plänen deiner Mutter berichtet und mir dann geholfen hat, das Problem zu lösen. Es war geradezu perfekt, da sie die Mutterrolle in deinem Leben übernommen hat, während sie mir gegenüber jedoch immer loyal war. Dadurch konnten wir dich bestens bei der Stange halten, bis zu dieser letzten Mission. Ich hatte natürlich den Verdacht, dass etwas mit dem Wirtschaftsgut vor sich ging, daher habe ich Rosalie gebeten, mit dir zu Abend zu essen. Hätte ich gewusst, dass dabei die Hölle ausbricht, wäre ich die Sache anders angegangen.«

»Es ist nicht deine Schuld, Liebling«, gurrte seine Tante. »Wir haben beide seine Loyalität unterschätzt.«

Tom wusste nicht, wen er lieber erschießen wollte – John oder Rosalie. Ihre lächelnden Augen machten sie zu einer perfekten Kandidatin für einen Kopfschuss, obwohl er es nicht über sich bringen würde. Dennoch verspürte er das dringende Bedürfnis, ihr wehzutun. Sie hatte ihn freiwillig abgelenkt, damit Amelia gefoltert werden konnte? Und sie hatte ihre eigene Schwester an seinen Vater verraten? Diese Vergehen allein waren unentschuldbar. Er würde sie sicher nicht retten. Sie hatte sich mit John ihr eigenes Grab geschaufelt und so wie es aussah, war sie glücklich mit dieser Entscheidung.

Meine Güte. Wie hatte ihm die offensichtliche Verbindung zwischen seiner Tante und seinem Vater entgehen können? Jedes Mal wenn er sich mit ihr traf, machte sie eine Bemerkung darüber, wie ähnlich er John sah. Er hatte keine Ahnung gehabt, dass sie noch miteinander in Kontakt standen, geschweige denn sich gut kannten. Aber sie hatte ihn jedes Mal erwähnt, wenn sie miteinander sprachen. Es war wie ein hypnotisierender Singsang, der ihn daran erinnern sollte, nicht aus der Reihe zu tanzen.

Verdammt.

Er musste all seine Kraft zusammennehmen, um ruhig zu bleiben und gleichmäßig zu atmen. In seinem Inneren tobte ein Sturm, doch äußerlich wirkte er weiterhin gelassen. Dasselbe konnte er nicht von Amelia behaupten, denn er sah aus dem Augenwinkel, wie sie wütend wurde. Sein Vater musste es auch bemerkt haben, denn er wandte ihr seine Aufmerksamkeit zu.

»Du hast mich eine brillante Wissenschaftlerin gekostet, Amelia. Jetzt werden wir einen anderen für diese Position finden müssen, aber wir können dich für ihre Mitarbeiterorientierung zur Verfügung stellen. Ich frage mich, ob Anitas Nachfolger mit neuen Tests aufwarten kann. Hm, vielleicht kann uns das Ganze sogar zum Vorteil gereichen, denn so können wir deinen Fall in einem neuen Licht betrachten. Ich würde mich ja für die Schmerzen entschuldigen, die du in Zukunft erleiden musst, aber im Grunde bist du selbst schuld daran, meine Liebe.«

Amelia bedachte ihn mit einem Lächeln. »Ich meine es ernst, wenn ich sage, fick dich, Jonathan.«

Während der ganzen Zeit, die sie miteinander verbracht hatten, hatte Tom sie zwar fluchen gehört, doch sie hatte sich auf die Worte »Arsch« und »verdammte Scheiße« beschränkt. »Fick dich« hatte er gerade zum ersten Mal aus ihrem Mund gehört. Sie hatte es mit einer solchen Überheblichkeit und Kraft zum Ausdruck gebracht, dass er unwillkürlich einen Hauch Befriedigung empfand.

Das ist mein Mädchen. Sie hatte gerade gegen die Drohungen seines Vaters aufbegehrt, statt den Kopf einzuziehen. Es lieferte ihm die Ablenkung, die er brauchte, um seine

Gedanken neu zu ordnen. Es würde nichts bringen, wenn er darauf reagierte, was ihm sein Vater gerade offenbart hatte. Er musste ihren Plan vorantreiben, damit Amelia ein für alle Mal in Sicherheit wäre. Er konnte sich später noch mit dem Tod seiner Mutter auseinandersetzen und sich eines Tages dafür rächen. Doch heute war nicht der richtige Tag dafür. Es befanden sich viel zu viele Spielfiguren auf dem Brett, um seinen Vater schachmatt zu setzen.

»Dann war die Drohung gegen Rosalie also nur ein Köder, um mich zurück nach Hause zu locken. Sehr geschickt, Sir«, sagte Tom mit ruhiger Stimme, in der er einen gelangweilten Unterton mitschwingen ließ.

»Ich bin durchaus gerührt, Tom.« Rosalie schenkte ihm ein nachsichtiges Lächeln, mit dem sie ihn schon als Teenager immer bedacht hatte, wenn er sich ihr anvertraut hatte. »Ich sorge mich um dich, weißt du. Wir versuchen nur zu tun, was für dich das Beste ist.«

Er konnte ihr nicht antworten. Die Wunde, die ihr Verrat aufgerissen hatte, war zu frisch und zu tief und drohte ihm seine Konzentration zu rauben. Er verließ sich auf seine Fähigkeit, seinen inneren Aufruhr zu ignorieren, die sein Vater ihm als Kind eingebläut hatte. *Gute Arbeit, John. Du warst ein hervorragender Lehrer.*

»Und was meine Mutter angeht«, fuhr Tom fort, »so hattest du wahrscheinlich recht. Die Hydraianer hätten mich niemals bei sich aufgenommen.« Er legte ein wenig Macht in seine Stimme und konzentrierte sie auf John, während er ihm die Aufrichtigkeit seiner Worte suggerierte und ihn ermunterte, ihnen Glauben zu schenken. »Niemand wird mich akzeptieren. Deshalb bin ich hier, Dad. Du bist der Einzige, dem ich etwas bedeute. Ich habe sonst niemanden, an den ich mich wenden kann.«

Er betonte seine Hilflosigkeit, wobei er die Kraft der Überzeugung damit verwob.

Vertraue meinen Worten.

Offenbar hatten sich all die Jahre ausgezahlt, in denen er Wege finden musste, um zu lügen, denn sein Talent hatte sich zu einer einzigartigen Fähigkeit entwickelt, die Luc in diesem Szenario besonders nützlich erschien. Toms Gabe unterschied sich von Stas' Fähigkeit der Überzeugung insofern, als dass er Lügen auf eine Art in Worte verpacken konnte, die andere als Wahrheit auffassten.

»Da ist nur eine Sache«, fuhr Tom fort. »Ich glaube nicht, dass wir Amelia brauchen werden. Sie kann sich nicht länger verwandeln und sie ist ziemlich labil. Ich hatte mir überlegt, sie aus Spaß an ihre Brüder auszuliefern, doch wie du siehst, habe ich mich dagegen entschieden. Ich würde stattdessen vorschlagen, dass wir uns ihrer entledigen und diesem Schlamassel ein für alle Mal ein Ende setzen. Auf diese Weise müssen wir nicht länger befürchten, dass Stas und Wakefield etwas herausfinden könnten.«

Die Worte brachten ihn fast um, doch sie waren Teil des Plans. Er unterlegte jede seiner Aussagen mit seiner Überzeugungskraft und ermutigte John auf diese Weise, sie als wahrhaftig anzunehmen.

Er schloss die Sentinels und Rosalie in das Netz seiner Lügen mit ein, während er die anderen um sie herum ausschloss. Die Soldaten, die noch im Wagen warteten, konnten ihn nicht hören und er wollte nicht riskieren, aus Versehen einen der Unsterblichen in Aufruhr zu versetzen.

Es erstaunte ihn, wie leicht er seine Gabe handhaben konnte. Er musste nur daran denken, und die übersinnlichen Kräfte zeigten sofort ihre Wirkung.

»Dann weiß also keiner der Unsterblichen, dass sie noch am Leben ist?«, fragte John.

Es war eine direkte Frage, was bedeutete, dass Tom nicht lügen konnte. Doch er konnte ihr ausweichen. »Welchen von den Unsterblichen hätte ich es denn erzählen sollen, Sir? Und hätte einer von ihnen mir erlaubt, mit dem Wirtschaftsgut zurückzukehren, um es gegen meine sterbliche Tante einzutauschen?«

Seine Gabe heftete sich ganz natürlich an jedes einzelne Wort und verlieh seinen Aussagen damit Nachdruck. *Ich sage die Wahrheit, John.*

Sein Vater nickte. »Ja, wohin würdest du dich wenden? Ich bin froh, dass du wieder zur Vernunft gekommen bist, mein Sohn. Natürlich wirst du dich immer noch einer Rehabilitation unterziehen müssen und einige der Sentinels verlangen, dass du für deine Taten bestraft wirst.«

»Natürlich.« *Sollen sie es doch versuchen.* »Kann ich sie jetzt erschießen?«

Ein überraschter Ausdruck huschte über Johns Gesicht. »Du willst sie töten?«

Eine weitere direkte Frage, der er geschickt ausweichen musste. »Warum nicht? Wäre das nicht eine passende Möglichkeit, meine Therapie zu beginnen oder zumindest für mein Fehlverhalten bestraft zu werden?«

Sag Ja, John.

»Tom …« Als er Amelias flehenden Unterton hörte, krümmte er sich innerlich. Sie spielte ebenfalls nur eine Rolle, doch musste sie dabei wirklich so verletzt klingen? Sie starrte ihn von der Seite an, während er sich weigerte, sich ihr zuzuwenden.

Sein Vater kratzte sich nachdenklich am Kinn, während er sie eindringlich betrachtete. »Es wäre ein Anfang, ja. Wie würdest du dich fühlen, wenn du sie tötest?«

Aha, endlich eine Frage, die ich ehrlich beantworten kann. »Allein bei dem Gedanken will ich mir das Herz aus der Brust reißen und es verbrennen.«

»Sie ist dir wirklich zu Kopf gestiegen, mein Sohn. Wie konnte das nur geschehen?«

»Wir haben viel Zeit miteinander verbracht.« *Und ich habe*

jede verdammte Minute geliebt, selbst wenn sie meine geliebten Yankees beleidigt hat. »Es hat dazu geführt, dass ich Gefühle für sie entwickelt habe.«

»Und jetzt hast du erkannt, dass diese Gefühle falsch sind?«, fragte sein Vater voller Neugier.

Er musste sich vorsehen. »Ich habe erkannt, was ich dahingehend unternehmen muss, ja.«

»Du meinst das nicht so«, flehte Amelia ihn an. »Bitte sieh mich an.«

Er verschränkte die Arme vor der Brust und blickte seinen Vater mit einer hochgezogenen Augenbraue an. »Wir müssen es beenden, Sir. Und ich muss derjenige sein, der sie erschießt. Es ist die einzige Möglichkeit, wie ich mich als würdig erweisen und wieder zu deiner Truppe zurückkehren kann.«

Sein Vater hatte eine Schwäche für Menschen, die sich ihm unterwarfen. Er wollte, dass jeder seine Regeln befolgte und ihn als seinen Meister akzeptierte, und Tom vermittelte ihm seine Ergebenheit sowohl mit seinen Worten als auch mit seiner Körpersprache. John war dadurch weniger achtsam und Toms Fähigkeit, Lügen zu manipulieren, konnte sich voll entfalten.

»Du hast alle Proben, die nötig sind, um deine Forschung voranzutreiben. Es wäre eine Verschwendung von Ressourcen, sie am Leben zu lassen, Sir. Gestatte mir, sie zu töten und dir ein für alle Mal meine Loyalität zu beweisen.«

»Es wäre durchaus eine gute Lektion in Loyalität«, antwortete John nachdenklich. »Außerdem würden wir damit verhindern, dass Stas sie entdeckt, und ich hätte die Möglichkeit, mit Issac ins Geschäft zu kommen. Ich hatte schon immer Bedenken dabei, Amelia in Gewahrsam zu haben. Hm.« Er machte einen Schritt nach vorn und hielt die Sentinels, die ihm folgten, mit einer Handbewegung zurück. »Willst du dem irgendetwas hinzufügen, meine Liebe? Willst du um dein Leben betteln?«

»Was wäre das für eine Art von Leben?« Amelias gebrochene Stimme hatte nichts mehr mit ihrem selbstsicheren Tonfall vor einigen Minuten zu tun. Tom hätte es fast gewagt, sie anzusehen, doch wenn er es täte, dann würde er sich nicht mehr an den Plan halten können. Es würde schwer genug sein, mit einer Waffe auf sie zu zielen, auch wenn er ihr dabei nicht in die Augen sah.

»Ein schmerzhaftes.« John klang fast reuevoll, doch dann lächelte er. »Ich glaube, ich bin noch nicht bereit, sie aufzugeben, selbst wenn es das Vernünftigste wäre.«

Schach, dachte Tom, als sein Vater einen weiteren Schritt auf sie zutrat. Er hob eine Hand und legte sie mit vorgetäuschter Zärtlichkeit an Amelias Wange. »Aber Tom hat durchaus recht damit, dass er mir so seine Loyalität beweisen kann. Vielleicht kann ich dich durch einen anderen Hydraianer ersetzen.«

»Ich hoffe, dass du in der Hölle schmoren wirst«, stieß Amelia wütend hervor, als sie sich von einer gebrochenen Frau in eine Furie verwandelte. Sie packte seine Hand an ihrer Wange und ließ ihrer zweiten Fähigkeit freien Lauf. Genauso wie sie es geplant hatten.

John hatte erwartet, dass sie ohne ihre Fähigkeit, sich zu verwandeln, völlig schutzlos wäre, doch Tom hatte sie vor ihrer Ankunft noch einmal daran erinnert, dass die Erfahrung eine mächtige Waffe war. Und sie ließ sie nun in seinen Vater strömen, wobei sie sechs Jahre des Schmerzes und des Leidens in einem kraftvollen Strang von Informationen zusammenballte.

Der Firmenchef sackte mit einem gequälten Schrei zusammen und die Sentinels reagierten schlagartig. Sie machten einen Satz nach vorn und rissen John zurück, als Tom die Waffe zog, auf Amelia zielte und abdrückte.

Zweimal.

Er jagte ihr eine Kugel in den Kopf und die andere in ihr Herz.

Zumindest war es das, was die anderen dank Wakefields Eingreifen sehen würden.

In Wirklichkeit landeten beide Kugeln in einem nahe gelegenen Baum, wobei Tristan das Geräusch des Aufpralls dämpfte. Es war durchaus hilfreich, zwei Ichorianer mit ihren sensorischen Fähigkeiten zur Hand zu haben, genauso wie Toms neue Gabe, absolut präzise schießen zu können. Es hatte ihn nicht überrascht zu erfahren, dass sein zweites hydraianisches Talent etwas mit seiner Treffsicherheit zu tun hatte. Er musste sich nur auf sein Ziel konzentrieren und würde es nie verfehlen. Er konnte es kaum erwarten, sich später mehr damit zu beschäftigen, da Luc ihm gesagt hatte, dass es sich nicht nur auf Pistolen beschränkte. *Du könntest ein Messer mit absoluter Präzision werfen und würdest dein Ziel jedes Mal treffen.*

Er wischte den Gedanken beiseite und steckte die Waffe zurück ins Holster, dann fiel er neben seinem Vater auf die Knie, der röchelnd am Boden lag.

»Dad? Sag etwas.« Er legte einen Hauch von Panik in seine Stimme, obwohl er innerlich triumphierte.

»Was zum Teufel hast du getan, Mann?«, schrie Blake, als er erkannte, dass Tom Amelia erschossen hatte. Sie lag auf dem Boden und starrte mit ausdruckslosen Augen ins Leere. Ihr Bruder hatte sich damit einverstanden erklärt, sie in einen komatösen Zustand zu versetzen, um ihre Scharade glaubwürdiger erscheinen zu lassen.

»Scheiße, Mann«, fügte Charlie hinzu. »Du hast Feuerkugeln benutzt.«

»Hast du nicht gesehen, wie sie versucht hat, John zu töten?«, fragte Tom verärgert, während er dabei zusah, wie sich der Firmenchef langsam erholte. *Für deine Sünden hast du so viel Schlimmeres verdient.* »Was zur Hölle hätte ich denn sonst tun sollen?«

»Du hättest normale Kugeln verwenden können, wie wir alle«, erwiderte Blake mit ungläubigem Tonfall. »Du hast sie *getötet.*«

»Ich habe nur getan, was getan werden musste«, sagte Tom, während er in das Gesicht seines Vaters blickte.

Johns tote Augen füllten sich mit Ehrfurcht und Verständnis. Er hob seine Hand, um mit einer schwachen Geste Toms Arm zu tätscheln, bevor er sie wieder fallen ließ.

Amelia hatte ihm offenbar nicht die volle Dosis an Wissen vermittelt, denn er schien sich viel zu schnell davon zu erholen.

Nicht annähernd genug Leiden.

»Willkommen zu Hause, mein Sohn«, brachte sein Vater keuchend hervor.

Und da ist es. Schachmatt.

KAPITEL NEUNZEHN

HALLO TOD, MEIN ALTER FREUND

»Gut gemacht, mein Sohn.« Sein Vater sah mit einem befriedigten Blick von Amelias mutmaßlicher Leiche auf und Tom wusste, dass Wakefields Manipulation funktioniert hatte. Eine unsichtbare Last fiel ihm von den Schultern.

Der erste Schritt war vollbracht, was bedeutete, dass keine Runen im Spiel waren.

Gut.

Auf zum zweiten Schritt.

Die Sentinels und Rosalie sahen ihn mit einem ähnlichen Ausdruck wie John an, nur Blake hatte die Lippen aufeinandergepresst und die Schultern angespannt. Tom hoffte, dass der Sentinel seine Gefühle für sich behielt, denn der Plan konnte nur gelingen, solange alle Bauern die richtigen Plätze auf dem Schachbrett einnahmen.

»Wir sollten sie in die Hütte legen und sie niederbrennen«, schlug Tom vor.

»Du kannst es wohl kaum erwarten, deine Vergangenheit hinter dir zu lassen, mein Sohn?«

»Ja.« *Und das schließt dich mit ein, Arschloch.*

Sein Vater verzog die Lippen zu einem stolzen Lächeln. »Hervorragend. Ja, die Blockhütte ist eine gute Idee.«

»Ihr wollt sie niederbrennen?«, fragte Rosalie, die zum ersten Mal zu zögern schien. *Das wird aber auch Zeit.* Es wäre nett gewesen, wenn sie auch in der Nacht, in der seine Mutter gestorben war, gezögert hätte, doch er hatte die Vermutung, dass sie es nicht getan hatte. Sein Vater hatte sie zweifellos verführt, was ... igitt. Bei dem Gedanken an eine intime Beziehung der beiden hätte Tom sich am liebsten übergeben. Er musste an etwas anderes denken.

»Ich kümmere mich um das Wirtschaftsgut«, sagte er und hob Amelia mit Leichtigkeit hoch.

»Leg sie in dein altes Zimmer«, schlug John vor, dessen Stimme einen höhnischen Unterton angenommen hatte. Der Scheißkerl wusste genau, wie sehr Tom dieses Zimmer hasste, und er würde es nur schlimmer machen, indem er eine weitere Leiche dort platzierte.

Tom unterdrückte ein Knurren und brachte ein »Ja, Sir« hervor.

»Wartet, wir können sie nicht abbrennen«, sagte Rosalie, als Tom auf die Hütte zuging. John folgte ihm mit Blake und Charlie. Die anderen Sentinels blieben an Ort und Stelle, um die Umgebung zu bewachen. Sie machten sich wirklich großartig, wenn man bedachte, dass sie von Unsterblichen umzingelt waren.

Die Tatsache, dass nicht ein einziger der Sentinels die Dutzend Hydraianer und Ichorianer entdeckt hatte, sprach Bände über ihre Ausbildung und ihre Technologie. Natürlich hatte Wakefield seinen Nachkommen Mateo gebeten, sich um Letzteres zu kümmern. Offensichtlich hatte der Ichorianer eine kybernetische Gabe und konnte sich mit oder ohne Computer in so gut wie alles einhacken. Ein faszinierendes Talent.

Tom sah sich nicht um, als er durch die Hütte ging. Er fühlte sich gut, bis er ins Schlafzimmer trat und sein Blick auf den blutverschmierten Fußboden fiel. Die Leichen waren verschwunden, doch der Tatort war nicht gereinigt worden. Er festigte seinen Griff um Amelia, als die Erinnerungen an den Tod seiner Mutter auf ihn einstürmten.

Dad ist überall blutverschmiert.

Mom liegt abgeschlachtet auf meinem Bett.

Meine Spielsachen sind mit Blut überzogen.

Die Fotos sind ruiniert.

In Moms Augen liegt ein Ausdruck des Grauens.

Irgendetwas stimmt nicht mit Dad.

Ihm lief ein Schauer über den Rücken. Die Erinnerungen waren so lebhaft, so klar und so real. Dieser Moment hatte ihn unwiderruflich verändert. Er durchflutete seine Seele und erinnerte ihn täglich an die Gefahren, die in dieser Welt lauerten. Doch jene Nacht war eine Lüge gewesen. Sein Vater hatte ihm ein weiteres Märchen aufgetischt, um sein Herz mit Furcht zu erfüllen und seine Weltanschauung nach seinem Vorbild zu formen. Und er hatte diesen Ort dazu benutzt, um ihn zu verhöhnen, was eine weitere Form der Manipulation war, um ihn unter Kontrolle und gefügig zu halten.

John Fitzgerald verlieh dem Ausdruck *Monster* eine völlig neue Bedeutung. Er hatte ihm gesagt, dass die Hydraianer ihn abweisen würden, doch sie hatten ihn willkommen geheißen. Er hatte Wakefield als Annas Mörder genannt, doch heute Abend hatte er mehr oder weniger zugegeben, dass er gelogen hatte. Er hatte geschworen, dass er Amelia keinen Schaden zufügen würde, doch er hatte sie verprügelt, als Wakefield ihn verärgert hatte. Er hatte Tom sowohl als Kind als auch als Erwachsener auf Hunderte von Missionen geschickt, die ihn alle hätten umbringen können, während er nicht einmal mit der Wimper gezuckt hatte.

Ich bin die Königin auf seinem Schachbrett, erkannte Tom. Eine mächtige Figur, die er manipulierte und wenn nötig opferte.

Zwischen ihnen existierte keine Liebe, sondern lediglich eine Vergangenheit voller Gewalt. Und John sah sich selbst als den König.

Tom legte Amelia auf dem Bett ab und zog eine Decke über ihr Gesicht, um die fehlende Schusswunde zu verdecken. Als er sich umwandte, sah er, wie sein Vater ihn mit einem belustigten Blick betrachtete. Seine Manipulationen waren grausame Spiele, um Stück für Stück die Psyche seines Sohnes zu zerschlagen, doch zum ersten Mal sah Tom es klar und deutlich vor sich. Der Tod seiner Mutter war eine Gnade gewesen, denn sie war dieser Welt entkommen. Und Toms Tod würde nicht anders sein.

»Ihr könnt die Hütte nicht niederbrennen«, wiederholte Rosalie, die neben John in der Tür erschien. »Sie gehört meiner Familie.«

»Eigentlich gehört sie Tom«, verbesserte sein Vater sie. »Und dieser Ort hat für dich keinen Wert, nicht wahr, mein Sohn?«

»Ganz und gar nicht«, stimmte Tom zu und wusste, dass er es ernst meinte. Die Hütte und die damit verbundenen Erinnerungen hatten seine Vergangenheit gefärbt, die sich jetzt in eine neue Kraft verwandelte, die auf der Wahrheit basierte. Er hatte Jahre damit verbracht, gegen die falschen Dämonen anzukämpfen, während der wahre Dämon die ganze Zeit über direkt vor seiner Nase gestanden hatte. Sein Vater.

»Habe ich da nicht ein Wörtchen mitzureden?«, fragte Rosalie.

John presste die Lippen zu einer dünnen Linie zusammen und wandte sich ihr zu. »Nein, ich fürchte nicht, meine Liebe.« Er legte ihr mit einer liebevollen Geste die Hand an die Wange, bei deren Anblick sich Tom der Magen umdrehte. »Du warst mir all die Jahre über von so großem Nutzen, doch Tom und ich werden eine neue Ära beginnen, in der du nichts zu suchen hast. Tom braucht keinen Mutterersatz mehr und ich glaube nicht, dass er sich dir noch länger anvertrauen wird, da er jetzt weiß, welche Rolle du bei Annas Tod gespielt hast. Das bedeutet allerdings, dass du für mich wertlos bist, nicht wahr?«

»Was willst du damit sagen?«, fragte sie und riss die Augen auf.

John stieß ein übertriebenes Seufzen aus. »Siehst du, meine Liebe, aus diesem Grund habe ich keine Geduld mit sterblichen Frauen. Es ist völlig egal, wie ich es ausdrücke, du wirst es nie verstehen. Richte Anna meine Grüße aus.« Der Schuss schreckte Tom auf. Er hatte sich so auf seine Tante konzentriert, dass ihm die Waffe an der Taille seines Vaters völlig entgangen war. Aus Rosalies Brust strömte Blut, während ihr eine einzelne Träne über die Wange rann. Sie sackte auf dem Boden zusammen und röchelte. Das Geräusch irritierte seinen Vater offenbar, denn er schoss ihr unverzüglich in den Kopf.

Bei dem Anblick stieg Tom die Galle in den Rachen und er musste all seine Kraft zusammennehmen, um lässig zu wirken. Er konzentrierte sich auf seine Atmung, wie er es immer tat, wenn er ein Ziel durch den Sucher anvisierte, und zwang sich, ruhig zu bleiben. Wenn er jetzt zusammenbrach, würde er alles ruinieren, und er stand so kurz vor dem Ziel. Rosalie hatte ihr Schicksal besiegelt, als sie sich mit seinem Vater zusammengetan hatte, und sie hatte den höchsten Preis dafür bezahlt.

»Ich dachte, wir hätten abgemacht, dass du Rosalie freilassen würdest, Sir.« Die Worte klangen fremdartig und hinterließen einen bitteren Nachgeschmack in seinem Mund. Er wollte schreien und bis zur Unkenntlichkeit auf seinen Vater einprügeln, doch Lucs Mahnung, dass sie ihn lebend brauchten, hallte ihm durch den Kopf. Er brauchte einen

Moment, um zu verstehen, dass es Aliks Stimme war, die er hörte, nicht seine eigene. Als müssten sie ihn daran erinnern.

»Nun, das habe ich getan. Sie wurde von ihrer Sterblichkeit befreit.« John steckte seine Waffe zurück ins Holster und zog ein Taschentuch hervor, um sich einen Blutstropfen vom Hemd zu wischen. »Das ist wohl ruiniert. Sentinel Charlie, geh in die Küche und leg dort Feuer.«

»Ja, Sir.« Der junge blonde Mann tat, wie ihm befohlen wurde.

John ließ das beschmutzte Taschentuch auf Rosalies Leiche fallen und wandte sich wieder Tom zu. »Lass uns gehen.«

»Mit Verlaub, Sir, wann haben wir angefangen, Frauen zu ermorden?«, fragte Sentinel Blake mit einem wütenden Ausdruck im Gesicht. Tom warf ihm einen warnenden Blick zu, doch er ignorierte ihn. Gar nicht gut. »Denn dafür habe ich mich nicht verpflichtet. Über den Tod des Wirtschaftsguts kann ich hinwegsehen, denn du hast sie von ihrem Elend erlöst, doch die Sterbliche? Das geht zu weit.«

John rückte seine Krawatte zurecht, bevor er sich dem Sentinel zuwandte, der in der Tür stand. »Ich glaube nicht, dass mir dein Ton gefällt, Sentinel. Hast du etwa vergessen, wen du vor dir hast?«

Der letzte Teil des Plans besagte, dass Tom es ungehindert zur Eingangstür schaffen musste, und es hatte den Anschein, dass sein alter Freund Blake dabei war, ihm einen Strich durch die Rechnung zu machen.

»Niemanden, den ich respektiere, so viel ist sicher.« Der Sentinel kniff die Augen zusammen und starrte Tom an. »Weißt du, Mann, auf gewisse Weise habe ich dich respektiert, weil du für deine Überzeugung eingestanden bist, doch ich glaube, ich habe noch nie etwas Erbärmlicheres gesehen als dich, wie du mit eingezogenem Schwanz nach Hause zurückkriechst. Du hast das Wirtschaftsgut getötet, ohne mit der Wimper zu zucken. Ich war noch nie zuvor derart angewidert.«

Autsch. »Ich tue nur, wozu ich geschaffen wurde, Sentinel.« *Es wäre großartig, wenn du dich jetzt in Bewegung setzen und die Klappe halten könntest, bevor du alles vermasselst.*

Sein Vater nickte zustimmend. »Sentinel Blake, wenn dir unsere Vorgehensweise nicht gefällt, werde ich gern deine Kündigung entgegennehmen.«

Oh, scheiße. »Lasst uns …«

»Mit Vergnügen«, sagte Sentinel Blake, wobei er Tom unterbrach.

Verdammt. Er musste improvisieren. Tom zog seine Waffe und zielte damit auf Blake. Er vergewisserte sich, dass es sich um dieselbe Waffe handelte, mit der er zuvor auf Amelia geschossen hatte, damit jeder wusste, dass sich Feuerkugeln im Lauf befanden. Das war Teil des ursprünglichen Plans, der augenscheinlich den Bach hinunterging.

»Wie wäre es, wenn wir das draußen besprechen, Sentinel? Vorzugsweise, bevor hier alles in Flammen aufgeht.« *Denn ich muss die Vordertür erreichen.*

Blake zielte mit seiner Pistole auf Toms Kopf. »Ich rühre mich nicht von der Stelle.«

»Meine Herren«, sagte sein Vater in tadelndem Ton, »wir vergeuden hier kostbare Zeit.«

»Warum? Haben Sie etwa vor, noch eine Frau zu erschießen?«, erwiderte Blake spöttisch. Tom konnte verstehen, warum der Mann wütend war, doch er hatte wirklich den falschen Zeitpunkt gewählt, um seinem Ärger Luft zu machen.

Sentinel Charlie pfiff ihnen aus dem Flur zu. »Hey! Das Feuer ist entfacht. Lasst uns gehen!«

Tom zog seine Augenbrauen in die Höhe. »Sentinel, willst du wirklich auf diese Weise sterben?«

»Entweder hier oder draußen. Wir wissen doch beide, dass

es keinen anderen Weg aus dem Job gibt.« Er konnte einen Anflug von Traurigkeit in Blakes Augen erkennen.

Er wollte gerade etwas erwidern, als die Hölle ausbrach. Im Gang fielen Schüsse und Blake reagierte. John stieß in dem Moment einen Schrei aus, als Tom mitten in die Brust getroffen wurde. Ein brennendes Gefühl zerriss ihm fast das Herz, als er rücklings aufs Bett sank. Er ließ schockiert die Pistole fallen und griff sich an die Jacke.

Mein Gott, es tat so weh. Sein Blut stand in Flammen und brannte einen qualvollen Weg von seinem Herzen in seine Gliedmaßen. Er wollte schreien, doch seine Stimme versagte, als er nur noch verschwommen sah. Das Gesicht seines Vaters erschien über ihm, das voller Entsetzen verzerrt war.

»Thomas!« rief er, doch seine Stimme klang weit entfernt. Wie ein Traum.

Ich sterbe, erkannte Tom. *Ich sterbe wirklich*. Und er hatte nicht die Chance gehabt, Amelia seine Gefühle zu gestehen. Er konnte ihre Augen vor sich sehen, diese wunderschönen blauen Iriden, die unschuldig auf ihn herabblinzelten, während sich ihre vollen Lippen zu einem sanften Lächeln verzogen. Mein Gott, er würde dieses Gesicht vermissen. Am meisten bedauerte er, dass er es nie wiedersehen würde.

»Sohn, mein Sohn«, hallte die Stimme seines Vaters in seinem Kopf wider. Die Traurigkeit, die darin mitschwang, würde ihn im Jenseits verfolgen, denn für einen kurzen Moment fragte er sich, ob es tatsächlich möglich war. *Bedeute ich John Fitzgerald tatsächlich etwas?*

Die Dunkelheit umhüllte ihn und ließ ihn mit seinen letzten Gedanken an einen Mann zurück, den er geschworen hatte zu hassen und der ihn am Ende vielleicht doch geliebt hatte.

Eine Woche später …

AMELIA LIEß sich im Schwimmbecken auf dem Rücken treiben und betrachtete die Sterne, während sie einen wehmütigen Ausdruck im Gesicht hatte. Hier hielt sie sich neuerdings am liebsten auf. Sie sagte, dass sie hier ein Gefühl von Frieden empfand, das sie an ihren dunklen Ort erinnerte, während sie die funkelnden Sterne jedoch erdeten.

»Bist du immer noch wütend auf mich?«, fragte eine abfällige Stimme von der Terrasse.

Tom setzte eine finstere Miene auf. »Ja.«

Alik zuckte nur mit den Schultern und setzte sich auf den Stuhl neben ihm. »Nur gut, dass wir eine Ewigkeit haben, um es wieder geradezubiegen.«

»Wenn du mir noch ein verdammtes Mal sagst, dass es die einzige Möglichkeit war, dann werde ich dich erschießen. Und wir wissen beide, dass ich dich nicht verfehlen werde.«

»Ich werde dich auf die Knie zwingen, bevor du überhaupt daran denken kannst, nach deiner Pistole zu greifen«, entgegnete Alik. »Aber ganz im Ernst, du solltest es als eine Art Einführung in unsere Mitte sehen. Irgendwann mussten wir alle die eine oder andere Lektion über uns ergehen lassen. Du hattest nur das Pech, gleich drei von uns ertragen zu müssen.«

Wakefield, Tristan und Alik. Der eine hatte seine Sehkraft beeinträchtigt, während der andere sein Hörvermögen verwirrte und Alik ihm den Eindruck vermittelte, als würde er innerlich verbrennen. Alles, um ihn und alle anderen in der Hütte glauben zu machen, dass er tatsächlich von einer Feuerkugel getroffen worden war. Wenn die Hütte nicht in Flammen gestanden hätte, dann hätte der Trick vielleicht nicht funktioniert, doch sein Vater und die Sentinels hatten nicht genügend Zeit, um ihn näher zu untersuchen. Dann hatte Jacque sich ins Zimmer teleportiert und Tom und Amelia nach Hydria gebracht.

»Wir mussten es so echt wie möglich aussehen lassen«, hatte Wakefield am nächsten Morgen erklärt. Tom hätte ihm geglaubt, wenn er nicht so verschmitzt gelächelt hätte.

»Du hast improvisiert, also mussten wir es auch tun«, war Tristans Version einer Entschuldigung gewesen.

Alik hatte sich mit einem »Willkommen in Hydria« begnügt.

»Ich hatte alles unter Kontrolle«, sagte Tom jetzt, und das nicht zum ersten Mal.

»Wahrscheinlich«, stimmte Alik zu. Er setzte sich auf und stützte die Unterarme auf seinen Oberschenkeln ab. »Aber das ist es ja gerade. Du bist jetzt einer von uns, und wir sind füreinander da. Das ist der Vorteil, ein Hydraianer zu sein. Wir kümmern uns umeinander, was auch bedeutet, dass wir dich niemals mitten während eines Kampfes einfach stehen lassen würden. Das Gleiche gilt für eine brennende Hütte mitten im Nirgendwo. Du bist jetzt nicht mehr allein, Junge. Komm damit klar.«

Tom zog eine Augenbraue in die Höhe und konzentrierte sich auf den Teil, den er ohne Probleme beantworten konnte. »Ich bin kein Junge.«

»In meinen Augen schon«, erwiderte Alik und zeigte mit

einem Kopfnicken auf die Schönheit im Schwimmbecken, »aber vielleicht nicht in ihren.«

Tom blickte Amelia in ihre funkelnden Augen und lächelte. *Ganz sicher nicht.*

Alik sprang auf, wandte sich zum Gehen und drehte sich dann noch einmal um. »Ach, übrigens.«

»Ja?«, fragte Tom und sah zu dem Ältesten auf, der ihn mit einem brennenden Blick durchbohrte.

»Wenn du ihr wehtust, wird sich das, was wir letzte Woche mit dir angestellt haben, wie ein angenehmer Traum anfühlen, verstanden?«

Das macht dann vier. Die anderen Ältesten hatten ihm schon Anfang der Woche auf verschiedene Arten gedroht. Dabei war es jedes Mal um Amelia gegangen. »Sie hat Glück, dass ihr euch alle so sehr um sie sorgt«, erwiderte Tom. »Ich bin sehr froh darüber.«

Alik legte zustimmend den Kopf schief und ging davon.

»Er mag dich«, sagte Amelia, als sie ihre Ellbogen auf den Beckenrand legte.

»Dann hat er aber eine merkwürdige Art, es zu zeigen«, murmelte er.

»Alik ist kein Mann vieler Worte, aber er hat dir gerade ausführlich erklärt, welchen Stellenwert die Familie hier einnimmt. Das bedeutet, dass er dich mag.«

»Dann hast du also die Drohung nicht gehört, die er mir zum Abschied an den Kopf geworfen hat?«

Sie lächelte. »Nicht doch, natürlich habe ich sie gehört. Es ist nur ein weiteres Zeichen dafür, dass er dich mag, denn offenbar bedeutest du ihm genug, um dich vorzuwarnen.«

»Sicher, so habe ich es auch aufgefasst.« *Von wegen.*

Amelia stemmte sich hoch und kletterte aus dem Schwimmbecken, dann ging sie zu ihm und setzte sich mit gespreizten Beinen auf den Liegestuhl, auf dem er lag. Das

Wasser tropfte von ihrem Körper, doch das war ihm egal. Wenn es nach ihm ginge, konnte sie ihn durchnässen, wo und wann sie wollte. Er strich ihr eine Strähne ihres feuchten Haars aus dem Gesicht und legte eine Hand an ihre Wange.

»Ich bin das alles nicht gewohnt«, gestand er. Damit meinte er weder die halb nackte Frau auf seinem Schoß noch seine Erregung, die sich sichtbar gegen den Schritt seiner Jeans wölbte, sondern den Zusammenhalt einer Familie. Und die Liebe. »Ich weiß nicht, wie ich all diese Empfindungen annehmen oder überhaupt zulassen soll.« Es war ein seltsames Gefühl, sich auf die Hilfe anderer zu verlassen. Er verstand, was Alik ihm sagen wollte, doch nach diesen Prinzipien zu leben erforderte eine Stärke, von der er nicht wusste, ob er sie in sich trug.

»Wir werden es gemeinsam lernen.« Amelia strich mit ihren Lippen über die seinen. »Du bist nicht der Einzige, dem es schwerfällt, anderen zu vertrauen, Tom.«

»Ich vertraue dir«, gestand er. Er war nur ihretwegen in Hydria geblieben, denn er hätte keinerlei Probleme damit, sich auch allein durchzuschlagen. Doch er wollte sie nicht verlassen.

Sie lächelte. »Du kannst ruhig sagen, dass du mich liebst, weißt du. Ich werde nicht davor zurückschrecken.«

Er lachte und packte ihre Taille, um sie zu kitzeln. »Da ist also meine Überheblichkeit geblieben. Ich hatte mich schon gefragt, wer sie mir gestohlen hat.«

Sie wand sich und schrie lachend auf. »Tom!«

Er hörte nicht auf, sie zu kitzeln, bis sie mit gespreizten Beinen unter ihm auf dem Liegestuhl lag. Es war ein himmlisches Gefühl, sich zwischen ihre nackten Schenkel zu legen. Doch der Moment wurde jäh unterbrochen, als jemand lautstark hustete. Er blickte auf und sah Wakefield und Stas, die beide in Schwarz gekleidet auf der Terrasse standen.

»Oh, wunderbar, damit werden es sicher fünf Drohungen«, sagte er mit gedämpfter Stimme, als er Amelia von sich schob und ihr dann beim Aufstehen half. Sie zupfte ihren blauen Bikini zurecht, bevor sie sich ein Handtuch schnappte und es sich um den Körper schlang.

»Hallo«, begrüßte Amelia sie mit geröteten Wangen. Sie öffnete den Mund, um noch etwas hinzuzufügen, als Stas ihre Arme um Toms Hals schlang und ihr Gesicht an seiner Schulter vergrub. Er erwiderte die Umarmung, während er Wakefield mit einem fragenden Blick bedachte.

»Wir kommen gerade von deinem Gedenkgottesdienst«, erklärte er. »Ich denke, es hat sich wohl etwas zu real angefühlt.«

Stas nickte, während ihre Schultern bebten.

»Mein Gedenkgottesdienst?«, fragte Tom. Er nahm an, dass eine Beerdigung ohne Leiche nicht möglich war. »Ich wette, John hat die Situation so richtig ausgenutzt.«

»Oh, er gründet mehrere Stiftungen zu deinen Ehren.« Wakefield lächelte verschmitzt. »Und er hat darum gebeten, mit Wakefield Pharmaceuticals eine offizielle Partnerschaft eingehen zu können.«

»Im Ernst? Was hast du gesagt?«

»Ich habe zugestimmt, unter dem Vorwand, Aya einen Gefallen zu tun. Und in gewisser Weise stimmt das auch, denn ich habe vor, die Gelegenheit zu nutzen, um mehr über Elizabeth in Erfahrung zu bringen. Wenn Jonathan an ihr tatsächlich Experimente durchführt, dann könnte ich mir vorstellen, dass er ein Interesse daran hat, bestimmte Impfstoffe oder Medikamente zu erwerben, von denen ich mehrere besitze.«

Stas zog den Kopf zurück und starrte Tom in die Augen. Ihr besorgter Blick beunruhigte ihn. »Es geht mir wirklich gut, Stas.«

»Ich weiß. Ja, ich weiß.« Sie schüttelte den Kopf und löste ihre Umarmung. Dann trat sie schniefend einen Schritt zurück und Wakefield schlang seine Arme um sie. »Aber Lizzie weiß es nicht. Und ich kann ihr nicht helfen. Niemand erlaubt mir, sie hierherzubringen.«

Es tat ihm leid, Stas so aufgebracht zu sehen, doch zu wissen, dass Lizzie um ihn trauerte, brach ihm das Herz. Er wünschte, dass sie eine andere Möglichkeit hätten, doch sie mussten sie im Dunkeln lassen, um sie nicht zu gefährden. Zumindest für den Moment.

»Sie glaubt, dass du im Ausland ums Leben gekommen bist. John hat eine verrückte Geschichte erfunden, die Blake mit einschließt und euch beide als wahre Helden darstellt.« Sie biss sich auf die Unterlippe und schüttelte den Kopf. »Er ist ein verdammter Scheißkerl.«

»Blake wird gerade rehabilitiert«, fügte Wakefield hinzu. »Dein Vater statuiert ein Exempel an ihm und behauptet, dass er dir eine Falle gestellt und dich dann erschossen hat.«

Tom ballte die Hände zu Fäusten. »Du hättest ihn retten können.«

»Nicht ohne in Erscheinung zu treten, und das weißt du. Jonathan muss in dem Glauben gelassen werden, dass du und Amelia tot seid, ansonsten wird es nicht funktionieren. Blake ist dabei ein Opfer.«

»Das hat er nicht verdient.«

»Möglicherweise nicht, aber es ist widersinnig, uns die Schuld zu geben. Jonathan ist der Schuldige, und er wird dafür bezahlen.« Der entschlossene Unterton in Wakefields Stimme reichte nicht aus, um die Spannung in Toms Schultern zu lösen.

»Manchmal glaube ich, dass es leichter wäre, den Scheißkerl einfach umzubringen«, knurrte er.

»Das wäre es ohne Zweifel, doch wenn wir noch abwarten,

wird das seinen Tod nur umso sinnvoller machen. Wir müssen herausfinden, wer im Hintergrund die Fäden zieht und was er Elizabeth angetan hat.«

»Und da komme ich ins Spiel«, verkündete Jayson, als er mit einem Koffer in der Hand auf die Terrasse trat. Er stellte das Gepäck ab und verschränkte die Arme vor der Brust.

Wakefield nickte ihm zu. »Wie war Brasilien?«

»Fantastisch.« Jayson hatte einen befriedigten Ausdruck im Gesicht, den alle Männer sofort erkannten. *Offenbar hatte da jemand viel Spaß.*

»Wer hat die Wette gewonnen?«, wollte Amelia wissen.

»Komm schon, A. Du weißt doch, dass ich nichts verrate.«

Amelia verdrehte die Augen. »Na schön. Wie du meinst.«

Jayson warf ihr einen Luftkuss zu, bevor er sich Tom zuwandte. »Gibt es noch Fragen zum Haus, bevor ich mich auf den Weg nach New York mache?« Er hatte ihnen angeboten, während seiner Abwesenheit sein Haus zu bewohnen, welches das Schwimmbecken mit einschloss. Es bot ihnen eine perfekte Unterkunft, während sie ihr eigenes Heim am Strand bauten, doch das bedeutete nicht, dass Tom den Grund dafür guthieß.

Die Vorstellung, einen anderen mit dem Schutz seiner ältesten Freundin zu betrauen, rieb ihn innerlich auf. Ihm blieb jedoch keine Wahl. Entweder er ließ zu, dass Jayson sich der Sache annahm, oder er würde seine Wiedergeburt verkünden müssen, und das würde alles zunichtemachen. Und wie Luc bereits bemerkt hatte, war Jayson dank seiner Fähigkeiten der beste Mann für den Job.

»Du musst Vertrauen haben«, flüsterte Amelia und schlang ihre Arme um seine Taille. »Jay weiß, was er tut.«

Der Älteste schob sich trotz der späten Stunde eine Sonnenbrille auf die Nase und wirkte in seinem Anzug, der Krawatte und mit dem zerzausten Haar wie ein gefallener

Engel. »Mach dir keine Sorgen, Junge«, sagte er zu Tom, »Miss Watkins ist in guten Händen.«

»Werden mich jetzt alle so nennen?«, murmelte Tom und meinte damit die Tatsache, dass sie ihn als Jungen bezeichneten.

Amelia lächelte. »Sieh es einfach als einen Kosenamen an.«

»Du meinst, so wie ›Arsch‹?«

»Ja, genau so.«

»Wie du meinst, Wirtschaftsgut.« Er küsste ihre Schläfe und zog sie an sich.

Wakefield zog einige Papiere aus seiner Jackentasche und reichte sie dem Ältesten. »Mateo hat alles arrangiert und dir eine Wohnung in ihrem Apartmentgebäude gemietet.«

Jayson blätterte die Dokumente durch und grinste. »Jayson Masters. Das ist passend, ich bin durchaus ein Meister.«

»Die restlichen Dinge, die du angefordert hast, befinden sich bereits in deiner Wohnung, einschließlich der Messer.«

Der Älteste nickte. »Dann kann es losgehen.« Er warf Amelia und Tom einen Blick zu. »Haltet euch von meinem Schlafzimmer fern. Ihr beide seid noch nicht bereit, auf diese Weise zu experimentieren.« Mit diesen Worten nahm er sein Gepäck und verschwand.

»Okay, ich habe mich geirrt. Er ist derjenige, der meine Überheblichkeit gestohlen hat«, sagte Tom als Anspielung auf seine Bemerkung von zuvor.

Amelia schüttelte den Kopf. »Jay gibt dem Wort *Überheblichkeit* eine völlig neue Bedeutung.«

»Bist du dir wirklich sicher?«, fragte Stas an den Ichorianer gewandt. »Er scheint mir ein bisschen zu viel für Lizzie zu sein, meinst du nicht auch?«

»Oh, ich bin mir sicher, dass Elizabeth sich behaupten kann. Ich freue mich sogar darauf.« Er wandte sich an Amelia. »Da wir gerade über freudige Ereignisse sprechen, ich habe gehört, dass Aidan morgen zu Besuch kommt. Hast du vor, ihm den Sentinel vorzustellen?«

Tom malte sich im Geiste aus, wie er Wakefield ins Gesicht schoss, und lächelte, als der Ichorianer zusammenzuckte. *Danke, dass du mich daran erinnerst, du Idiot.* Es war für Normalsterbliche bereits schwer genug, den Vater einer Geliebten zu treffen, doch der Gedanke, einem uralten Ichorianer gegenüberzutreten, der die Gabe der Allwissenheit besaß, machte ihn überaus nervös.

»Ja, er hat erwähnt, dass Osiris gerade mit anderen Dingen beschäftigt ist und es deshalb ein guter Zeitpunkt wäre, um uns zu besuchen.« Amelias Aufregung war spürbar. Sie hatte mit ihrem Vater während der letzten Woche zwar einige Male gesprochen, doch bisher hatte sie ihn noch nicht getroffen. »Ich kann es kaum erwarten, ihn zu sehen. Er hat versprochen, Clara mitzubringen.«

Stas machte ein finsteres Gesicht, als sie den Namen hörte, was Wakefield zum Lachen brachte. »Mach dir keine Sorgen, Aya. Wir werden gar nicht hier sein.«

»Ich habe doch gar nichts gesagt.«

»Nein, aber du bist plötzlich ganz grün im Gesicht geworden«, neckte er sie.

Sie machte einen Versuch, den Ichorianer ins Schwimmbecken zu stoßen, doch er hob sie hoch und lachte, als sie sich wehrte.

»Dieser Anzug würde sich mit dem Chlor nicht besonders gut vertragen, Liebling.«

»Da bin ich anderer Ansicht.« Mit einem beeindruckenden Handgriff hätte sie sie beide fast ins Wasser befördert, doch Wakefield schlang geschickt seine Arme um sie und hielt sie fest. Tom musste sich widerwillig eingestehen, dass er einen Anflug von Respekt für den Mann empfand. Sowohl Stas' als auch seine Bewegungen waren gekonnt ausgeführt, was Tom verriet, dass Wakefield sich auf dem Gebiet der Kampfkunst auskannte. Interessant.

Er liebkoste Stas' Hals und zog sie an sich. »Wann musst du zurück zur Arbeit, Liebes?«

»In etwa zwölf Stunden«, sagte sie, während sie sich immer noch in seinen Armen wand.

»Hervorragend. Wie wäre es, wenn wir an den Strand gehen und eine Runde im Meer schwimmen?«

»Das würde mir gefallen.« Tom hatte Stas noch nie zuvor auf diese Weise lächeln sehen. *Er macht sie wirklich glücklich. Warum ist mir das zuvor noch nicht aufgefallen?*

»Ich will mit dir reden, wenn ich wieder zurück bin, Thomas. Rühr dich nicht von der Stelle.«

Und von einem Moment auf den anderen war es ihm plötzlich völlig egal, wie glücklich der Ichorianer seine Freundin machte, denn er verabscheute den Scheißkerl wieder.

»Oh, ich kann es kaum erwarten«, entgegnete er mit einem sarkastischen Unterton. Als Antwort ließ Wakefield ihm für eine Sekunde schwarz vor Augen werden, als er mit Stas davonging. »Dein Bruder ist ein Arschloch, und ich meine es nicht auf die liebenswerte Art und Weise.«

Amelia kicherte und schlang ihre Arme um seine Taille. »Eines Tages wirst du deine Meinung über ihn ändern.«

»Das wage ich zu bezweifeln.«

»Du hast deine Meinung über mich geändert.«

»Habe ich das?« Er lächelte sie an. »Und worüber habe ich meine Meinung geändert?«

»Du vertraust mir.«

»Und vorher habe ich dir nicht vertraut?«

»Vorher hast du *niemandem* vertraut.«

»Hm …« Sie hatte recht. »Weißt du, was ich vor dir genauso wenig empfunden habe?«

Sie schüttelte den Kopf. »Nein. Was denn?«

Er knabberte an ihrem Ohrläppchen und flüsterte: »Liebe.«

»Und du empfindest sie jetzt?«

Er nickte. »Für dich, ja.«

Ihr Lächeln raubte ihm den Atem. »Wirklich?«

»Wirklich«, wiederholte er mit einem Lächeln. Er liebte ihren britischen Akzent, der manchmal stärker hervortrat. Er strich ihr eine Haarsträhne hinters Ohr und wurde ernst. Für gewöhnlich zog er es vor, seine Zuneigung mit Taten statt mit Worten auszudrücken, doch es gab Momente, die es erforderten, dass man seine Gefühle aussprach. Und dies war einer dieser Momente.

»Durch dich kann ich meine Gefühle zulassen, Amelia. Du bist mein Heim.« Er konnte es nicht anders beschreiben. Er hatte noch nie zuvor eine Zuflucht oder einen Ort gefunden, an dem er sich sicher fühlte, bis er sie getroffen hatte.

Sie stellte sich auf die Zehenspitzen, um ihn zu küssen, dann seufzte sie an seinen Lippen. »Du bist auch mein Heim.«

»Ich weiß.«

Sie gab ihm lachend einen Klaps auf den Arm und verdrehte die Augen. »Offenbar ist deine Überheblichkeit zurückgekehrt.«

»Sie hat mich nie verlassen, Schätzchen.«

»Tatsächlich?« Sie trat einen Schritt zurück und ließ den Blick über seinen Körper schweifen. »Setz dich noch einmal mit gespreizten Beinen auf mich.«

Er kniff die Augen zusammen. »Willst du etwa mit mir ringen, während du nichts als ein Handtuch und einen knappen Bikini trägst?«

Denn dieser Vorschlag gefiel ihm ausnehmend gut.

»Vielleicht.«

»Du solltest dir sicher sein, Amelia.«

Sie biss sich auf die Unterlippe und lächelte. Freches Luder. »Zuerst musst du mich fangen.«

»Oh, eine Verfolgungsjagd, die mit Ringen endet?« Gott hatte diese Frau einzig und allein für ihn geschaffen.

»Nur wenn du Lust hast.« Sie ließ das Handtuch fallen und sprang ins Schwimmbecken. Dabei stieß sie einen aufgeregten Schrei aus, der durch seine Lenden vibrierte.

»Oh, darauf kannst du wetten, Schätzchen.«

Die Geschichte geht weiter mit *Blutige Unschuld*...

BLOOD HEART – BLUTIGE UNSCHULD
UNSTERBLICH VERFLUCHT - BUCH 3

Aktenzeichen 4-7: Elizabeth Watkins
Gattung: nicht menschlich

Das sind die einzigen Informationen, die Jayson Masters über
seinen neuesten Auftrag vorliegen. Um mehr zu erfahren,
muss er sich auf intime Weise in ihr Leben einschleichen, ohne
ihr zu nahe zu kommen.

Das Spiel kann beginnen.

Lizzies neuer Nachbar ist laut, verführerisch und unfassbar
attraktiv. Und er hört einfach nicht auf, mit ihr zu flirten. Da
Lizzie immer noch mit dem Tod eines engen Freundes zu
kämpfen hat, lässt sie sich zögerlich auf eine neue

Freundschaft ein in der Hoffnung, von ihrem gebrochenen Herzen abgelenkt zu werden.

Doch ein Netz aus Lügen lässt sich nicht ewig aufrechterhalten.

Und manchmal ist Liebe eben doch nicht genug.

Ein Krieg unter den Unsterblichen steht bevor, und sie ist der Schlüssel dazu…

Nur für Leser über 18 Jahre geeignet.

AMAZON

USA Today Bestsellerautorin Lexi C. Foss ist eine Schriftstellerin, verloren in der Welt der Computer. Sie lebt in Atlanta, Georgia mit ihrem Mann und ihren haarigen Gesellen. Wenn sie nicht gerade schreibt, ist sie mit Sicherheit auf Reisen. Viele der Orte, die sie schon besucht hat, lassen sich in ihren Büchern wiederfinden, einschließlich der mystischen Welt von Hydria, die auf der griechischen Insel Hydra basiert.

Würden Sie gern über Neuerscheinungen informiert werden? Dann tragen Sie sich für ihren Newsletter ein: www.lexicfoss.com/newsletter

Besuchen Sie Lexi im Netz!
www.lexicfoss.com
E-Mail: lexicfoss@gmail.com

www.ingramcontent.com/pod-product-compliance
Lightning Source LLC
Chambersburg PA
CBHW021428240626
47153CB00001B/70